GEFAHR AUS DEM WATT

Markus Rahaus wurde 1970 im nordrhein-westfälischen Herten-Westerholt geboren. Der habilitierte Virologe lebt und arbeitet in Cuxhaven. In seiner Freizeit beschäftigt er sich ausgiebig mit der Fotografie, veröffentlicht regelmäßig Artikel in Fachzeitschriften und zeigt seine Bilder im Rahmen von Ausstellungen und Vorträgen.

MARKUS RAHAUS

GEFAHR AUS DEM WATT

Küsten Krimi

emons:

© Emons Verlag GmbH
Cäcilienstraße 48, 50667 Köln
info@emons-verlag.de
Alle Rechte vorbehalten
Umschlagmotiv: mauritius images/dieKleinert/Hans Steen
Umschlaggestaltung: Nina Schäfer, nach einem Konzept
von Leonardo Magrelli und Nina Schäfer
Umsetzung: Tobias Doetsch
Gestaltung Innenteil: César Satz & Grafik GmbH, Köln
Lektorat: Lothar Strüh
Druck und Bindung: sourc-e GmbH, Köln
Printed in Europe 2025
Erstausabe 2018
ISBN 978-3-7408-0301-8
Küsten Krimi
Originalausgabe
4. Auflage

Unser Newsletter informiert Sie
regelmäßig über Neues von emons:
Kostenlos bestellen unter
www.emons-verlag.de

Für Nathalie und Yannicka

Prolog

Metall vibrierte, Ausrüstung klapperte in Aluminiumboxen. Die Rotorblätter des großen Helikopters der südafrikanischen Luftwaffe durchschnitten dröhnend und donnernd die Luft wie scharfe Messerklingen eine reife Wassermelone. Die Turbinen der Maschine heulten in einem gleichbleibend hohen Ton. Auf dem Flug von Lusaka in den Osten Sambias überflog der Hubschrauber gerade den langsam dahinströmenden Fluss Luangwa.

In der Kabine saßen vier Männer. Alle vier trugen unförmige gelborange Tyvek-Schutzanzüge. Die Hände steckten in doppelten Latexhandschuhen, deren Übergänge zu den Anzugärmeln mit breitem hellgelben Klebeband geschlossen waren. Auch die Schuhe waren Teil der Anzüge. Das tropisch warme Klima der Region wurde durch die Anzüge auf das Niveau eines Backofens verstärkt. Zwischen ihnen lagen transparente Kopfhauben aus Kunststoff, die sie unmittelbar nach der Landung am Zielort überstülpen und luftdicht verschließen würden. Dann würden auch Augen, Nase und Mund geschützt sein, da sie gefilterte Luft atmeten. Durch die Maske würden ihre Gesichtszüge kaum noch zu erkennen sein. Und die Hitze würde sich noch schlimmer anfühlen.

Durch die Fenster des Helikopters konnten sie die Miombo unter sich vorbeiziehen sehen – eine weitläufige, teils karge, leicht hügelige Baumsavanne. Vor ihnen wurde die Vegetation jedoch dichter, die Savanne ging in Wald über.

Plötzlich zog der Pilot die Maschine abrupt in die Höhe, die Passagiere im hinteren Teil klammerten sich an ihren Sitzen fest. Dann beruhigte sich der Flug wieder, die verkrampften Hände lösten sich langsam von den Sitzen.

Nach einer weiteren Flugstunde setzte die Maschine über einer kleinen Lichtung inmitten eines nun dichten Waldes zur Landung an, in der Nähe floss ein kleiner Fluss ruhig dahin.

Kaum hatte die Maschine den Boden berührt, wurden die Türen aufgerissen, und die vier Insassen kletterten aus der Kabine. Mit geübten Griffen entluden sie ihre Ausrüstung, pro Person ein großer Metallkoffer mit gepolsterten Kanten, um die hermetisch dichten Anzüge nicht zu beschädigen. Alle vier trugen nun die Kopfhauben und hängten sich tragbare Sauerstoffsysteme um, durch die die Anzüge mit Atemluft versorgt wurden. Keiner von ihnen sagte ein Wort, obwohl sie über in die Anzüge integrierte Funkgeräte miteinander sprechen konnten.

Etwa einhundert Meter rechts von ihnen, am Rand der Lichtung, entdeckten sie die Reste eines kleinen Jagdlagers. Mehrere zusammengebrochene Zelte, deren Planen sich sanft im leichten Wind bewegten. In der Mitte des Lagers sahen sie eine ausgebrannte Feuerstelle, mehrere Kanister – wahrscheinlich mit Trinkwasser – und einige Aluminiumkisten. Neben einem der Zelte stand ein Campingtisch, darauf ein Funkgerät, das mit einer Autobatterie verbunden war. Kein Mensch war zu sehen, kaum ein Geräusch war zu hören, nur das leise Summen der Atemgeräte. Es schien, als wollte die Natur ihren Beitrag zu dieser bedrückenden Szenerie leisten, indem sie sich völlig still verhielt.

»Seht in den Zelten nach. Ich schaue mir die Ausrüstung an«, drang die verzerrte Stimme eines der Männer aus den Ohrhörern der anderen drei. Sie nickten und machten sich auf den Weg, jeder zu einem anderen Zelt.

»Leer«, lautete die knappe Information von einem der drei.

»Hier liegen zwei Leichen«, antwortete die zweite Stimme.

»Hier ist eine weitere.« Nummer drei hatte ebenfalls einen Blick in eines der Zelte geworfen.

»Nehmt die Proben, dann verschwinden wir«, kam die Anweisung. »In ein paar Stunden wird die Armee eintreffen und alles verbrennen. Hier am Funkgerät ist niemand. Ich sehe mich in der näheren Umgebung um, es waren vier Leute im Camp. Wie ist der Zustand der Leichen?«

Die drei Toten in den Zelten waren im Wesentlichen unversehrt. Keiner war von Tieren angefressen worden, aber die hier herrschende und durch die Zeltplanen noch verstärkte Hitze hatte bereits zu deutlichen Verwesungserscheinungen geführt. Insekten umschwirrten die toten Körper. Ohne ihre hermetisch dichten Anzüge wäre der Gestank kaum auszuhalten gewesen, daran bestand bei diesem Anblick kein Zweifel.

Die Zelte waren verwüstet, nichts stand an dem Platz, an dem man es vermutet hätte. Die Pritschen waren umgestürzt, der Inhalt eines Erste-Hilfe-Koffers verteilte sich über die Bodenplane. Überall war Blut und Schleim, wahrscheinlich auch Erbrochenes. Die Körper der Toten lagen in ungewöhnlich verkrampfter Haltung inmitten des Chaos. Einer der Männer im gelben Anzug drückte ohne jede Anteilnahme mit dem Fuß gegen den dort liegenden Körper. Die Leichenstarre hatte sich bereits wieder gelöst, und der Tote rollte, begleitet von einem schmatzenden Geräusch und einem dichten Schwarm entrüstet auffliegender Insekten, auf den Rücken. Seine offenen, aber leeren Augen waren tief eingefallen und blutunterlaufen. Die Gesichtshaut wirkte nekrotisch, die Wangen waren bis hinunter zum Halsansatz übersät mit dunkelbraunen bis schwarzen Flecken. Der Nacken war geschwollen, und offensichtlich hatte der Tote in feinen, nun getrockneten Rinnsalen aus Nase, Mund und Ohren geblutet.

Der Mann vor ihm ging in die Hocke, öffnete seinen Koffer und entnahm ihm eine in einen Sterilbeutel eingeschweißte Schere mit abgerundeten Spitzen. Vorsichtig schnitt er das Hemd des Toten auf, um den Oberkörper freizulegen. Auch dessen Brust war übersät mit dunklen Hautläsionen, aus einigen floss noch immer eine bräunliche Flüssigkeit.

Wieder griff der Mann in seinen Koffer und entnahm mehrere steril verpackte Tupfer. Er öffnete einen nach dem anderen und strich mit der wattierten Spitze über die geplatzten Läsionen, um ein wenig von der Flüssigkeit aufzunehmen. Anschließend steckte er jeden Tupfer in ein separates Kunststoffröhrchen, das er mit einem Schraubdeckel dicht verschloss.

Als Nächstes kamen drei Zwanzig-Milliliter-Spritzen zum Vorschein. Nachdem er jede der Spritzen mit einer der Kanülen bestückt und in jede Spritze einige Milliliter Heparin aufgezogen hatte, machte sich der Mann daran, der Leiche Blut abzunehmen – kein leichtes Unterfangen bei dem Zustand. Er zog die Kanülen ab, legte sie zur Seite, verschloss die Spritzen mit kleinen roten Plastikstopfen, verpackte sie in einen weiteren Sterilbeutel mit aufgedruckten Biohazard-Zeichen und legte sie zurück in den Koffer.

Ein letztes Instrument kam zum Vorschein. Ein knapp zwanzig Zentimeter langer Stab aus dunkelgrünem Kunststoff, ähnlich einem Kugelschreiber, mit einem rasiermesserscharfen, runden Stanzkopf mit einem Durchmesser von sechs Millimetern – eine Hautstanze zur Entnahme von Gewebeproben. Er setzte sie direkt neben eine der Läsionen auf der Brust des Toten und bohrte mit einer schnellen Drehbewegung den scharfen Kopf des Gerätes einige Millimeter tief in die Haut und das darunterliegende Gewebe. Die auf diese Weise gewonnene Biopsie gab er mitsamt der Edelstahlspitze in ein passendes Plastikröhrchen, das er wiederum in seinem Koffer verstaute.

Nach einem letzten Rundblick packte er seine Sachen zusammen und trat nach draußen.

Seine Kollegen hatten ebenfalls Proben bei den beiden Leichen im anderen Zelt genommen und traten unter dem Vordach hervor.

»Ich habe das vierte Mitglied der Gruppe gefunden«, kam es knisternd aus der Sprechanlage.

Die drei blickten auf und sahen ihren Anführer etwa hundertfünfzig Meter vom Lager entfernt am Ende der Lichtung stehen.

»Lebt er noch?«

»Nein, er ist genauso tot wie die Übrigen. Anscheinend hat er über sein Handfunkgerät die Ranger im Südluangwa-Nationalpark alarmiert und Hilfe angefordert. Die haben uns dann gerufen. Er muss da schon am Ende seiner Kräfte gewesen sein, das Funkgerät ist blutverschmiert. Wahrscheinlich ist er auf dem Weg zurück ins Lager zusammengebrochen. Er weist einige tiefe Bisswunden auf, ein Arm ist völlig zerfetzt, der linke Fuß fehlt, seine Augen auch.«

Ein erbärmliches Ende, aber die hiesige Tierwelt kannte keine Gnade.

»Okay, erspar uns weitere Einzelheiten«, sagte einer der drei. »Wir sollten zusehen, dass wir wegkommen.«

Die Männer bewegten sich zurück zum Helikopter, und nur wenig später verließ dieser den grausigen Ort.

»Habt ihr von jeder Leiche die Blutproben genommen?«, fragte einer der vier. »Wir sollen so schnell wie möglich von jedem der Opfer jeweils eine Probe zum CDC nach Atlanta und eine zu USAMRIID weiterschicken. Die Sondermaschine für den Weitertransport steht schon seit gestern Abend in Johannesburg bereit.«

Als Antwort erhielt er ein dreiköpfiges Nicken.

Zwei Tage später trafen sich abends dieselben vier Männer in der Lobby eines kleinen Hotels in Kapstadt. Sie hatten Sambia hinter sich gelassen, ihre gelben Anzüge gegen leichte, sommerliche und farbenfrohe Kleidung getauscht, und die Atemmasken waren abgenutzten Baseballcaps gewichen. Sie saßen in komfortablen, mit weichem Antilopenleder bezogenen Sesseln aus gediegenem dunkelbraunen Holz. Auf dem auf Hochglanz polierten Tisch vor ihnen standen schwere Gläser, zwei Finger hoch mit einer bernsteinfarbenen Flüssigkeit gefüllt. Whisky. Schottisch natürlich.

»Jungs«, sagte derjenige, der schon vorher als Leiter der Gruppe aufgetreten war und als Einziger einen Anzug mit Krawatte trug. »Es war mir eine Freude und eine Ehre zugleich, endlich mal wieder der Einöde meines Büros zu entfliehen und zusammen mit euch noch einmal als Virenjäger an die Bazillenfront zu ziehen.«

Sie hoben ihre Gläser und nahmen einen Schluck, anschließend sprach er mit etwas rauerer Stimme weiter. »Sechs Jahre ist es jetzt her, dass ich zum letzten Mal die Möglichkeit hatte, im Feld dabei zu sein, wenn die Menschheit wieder von fiesen Viren bedroht wird und gerettet werden muss.«

Die anderen nickten und nahmen noch einen Schluck Whisky.

Dann hing jeder von ihnen seinen eigenen Gedanken nach, und Stille legte sich wie eine Decke über die Männer. Was bedeutete es schon, die Menschheit zu retten …?

EINS

Montag, 19. September. Für viele Menschen begann ein ganz normaler Abend. Sie saßen vor dem Fernseher, telefonierten mit Freunden oder gingen online, um zu chatten. Ein paar Jogger und Hundehalter waren am Strand unterwegs. Einige glutrote Wolken standen nach dem Sonnenuntergang noch am Himmel über dem kleinen Sandstrand von Otterndorf. Ein Segelboot lief langsam in den Hafen ein. Die Luft war klar, kein Dunst lag über dem Wasser der Elbe. Wer genau hinschaute, konnte die Umrisse der Küste von Schleswig-Holstein auf der anderen Seite des Flusses ausmachen. Im Moment herrschte noch ablaufendes Wasser, weite Wattflächen lagen frei, aber bald würde der Gezeitenstrom kentern und die Flut sich das Land zurückholen.

Seit einer Woche kam Holger mit seiner Hündin an den Strand, um noch ein bisschen Luft zu schnappen und am Ende eines langen Arbeitstages vor dem Laptop endlich noch ein wenig Bewegung zu bekommen. Lady, seine schwarze Labradordame, liebte es, durch das Watt zu rennen. Manchmal fegte sie wie der Blitz über den fast trockenen Boden, manchmal versank sie tief im Matsch. Holger wohnte eigentlich in einer kleinen Wohnung in Bremen, in der Nähe der Universität. Strand gab es dort logischerweise nicht, und er konnte mit seiner Hündin nur durch Parks oder Straßen laufen. Aber im Augenblick hatte er sich bei seiner Freundin Cornelia in Otterndorf einquartiert, um in Ruhe an einem Manuskript über seine neusten Forschungsergebnisse schreiben zu können. Er hatte gehofft, auf seinem abendlichen Spaziergang noch ein paar dicke Containerschiffe oder ein Kreuzfahrtschiff auf dem Weg nach Hamburg zu sehen.

Mit Freude beobachtete er Lady, wie sie Wasser und Schlamm spritzen ließ. »Lady, zurück. Zeit, nach Hause zu gehen!« Meist kam das Tier sofort, aber heute nicht. Da war wohl noch viel überschüssige Energie, die verbrannt werden musste. Noch immer jagte die Hundedame direkt an der Kante des Hafenpriels über das Watt, dachte überhaupt nicht daran, zu Herrchen zurückzukommen. Plötzlich wurde sie langsamer, drehte eine enge Runde und blieb stehen. Sie fing an zu schnüffeln und mit den Vorderpfoten im Schlick zu wühlen, direkt neben einer der langen Holzstangen, die das Fahrwasser markierten und bei Niedrigwasser frei standen.

»Hör auf und komm endlich.«

Aber Lady hörte nicht. Widerwillig marschierte Holger los, seine Hündin zu holen. »Was ist denn bloß los mit – oh Shit.« Direkt vor dem Hund ragte etwas über die Prielkante. Eine Hand. Die Hand eines Menschen.

»Oh Shit!«

Mit der linken Hand zog Holger den Hund am Halsband zurück, mit der Rechten stocherte er nervös in der Jackentasche nach seinem Handy.

***

Die Szenerie hatte etwas Gespenstisches. Bereits wenige Minuten nach Eingang des Notrufs bezüglich einer gefundenen Leiche war der erste Streifenwagen am Strand eingetroffen. Kurze Zeit später war der ganze Bereich bis zum Yachthafen abgesperrt. Einsatzwagen von Polizei und Feuerwehr standen auf dem sonst von Touristen bevölkerten Deichweg. Knapp hundert Meter ins Watt hinein hatten Mitarbeiter des ebenfalls herbeigerufenen Technischen Hilfswerks zwei Scheinwerfermasten errichtet, von dort strahlte kaltes Licht auf den Wattboden und die unzähligen Personen in Uniform und weißen Overalls, die dort einer Ameisenkolonie gleich herumwuselten.

»Bewegt euch endlich. Wir haben nicht die ganze Nacht Zeit«, bellte eine raue Stimme durch die angespannte Stille. »Wo zum Henker ist der Typ, dem wir das alles hier zu verdanken haben? Und sorgt gefälligst dafür, dass keine Touristen mehr über den Strand latschen und dumme Fragen stellen! Die sollen sich in ihre Ferienhäuser verziehen und Krabbenbrote mampfen.«

Obwohl er eigentlich heute einen freien Tag hatte, war Hauptkommissar Arne Olofsen schon vor Ort.

»Ich will mehr Licht haben. Und weniger Wasser. Und Matsche auch nicht, verdammt noch mal. Welcher Vollpfosten legt eine Leiche im Watt ab?«

Olofsen war für seine rustikale und sehr direkte Art bekannt. Aber er galt als guter Ermittler, was auch immer das für einen Kriminalpolizisten in Cuxhaven bedeuten mochte. Er war erst seit knapp zwei Jahren hier. Hatte sich aus Berlin über die Ländergrenzen hinweg an die Nordseeküste versetzen lassen. Warum und was er vorher gemacht hatte, lag irgendwie im Nebel. Neugierige Frager wurden gewöhnlich mit dem kurzen, aber prägnanten Hinweis, was sie ihn mal konnten, abgefertigt. Wenig überraschend fragte niemand mehr.

»Hier ist alles unter Kontrolle. Wenn du einen sinnvollen Beitrag leisten willst, setz dich irgendwohin und bau eine Sandburg.«

Martin Greiner, Olofsens Partner, war als Einziger in der Lage, dessen Launen zu bändigen, ohne Gefahr zu laufen, »an den Eiern an die Kugelbake genagelt zu werden«, wie sonst jedem angedroht wurde, der dumm genug war, ihm die Stirn zu bieten. Die beiden kannten sich schon lange. Auch hier wusste niemand Genaues. Greiner war zusammen mit Olofsen aus Berlin in den Norden gekommen.

Olofsen grummelte irgendetwas Unverständliches, blieb ansonsten aber ruhig.

»Wir haben noch knapp zwei Stunden Zeit, bis das auflaufende Wasser hier alles überflutet hat. Bis dahin müssen wir den Leichnam geborgen haben. Gelegenheit, ausführlich nach Spuren zu suchen, werden wir nicht bekommen«, erklärte Greiner. »Die Staatsanwaltschaft Stade hat bereits grünes Licht gegeben. Obduktion, das volle Programm.«

»Okay. Eigentlich wollte ich mich in meinen Schuppen zurückziehen und ein neues Bücherregal für Nele bauen.«

Nele war Olofsens sechsjährige Nichte, die er vergötterte. Und er selbst war ein begeisterter Hobbytischler, der seine gesamte Freizeit – sofern er welche fand – in seiner nahezu professionell eingerichteten Werkstatt verbrachte.

»Wo finde ich den Typen, der die Hand entdeckt hat?«

»Oben am Restaurant. Er saß vorhin am Rettungswagen. Du erkennst ihn an dem schwarzen Hund in seiner Begleitung.«

»Schwarzer Hund? Sind es nicht eigentlich schwarze Katzen, die Unglück bringen?«

»Wie's scheint, ändern sich die Zeiten.«

Einige Augenblicke später hatte Olofsen den Mann entdeckt. Er war noch immer kreidebleich und klammerte sich an einen Kaffeebecher, als hinge sein Leben davon ab.

»Guten Abend. Mein Name ist Arne Olofsen, Hauptkommissar bei der Polizeiinspektion Cuxhaven. Ich leite die Ermittlungen hier vor Ort. Man hat mir gesagt, Sie hätten das Opfer im Watt gefunden.«

»Ja, das stimmt. Ich habe hier mit meinem Hund noch eine Runde gedreht. Wie jeden Abend. Aber meist nicht hier. Also, ich wohne in Bremen …«, stammelte der Mann. »Bin nur heute hier … fast zufällig. Oh mein Gott, so etwas habe ich noch nie erlebt …«

»Tja, ich glaube, so etwas wünschen sich die wenigsten. Und den meisten passiert es auch nicht. Da Sie aber nun das Pech hatten, möchte ich Sie bitten, mir die Geschichte noch einmal zu erzählen. Mit allen Kleinigkeiten bitte.«

ZWEI

Cuxhaven, Dienstag, 20. September, vier Uhr morgens. Es war noch dunkel, auf dem Wasser im Hafen und an der Alten Liebe lag ein leichter Dunstschleier. Der Himmel war klar, und die Dämmerung ließ auf sich warten, sodass neben einem sichelförmigen Mond auch viele Sterne zu sehen waren. Fast kein Wind wehte, das Wasser der Elbe bewegte sich kaum.

Nächtliche Stille hüllte den Hafen ein, als drei Gestalten langsam an den fest vertäuten Ausflugsschiffen vorbeiliefen. Die weiß gestrichene Neuwerkfähre Flipper lag bewegungslos an der Pier. Zwei der Gestalten hatten die dritte in ihre Mitte genommen und schienen diese zu stützen, da sie selbst offenbar kaum mehr laufen konnte. Alle drei trugen dunkle Arbeitsanzüge, Masken über Mund und Nase, Handschuhe und Schutzbrillen. Zu dieser Uhrzeit waren sie allein in diesem sonst besonders von Touristen viel besuchten Teil des Hafens. Knapp eine Minute später hatten sie die Alte Liebe, die hölzerne Galerie, die den Hafen vom Elbfahrwasser abgrenzte, erreicht. Sie begaben sich sofort auf die obere Aussichtsplattform. Auch dort waren sie allein. Erst in einigen Stunden würden Scharen von Besuchern die Plattform bevölkern, um den Schiffen auf der Elbe sehnsüchtige oder hoffnungsvolle Blicke nachzuwerfen.

Die zwei Gestalten legten die dritte, jetzt völlig reglose Person vorsichtig auf eine der Bänke. Mit geübten Handgriffen streiften sie ihr die Handschuhe und die Schutzbrille ab. Einer der beiden begann, mit einer scharfen, langen Schere den Arbeitsanzug des Liegenden aufzuschneiden. Nach einigen Minuten hatte er den Anzug komplett entfernt und den darunterliegenden dunkelgrünen Jogginganzug freigelegt. Schließlich breitete er mit geschickten Handgriffen eine zerknitterte Zeitung über Körper und Gesicht. Jetzt sah es so aus, als läge hier ein schlafender Obdachloser.

Eine der beiden Gestalten holte eine kleine Flasche aus den Tiefen eines Rucksacks und sprühte eine wasserklare Flüssigkeit auf die Bänke und das umlaufende Holzgeländer der Plattform. Nachdem er dies beendet hatte, verschwand die Flasche wieder im Rucksack. Stattdessen kam eine weitere Sprühflasche zum Vorschein, diesmal deutlich größer als die erste. Nun begann er, zunächst sich selbst und dann seinen Begleiter, der bewegungslos neben der Bank mit dem vermeintlichen Obdachlosen gewartet hatte, am ganzen Körper einzusprühen. Dann tauschten sie die Flasche und wiederholten die Prozedur. Je mehr sie sprühten, desto stärker roch es nach Essig.

Beide nickten sich Einverständnis signalisierend zu, dann liefen sie mit schnellen Schritten los und verließen die Alte Liebe. Keine zehn Minuten waren die Männer hier gewesen. Nun lag der Hafen wieder einsam und ruhig.

***

Kurz vor neun, mittlerweile war es hell, und die aufgehende Sonne hatte den über dem Wasser liegenden Dunst vertrieben. Nach wie vor wehte so gut wie kein Wind. Langsam erwachte der Hafen zum Leben, die ersten Souvenirläden öffneten. Einige Frühaufsteher waren bereits unterwegs. Aber keiner der frühen Besucher auf der Alten Liebe nahm die unter Zeitungspapier auf der Bank liegende Gestalt zur Kenntnis. Der eine oder andere missmutige Gedanke über das Pack, das sich nun auch schon hier breitmachte, wurde gedacht – aber alle gingen weiter. Auch die Hunde hielten sich auffällig fern.

Erst eine Stunde später, nachdem die ersten Touristen eingetroffen waren, wurde der Mann auf der Bank entdeckt.

»Mama, Mama, warum liegt da ein Mann unter der Zeitung?«, wollte ein kleiner, vielleicht achtjähriger Junge von seiner Mutter wissen, nachdem er einige der Papierseiten weggezogen hatte.

Ein plötzlicher Windstoß blies die restliche Zeitung vom Körper. Erschrocken schrie die Frau auf, ihr kleiner Sohn verschwand verängstigt hinter ihrem Rücken.

Der Mann auf der Bank war kreidebleich und hatte tief eingefallene, blutunterlaufene Augen. Ein dünnes Rinnsal Blut war aus seinem rechten Nasenloch gelaufen und zwischen den Stoppeln eines ungepflegten Dreitagebartes getrocknet. Eine seiner Hände hing an der Seite herunter und berührte den Boden. Am Handgelenk waren blutige Abschürfungen sichtbar.

Der kleine Junge weinte und machte damit andere Besucher aufmerksam. Ein junger Mann kam angelaufen und kniete sich vor den Mann auf der Bank. Er versuchte, ihn mit leichten Schlägen auf die Wange zu wecken.

»Hallo?«, rief er. »Können Sie mich hören? Geht es Ihnen gut?«

Offensichtlich nicht, denn der Mann zeigte keinerlei Reaktion. Nur hatte sich sein Kopf durch die Schläge auf die Wangen leicht zur Seite gedreht, sodass nun auch frisches Blut aus seinem Mundwinkel lief und auf die Bank und den Holzboden tropfte. Erschrocken wich der junge Mann zurück. Nun ebenfalls etwas bleich im Gesicht, wischte er seine blutverschmierten Hände an der Rückenlehne der Bank ab. Weitere Menschen eilten herbei, ein Hund sprang ungestüm vor dem auf der Bank liegenden Mann auf und ab, wurde aber schnell von seinem Herrchen an der Leine zurückgerissen.

»Wir brauchen einen Notarzt!«, rief eine Stimme aus der Gruppe, und wie auf Kommando griffen gleich mehrere der Umstehenden nach ihrem Handy.

Die junge Frau, deren Sohn noch immer weinte, schaute sich verstört um. Sie verstand nicht, was hier passierte. Sie wollte nur weg.

✳✳✳

Dienstag, 20. September, früher Vormittag. Olofsen hatte schlecht geschlafen. Da die Nacht außerdem recht kurz gewesen war, hatte er entsprechend schlechte Laune. Mit einem Becher dampfendem Kaffee in der Hand marschierte er durch die Gänge des Cuxhavener Krankenhauses. Nach einigen Minuten Fußmarsch, einer ganzen Reihe nicht druckreifer Flüche und diversen verschlossenen Türen fand er schließlich den Saal, in dem die Obduktion stattfinden sollte. Hierhin hatte man noch in der Nacht die im Watt ausgegrabene Leiche gebracht. Normalerweise wurden Obduktionen an Leichen aus Cuxhaven im Institut für Rechtsmedizin in Hamburg durchgeführt. Nur in Ausnahmefällen kamen die Rechtsmediziner direkt nach Cuxhaven und erledigten ihre Arbeit in den Räumlichkeiten der Helios-Klinik.

Der Chefpathologe Dr. Walberg wartete bereits. Gewöhnliche Fälle überließ er seinen Mitarbeitern. Aber dieser Fall schien alles andere als gewöhnlich zu sein. Seine Neugier war geweckt und hatte ihn sogar in den frühen Morgenstunden von Hamburg nach Cuxhaven gelockt.

»Ah, Götterdämmerung. Hat der Herr ordentlich geruht, oder ist er falsch abgebogen und in der Kantine gelandet?«

Offensichtlich war Walberg heute Morgen ebenfalls noch nicht allerbester Laune. Wahrscheinlich war er für seine Verhältnisse doch entschieden zu früh aufgestanden, die lange Fahrt von Hamburg nach Cuxhaven – ans Ende der Welt, wie er häufig konstatierte – hatte nicht geholfen.

»Zuerst mal guten Morgen. Und jetzt quatsch kein dummes Zeug. Sag mir, was da in Otterndorf am Strand vorgefallen ist.«

»Mann, du bist ja schon richtig gut drauf. Ich nicht so, denn während du noch verschlafen an deinem Kaffee genuckelt hast, habe ich schon ein wenig vorgearbeitet. Pro-aktiv nennt man das heutzutage. Aber um nun zur Sache zu kommen: Unser Opfer ist männlich, etwa vierzig Jahre alt.«

Klaus Walberg erhob sich langsam von einem Schreibtisch und machte ein paar Schritte auf den Obduktionstisch zu. Er wusste, dass Olofsen der Obduktion unbedingt beiwohnen wollte, und jetzt, da er endlich da war, konnte er mit der Arbeit beginnen. Der Körper des Opfers war noch mit einem grünen OP-Tuch abgedeckt.

Der gesamte Raum strahlte eine bedrückende Atmosphäre aus, alles war auf reine Funktionalität ausgelegt. Bläulich weiße Fliesen an den Wänden bis zur Decke, graue Keramik auf dem Fußboden. Viel Edelstahl, alles leicht zu reinigen und zu desinfizieren. Ein penetranter Geruch nach Desinfektionsmitteln hing in der Luft. Im Hintergrund brummte eine Klimaanlage.

Über dem OP-Tisch, auf dem der Leichnam lag, war ein enorm großes Lichtsystem mit diversen einzeln einstellbaren Halogenstrahlern installiert. Sie schaltete Walberg nun ein, dann zog er mit einem plötzlichen Ruck das Tuch vom Körper des Toten, als würde er gerade ein neues Kunstwerk für die Öffentlichkeit enthüllen.

Olofsen musste schlucken. Auch nach all den Jahren verursachte ihm der Anblick eines entkleideten, leblosen und meist verunstalteten Körpers auf dem kalten Stahltisch stets Übelkeit. Aber er wollte hier sein, er sah es als seine Pflicht an, jedes Detail aus erster Hand zu erfahren, alle Teile des Puzzles zu Gesicht zu bekommen, um in der Lage zu sein, den Täter zu überführen und so dem Opfer wenigstens ein Minimum an Würde zurückzugeben.

»Dann wollen wir mal.« Walberg schaltete das über dem Obduktionstisch hängende Mikrofon ein, um seine Kommentare für den späteren Bericht aufzuzeichnen. Er begann wie immer mit der äußeren Leichenschau, das heißt, er inspizierte den toten Körper vor ihm von Kopf bis Fuß, ohne seine zahlreichen Sägen einzusetzen. Es herrschte angespannte Stille, Olofsen wagte nicht, Walberg mit irgendwelchen Bemerkungen oder Fragen zu stören. Er würde sowieso keine Antwort erhalten. Sobald Walberg etwas entdeckte, das beider Aufmerksamkeit verdiente, würde er sich unaufgefordert äußern.

»Nun«, war die Stimme des Gerichtsmediziners nach einigen Minuten zu vernehmen. »Es gibt keine äußerlichen Auffälligkeiten oder Anzeichen einer Gewalteinwirkung. Keine Stich- oder Schnittwunden, auch keine Hämatome, Schürfwunden oder Blutergüsse, die auf einen Kampf oder auf Einwirkung eines stumpfen Gegenstandes schließen lassen. Zu Nadeleinstichen kann ich jetzt noch nichts sagen.«

»Aber tot ist er trotzdem«, bemerkte Olofsen.

»Danke für den Hinweis, Sherlock.« Walberg verzog keine Miene. »Tot ist er tatsächlich. Aber um herauszufinden, warum, müssen wir wohl noch ein wenig arbeiten. Der Bauchnabel sieht mir irgendwie komisch aus, ungewöhnlich geweitet, als wäre er aufgeschnitten worden. Seltsam ...«

Walberg griff zu den Werkzeugen, die auf einem rollbaren Beistelltisch neben dem Obduktionstisch vorbereitet waren. Olofsen sah ein blitzendes Skalpell und einen Kettenhandschuh. Er wusste, was nun kam, und musste erneut schlucken.

Professionell und unbarmherzig öffnete Walberg den Körper. Er begann an den Schultern und arbeitete sich langsam und zielsicher über den Brustkorb bis zum unteren Bauchbereich vor. In der Zwischenzeit war ein zweiter, wesentlich jüngerer Mitarbeiter zu ihnen gestoßen, der Walberg assistierte. Wieder sprach niemand, wieder brummte nur die Klimaanlage penetrant vor sich hin.

Walberg machte sich gerade daran, die Bauchhöhle zu öffnen, als ein leises Klirren zu hören war. Glasklirren. »Was war das?«, fragte der Assistent.

»Hmpf«, kam es von Walberg. »Halten Sie hier die Klammer. Das haben wir gleich.«

Nochmals war ein leises Klirren zu hören. Olofsen war angespannt und stand nur noch zwei Schritte hinter dem Assistenten. Er hatte es auf seinem Stuhl nicht mehr ausgehalten.

Walberg hatte die Bauchhöhle nun weit geöffnet und griff mit der linken Hand nach oben, um einen der Halogenstrahler näher zu ziehen.

»Mein lieber Herr Gesangsverein. Ich habe ja schon so einiges gesehen. Aber das hier ... Himmel!«

✳ ✳ ✳

»Bitte? Ihr habt *was* gefunden?« Greiner saß in Olofsens Büro und hörte angespannt zu, was ihm sein Kollege über die Obduktion zu berichten hatte. Inzwischen war es später Nachmittag.

»Ja, du hast verdammt noch mal richtig gehört. In der Bauchhöhle des Toten hat Walberg über vierzig Glasfläschchen mit irgendeinem Zeug gefunden. Alle Flaschen waren unversehrt und verschlossen. Bis jetzt weiß ich nicht, worum es sich handelt.«

»Schmuggel?«, spekulierte Greiner drauflos.

Olofsen sah ihn an, als hätte sein Kollege sie nicht mehr alle. »Verstand einschalten bitte. Kleine Päckchen mit Drogen zu schlucken und sie später wieder auszukacken ist eine Sache. Und gefährlich genug. Aber sich ein Loch in den Bauch zu schneiden und dann vierzig kleine Glasflaschen da hineinzustecken, das ist doch 'ne Nummer zu abgefahren. Und warum liegt er dann tot im Watt – mit dem Zeug im Bauch? Nee, da steckt mehr dahinter.«

»Wissen wir eigentlich schon, um wen es sich handelt?«, fragte Greiner.

»Ja, freundlicherweise hat man ihm sein Portemonnaie gelassen. Und sogar der Personalausweis war noch drin – allerdings kein Geld mehr. Na ja, das braucht er ja nun auch nicht mehr. Er heißt Wolfgang Meister, geboren am 22. Juli 1965, und wohnte in Altenbruch. Nach den Informationen vom Meldeamt der Stadt hat er dort allein gelebt. Und ich glaube, wir sollten ihn finden und schnell identifizieren.«

»Ich denke, wir sollten uns die Wohnung ansehen.«

Olofsen wollte gerade zu seinem Kaffeebecher greifen, als das Telefon klingelte. »Das machst du. Ich habe noch zu tun.«

Er drehte sich um und griff zum Telefonhörer. Greiner erkannte, dass die Besprechung zu Ende war. Er schnappte sich seine über den Stuhl gehängte Jacke und ging. Doch schon im nächsten Moment rief Olofsen hinter ihm her: »Martin, bleib hier. Es wird noch heftiger.«

Das Telefongespräch war bereits beendet. Greiner setzte sich wieder an Olofsens Schreibtisch. »Schieß los!«

»Nun ja«, setzte Olofsen an. »Das war noch einmal Walberg. Er hat festgestellt, dass Wolfgang Meister keines natürlichen Todes gestorben ist.«

»Sag an«, grummelte Greiner. »Der Mann ist jeden Cent wert. Ein Hoch auf den Gerichtsmediziner Walberg.«

»Ist ja gut. Wenn du jetzt die Luft anhalten würdest, könnte ich dir den Rest erzählen. Darf ich also?« Ohne eine Antwort abzuwarten, fuhr Olofsen fort: »Erstens: Der arme Kerl, also Meister, scheint im Matsch erstickt zu sein. Walberg hat Salzwasser und Sand in seiner Luft- und Speiseröhre gefunden, sogar in der Lunge. Zu viel und vor allem zu tief, als dass er zufällig in den Mundraum eingedrungen sein könnte. Zweitens: Der Schnitt im Bauchnabel, durch den diese Glasfläschchen eingeführt wurden, wurde von jemandem gesetzt, der wusste, was er tat. Sauber geschnitten, mit einem äußerst scharfen Werkzeug, wahrscheinlich einem chirurgischen Skalpell. Anschließend wurde dieser Schnitt fachmännisch wieder verschlossen – genäht mit kleinen und kurzen Stichen, drei Stück. Walberg hätte dies fast übersehen.«

»Du willst also sagen –«, begann Greiner.

»Mund halten, ich bin noch nicht fertig. Drittens: Es gibt bereits einen ersten Hinweis aus der Toxikologie. In Meisters Blut konnte Liquid Ecstasy nachgewiesen werden.«

»Liquid Ecstasy – K.o.-Tropfen?«

»Himmel, welcher Teil von ›Mund halten‹ ist so schwer zu verstehen?«, schimpfte Olofsen, bevor er antwortete: »Ja, ich meine K.o.-Tropfen. Wir hatten verdammtes Glück, dass Walberg auf die Idee gekommen ist, sofort auf diese Substanz testen zu lassen, und den Laborfuzzis mächtig in den Hintern getreten hat, damit die auch vorwärtsmachen. Liquid Ecstasy lässt sich nur innerhalb der ersten zwölf Stunden nach Verabreichung nachweisen. Die genaue Dosis haben die Jungs in der Toxikologie noch nicht berechnen können, aber alles deutet darauf hin, dass unser Mann zunächst betäubt, dann aufgeschnitten, mit Glasampullen gefüllt, zugenäht und anschließend im Otterndorfer Watt halb vergraben, halb an die Pricke gefesselt wurde. Und das innerhalb einer ziemlich kurzen Zeitspanne, die auch noch gar nicht lange zurück liegt. So, und jetzt darfst du reden.«

Greiner gehorchte prompt. »Wenn das stimmt, bedeutet es, dass unser Opfer noch nicht lange dort lag. Wahrscheinlich bei ablaufendem Wasser hingebracht, gefunden wurde er dann eine Tide später. Was wird das hier? Hier ist Cuxhaven, plattes Land mit Möwenschiss und Sandburgen, nicht New York oder London. Solche Geschichten kenne ich aus ›CSI Miami‹, aber nicht von der Nordseeküste!«

»Das müssen wir herausfinden. Und um die Herausforderung noch ein wenig zu steigern, kommt jetzt ein ›Viertens‹.«

Olofsen beugte sich über seinen Schreibtisch und sah Greiner an. »Die Glasflaschen aus dem Bauch unseres Toten waren etikettiert. Das Etikett war zwar teilweise aufgelöst, aber Walbergs Assistenten ist es gelungen, zumindest die Hauptinfo wieder sichtbar zu machen. Bei dem Zeug handelt es sich um eine Substanz namens ›Vertovir‹. Irgendein Pharmazeug, ein Impfstoff oder Therapeutikum, was weiß ich. Die Jungs im Labor werden überprüfen, was es damit auf sich hat, kann allerdings etwas dauern. Hergestellt wurde es anscheinend bei einer kleinen Biotechfirma in Otterndorf, Theravactec GmbH. Der Name ist echt klasse, die hätten aber noch mindestens ein y und zwei x einbauen sollen, damit es richtig future-space-abgefahren klingt. Egal, du fährst zu Meisters Wohnung und schaust dich dort um, ich werde mal bei Thera-was-auch-immer-tec vorbeischauen.«

Greiner war anzusehen, dass er mit dieser Idee nicht glücklich war.

»Was?«, fragte Olofsen.

»Schau mal auf die Uhr. Gleich sechs. Beim besten Willen, ich bin kaputt. Und ich glaube kaum, dass du um diese Uhrzeit in Otterndorf noch viel erreichst.«

»Diese Supermanager arbeiten doch immer bis tief in die Nacht«, erwiderte Olofsen.

DREI

Draußen war es bereits dunkel, und die mickrige Lampe über dem Küchentisch schaffte es kaum, den Raum zu erhellen. Eine Glaskanne mit dampfendem schwarzen Tee und drei Tassen standen auf dem Tisch. Christoph Gell griff sich die Kanne und goss die vor ihm stehenden Tassen voll.

»Milch und Zucker müsst ihr euch selbst nehmen«, sagte er.

Tanja Muster und Paul Mahn nahmen ihre Tassen, sprachen aber kein Wort. Die Atmosphäre war angespannt. Der Raum war fast unmöbliert, die Tapete an den Wänden hatte ihre beste Zeit weit hinter sich gelassen, an manchen Stellen löste sie sich bereits von der Wand. Neben dem Tisch gab es nur noch funktionale Einrichtung, einen alten Elektroherd, einen laut vor sich hin rumpelnden Kühlschrank und ein Sideboard ohne Türen, in dem sich zwei Töpfe, eine Pfanne, ein paar Teller, Tassen und Gläser stapelten. Auf dem Board standen eine alte Kaffeemaschine und ein Wasserkocher. In einer Ecke des Raumes, neben dem Mülleimer, lag auf dem alten PVC-Fußboden ein Karton mit einer noch nicht ausgepackten Mikrowelle.

»Manchmal frage ich mich, ob das alles richtig ist.« Paul blickte suchend in seine Tasse, als sei dort die Antwort verborgen.

»Was soll das heißen?«, fuhr Tanja ihn an. »Hast du etwa die Hosen voll?«

»Red keinen Scheiß. Diese ganzen Miniaktionen sind doch für 'n Arsch. Das bringt doch alles nichts.« Paul stand auf und lief durch den Raum. »Was haben wir denn bislang erreicht? Wir hocken hier in diesem Loch, diskutieren und trinken Tee, während draußen alles nur noch schlimmer wird.«

»Nun mach mal 'n Punkt«, sagte Christoph überheblich. »Wenn wir Erfolg haben wollen, muss alles richtig laufen.

Alles! Wir wollen nicht schlechter sein als diese bärtigen Spinner, die Buddhas in die Luft sprengen, sondern besser. Ja, die Küche ist ein Dreckloch. Aber das war's auch schon. Warst du heute schon hinten? Hast du da irgendwelchen Dreck gesehen? Da ist alles top, genau so, wie es sein soll. Und keiner um uns herum weiß irgendetwas. Wir sind fast so weit. Wir haben unseren letzten Test gestartet. Schon vergessen?«

Paul setzte sich wieder und starrte angestrengt auf den Fußboden.

»Scheiße. Ich bin nervös. Unser Test war wichtig. Aber das Warten, bis es wirklich losgeht, bis sich auszahlt, wofür wir in den ganzen letzten beiden Jahren gekämpft haben, macht mich wahnsinnig.«

Tanja griff zu ihrem Tee. »Unsere Aktion wird völlig den Rahmen sprengen. So etwas hat es noch nicht gegeben. Wir werden nicht nur endlich Aufmerksamkeit auf unsere Sache lenken, wir werden einen definitiven Beitrag zur Lösung des Problems leisten. *Den* Beitrag schlechthin. Aber jetzt will ich endlich wissen, wie es heute Morgen gelaufen ist.« Sie blickte die beiden Männer erwartungsvoll an.

Tanja Muster war knapp dreißig Jahre alt, groß gewachsen und schlank. Ihre Augen wirkten allerdings zehn Jahre älter. Nach dem Abitur hatte sie ein Freiwilliges Soziales Jahr bei einer internationalen Non-Profit-Organisation gemacht, die humanitäre Hilfe in Krisengebieten leistete. Aus dem einen Jahr waren sechs geworden, und Tanja hatte Leid und Elend in vielen Teilen der Welt gesehen. In Kolumbien war sie nur knapp einer Entführung entkommen. Ihre damaligen Mitstreiter hatten weniger Glück gehabt, einer von ihnen hatte sich auf den endlosen Märschen durch die Bergwälder von dem schlechten Essen eine Magen-Darm-Infektion zugezogen und war allein und qualvoll irgendwo im Busch gestorben.

Nach Deutschland zurückgekommen, kehrte Tanja dieser Art von Hilfe den Rücken. Ihre Erlebnisse hatten sie so stark traumatisiert, dass sie mit ihrer Familie, mit ihren alten

Freunden und dem idyllischen Leben auf dem Lande in der Nähe von Freiburg nichts mehr anzufangen wusste. Sie ging nach Hamburg, wo sie sich zum Studium von Sozialwissenschaften und Psychologie an der Uni einschrieb. Nachdem sie ihren Magister in der Tasche hatte, blieb sie dennoch rastlos und unzufrieden. Aber sie brauchte Geld zum Leben und somit einen Job. Sie fand eine Assistentenstelle in der Hamburger Sozialbehörde. Nebenher begann sie, sich abermals bei Umweltschutz- und Menschenrechtsgruppen zu engagieren.

Christoph Gell, zwei Jahre jünger als Tanja und Sohn eines wohlhabenden Hamburger Reeders, hatte hingegen weder vor noch während seines BWL-Studiums Hamburg verlassen. Trotzdem konnte er jedem die Welt und ihre politischen, wirtschaftlichen und religiösen Zusammenhänge erklären. Zumindest seine Version davon. Sein Studium lief nur noch pro forma, denn so ließ sich sein Vater am besten überzeugen, weiterhin monatlich eine ansehnliche Summe Geld zu überweisen und ihn ansonsten in Ruhe zu lassen.

Sein Plan, sich ins Studentenparlament wählen lassen, hatte nicht funktioniert, da er niemanden mit seinen konfusen Themen überzeugen konnte. Frustriert hatte er sich von studentischen Bewegungen abgewandt und in der Bibliothek der Universität sozial- und gesellschaftskritische Wälzer aller Epochen studiert – verschlungen wäre das bessere Wort. Ebenso hatte er die Inhalte diverser Fachjournale über ethische, moralische und soziophilosophische Fragestellungen in sich aufgesogen. Danach war er der Auffassung, wirklich *Durchblick* zu haben, aber nun benötigte er eine Zuhörerschaft.

Er gründete auf Facebook eine eigene Gruppe. Anfangs gab es zwar einige Likes, jedoch keine Freundschaftsanfragen oder Follower. Das frustrierte ihn, aber er gab nicht auf. Dann meldeten sich tatsächlich einige Interessierte über den Chatroom, unter ihnen Tanja Muster. Man beschloss, sich nicht nur im Netz auszutauschen, sondern auch in der realen Welt.

Das erste Treffen fand in einer kleinen, verqualmten Eckkneipe in St. Pauli statt. Sie redeten viel und tranken Astra. Am meisten redete Christoph. Er schwafelte und schwadronierte, und bereits nach einer Stunde hatte sich sein Publikum schon von fünf auf drei Personen reduziert.

Dem neben Tanja letzten verbliebenen Zuhörer – es war Paul – war es gelungen, das Gespräch geschickt von der diffusen Umgestaltung und Rettung der Gesellschaft auf Sorgen, Nöte und Probleme der Hamburger umzulenken und den Blick auf die eigene Haustür zu richten. Über die Elbvertiefung und die kaum abzuschätzenden Folgen diskutierten sie besonders lange.

Irgendwann nach Mitternacht zahlten sie und gingen nach draußen in die Nacht.

»So weit, so gut. Wie soll es denn nun weitergehen?«, wollte Paul wissen.

Weder Christoph noch Tanja fiel etwas ein.

»Wir werden die Welt retten. Genau«, sagte Tanja mit schwerer Zunge. »Schluss mit dem Krieg um Öl oder Wasser. Und die Elbe bleibt auch so, wie sie ist. Ich glaub, ich muss kotzen.«

Die beiden Männer schauten ihr verdutzt nach, als sie im Eilschritt um die Hausecke verschwand. Sie hörten einige Würge- und Spuckgeräusche, dann war es ruhig.

»Ich will jetzt endlich wissen, wie es heute Morgen gelaufen ist!«, beharrte Tanja und holte alle wieder aus ihren Gedankenwelten in die Realität der kleinen, heruntergekommenen Küche zurück.

Paul blickte ihr in die Augen. »Genau wie geplant. Ganz sauber, keine Pannen. Die Sache läuft. Und bald kocht der Topf über – wart's nur ab.«

Christoph sagte nichts, nickte bloß.

Paul stand auf. »Ich bin hinten. Ich brauche eine Stunde, danach haue ich ab. Ich bin erledigt für heute.«

»Brauchst du Hilfe?«, wollte Tanja wissen.

»Nein, ich schaffe es schneller allein.« Damit ging er und ließ Tanja und Christoph zurück.

»Hat sich der Chef schon gemeldet?«, fragte Christoph.

»Er hat gegen Mittag eine SMS geschickt«, antwortete Tanja. »Er kommt morgen Abend vorbei.«

VIER

Mittwoch, 21. September. Olofsen war gegen acht in seinem Büro angekommen, um noch einmal alle Notizen durchzusehen. Am Abend zuvor hatte er im Internet noch ein wenig über Theravactec recherchiert.

Eine knappe Stunde später machte er sich auf den Weg. Er hatte gerade das Gebäude der Polizeiinspektion an der Werner-Kammann-Straße verlassen, als sein Handy summte. Es war Greiner.

»Ich habe mir die Wohnung von Meister angeschaut. Die Wohnung war abgeschlossen, keine Anzeichen für einen Einbruch. Wir haben den Schlüsseldienst angefordert, um reinzukommen. Alles war aufgeräumt und in bester Ordnung. Aber eins habe ich herausgefunden – und das ist jetzt wichtig: Der Typ arbeitete auch bei Theravactec. Er hatte seine letzte Gehaltsabrechnung auf dem Schreibtisch liegen, da stand es drauf.«

»Was? Der arbeitet bei Theravactec?«, rief Olofsen. Diese Info konnte für die ganze Ermittlung von entscheidender Bedeutung sein. »Dann treffen wir uns in einer halben Stunde bei Theravactec auf dem Parkplatz.«

Olofsen setzte sich in seinen Wagen, einen noch recht neuen dunkelblauen 3er BMW. Er hoffte, dass zu dieser Uhrzeit die Strecke zwischen Cuxhaven und Otterndorf von nicht zu vielen Traktoren verstopft wurde. Nachdem er über einige Nebenstraßen die B73 erreicht hatte, schaltete er in der Hoffnung auf etwas entspannende Musik das Radio ein. Lieber wäre ihm eine CD mit Musik von Schandmaul gewesen, aber die hatte er in seiner Schreibtischschublade liegen lassen.

»... überall auf unserem Planeten tobt der Wahnsinn. Und es wird täglich schlimmer.«

»Und was sollte Ihrer Meinung nach unternommen werden?«, fragte der Moderator.

Noch vor einer Antwort schaltete Olofsen genervt das Radio wieder aus. »Müssen die so einen Quatsch bringen? Den Wahnsinn habe ich schon jeden Tag in meinem Job. Spinner ...«

Er fuhr ohne musikalische Untermalung weiter und überlegte sich stattdessen neue Strategien, CDs nicht mehr im Büro zu vergessen. Zum Beispiel, sie sofort ins Auto zu legen.

Er hatte Glück, knapp dreißig Minuten und nur drei riskante Trecker-Überholmanöver später rollte er auf den Parkplatz von Theravactec. Greiner war schon da und lehnte gelangweilt an seinem Wagen.

Das Gebäude von Theravactec, ein neuer Bau mit viel Stahl und Glas, wie es für moderne Hightech-Tempel typisch war, lag an der Besenhalmer Trift, nur knapp dreihundert Meter vom Elbdeich entfernt. Eigentlich passte ein solcher Bau gar nicht in die Landschaft um Otterndorf. Vom obersten Geschoss des insgesamt vierstöckigen Gebäudes hatte man aber bestimmt eine phantastische Sicht über die Deichwiesen und die Elbe. In Olofsen stieg ein wenig Neid auf, als er an sein trauriges Büro im tristen Gebäude der Cuxhavener Polizeiinspektion dachte.

Durch eine große Glastür betraten sie die Eingangshalle. Auch hier Marmor und viel Glas. Am Empfang saß eine junge Frau.

»Guten Morgen, die Herren, und willkommen bei Theravactec. Wie kann ich Ihnen helfen?«, fragte sie mit perfektem Stewardessenlächeln.

Mir sagen, wer deinen Kollegen Wolfgang Meister umgebracht hat – das wäre ein guter Start, dachte Olofsen. »Guten Morgen. Mein Name ist Olofsen. Der nette Herr neben mir ist mein Kollege Greiner. Kriminalpolizei Cuxhaven. Wir möchten uns gerne mit dem Chef des Hauses unterhalten.«

»Haben Sie einen Termin? Falls nicht, glaube ich kaum, dass unser Managing Director, Dr. Korz, so kurzfristig Zeit für Sie erübrigen kann. Er ist ein viel beschäftigter Mann.«

»Hören Sie, junge Dame. Das war eigentlich keine Frage«, antwortete Olofsen bereits leicht gereizt. »Wir sind die *Polizei*. Und wir wollen *jetzt* mit Ihrem Dr. Wer-auch-immer reden. Seien Sie also so gütig und pfeifen ihn herbei.«

»Also bitte, was erlauben –«

»Jetzt!«, schnauzte Olofsen.

»Schon gut.« Sie griff zum Telefon, wählte eine Nummer und sprach ein paar Sekunden leise in den Hörer. Ihr Blick streifte dabei immer wieder die beiden Polizisten.

Nur Sekunden nachdem sie den Hörer aufgelegt hatte, öffnete sich eine Tür, und eine weitere Frau, elegant gekleidet und bereits etwas älter, trat zu ihnen in die Halle.

»Mein Name ist Hausch. Ich bin die persönliche Assistentin von Dr. Korz. Er wird es einrichten können, Ihnen für ein paar Minuten zur Verfügung zu stehen. Wenn Sie so nett wären, mir Ihre Namen und den Grund Ihres unangemeldeten Besuches zu nennen. Und Ihre Dienstausweise würde ich mir auch gerne ansehen.«

Greiner, der spürte, dass sein Chef in wenigen Sekunden aus der Haut fahren würde, schob Olofsen zur Seite.

»Mein Name ist Martin Greiner. Das ist mein Kollege Olofsen.« Er zog seinen Dienstausweis aus der Innentasche seiner Jacke und hielt ihn ihr kurz vor das Gesicht. »Wir möchten mit Herrn Korz sprechen. Und was wir besprechen wollen, werden wir ausschließlich ihm mitteilen. Und nun sollten wir uns auf dem Weg machen. Zeit ist schließlich Geld, nicht wahr?«

Frau Hausch blieb gelassen. Sie schob den beiden Polizisten einen Besucherausweis zu, drehte sich um und schritt wortlos voran. Greiner und Olofsen folgten ihr. Sie durchquerten einen lichtdurchfluteten Korridor, an den Wänden hingen Fotografien mit Küstenmotiven in modernen Aluminiumrahmen. Am Ende des Korridors blieb die Frau stehen und deutete auf eine Glastür. »Herr Dr. Korz erwartet Sie.« Dann drehte sie sich um und ging.

Olofsen öffnete die Tür und trat in das Büro des Geschäftsführers von Theravactec. Dieser saß am anderen Ende des ebenfalls lichtdurchfluteten Raumes an einem Schreibtisch aus Glas. Vor ihm standen ein Notebook und ein kompliziert aussehendes Telefon, daneben lag ein kleines Notizbuch. An der Wand hinter dem Schreibtisch hing ein großes, edel gerahmtes Bild – eine abstrakte Acrylmalerei, die verschiedenfarbig fluoreszierende Zellen darstellte, wie man sie mit modernen Techniken unter dem Mikroskop sehen kann. An der gegenüberliegenden Seite, unter zwei großen Fenstern, war eine Couchgarnitur in beigem Leder platziert. Auf dem Glastisch davor stand eine Schale mit frischen Früchten. Der gesamte Raum strahlte schlichte Eleganz aus. Olofsen war beeindruckt, Kompetenz gepaart mit Leidenschaft, aber auch einer gewissen Überheblichkeit.

Dr. Korz erhob sich. »Meine Herren, wie ich sehe, haben Sie meinen Vorzimmerdrachen unbeschadet überwunden. Was kann ich für Sie tun – es ist doch hoffentlich nichts Ernstes vorgefallen?«

Im Gegensatz zum besagten »Vorzimmerdrachen« machte Korz einen freundlichen und aufgeschlossenen Eindruck. Selbst sein Lächeln wirkte echt, aber Olofsen war nicht sicher, ob es vielleicht doch nur künstliche Professionalität war.

»Es geht um Ihren Mitarbeiter Wolfgang Meister«, sagte Greiner.

»Was ist mit ihm?«

»Er wurde gestern tot aufgefunden. Wir gehen von einem Gewaltverbrechen aus«, schaltete sich nun Olofsen ein.

»Tot? Gewaltverbrechen?« Korz wirkte erschüttert. »Bitte, lassen Sie uns dort drüben Platz nehmen.« Er deutete auf die Couchgarnitur. »Was ist passiert?«

»Dazu können wir Ihnen im Moment noch nichts sagen. Laufende Ermittlungen – Sie verstehen. Aber wir wären Ihnen dankbar, wenn Sie uns stattdessen einige Fragen beantworten könnten.« Ohne eine Antwort abzuwarten, fuhr Olofsen fort. »Was hat Meister bei Ihnen getan?«

»Keine langen Vorreden, wie mir scheint. Also, Herr Meister leitet bei uns die Abteilung für Logistik und Supply Chain Management«, erklärte Korz.

»Was bedeutet Theravactec eigentlich?«, wollte Greiner wissen.

Korz lächelte schief. »Ein typisches Kunstwort aus der Biotechindustrie. ›Thera‹ steht für Therapie, ›vac‹ als Abkürzung für Vakzine, also Impfstoffe, und ›tec‹ für Technologie. Diese drei Begriffe, die im Firmennamen zusammengefasst sind, beschreiben unser Tätigkeitsfeld. Wir entwickeln neuartige Therapeutika und Impfstoffe, alles mit hochmoderner Technologie. Aber ich kann mir nicht vorstellen, dass dies jetzt unser Thema sein soll.«

»Richtig«, fuhr Olofsen fort. »Es wäre gut, wenn Sie uns Meisters Tätigkeit genauer beschreiben könnten. Logistik, Supply-irgendwas.«

Korz nahm den Faden wieder auf. »Herr Meister ist, *war*, muss ich nun wohl leider sagen, neben der Abteilungsleitung für den Versand der hier hergestellten und geprüften Waren sowie für die Annahme und Bestandsverwaltung aller Roh- und Hilfsstoffe zuständig. ›Head of Supply Chain and Logistics‹ lautete sein Titel. Es ist eine sehr verantwortungsvolle Position. Meister war ebenso zuverlässig wie vertrauenswürdig.«

»Hm«, brummte Olofsen. »Wenn er nicht tot wäre, würde ich ihn sofort heiraten wollen. Wissen Sie etwas über sein Privatleben – Feinde, Frauen, Freunde, Hobbys?«

»Nein, da kann ich Ihnen nicht weiterhelfen. Ich bin nur sein Arbeitgeber. Von dieser Warte aus kann ich nur positiv von ihm sprechen, und genau das tue ich auch.«

Greiner rutschte auf seinem Platz nach vorn. »Was können Sie uns über Vertovir sagen?«

»Da muss ich Sie leider enttäuschen. Ja, Vertovir befindet sich in unserer Produktpipeline, und wir werden damit bald die klinischen Studien beginnen. Alles Weitere unterliegt strengster Vertraulichkeit, wenn Sie verstehen.«

»Verstehen ja, akzeptieren nein. Ihr Mitarbeiter Wolfgang

Meister wurde nicht nur umgebracht, sondern derjenige, der dies getan hat, hat ihm auch den Bauch aufgeschnitten und vierzig Fläschchen Ihres hoch geheimen Vertovir dort deponiert. Sie sollten uns ruhig mehr erzählen. Wir erfahren es sowieso. Die Fläschchen sind Beweismittel und werden in unserem Labor untersucht.«

Korz war blass geworden. Plötzlich sprang er auf und lief sichtlich aufgebracht durch das Büro. An seinem Schreibtisch griff er zum Telefonhörer und bellte: »Frau Hausch, ich will sofort Körner aus der Rechtsabteilung hier haben. In null Komma nichts.«

Er knallte den Hörer zurück auf das Telefon. Für einen kurzen Moment fiel alle Eleganz des weltmännischen Geschäftsmannes von ihm ab, und er zeigte das Gesicht eines rücksichtslosen Profiteurs, dem gerade ein Untergebener Rotwein auf das weiße Hemd gekleckert hatte. Dann fing er sich wieder, und die undurchdringliche, lächelnde Fassade des lässigen und väterlichen Firmenlenkers kehrte zurück.

»Vertovir«, sinnierte er und blickte aus dem Fenster. »Es ist unser neustes Produkt, mit dem wir die begründete Hoffnung haben, eine effiziente Therapie gegen Gebärmutterhalskrebs auf den Markt zu bringen. Sie wissen vielleicht, dass dieses Marktsegment heiß umkämpft ist. Jedes Detail über unsere Entwicklung, das nach außen dringt, kann uns schaden und den Mitbewerbern nützen. Es geht hier um Millionen. Es ist fürchterlich, was mit Wolfgang Meister geschehen ist, aber ich bin nicht willens, die Existenz dieser Firma aufs Spiel zu setzen und über unsere Kronjuwelen zu plaudern. Meister ist tot – finden Sie seinen Mörder. Ich bin überzeugt, dass unser Produkt damit nichts zu tun hat.«

»Ihr Mitarbeiter wurde umgebracht, und in seinem Bauch findet sich Ihr wichtigstes Produkt. Meinen Sie nicht auch, dass sich hier ein Zusammenhang geradezu aufdrängt?«, fragte Greiner.

»Keinesfalls«, entgegnete Korz mit steinerner Miene. »Meister war Leiter der Logistik. Er hatte überhaupt keinen

Zugang zu Forschungs- oder Produktionsbereichen. Wahrscheinlich wusste er nicht einmal, wozu Vertovir überhaupt gut sein soll.« Die mangelnde Logik seiner Argumentation schien Korz nicht weiter zu stören.

Die Tür öffnete sich, und ein untersetzter Mann betrat den Raum. Er war außer Atem und hatte einen hochroten Kopf – als wäre er gerade vom Strand bis zum Büro gerannt.

»Sie wollen mich sprechen?«, fragte er und registrierte erstaunt, dass noch zwei weitere, ihm nicht bekannte Personen im Raum waren.

»Ja«, entgegnete Korz. »Die beiden Herren hier sind von der Cuxhavener Polizei. Olofsen und Greiner, wenn ich mich recht erinnere. Es gibt zwei Probleme. Erstens: Wolfgang Meister, unser Logistikleiter, ist tot. Er wurde ermordet. Ich möchte Sie bitten, der Polizei alle vertretbare Hilfe für die Aufklärung des Falles zukommen zu lassen.«

Körners Gesichtsfarbe wechselte schlagartig von Rot zu Weiß. Er öffnete den Mund, um etwas zu sagen, aber Korz ließ ihn nicht zu Wort kommen.

»Zweitens«, fuhr er fort, »hat die Polizei einige Fläschchen Vertovir bei ihm gefunden. Setzen Sie Himmel und Hölle in Bewegung, damit wir das Material so schnell wie möglich vollständig und unversehrt zurückerhalten. Ich werde nicht zulassen, dass ein paar naseweise Polizeilaboranten die Zukunft der Firma ruinieren.«

Körner versuchte erneut, zu Wort zu kommen, hatte aber wie zuvor keine Chance.

»Sie sind verantwortlich und erstatten nur mir direkt Bericht. Zunächst jedoch beantworten Sie den beiden Herren ihre Fragen, zeigen Sie ihnen Meisters Arbeitsplatz, dann den Ausgang.«

Greiner war sprachlos. Selbst Olofsen war so überrascht von Korz' Verhaltenswechsel, dass es ihm die Sprache verschlug. Aber nur für einen kurzen Moment. Dann holte er tief Luft und wandte Korz seine volle Aufmerksamkeit zu.

»Jetzt hören Sie mir mal ganz genau zu, Herr Dr. Geschäftsführer. Ein Mensch ist tot. Ihr Mitarbeiter.« Olofsen kam jetzt in Fahrt. »Ihr toter Mitarbeiter hatte flaschenweise Ihr heilig geheimnisvolles Vertozeugs im Bauch. Glauben Sie allen Ernstes, dass Sie kraft eigener Arroganz ausschließen können, dass zwischen seinem Tod und Ihrem Wundermittel ein Zusammenhang besteht? Den Zahn kann ich Ihnen ziehen. Sie mögen vielleicht sogar recht haben, und es besteht tatsächlich kein Zusammenhang – aber wenn dies so sein sollte, werden wir diejenigen sein, die es herausfinden. Und falls Sie sich nicht kooperativ zeigen wollen, könnte es passieren, dass jede Zeitung zwischen Cuxhaven und Passau den Ausgang der Geschichte schneller kennt als Sie. Natürlich erfährt die Presse nichts von mir, aber irgendwie kriegen die ja immer was mit, nicht wahr? Lassen Sie sich von Ihrer Sekretärin eine Gesprächsnotiz zum Thema verfassen. Noch Fragen?«

Olofsen funkelte Korz wütend an. »Nein? Gut! Dann werden wir uns jetzt Meisters Arbeitsplatz anschauen und danach mit seinen Kollegen reden. Und wenn ich dann noch immer nicht zufrieden bin – wovon ich ausgehe –, werden wir in Ihrem ganzen Laden das Innerste nach außen krempeln und Sie täglich vorladen. Wir werden ganz viele Fragen haben.«

Dann verließ er im Sturmschritt das Büro, dicht gefolgt von Greiner, einige Schritte hinter ihnen folgte Körner.

Greiner wandte sich ihm zu und sagte: »Gehen Sie bitte voraus. Sonst müssen wir raten, wo Meisters Arbeitsplatz ist. Und wer weiß, was wir unterwegs alles zu sehen kriegen?!«

Eine knappe Stunde später standen Olofsen und Greiner wieder auf dem Parkplatz. Die Untersuchung von Wolfgang Meisters Arbeitsplatz hatte nichts Brauchbares zutage gefördert. Sie hatten sich auch mit den Arbeitskollegen unterhalten. Meister schien allseits beliebt gewesen zu sein. Aber Privates wusste eigentlich keiner über ihn zu berichten. Nur seine Assistentin hatte angemerkt, dass Meister sich sehr im Umweltschutz engagierte. Angeblich war er Mitglied der Cuxhavener

NABU-Gruppe und außerdem noch in irgendeinem Verein gegen die Überbevölkerung der Erde.

»Was soll das bloß mit dieser Überbevölkerung?«, wollte Olofsen wissen. »Schau dich doch mal um«, er drehte sich auf dem Parkplatz einmal um die eigene Achse. »Sieht es hier irgendwo nach Überbevölkerung aus?«

Das Klingeln seines Handys unterbrach seine Betrachtungen. Das Gespräch dauerte nur wenige Sekunden.

»Das war Walberg. Es gibt noch eine Leiche«, informierte er seinen Kollegen. »Schon seit gestern. Er kommt gleich auch zur Teambesprechung. Klang recht sonderbar am Telefon.«

Es war schon Nachmittag, als sich Olofsen mit dem gesamten Ermittlungsteam im großen Konferenzraum der Cuxhavener Polizeiinspektion traf. Neben Greiner, Walberg und dem Leiter des Zentralen Kriminaldienstes waren noch vier weitere Beamte im Raum, die die laufenden Ermittlungen von nun an unterstützen sollten.

Nachdem alle einen Platz gefunden hatten, ergriff Olofsen das Wort. Er berichtete in knappen Worten, was die Obduktion der Leiche aus dem Otterndorfer Watt ergeben hatte, und sprach dann die Ereignisse bei Theravactec an.

»Bislang haben wir keine konkreten Hinweise, die den Schluss zulassen, dass Wolfgang Meisters Tod im direkten Zusammenhang mit den noch unbekannten Vorgängen bei Theravactec zu sehen ist«, sagte er. »Darüber hinaus bin ich mir ziemlich sicher, dass wir von dort keine Unterstützung zu erwarten haben. Eher das Gegenteil, da man alles daransetzen wird, diese Fläschchen wieder zurückzubekommen.«

»Was bedeutet Theravactec eigentlich?«, wollte einer der Polizeibeamten wissen.

»Es ist der Fachausdruck für einen Luftballon voller heißem Marketing-Gequatsche. Eine Mischung aus Therapie, Kohle und ›Yes we can‹«, lautete Olofsens lakonische Antwort.

Ein anderer Beamter hob die Hand. »Was ist mit der zweiten Leiche, die gestern Morgen gefunden wurde?«

Greiner, der direkt nach der Rückkehr die spärlichen Fakten zusammengetragen hatte, räusperte sich. »Es handelt sich auch hier um ein männliches Opfer. Wir schätzen ihn auf etwa dreißig bis fünfunddreißig Jahre, konnten ihn bislang aber noch nicht identifizieren. Gefunden wurde er gestern gegen neun Uhr morgens auf einer Bank auf der oberen Aussichtsplattform der Alten Liebe. Er wurde zuerst für einen ohnmächtigen Obdachlosen gehalten, aber der zugerufene Notarzt stellte sofort seinen Tod fest. Der Kollege Richter-Helm hatte den Fall zunächst bearbeitet und die Obduktion begleitet. Aber da er morgen in den Urlaub geht, ist der Fall bei Arne und mir gelandet.« Olofsen und der Leiter des ZKD nickten zustimmend. Greiner fuhr fort: »Da Dr. Walberg wegen der Obduktion von Wolfgang Meister schon vor Ort war, hat er die Leiche auch sofort rechtsmedizinisch untersucht. Hier kann er uns möglicherweise schon mit Neuigkeiten erfreuen.«

»Das kann ich durchaus, auch wenn noch nicht alle Untersuchungen abgeschlossen sind«, sagte Walberg. »Während wir hier sprechen, werden diese von einem Kollegen fortgeführt. Ergebnisse aus der Analyse der Blut- und Gewebeproben sowie die Toxikologie stehen natürlich auch noch aus.« Olofsen wusste aus Erfahrung, dass Walberg den großen Auftritt mochte. Und da der Rechtsmediziner nun schon in Cuxhaven war, ließ er sich die Schau während einer Teambesprechung zum Fall nicht stehlen.

»Um wen es sich handelt, kann ich Ihnen nicht sagen«, fuhr er fort. »Aber fest steht, dass es sich weder um einen Obdachlosen handelt – dafür war sein Körper viel zu gepflegt – noch er eines natürlichen Todes gestorben ist.«

Walberg ging zur Stirnseite des Raumes und zog eine Leinwand aus ihrer an die Decke montierten Halterung nach unten. Dann bat er einen der anwesenden Beamten, den an den Beamer angeschlossenen Laptop zu starten, nahm einen Laserpointer aus der Tasche und übernahm, als der Computer hochgefahren war, selbst die Regie.

»Ich werde Ihnen einige Bilder zeigen, mit denen ich verdeutlichen will, dass wir es hier mit einem Mord zu tun haben.«

Olofsen holte Luft und lehnte sich in seinem Stuhl zurück. Er kannte diese Art Vorführungen von Walberg schon. Der liebte es, die ermittelnden Beamten mittels Beamer-Präsentationen zu informieren und mit unappetitlichen Detailfotos aus den Obduktionen ihre Magenfestigkeit auf die Probe zu stellen. Gleich wird's eklig, dachte er und ließ seinen Blick über die Anwesenden gleiten.

»Beginnen wir mit leichter Kost«, begann Walberg. »Hand- und Fußgelenke des Opfers wiesen Schürfspuren auf.« Er deutete mit einem roten Laserpointer auf die genannten Stellen im auf die Wand projizierten Bild. »Mit Sicherheit stammen diese von Fesseln. Darüber hinaus haben wir in der rechten Ellenbogenbeuge mehrere Einstiche gefunden. Die Ergebnisse der Blutuntersuchungen aus dem Labor liegen noch nicht vollständig vor, aber eine erste Substanz konnte bereits identifiziert werden: Liquid Ecstasy.«

Ein leises Raunen ging durch den Raum.

»Ja, Sie haben richtig gehört«, fuhr Walberg fort. »Ich vermute, es kommt Ihnen bekannt vor. Auch unser erstes Opfer – Wolfgang Meister – hatte diese Substanz im Blut. Beide Fälle könnten daher miteinander verbunden sein.«

»Was bitte ist denn Liquid Ecstasy?«, kam erneut eine Frage aus dem hinteren Teil des Besprechungsraumes.

»Ah, die ahnungslosen Grünschnäbel von der Elbmündung. Na ja, wir sind ja auch in Cuxhaven, da ist ein gebrochenes Hüftgelenk nach einem Streit an der Sandburg wohl wahrscheinlicher. Also gut, den biochemisch Interessierten unter Ihnen sei gesagt, dass es sich bei Liquid Ecstasy um eine Substanz handelt, die mit wissenschaftlichem Namen 4-Hydroxybutansäure heißt. Es wirkt als Neurotransmitter im menschlichen Körper und ist eng verwandt mit einem Stoff namens GABA, ebenfalls ein Neurotransmitter.«

»Komm endlich zur Sache!«, drängte nun Olofsen. »Wenn

ich eine Biochemie-Vorlesung will, bestelle ich einen echten Professor her.«

Walberg ignorierte ihn und setzte seinen Vortrag fort: »Die Wirkung dieses Mittels hängt von der Dosis ab. Wenig macht munter, viel haut um. Wer ganz viel einnimmt und es vielleicht sogar noch mit anderen Pharmazeutika kombiniert, kann auch daran sterben. Seit Jahren macht sich Liquid Ecstasy als K.o.-Tropfen einen Namen, häufig bei Fällen von Vergewaltigung. Die Wirkung, also der Knock-out, tritt nach fünfzehn bis dreißig Minuten ein, die Vergewaltigung erfolgt anschließend. In den USA nennt man das Zeug deswegen auch *date rape drug* – keine schöne Geschichte.«

Walberg nahm einen Schluck Wasser. »Wir hatten in beiden Fällen großes Glück, dass wir das Zeug überhaupt noch gefunden haben. Denn innerhalb von zwölf Stunden ist GHB bis unter die Nachweisgrenze abgebaut. Der Grund, weshalb ich den Test sofort angeordnet habe.« Er tippte sich an die Nase. »Nicht selten kommt es darauf an, einen guten Riecher zu haben.«

Alle Anwesenden spürten förmlich, wie sich Walberg selbst auf die Schulter klopfte.

»Gut, hier können wir ein erstes Fazit ziehen«, mischte sich nun Olofsen wieder ein. »Beide Opfer sind mit der gleichen Substanz betäubt worden. Das kann kein Zufall sein. Nicht hier an der beschaulichen Nordseeküste. Wo bekommt man GHB her?«

»Aus der Apotheke, wenn du ein Rezept hast. Dann heißt es Xyrem oder Somsanit. Falls du kein Rezept hast, empfehle ich das Internet. Irgendwo wirst du es da schon kriegen.«

»Okay, ich denke, hier müssen wir ansetzen. Apotheken prüfen und so weiter. Was hast du sonst noch?«, fragte nun Greiner.

Walberg wechselte zum nächsten Foto. »Auf diesem Bild sehen Sie das Gesicht des zweiten Opfers. Auffällig sind die blutunterlaufenen Augen. Da habe ich leider noch keine brauchbare Erklärung. Von der dreiwöchigen Nonstop-Party bis zum hämorrhagischen Fieber wäre vieles möglich, wobei ich das Letztere eigentlich ausschließen kann. Wir sind hier ja nicht im Dschungel. Es könnte möglich sein, dass es hier einen Zusammenhang zu Liquid Ecstasy gibt, denn bei einer Verabreichung über einen längeren Zeitraum kann es durchaus zu Schädigungen an sensiblen Blutgefäßen kommen, zum Beispiel an den Augen oder den Rachenschleimhäuten. Das würde dann die Blutungen erklären, die wir hier an Augen und Mundwinkeln sehen.«

»Kannst du schon etwas zum Todeszeitpunkt sagen?«, wollte Olofsen wissen.

»Prinzipiell ja. Auch hier haben uns die K.o.-Tropfen weitergeholfen. Ich sagte bereits, dass wir sie nur innerhalb der ersten zwölf Stunden nachweisen können. Gefunden haben wir das zweite Opfer gegen neun Uhr. Neunzig Minuten später lag er auf dem Obduktionstisch. Ich habe zwar nicht selbst das Skalpell geführt, aber mein Assistent ist erstklassig, und der GHB-Test wurde selbstverständlich beauftragt. Dass die Substanz noch messbar war, heißt, er starb frühestens gestern am späten Abend. Sobald die weiteren Labordaten vorliegen, kann ich das genauer fassen.«

»Hm, was noch?«, fragte Olofsen.

Walberg schaltete zum nächsten Bild. »Hier sehen Sie den Thorax des Opfers.«

Auf dem Bild war ein nackter Oberkörper zu sehen. Kreuz und quer über Brust und Bauch verliefen dunkelrote bis bräunliche Striemen. Dazwischen waren getrocknetes Blut und einige ebenfalls bräunlich verfärbte Flecken zu sehen. Kein schöner Anblick, was durch die im Raum aufkommende Unruhe bestätigt wurde.

»Was Sie hier sehen, sind die Spuren grober Gewalteinwirkung. Ich gehe davon aus, dass auf den Körper mit einem langen, dünnen, aber harten Gegenstand sehr kräftig eingeschlagen wurde, vielleicht mit einer Eisenstange. Da es offensichtlich zu Blutungen kam, geschah dies vor Eintritt des Todes. Dieser Mann muss unsäglich gelitten haben. Ich vermute darüber hinaus, ohne der laufenden Autopsie vorgreifen zu wollen, dass wir massive innere Blutungen finden werden.«

Wieder meldete sich eine Stimme von den hinteren Plätzen: »Was sind das für Flecken?«

»Gute Frage. Darauf kann ich derzeit noch keine Antwort geben. Es sind keine Stiche oder Folgen von stumpfer Gewalteinwirkung. Das würde anders aussehen. Wir arbeiten noch daran.«

Olofsen stand auf und räusperte sich. Er blickte nacheinander in die Gesichter der anwesenden Polizeibeamten. Dann starrte er für einige Augenblicke auf seine Schuhe.

»Wir haben es hier mit einer ganz üblen Geschichte zu tun«, fasste er zusammen. »Ein Novum für Cuxhaven. Wir wissen zwar inzwischen das ein oder andere, aber unter dem Strich nicht viel. Es gibt zwei Tote, beide wurden ermordet. Beide wurden mit K.o.-Tropfen ausgeknipst. Dem einen wurde der Bauch aufgeschnitten und mit einem Medikament im Entwicklungsstadium gefüllt. Der andere, dessen Identität wir bis jetzt leider noch nicht kennen, wurde auf übelste Weise mit Schlägen zugerichtet. Eine erste Spur führt zu der Biotech-Bude in Otterndorf, aber ich muss gestehen, dass ich damit noch nichts anfangen kann.«

Im Raum herrschte Stille. Die offensichtliche Ratlosigkeit Olofsens verunsicherte alle anderen. Obwohl Olofsen sich häufig als grober Klotz gab, respektierte man ihn. Er war gut. Man achtete ihn für seine Auffassungsgabe und Fähigkeit, logische Schlüsse zu ziehen, Details miteinander zu verbinden, die kein anderer gesehen hatte, und auf diese Weise Zusammenhänge herzustellen. Aber diese Geschichte war neu. So etwas hatte es in Cuxhaven noch nicht gegeben.

Greiner ergriff das Wort: »Im Moment stecken wir fest. Das ist nicht gut, aber auch nicht das Ende der Welt. Gehen wir strukturiert vor. Wir müssen Verschiedenes herausfinden. Erstens: Wer ist das zweite Opfer? Zweitens: Gibt es eine Verbindung zwischen ihm und dem ersten Opfer? Drittens: Wie passt dieses neue Medikament, um das Theravactec so ein Geschiss macht, ins Spiel? Viertens: Wir brauchen weitere Details aus den Obduktionen, die Laborberichte. Aus diesen Puzzleteilen sollten wir ein Bild zusammensetzen können, das uns den Weg zeigt.«

»Amen«, brummte Olofsen. »Auf geht's. Walberg, ab in dein Labor. Greiner, du findest heraus, wer der zweite Tote ist. Und zwar zügig.«

Olofsen wandte sich zwei weiteren Beamten zu: »Wolff, Schlüsing, Sie befragen noch einmal die Nachbarn, Bekannte und Freunde von Wolfgang Meister.«

»Und Sie beide prüfen die Datenbanken«, sprach er die verbliebenen zwei Polizisten an. »Ich will wissen, ob es irgendwo in Deutschland in den letzten zwölf Monaten vergleichbare Fälle gegeben hat. Und dann klappern Sie die Apotheken, Arztpraxen und Krankenhäuser ab. Finden Sie über diese K.o.-Tropfen raus, was Sie können.«

»Und du?«, wollte Walberg wissen, dem es offenbar gar nicht gefiel, von Olofsen herumkommandiert zu werden.

»Ich geh jetzt auf den Pott. Allein.«

FÜNF

Mittwoch, später Vormittag. Obwohl die Sicherheitswerkbank laut brummend auf Hochtouren lief, war es im Labor
angenehm kühl. Cornelia stand am Fenster und blickte nach
draußen. Sie hatte gerade mit Holger telefoniert. Nach seinem
grausigen Fund vor zwei Tagen am Strand machte sie sich
Sorgen um ihn. Aber er hatte ihr versichert, darüber hinweg
zu sein. Holger war ebenfalls Naturwissenschaftler, Virologe,
und arbeitete als wissenschaftlicher Assistent am Institut für
Virologie der Universität Bremen.

Das war der einzige Wermutstropfen in ihrer ansonsten
wunderbaren Beziehung: Bremen war zu weit weg von Otterndorf, und beide arbeiteten häufig bis spät in den Abend.
So sahen sie sich fast nur an den Wochenenden. In der vergangenen Woche hatte sich Holger aus Bremen abgesetzt, um in
der Ruhe von Cornelias kleiner Wohnung seine neusten Forschungsergebnisse zu einem Manuskript zusammenzufassen,
das er auf Druck seiner Chefin so bald wie möglich bei einem
virologischen Fachmagazin zur Publikation einreichen sollte.
»Und dann stolpert ausgerechnet er über diese blöde Leiche«,
seufzte Cornelia halblaut vor sich hin. Aber in einigen Monaten lief sein Arbeitsvertrag in Bremen aus, und Holger hatte
die Hoffnung, dann ebenfalls bei Theravactec eine Stelle zu
bekommen.

Eine Stimme riss sie aus ihren Gedanken. »Sag mal, Cornelia, weißt du etwas von einer Bestellung von neunzig Litern
DMEM-Medium und vier Kartons T-175-Flaschen?«, fragte
eine der technischen Assistentinnen, die für Cornelia arbeiteten. »Das ist alles gestern geliefert worden, aber keiner kann
etwas damit anfangen. Die Verfahrensentwicklung hat es auch
nicht bestellt. Ach ja, sechs Wannenstapel mit je zehn Böden
sind auch noch gekommen. Du weißt schon, die neuen mit
den großen Einfüllöffnungen.«

Sowohl die T-175-Flaschen als auch die Wannenstapel wurden in der Zellbiologie verwendet, um darin Zellkulturen zu vermehren. Cornelia arbeitete gerne mit den Wannenstapeln, denn sie hatten über sechstausend Quadratzentimeter Wachstumsfläche. Sie waren zwar richtig teuer, aber Geld war in ihrer Firma ausreichend vorhanden, und Cornelia konnte mit diesem System so viele Zellen anzüchten, dass sie damit ausreichend Material für mehrere Monate Analysen- und Testentwicklung hatte.

»Nein, tut mir leid, davon weiß ich nichts. Ich werde nachher beim Lieferanten nachfragen, was da passiert ist.«

Eine halbe Stunde später konnte sie sich endlich für eine kurze Pause in ihr Büro zurückziehen. Mit einem dampfenden Tee und einem Apfel ließ sie sich in ihren Schreibtischstuhl fallen. Dann griff sie zum Telefonhörer und wählte die Nummer des Lieferanten für Zellkulturbedarf. Nach dem zweiten Klingelton meldete sich bereits jemand.

»Hier ist Dr. Bacher von Theravactec. Wir haben heute eine Lieferung von Ihnen erhalten, die wir gar nicht bestellt hatten. Könnten Sie bitte den Vorgang einmal überprüfen?«

»Natürlich. Wären Sie bitte so nett, mir Ihre Kundennummer und die Auftragsnummer zu nennen?«

Cornelia las beides vor.

»Einen Moment. Ja, hier habe ich die Bestellung. Sie ist am vergangenen Freitag bei uns eingegangen. Neunzig Flaschen DMEM-Zellkulturmedium à ein Liter, außerdem Wannenstapel mit großer Einfüllöffnung und einige Kartons T-175-Zellkulturflaschen. Ist etwas mit der Ware nicht in Ordnung?«

»Doch, mit der Ware ist alles in bester Ordnung. Nur haben wir die Bestellung gar nicht aufgegeben. Da muss irgendetwas verwechselt worden sein.«

»Das ist seltsam. Warten Sie, der Name des Auftraggebers lautet: ›Dr. Cornelius Bucher, Theravactec GmbH, Besenhalmer Trift in 21762 Otterndorf‹. Es wurde ausdrücklich gewünscht, dass alle Artikel auf einmal geliefert werden«, sagte die Stimme am Telefon.

Cornelia war verwirrt. »Cornelius Bucher?«

»Ja, so lautet der Name auf der Bestellung.«

»Ich heiße Cornelia Bacher, was ja fast genauso klingt, aber diese Bestellung hat hier niemand aufgegeben, und einen Cornelius Bucher gibt es bei uns nicht.«

»Das ist in der Tat seltsam.«

»Da scheint sich wohl jemand einen Scherz erlaubt zu haben. Können wir die Ware wieder zurückgeben? Alles ist noch originalverpackt, und das Medium steht im Kühlraum zur Lagerung«, fragte Cornelia.

»Ja, selbstverständlich. Ich werde den Auftrag stornieren und die Abholung veranlassen. Aber die Kosten des Rücktransportes kann ich Ihnen leider nicht erlassen.«

Cornelia war nicht ganz glücklich damit, aber was sollte sie tun? Die Rechnung würde sich auf zwei- oder dreitausend Euro belaufen. Dann doch lieber ein paar Euro für die Rücksendung opfern. »Okay, wann wird die Ware abgeholt?«

»Das wird bereits morgen geschehen. Der Fahrer wird sich bei Ihnen melden.«

Cornelia beendete das Telefongespräch. Komische Geschichte, dachte sie und wandte sich dann ihrem Tee zu.

Zwei Stunden später saß Cornelia noch immer in ihrem Büro und arbeitete die Protokolle der letzten Experimente durch. Als es klopfte und einer ihrer Mitarbeiter den Kopf durch die Tür steckte, blickte sie von ihren Papieren auf.

»Ich wollte dir bloß wegen des falsch gelieferten Zellkulturmaterials Bescheid geben. Die Sachen sind vor ein paar Minuten abgeholt worden. Du musst denen ja ganz schön Druck gemacht haben, dass die das Material so schnell wieder eingesammelt haben.«

»Hm, das wird ja immer seltsamer. Die wollten doch erst morgen kommen, aber danke für die Info.«

***

Paul hatte sich daran gewöhnt, an manchen Tagen zur Untätigkeit verdammt zu sein. Gestern war so ein Tag gewesen. Er hatte lange geschlafen und dann in aller Ruhe die heutigen Arbeiten geplant. Jetzt ging er gedankenverloren über den Hof. Nun war er also seit ihrem ersten Treffen in der Hamburger Hafenkneipe dabei. Christoph besaß doch mehr Charisma und Überzeugungskraft, als er ihm zugetraut hatte. Und so war die lokale Gruppe zwischenzeitlich auf über zwanzig Mitglieder gewachsen. Nach ihrem ersten Treffen hatte Paul ihn für einen Spinner gehalten und war nur zur nächsten Gesprächsrunde gekommen, weil er Tanja wiedersehen wollte. Nicht nur, dass sie in seinen Augen eine tolle Frau war – vielleicht mit ein bisschen zu traurigen Augen –, sondern der Mix aus lockerem Mundwerk, charmanter Herzlichkeit und entwaffnender Direktheit hatte es ihm angetan. Und eine sexuelle Ausstrahlung, die ihn anzog wie ein Magnet einen rostigen Nagel.

Nachdem sie sich damals nach dem ersten Treffen an der Hausecke übergeben hatte und Christoph dann verschwunden war, hatte er gehofft, dass diese Nacht vielleicht doch noch ein Abenteuer für ihn bereithielt. Doch als er sie dann gefragt hatte, ob er sie nach Hause bringen solle, hatte sie ihm nur geantwortet, sie habe keinen Kaffee im Haus und sei »nicht zum Ficken aufgelegt«. Dann hatte sie sich umgedreht und Paul mit hochrotem Kopf in der Dunkelheit stehen lassen.

Am Ende der zweiten Zusammenkunft des BRGS hatte Paul ihr wortlos ein Päckchen Kaffee und ein paar Kondome in die Hand gedrückt. Grinsend hatte Tanja beides in ihrem Rucksack verstaut und sich diesmal nach Hause bringen lassen.

An diese Nacht dachte Paul noch immer gerne zurück. Auch jetzt, als er in den hinteren Teil des Gebäudes ging.

Christoph auf der anderen Seite konnte er noch immer nicht richtig einordnen. Ja, es stimmte, er hatte sie alle zusammengebracht, die Gruppe im Internet, aber auch ihren inneren Zirkel in Hamburg, der die richtigen Aktionen plante.

Solche wie diese hier. Auch hatte er den Kontakt zum Chef hergestellt. Ein knallharter Typ, dessen richtigen Namen Paul nicht einmal kannte. Einer, der wusste, wo es langging, und keinen Widerspruch akzeptierte.

Und damit fingen die Probleme an. Zwischen Christoph und dem Chef knirschte es bedenklich – besonders, nachdem der Chef Christoph in die zweite oder gar dritte Reihe verwiesen hatte. Klar, Christoph war noch immer voll dabei, half zu besorgen, was gebraucht wurde, konnte sachlich, aber auch sehr emotional Sinn und Ziele ihrer Aktionen erklären. Aber trotzdem hatte Paul das Gefühl, ihm nicht trauen zu können. Als ob sein ganzes Gerede doch nur Show wäre, um Aufmerksamkeit zu erhaschen.

Oder gab es gar noch einen anderen Grund? Der mit ihrer Sache an sich zu tun hatte womöglich? Der alles gefährdete?

Paul kannte ihn trotz allem nicht gut genug, um sagen zu können, ob er bloß ein Schwätzer war oder ernsthaft meinte, wovon er redete. Paul musste sich eingestehen, dass es ziemlich bescheuert gewesen war, sich auf die Sachen einzulassen und sich erst jetzt zu fragen, ob seine Mitstreiter überhaupt zuverlässig waren. Aber nun war es zu spät. Jetzt auszusteigen würde ihm gar nicht gut bekommen. Und er würde Tanja verlieren. Er musste vorsichtiger werden. Augen und Ohren offen halten, seine Sinne schärfen. Besonders jetzt, wo die heiße Phase anlief.

Vor einer verschlossenen Stahltür blieb er stehen und kramte in der Hosentasche nach dem Schlüssel. Nachdem er die Tür geöffnet hatte, betrat er einen kleinen Raum. Das Licht ging automatisch an. Die kalte Helligkeit von Neonröhren beleuchtete einen weiß gefliesten Fußboden und Wände, die ebenfalls bis zur Decke mit großen weißen Fliesen bedeckt waren. An einer Wand waren einige Garderobenhaken befestigt, an denen mehrere weiße Kittel hingen. Auf der gegenüberliegenden Seite stand eine Kunststoffkiste voller paarweise verpackter Latexhandschuhe, Haarnetze und Schuhüberzieher. Auf der Seite direkt gegenüber der Tür, durch die er gerade gekommen war, befand sich eine weitere, verschlossene Tür.

Paul schlüpfte in einen Kittel, zog sich anschließend eines der Haarnetze über seine kurz geschnittenen dunkelblonden Haare und jeweils einen der dunkelblauen Überzieher über seine Schuhe. Abschließend streifte er sich ein Paar Latexhandschuhe über, schloss die Tür hinter sich und ging zu der anderen Tür vor ihm. Als er diese öffnete, schaltete sich in dem dahinterliegenden Raum automatisch die Beleuchtung ein. Auch hier waren die Wände bis zur Decke ausgefliest, und in der Decke befanden sich mehrere Lüftungsgitter. Ein leises Summen ließ vermuten, dass das Lüftungssystem in Betrieb war.

Paul blieb einen Moment in der Tür stehen und sah sich um. Noch vor einem Jahr hätte er jeden ausgelacht, der ihm erzählt hätte, er würde bald an einem derartigen Platz den größten Teil seiner Zeit verbringen. Der Raum hatte einen quadratischen Grundriss von fünf mal fünf Metern. Die Einrichtung war in höchstem Maße funktional. An der Wand ihm gegenüber stand das Herzstück: eine zwar alte, aber einwandfrei arbeitende Sicherheitswerkbank, eine Laminar Air Flow oder kurz LAF. Das Gerät sah aus wie ein metallener Schreibtisch mit einer aufgesetzten Kabine. Die beiden Seiten bestanden aus Glasscheiben und die Rückwand aus Edelstahl, ebenso die Arbeitsfläche. Diese hatte außerdem vorne und hinten Gittereinsätze für die Luftströmung. Nach oben war die Kabine durch eine Art Deckel verschlossen, in dem sich die zugehörige Technik samt Luftfilter verbarg. Die Scheibe an der Frontseite konnte auf Knopfdruck hochgefahren werden, sodass ein vor der Bank sitzender Operator bequem mit Händen und Unterarmen im Inneren der Bank hantieren konnte, aber das Gesicht und der restliche Körper geschützt blieben.

Paul durchquerte den Raum mit wenigen schnellen Schritten und schaltete die LAF ein. Ein deutlich hörbares Brummen ertönte, und ein paar rote Lämpchen zeigten an, dass die Gebläse und Filter ihre Arbeit aufgenommen hatten.

Paul machte sich daran, alle weiteren Vorbereitungen zu treffen. Aus einem Kühlschrank nahm er zwei Flaschen. Eine war mit einer roten Flüssigkeit gefüllt, die andere mit einer wasserklaren. Im gleichen Moment ging die Tür auf, und Tanja kam in das Labor.

»Ich helfe dir. Christoph ist gerade gefahren. Er musste noch zurück nach Hamburg, zu irgendeinem Treffen. Hast du dir die Kulturen schon angeschaut?«

»Nein«, antwortete Paul. »Ich habe gerade erst die Medien herausgeholt.« Er hielt die zwei Flaschen hoch.

Tanja nickte nur.

»Ist es wieder Zeit für eine kleine Vorlesung?«, fragte Paul.

Eigentlich sollte Tanja das alles längst wissen. Schließlich machten sie das hier schon eine ganze Weile. Vielleicht wollte sie sich bloß ein wenig unterhalten. Ihm war es egal.

»Der rote Farbstoff heißt Phenolrot und ist ein pH-Indikator. Falls es dich genauer interessiert, schau im Internet nach.«

Paul setzte sich auf einen Stuhl und fuhr mit seinem Vortrag fort: »Wenn der Nährstoffhaushalt in den Flaschen nicht mehr stimmt, verfärbt sich das Phenolrot von Rot nach Gelb. Und dann wissen selbst so ahnungslose Gestalten wie du, dass etwas getan werden muss. Andernfalls haben wir nur unsere Zeit verschwendet.«

»Alles klar, Professor.« Tanja griente ihn an.

Paul machte sich an die Arbeit. An der Wand links neben der Werkbank stand ein Brutschrank, der über Schläuche und Ventile mit einer danebenstehenden grauen Kohlendioxidflasche verbunden war. Paul öffnete den Schrank und entnahm ihm nacheinander vier große, eckige Gefäße aus durchsichtigem Kunststoff, die er zu einem Mikroskop auf einem weiteren kleinen Tisch neben dem Brutschrank brachte.

Er legte das erste Gefäß auf den Objekttisch des Mikroskops, setzte sich auf den Stuhl davor, schaltete zuerst die Lampen des Gerätes ein und fokussierte dann, bis er sah, was er suchte.

»Na, wie sieht's aus?«, fragte Tanja.

»Prima, genauso, wie es sein soll. Wir können also bald die Vorbereitungen abschließen.«

Paul schaute sich auch die anderen drei Gefäße an und kam zum gleichen Ergebnis. »Kannst du mir zwei von den Wannenstapeln holen, die der Chef mitgebracht hat?«, wandte er sich an Tanja.

»Klar.«

Sie verließ den Raum und kam kurz darauf mit dem gewünschten Material wieder. Paul saß bereits vor der Werkbank und war in seine Arbeit vertieft.

Eine gute Stunde später war Paul fertig, zog sich wieder um und kehrte in die Küche zurück. Er setzte sich an den Tisch. Tanja hatte frischen Tee gekocht und setzte sich zu ihm.

»Alles fertig«, sagte Paul. »Die Zellen können nun weiterwachsen. Es waren ein bisschen weniger als gedacht, aber wir werden unseren Zeitplan trotzdem ohne Probleme einhalten können.«

Eine Weile saßen beide schweigend am Tisch.

»Tun wir das Richtige?«, fragte Tanja unvermittelt.

Paul schaute auf. »Als ich vorhin diese Frage gestellt habe, hast du mich angepflaumt.«

»Ich will wissen, ob wir auf dem richtigen Weg sind«, sagte Tanja.

»Ja«, antwortete Paul, ohne zu zögern.

»Bist du sicher?«, hakte Tanja nach.

»Ja. Was soll das?«

»Ach, ich weiß auch nicht. Wahrscheinlich hast du recht. Es muss endlich etwas geschehen.. Es ist lange genug geredet worden. Und gebracht hat es überhaupt nichts.«

»Gut. Aber ich fahre jetzt nach Hause. Ich bin erledigt.«

Tanja stand auf. »Nein, du fährst jetzt nicht. Du kommst jetzt mit mir nach oben. Und erledigt bist du erst, wenn ich mit dir fertig bin«, sagte sie und grinste lasziv.

Inzwischen war es nach acht Uhr abends. Olofsen saß schlecht gelaunt an seinem Schreibtisch. Seit fast einer Stunde hatte er hier gegrübelt, aber die Erleuchtung war ausgeblieben. Es war zwar beileibe nicht das erste Mal, dass ein Fall feststeckte, aber er hatte sich nach all den Berufsjahren noch immer nicht mit diesem Problem arrangieren können. Ihn wurmte, dass er hier in Cuxhaven – auf dem Dorf – nicht weiterkam. Die richtig harten Nüsse gehörten doch in die großen, grellen, verrückten Städte, nicht an die beschauliche Nordseeküste. Außerdem war er hierhergekommen, um gerade vor solchen harten Nüssen seine Ruhe zu haben.

Auch wusste er, dass die ersten vierundzwanzig Stunden nach der Tat die wichtigsten waren. Konnte in dieser Zeit der Fall nicht gelöst oder zumindest eine heiße Spur entdeckt werden, wurde es richtig kompliziert. Häufig mussten dann die Kollegen Glück und Zufall in die Ermittlungen einbezogen werden. Das mochte Olofsen überhaupt nicht, es ließ sich aber leider nicht ändern.

Wer war der zweite Tote?

Wie passte dieses neue Medikament in die Geschichte?

Was hatte diese Firma in Otterndorf damit zu tun?

Warum mussten überhaupt zwei Menschen sterben?

Hingen die beiden Fälle zusammen, oder war das zeitliche Zusammentreffen bloß Zufall?

SECHS

Am nächsten Morgen saß Olofsen bereits um sieben Uhr wieder im Büro. Er hatte schlecht geschlafen und wartete nun grimmig auf seine Kollegen. Seine E-Mails hatte er schon gesichtet. Von Walberg gab es noch nichts Neues. Um Viertel vor acht steckte Greiner endlich den Kopf durch die Tür.

»Moin«, sagte er. »Was Neues?«

»Scheiße, nein. Ich hatte gehofft, du bringst was Brauchbares mit.«

»Sorry, leider nicht. Wir wissen immer noch nicht, wer der zweite Tote ist. Bislang gibt es auch keine Vermisstenmeldung, die uns weiterhelfen könnte. Ich werde sehen, dass ich von Walberg alles bekomme, was irgendwie hilfreich sein könnte. Zum Beispiel sein Zahnmuster – damit könnten wir ganz klassisch und altbacken die Zahnärzte abklappern. Vielleicht hilft uns das weiter.«

Olofsen stöhnte. »Das klingt ja schon nach Verzweiflung. Aber gut, mach dich gleich auf die Socken. Lass uns hoffen, dass er hier aus der Gegend stammt, sonst wird das eine Sackgasse. Ich werde Walberg schon mal informieren, dass du kommst.«

Nachdem Greiner aufgebrochen war, griff Olofsen zum Hörer und wählte Walbergs Handynummer.

»Guten Morgen, Herr Kommissar«, dröhnte unerwartet die Stimme des Rechtsmediziners aus dem Hörer. »Soll ich ein Schlafmittel verschreiben, oder möchtest du eine Brustvergrößerung?«

»Ich will endlich wissen, wer der Tote ist, verdammt noch mal«, brummte Olofsen.

»Hab ihn gerade gefragt, aber er hat nicht geantwortet. Kann ich sonst noch etwas für dich tun?«

»Es herausfinden!«

»Sehr wohl, Sir.«

Damit legte Walberg auf, und Olofsen starrte verdutzt auf das stumme Telefon.

»Verdammter Depp«, brummte er und wünschte sich, Walberg hätte das Gespräch noch gar nicht angenommen. Er wählte die Nummer erneut.

»Das ging aber schnell. Nein, ich weiß es noch immer nicht.«

»Warum bist du eigentlich schon im Krankenhaus?«, wollte Olofsen wissen.

»Erstens, weil ich wusste, dass du anrufen würdest. Außerdem sind die Hotelbetten hier in Cuxhaven unbequem. Zweitens will ich genauso wie du wissen, wen ich hier vor mir habe und worum es geht. Ich habe hier innerhalb kurzer Zeit bereits die zweite Leiche auf dem Tisch liegen, und ein Fall ist seltsamer als der andere.«

»Hast du irgendeine Idee, wen du da vor dir hast oder wie wir es am besten herausbekommen? Gibt es irgendetwas, das auf einen Zusammenhang zwischen den beiden Fällen schließen lässt?« Olofsen bemühte sich, zum sachlichen Austausch zurückzufinden. Zynismus war ein netter Zeitvertreib, aber nicht immer zielführend. Walberg schien das im Augenblick genauso zu sehen.

»Es gibt verschiedene Möglichkeiten. Wir haben DNA-Proben genommen. Sobald wir die nötigen Sequenzdaten vorliegen haben, was in ein paar Stunden der Fall sein sollte, können wir die Datenbanken durchsuchen. Vielleicht ist er in der nicht zu fernen Vergangenheit schon einmal erfasst worden, und seine Daten sind noch gespeichert.«

»Welche Alternativen haben wir?«

»Die klassischen. Zahnschema. Dazu hat er eine auffällig große Tätowierung, die auf der rechten Schulter beginnt und auf den Rücken übergeht. Es zeigt einen Tiger im Sprung oder so ähnlich. Es könnte sich lohnen, die Tattoo-Studios der Umgebung zu besuchen, denn die Tätowierung ist noch sehr frisch und wirkt unfertig. Vielleicht haben wir damit Glück.«

»Greiner ist schon auf dem Weg zu dir, um die Bilder abzuholen.«

»Darf ich dich daran erinnern, dass auch bei uns die Moderne Einzug gehalten hat. Ob du es glaubst oder nicht, wir haben Digitalkameras, Scanner und E-Mail. Ich könnte dir auf diesem Weg das Material viel einfacher und vor allem schneller zukommen lassen.«

»Okay, schick Greiner zurück, wenn er bei dir ankommt. Sollte er sich aufregen, kannst du es ihm ja bestimmt erklären. Oder du gibst ihm einfach die Bilder.«

»Kann ich sonst noch etwas für dich tun?«, fragte Walberg.

»Liquid Ecstasy. Wer oder was hat dir eingeflüstert, auf diese Substanz zu testen?«

»Das ist eine spannende Frage. Ich habe immer häufiger von Kollegen gehört, dass das Zeug die Reise durch die Republik angetreten hat. Die ersten Fälle hat es in Süddeutschland gegeben. Mittlerweile aber auch in Hamburg. Kürzlich gab es einen Fall in Bremen. Da war dann auch zum ersten Mal keine Frau das Opfer, sondern ein Kerl. Eine Gay-Party, die aus den Fugen geraten ist. Und wenn die Dinge erst anfangen, aus den Fugen zu geraten, kann man gar nicht vorsichtig genug sein.«

»Das mag stimmen«, bestätigte Olofsen.

Einen Moment lang schwiegen beide. Olofsen fühlte sich schon wieder müde, auch wenn es erst früh am Morgen war. Er brauchte dringend eine Idee, eine Spur, und sei sie auch noch so klein. Gut, Greiner war unterwegs, um die Bilder des Zahnschemas und der Tätowierung zu holen – und dann? Ja, dann würden sie jede Menge Leute befragen, und bei jeder negativen Antwort würde die Hoffnung auf Erfolg ein wenig weiter schwinden. Sie wussten ja noch nicht einmal, ob das zweite Opfer überhaupt aus der Gegend war und ob es einen Bezug zum ersten Opfer gab. Vielleicht war er ein Tourist aus Bayern und nur zufällig in etwas hineingeraten, was ihn am Ende das Leben gekostet hatte. Aber wenn es so wäre, hätte man ihn dann nicht schon längst vermissen sollen? Familie, Eltern, Kinder, Freunde, irgendwer?

Wenn, aber, hätte.

Olofsen hatte sich ins beschauliche Cuxland versetzen lassen, in der Hoffnung, hier einfache und gradlinige Fälle vorzufinden. Ein paar geklaute Strandkörbe, der eine oder andere Einbruch in eine schlecht gesicherte Ferienwohnung, etwas in dieser Art.

»Bist du noch dran?«, riss Walbergs Stimme ihn aus seinen Gedanken und zurück ins Hier und Jetzt.

»Ja natürlich, wo soll ich denn sonst sein?«

»Wer weiß das schon? Hör zu, ich werde mich jetzt an die Arbeit machen. Ich ruf dich an, sobald ich etwas herausgefunden habe. Das kann aber etwas dauern. Also geh mir nicht jede halbe Stunde auf die Eier.«

Wieder legte Walberg auf, ohne ein weiteres Wort von Olofsen abzuwarten.

»Fuck you«, grummelte Olofsen und warf den Hörer in Richtung Telefon. Er verfehlte es, und das Gerät rutschte hinten über den Schreibtisch. Laut scheppernd schlug alles auf dem Boden auf, einschließlich des Glases mit Kugelschreibern, um das sich die Schnur verdreht hatte. Als Olofsen aufsprang, um zu retten, was zu retten war, riss er die halb volle Kaffeetasse um, und das braune Gebräu ergoss sich zuerst über die Tastatur seines Computers und lief dann über die Schreibtischkante auf seine Hose.

»Scheißdreck! Fuck! Zum Kotzen!«, brüllte er.

Laut vor sich hin fluchend begann er, mit einigen Papieren vom Schreibtisch den verschütteten Kaffee aufzuwischen. Dann hielt er die Tastatur über den Mülleimer und ließ den Kaffee herauslaufen. Er knallte sie wieder zurück auf den Schreibtisch und betrachtete seine Hose. Im gleichen Moment ging die Bürotür auf, und eine freundliche Stimme rief: »Guten Morgen! Alles klar?«

»Nein«, fauchte Olofsen. »Mein Kaffee ist in der scheiß Computertastatur, das beschissene Telefon in einem Haufen Glasscherben auf dem Boden, ich hab mir die Eier verbrannt, und meine Hose ist reif für die Tonne.«

»Klingt gut. Viel Spaß damit.«

Die Tür schloss sich schnell wieder.

Olofsen ließ sich in seinen Stuhl fallen und wollte über seine nächsten Schritte nachdenken. Viele Optionen hatte er nicht abzuwägen. Nach Hause fahren, umziehen, wieder zurückkommen und weitergrübeln.

Er stand auf, griff sich seine Jacke und marschierte hinaus. An der Rezeption angekommen, blieb er stehen und winkte den diensthabenden Beamten herbei.

»Ich brauche eine neue Tastatur, einen sauberen Schreibtisch, und die Glasscherben vom Fußboden müssen auch verschwinden. Kümmern Sie sich darum, bis ich zurück bin.«

Der Polizist hinter der Theke machte gerade den Mund auf – vermutlich, um Olofsen zu erklären, dass er nicht die Reinigungskraft sei, er solle seinen Dreck gefälligst selber wegmachen, und er habe jetzt sowieso Dienstschluss –, als Olofsen mit der flachen Hand auf die Theke schlug und brüllte: »Jetzt sofort! Und komm mir bloß nicht mit blöden Sprüchen, Kleiner. Ich hab eine Scheißlaune!«

Es war fast zehn Uhr, als Olofsen mit einer sauberen Hose wieder am Schreibtisch saß. Er hatte eine neue Tastatur, sein Telefon stand am gewohnten Platz, die Scherben waren verschwunden. Er musste grinsen.

»Na bitte. Geht doch.«

Sein Handy summte. Olofsen wollte gerade ungestüm aufspringen, konnte sich aber gerade noch beherrschen, denn er wollte das frühmorgendliche Desaster nicht wiederholen. Kurz darauf hatte er das Telefon aus den Taschen seiner Jacke hervorgekramt. Auf dem Display konnte er sehen, dass es Greiner war.

»Ja?«, fragte er.

»Glück ist mit die Doofen!«

»Soll das heißen, du weißt etwas, was wir vorher noch nicht wussten?«

»Exakt.«

»Aha.«

Pause.

»Nun mach's nicht so spannend. Was?« Olofsens schlechte Laune war schon wieder auf dem Vormarsch.

»Immer locker bleiben. Es geht komplett auf deine Kappe, dass du dein Büro in einen Saustall verwandelt hast.«

»Woher weißt du das nun schon wieder. Wer konnte hier seinen Mund nicht halten? Scheiße, den werde ich mit den Eiern an die Kugelbake nageln. Ich –«

»Lass gut sein. Es gibt momentan wichtigere Dinge. Ich habe hier einen Volltreffer gelandet.«

»Du weißt, wer unser zweiter Toter ist?«, fragte Olofsen erstaunt. Er setzte sich auf seinen Stuhl.

»Wie gesagt, Volltreffer. Er heißt Lars Aldrich, Mitte dreißig. Wohnt in Cuxhaven.«

»Erzähl weiter.«

Greiner machte eine Kunstpause, bevor er fortfuhr. »Als ich die Bilder von Walberg bekommen hatte, habe ich mir gedacht, ich fang erst einmal mit dem Tattoo an. Hier gibt es nicht so viele gute Studios, und die Ausführung machte einen ziemlich professionellen Eindruck. Schon im ersten Laden hatte ich den Treffer gelandet. Der Typ hat mir erklärt, dass diese Arbeit noch längst nicht fertig war. Es sollte ein Kunstwerk über den ganzen Rücken werden, und der Tiger war erst der Anfang. Er hatte sich gewundert, dass Aldrich noch immer nicht zurückgekommen war, um weiterzumachen. Aber gestört hat es ihn auch nicht, da Aldrich bereits die ganze Summe im Voraus bezahlt hat. Keine Ahnung, ob das üblich ist.«

»Wann war das?«, fragte Olofsen.

»Vor knapp zwei Wochen. Er meinte, Aldrich ist kaum zu bremsen gewesen, deshalb fand er's so seltsam, dass dann so lange Funkstille war. Er hat sogar einmal versucht, ihn telefonisch zu erreichen – aber ohne Erfolg.«

»Super, komm sofort ins Büro. Endlich geht's weiter.«

»Bin schon unterwegs.« Greiner beendete das Gespräch.

Olofsen stand auf und schaute aus dem Fenster. Es schien ein schöner Tag zu werden. Die Wolken, die morgens noch den Himmel verhängt hatten, waren größtenteils verschwunden, und die ersten Sonnenstrahlen kamen zum Vorschein. Er ging zurück zum Schreibtisch und griff zum Telefon.

»Ich will alles über einen Lars Aldrich wissen. Sofort«, sagte er nur, kaum dass sich am anderen Ende der Leitung jemand gemeldet hatte. Dann legte er auf und ging zurück zum Fenster.

Eine Viertelstunde später tauchte Greiner bei ihm auf und fuchtelte mit ein paar Blättern Papier.

»Das ging ja schnell«, begrüße Olofsen seinen Kollegen.

»Ja, und jetzt geht's ab. Du hast Infos über Aldrich angefordert – diese hier.« Er wedelte erneut mit den Zetteln. »Lars Aldrich. Sechsunddreißig Jahre alt. Unverheiratet. Wohnt hier in Cuxhaven, in Groden. Ich habe eine Streife hingeschickt. Die Kollegen sollen sich dort schon einmal umschauen.«

»Beruf?«

»Lagerlogistik.«

»Wissen wir, wo?«

»Wissen wir – das ist ja der Hammer: Theravactec.«

»Jetzt brat mir doch einer 'nen Storch. Du willst mich doch jetzt nicht verarschen.«

»Bestimmt nicht. Lars Aldrich arbeitet bei unseren Freunden von Theravactec. Im Lager. Genauso wie unser erstes Opfer, Wolfgang Meister.«

»Das kann doch wohl kaum ein Zufall sein.«

»Nein, eher nicht.«

Olofsen sprang auf, griff sich seine Jacke und stürmte zur Tür. »Auf geht's. Zuerst zur Wohnung von Aldrich. Ich möchte mir da mal einen Überblick verschaffen. Anschließend fahren wir weiter nach Otterndorf. Da sind mir doch spontan eine ganze Reihe Fragen eingefallen, die unsere Pharmafuzzis beantworten könnten.«

Es dauerte kaum zehn Minuten, bis Olofsen und Greiner bei der Wohnung von Lars Aldrich angekommen waren. Sie befand sich in einem schick hergerichteten Mehrfamilienhaus in der Cuxhavener Chaussee in Groden. Auf der Straße parkte bereits der Streifenwagen, von dem Greiner gesprochen hatte. Die gesuchte Wohnung lag im ersten Stock. Da die Haustür unverschlossen war, betraten sie das Gebäude und stiegen die Treppe hinauf. Das Treppenhaus war beeindruckend sauber, in der Luft lag ein Duftgemisch aus Reinigungsmitteln und Zitrone. Auf dem Treppenabsatz standen einige Topfpflanzen – ebenfalls in makellosem Zustand.

»Irgendwie beängstigend. Unangenehm sauber«, murmelte Olofsen.

Greiner blickte ihn nur verständnislos an.

Im ersten Stock angelangt, trafen sie auf die beiden Streifenpolizisten, die vor der Tür zu Aldrichs Wohnung standen. Direkt vor der Tür kniete ein weiterer Mann und bearbeitete das Schloss mit allerlei kleinen und zerbrechlich wirkenden Werkzeugen.

Einer der Polizisten drehte sich zu den Neuankömmlingen um und begrüßte sie.

»Es hat niemand geöffnet. Außer Aldrich scheint niemand hier zu wohnen, oder er ist zumindest nicht zu Hause.«

»Tatsächlich?«, raunzte Olofsen ihn an. »Er wohnt hier ja auch allein. Das könnte der Grund dafür sein, warum niemand aufmacht. Habt ihr Genies sonst noch etwas feststellen können?«

Olofsen trat neben den Mann vom Schlüsseldienst, der angestrengt seine Werkzeuge betrachtete. Er spürte die unsicheren Blicke der beiden Polizisten hinter ihm und riet ihnen in Gedanken, jetzt bloß nichts zu erwidern. Es ging ihm mal wieder nicht schnell genug. Vielleicht sollte er jetzt einfach die Tür eintreten, und das Problem wäre gelöst.

»Die Tür ist verschlossen. Es gibt keine äußerlichen Spuren eines Einbruchs. Soweit wir wissen, hat nur noch der Vermieter einen Schlüssel, aber der ist nicht auffindbar.«

»Na, zum Glück haben wir ja den Experten vor Ort.« Olofsen grinste den Mann vom Schlüsseldienst an. »Aber ich wollte nicht bis morgen im Flur rumstehen. Jetzt geben Sie mal ein bisschen Gas, sonst ist das Schloss verrottet, bevor Sie fertig werden.«

Kurz darauf sprang die Tür auf.

Greiner wandte sich an einen der beiden Streifenbeamten: »Wir schauen uns einmal kurz um. Die Kriminaltechnik ist schon unterwegs.«

Olofsen und Greiner betraten einen kleinen Flur. Weiße Raufasertapete an den Wänden, ein recht neuer Teppichboden. Eine schicke Garderobe aus Glas und Metall, zwei Paar Schuhe. Eigentlich nichts Besonderes.

Olofsen bog nach links ab. Die Küche. Ein kleiner Raum mit einem Fenster und moderner Einrichtung. Auch hier schien es auf den ersten Blick nichts Auffälliges zu geben. In der Spüle standen zwei schmutzige Teller. Auf beiden breitete sich bereits eine grünliche Schimmelschicht aus. Olofsen rümpfte die Nase und zog ein Paar Latexhandschuhe über, die er immer in seiner Jackentasche mit sich trug. Er ging zum Kühlschrank und öffnete ihn. Der widerwärtige Gestank, der ihm entgegenschlug, ließ ihn die Tür gleich wieder zuwerfen.

»Erbärmlich. So etwas sollte verboten werden. Zumindest wissen wir jetzt, dass mindestens seit zwei Wochen niemand mehr am Kühlschrank war, um irgendetwas mit der halb gegessenen Pizza zu machen, die da noch drinsteht.«

Er verließ die Küche, um sich die übrigen Räume anzuschauen.

Greiner wartete im Wohnzimmer auf ihn. »Na, schau mal an.«

»Hm?« Olofsen schaute ihn fragend an.

»Mach die Augen auf!«

Das Wohnzimmer war im Vergleich zur restlichen tipptopp sauberen und aufgeräumten Wohnung einigermaßen verwüstet. Eine Weinflasche war umgefallen, und ein großer roter Fleck auf dem Boden bestätigte, dass es Rotwein gewesen war. Zwei Gläser lagen auf dem Boden, eines zerbrochen. Die Couch war vom Tisch weggeschoben worden und stand nun direkt unter der Fensterbank. Dabei war auch die Stehlampe umgefallen, die sonst wohl als Leselicht hinter der Couch gestanden hatte. Das kleine Bücherregal an der gegenüberliegenden Wand war umgerissen worden, sein gesamter Inhalt lag auf dem Boden verstreut.

»Hier hat es eine Auseinandersetzung gegeben«, stellte Greiner nüchtern fest.

»Ja, muss aber schon eine Weile her sein. Der Rotweinfleck ist komplett eingetrocknet. Es scheint, als ob Aldrich schon länger nicht mehr in seiner Wohnung war.«

Olofsen drehte sich einmal um die eigene Achse. Er versuchte, den ganzen Raum in sich aufzunehmen und die ersten Eindrücke zu einem Gesamtbild zu verschmelzen. Den Geheimnissen hinter dem Offensichtlichen auf die Spur zu kommen. Dann sah er den Anrufbeantworter, auf dem ein kleines rotes Lämpchen blinkte. Er ging hin und drückte die Abspieltaste.

»Sieben neue Nachrichten«, ertönte eine synthetische Frauenstimme aus dem Gerät.

»Lass hören.« Olofsen drückte erneut auf den Knopf.

»Hallo, Schatzi. Sag mal, warum rufst du mich nicht an? Melde dich, wenn du zurück bist.« Es war die Stimme einer jüngeren Frau.

»Aha. Es gibt wohl eine Freundin. Das ist gut für uns.«

Die nächste Nachricht war vom Tätowierstudio, von dem Greiner berichtet hatte. Man erwartete Aldrich zur zweiten Session.

Dann wieder die Frauenstimme: »Was ist los? Wo steckst du? Auf dem Handy kann ich dich auch nicht erreichen. Melde dich!«

Die nächsten beiden Anrufer hatten keine Nachricht hinterlassen.

Anruf Nummer sechs war von einer Agentur, wie sie ständig anriefen, um zunächst den Hauptgewinn in irgendeiner Lotterie zu verkünden und dann doch nur etwas verkaufen zu wollen. Nummer sieben war ein weiteres Mal die vermutete

Freundin, diesmal gar nicht mehr nett: »Jetzt hör mal gut zu! Seit über einer Woche versuche ich, dich zu erreichen. Auf keine meiner Nachrichten reagierst du. Du kannst mich mal, du Arsch. Geh zum Teufel!«

Olofsen und Greiner hatten trotz der Situation Schwierigkeiten, ernst zu bleiben.

»Wahre Liebe.«

»Ich sag's dir. Bis dass der Tod euch scheidet.«

Beide verließen das Wohnzimmer. Zurück im Flur wandte sich jeder einem der beiden noch verbliebenen Räume zu.

Olofsen betrat das Schlafzimmer. Ein angenehm großer Raum, bestimmt fünfundzwanzig Quadratmeter. Viele andere hätten dieses Zimmer wahrscheinlich zum Wohnzimmer gemacht. Aber Aldrich schien es vorgezogen zu haben, hier zu schlafen. Olofsen blieb in der Tür stehen, um wieder das ganze Zimmer überblicken zu können und auf sich wirken zu lassen. Auch dieser Raum machte einen äußerst sauberen Eindruck. Ein großes Bett mit Metallrahmen. Decke und Kissen lagen immerhin durcheinander.

»Aha«, dachte Olofsen laut. »Das Bett ist nicht gemacht. Sagt uns das irgendetwas?«

Über dem Bett hing ein großer bespannter Keilrahmen und zeigte ein abstraktes Motiv in Öl oder Acryl, mit dem Olofsen nichts anfangen konnte. Sofern man dieses abstrakte Wirrwarr aus Farben und Strukturpasten überhaupt als Motiv bezeichnen konnte. Moderne Kunst wahrscheinlich.

»Geschmack ist Glückssache, viele haben Pech«, murmelte er vor sich hin. »Und Aldrich hatte gleich in mehrfacher Hinsicht Pech.«

Dem Bett gegenüber stand auf einem niedrigen Tischchen ein großer Flachbildfernseher. Darunter befand sich eine teuer aussehende Heimkinoanlage. Die zugehörigen Lautsprecher entdeckte Olofsen beim Blick in die Ecken des Raumes. Es gab ein Fenster ohne Gardinen, aber mit einem Plissee, das als Sichtschutz und auch zur Verdunklung verwendet werden konnte. Auf dem Fußboden lag kein Teppich wie im Flur oder im Wohnzimmer, sondern helles Laminat, wahrscheinlich Ahorn. Neben dem Bett stand ein weiteres kleines Schränkchen mit einer Lampe, das wohl als Nachttisch diente. Alles in allem hatte der Raum etwas Edles. Dennoch stutzte Olofsen. Irgendetwas fehlte.

Er dachte an sein eigenes Schlafzimmer. Okay, da gab es keinen Flachbildfernseher, und aufgeräumt war es meist auch nicht.

Dann merkte er es.

Klamotten. Es gab keinen Kleiderschrank, keine Wäsche, keine vergessenen Socken auf dem Boden.

Hinter ihm erschien Greiner.

»Was gefunden?«, fragte er.

»Nicht wirklich. Mein Schlafzimmer sieht irgendwie anders aus. Hier, das ist so, so …«

»Eher eine Spielwiese.«

»Hä?«

Greiner deutete auf ein kleines weißes Etwas, das über dem Fernseher an der Zimmerdecke angebracht war. Eine kleine Kamera, die genau auf das Bett ausgerichtet war.

»Scheiße, ich werde alt. Habe ich glatt übersehen«, stellte Olofsen fest.

»Mach dir nichts draus.«

»Was hast du drüben gefunden?«

»Das ist der einzige Raum in dieser Wohnung, der nicht hierhin passt. Ein einziges Chaos. Eine Art begehbarer Kleiderschrank, bis zum Platzen vollgestopft mit Zeug. Eine alte Kommode, auch vollgestopft. Darüber ein Bücherregal. Dann noch ein Schreibtisch mit Computer, Bildschirm und Drucker. Hochwertige Geräte, garantiert nicht billig.«

»Was liest er so?«, wollte Olofsen wissen.

»Hab nicht genau drauf geachtet. Willst du dir ein Buch ausleihen?«, fragte Greiner.

»Später vielleicht. Ich wollte bloß anhand der Bücher auf seinen Charakter schließen und dann mit ein paar wahnsinnig intelligenten gedanklichen Winkelzügen direkt auf Täter und Motiv schließen. Im Fernsehen geht das immer«, erklärte Olofsen mit ausdrucksloser Miene.

Greiner nickte nur.

Hinter ihnen waren Stimmen zu hören. Ein Mann in einem weißen Einwegoverall kam durch den Flur auf sie zu. Es war Frank Pall, Leiter der Kriminaltechnik. Ein vierschrötiger Mann, knapp über fünfzig und neben Walberg der Einzige, der es wagte, sich mit Olofsen anzulegen. Da auch er nicht auf den Mund gefallen war, waren die Wortgefechte der beiden bei der Cuxhavener Polizei bereits legendär.

»Ein Buch ausleihen? Intelligente gedankliche Winkelzüge? Ich glaube, es hackt. Wie oft habe ich euch Vögeln schon erklärt, dass ihr an einem Tatort nichts zu suchen habt, es sei denn, ich habe es ausdrücklich gestattet. Und hier habe ich niemandem irgendetwas gestattet.«

»Ich hab dich auch lieb, Frank«, versuchte Olofsen die Attacke zu kontern.

Pall warf Olofsen einen giftigen Blick zu.

»Was genau habt ihr Knallköppe angefasst? Und vergesst ja nichts.«

»Frank, hör zu. Ich freue mich auch, dass du da bist. Außer ein paar Türklinken haben wir nichts angefasst. Und hör auf, dich wie meine Oma zu benehmen.« Olofsen, ein wenig kleinlaut, hielt ihm die behandschuhten Hände vor die Nase. »Ich bin kein Anfänger. Und ich glaube kaum, dass wir es hier mit einem Tatort zu tun haben.«

»Dann benimm dich nicht bescheuerter als meine anderthalbjährigen Enkel. Ich will nicht Stunden damit verbringen, Kripobeamtenhaare von Opferhaaren zu unterscheiden.«

Olofsen schaute ihn mit gespieltem Entsetzen an.

»Du hast eine Haarprobe von mir?«

»Ich reiß dir gleich die Eier ab. Dann habe ich ein ganzes Büschel davon.«

»Ich bin da unten rasiert.«

Greiner machte einen Schritt zurück. Pall schien heute in Bestform zu sein. Das konnte noch lustig werden.

»Ey du!« Pall deutete mit dem Zeigefinger auf Greiner. »Falsche Richtung. Die Tür nach draußen ist in der anderen Richtung. Abmarsch.«

»Ich habe auch Handschuhe getragen.« Greiner wollte offenbar nicht ebenfalls noch zur Zielscheibe werden.

»Und was sollen dir die jetzt helfen?«, fauchte Pall ihn an.

»Pall, lass gut sein«, schaltete sich Olofsen ein. »Wir wollen hier vorwärtskommen. Du bist der Beste. Wir sind Deppen. Hier hat ein Kerl namens Lars Aldrich gewohnt. Der ist jetzt tot. Umgebracht. Aber ziemlich sicher nicht hier. Im Wohnzimmer scheint es einen Kampf oder eine Auseinandersetzung gegeben zu haben. Ich will wissen, was da wann mit wem passiert ist. Im Schlafzimmer gibt es eine auf das Bett gerichtete Kamera. Ich will wissen, wozu. Wer wann warum und von wem gefilmt worden ist. Im Kühlschrank steht eine vergammelte Pizza. Ich will wissen, was für eine, wer die gemacht hat und wie lange die da schon steht. In der Rumpelkammer da drüben«, Olofsen deutete mit dem Finger in Richtung des Zimmers, das Greiner sich als Letztes angeschaut hatte, »steht ein hochwertiger Rechner. Ich will wissen, ob da etwas gespeichert ist, was uns weiterhelfen kann. Und das Ganze fix. Morgen um elf ist Teambesprechung.«

»Morgen um elf? Bist du noch ganz dicht? Hast du auch nur den Hauch einer Ahnung, wie lange so eine Untersuchung dauert?«

Olofsen zog die Stirn kraus. »Weißt du was? Das ist mir so was von egal. Das ist jetzt dein Spielplatz. Ich habe dir die Rahmenbedingungen genannt. Du bist der Beste. Du bist der König. Wir Deppen gehen jetzt. Schnapp dir dein silbernes Köfferchen und mach dich an die Arbeit. Die Zeit läuft. Morgen um elf erwarte ich Ergebnisse.«

Olofsen stapfte an Pall vorbei und verließ die Wohnung. Greiner folgte ihm. Er konnte sich ein Grinsen nicht verkneifen. Im Treppenhaus kamen ihm zwei Kollegen von Palls KT-Team entgegen, beide mit den besagten silberfarbenen Metallkoffern bepackt. Sie schmunzelten.

»Moin, Martin. Na, Frank ist heute gut drauf. Wer von euch hat den Einlauf gekriegt?«

»Ich würde sagen, unentschieden. Olofsen hatte die Hosen unten, Pall das Klistier aber noch in der Hand.«

Die beiden verzogen die Gesichter.

Von der Haustür rief Olofsen: »Meine Hosen sitzen perfekt. Jetzt quatsch nicht rum.«

Als Greiner auf die Straße trat, lehnte Olofsen an einem Auto gegenüber der Haustür. Einige neugierige Passanten hatten sich versammelt und starrten die beiden Polizisten an, in der Hoffnung, einer von beiden würde ihre Neugier befriedigen und sie wissen lassen, was los war. Auch an den umliegenden Fenstern waren Gesichter zu sehen. Jeder wusste natürlich, dass hier etwas höchst Spannendes passierte. Ein Polizeifahrzeug und Männer mit weißen Overalls und Metallkoffern – das konnte ja nur die Spurensicherung sein, wie im Fernsehen. Und erst vor einigen Tagen war etwas Ähnliches in Otterndorf am Strand passiert.

»Bin gespannt, wann hier die ersten Journalisten auftauchen. Bislang haben die uns ja in Ruhe gelassen.«

Nach dem Vorfall in Otterndorf hatten natürlich die Cuxhavener Nachrichten und die Niederelbe Zeitung berichtet. Fernsehteams waren aber nicht erschienen, um über »grausame Morde in der Urlaubsidylle« zu berichten und so den Druck auf Olofsen und seine Kollegen zu erhöhen. Wahrscheinlich, weil die Sache mit den Fläschchen im Bauch des ersten Opfers geheim gehalten werden konnte.

»Ja, es gibt kaum etwas Nervigeres als so einen Rotzlöffel von irgendeiner Zeitung.« Olofsen streckte sich.

»Klar«, meinte Greiner. »Willst du noch zu Theravactec?«

»Aber sicher. Korz ist mir ein paar Auskünfte schuldig. Aber erst brauche ich dringend was zu essen.«

Ein paar Minuten später saßen Olofsen und Greiner im Café Löwenzahn in Altenbruch und bestellten sich jeder ein Stück Löwenzahntorte, einen doppelten Espresso und ein Glas Wasser. Um das Gehirn auf Trab zu halten, waren Süßes und Koffein jetzt genau das Richtige.

Eine Zeit lang saßen beide schweigend am Tisch, jeder in seinen eigenen Gedanken verloren. Draußen lief lachend ein junges Paar vorbei, Arm in Arm und weit weg von der Welt der beiden Polizisten.

»Sind wir nun weitergekommen?«, eröffnete Greiner die Diskussion.

»Das frage ich mich auch gerade«, antwortete Olofsen.

Die Bedienung brachte ihre Bestellung, und so vergingen die nächsten Minuten wieder schweigend, dafür aber kauend und schlürfend.

»Manchmal frage ich mich schon, was ich hier eigentlich mache.« Olofsen rührte mit einem kleinen Löffel in seinem Espresso herum. »Ich habe mich nach Cuxhaven versetzen lassen, weil ich dachte, ich könnte hier eine ruhige Kugel schieben. Keine geisteskranken Psychopathen mehr, die aus kaum nachvollziehbaren Gründen Menschen aufschlitzen, wobei das nun noch das Harmloseste ist. Für meinen Geschmack habe ich davon schon entschieden zu viel gehabt. Und jetzt geht's wieder los.«

»Sieh es mal andersherum. Du bist genau der Richtige, um diese Geschichte zu knacken. Und so durchgeknallt ist es bis jetzt noch nicht. Da stehen täglich wildere Sachen in der Zeitung. Ja, wir haben zwei Leichen. Nicht gut. Daher sollten wir dafür sorgen, dass es nicht noch mehr werden. Betrachte es als sportliche Herausforderung.«

Olofsen leerte sein Wasserglas in einem Zug.

»Hast ja recht. Also, was haben wir heute gelernt?«

»Fang an«, forderte Greiner ihn auf.

»Wir haben herausgefunden, wer das zweite Opfer ist. Lars Aldrich. Wir wissen auch, dass Aldrich irgendwo eine Freundin hat, die ihn aber nicht wirklich vermisst, denn außer ihn am Telefon zu beschimpfen, unternimmt sie nichts. Die Dame müssen wir finden und befragen. Wir haben außerdem herausgefunden, dass … na, was eigentlich?«

»Sind wir hier in einer schrägen Sexgeschichte gelandet?«, bot Greiner an. »Ich meine, es ist doch auffällig. Wir finden zweimal diese K.o.-Tropfen, die gehäuft mit Sexualdelikten in Verbindung stehen – wie hat Walberg sie noch genannt: *date rape drug* –, und ein schönes helles Schlafzimmer mit einem großen Bett einschließlich einer Kamera mit bestem Blick auf das Geschehen.«

»Daran hatte ich auch schon gedacht«, antwortete Olofsen. »Und in Zeiten des Internets brauchst du dir um die Verbreitung deiner Videos keine Gedanken zu machen, egal, ob du in irgendeinem Kuhdorf auf dem Lande oder in Berlin, München oder Köln sitzt. Aber wie passen dann diese Impfstofffläschchen ins Bild?«

»Da habe ich auch noch keine Idee. Vielleicht ein Ablenkungsmanöver. Grundsätzlich hätten sowohl Meister als auch Aldrich bei Theravactec Zugriff auf das Zeug.«

»Ich weiß nicht so recht.« Olofsen wischte sich den Mund mit einer Serviette ab. »Wir haben keine Wahl. Wir müssen abwarten, was Pall herausfindet. Und vielleicht kann uns Walberg auch schon neue Infos liefern. Ob wir wollen oder nicht, Geduld ist gefragt. Und damit tue ich mich immer schwer.«

»Was hast du vor?«, fragte Greiner.

»Ich denke, wir sollten uns trotzdem an die Arbeit machen. Du unterhältst dich mit den Nachbarn von Lars Aldrich. Ich fahre jetzt zu unseren Biotech-Freunden nach Otterndorf.«

SIEBEN

Nachdem sie das Café Löwenzahn verlassen hatten, fuhr Olofsen aus Altenbruch heraus. Es war noch zu früh für den Feierabendverkehr, den man in Cuxland sowieso nur dann bemerkte, wenn man ganz genau hinschaute. Die Touristen bevölkerten noch die Strände, sodass er zügig vorwärtskam. Im Cuxland war das Leben einfach ruhiger und gelassener, als Olofsen es während seiner Dienstzeit zuerst in Stuttgart und später in Berlin erlebt hatte. Das gefiel ihm verdammt gut.

Andere sagten zwar, hier sei das Ende der Welt oder zumindest von Deutschland, aber für sein Empfinden hatte er bereits ausreichend Zeit *mittendrin* verbracht – dort, wo was los war. Dort hatte er im Übermaß auch die Schattenseiten des menschlichen Miteinanders in all seinen Grausamkeiten erlebt, war abgestumpft und zum gleichgültigen, zynischen Zombie geworden, dem sich kaum noch jemand zu nähern gewagt hatte.

Er war nie verheiratet gewesen, sondern hatte sich auf häufig wechselnde Bekanntschaften beschränkt. Er fand das schlicht einfacher. Für die meisten Frauen, mit denen er zusammen war, war das okay gewesen. Auch sie wollten Spaß, aber keine Verpflichtung und schon gar keine komplizierte Beziehung. Und wenn es doch vorkam, dass eine Frau irgendwann mehr als nur Sex wollte, hatte er sie einfach stehen lassen. Da war er bereits in der Hauptstadt und leitete eine Arbeits- und Ermittlungsgruppe gegen organisierte Kriminalität.

Er war ein erfolgreicher Ermittler, und so hatte er es sich auch erlauben können, das gleichgültige, zynische Arschloch zu sein, zu dem er geworden war. Irgendwann hatte seine Art, mit anderen Menschen umzugehen, jedoch einen Tiefpunkt erreicht, und immer mehr seiner Mitarbeiter hatten sich an höherer Stelle beschwert oder sich in andere Abteilungen versetzen lassen. Ersatz ließ sich nicht mehr finden, Olofsens Ruf hatte sich herumgesprochen.

Greiner war der Letzte, der freiwillig in sein Team gekommen war. Den Grund hatte er erst später begriffen. Greiner war von Olofsens Vorgesetzten mit allen Freiheiten ausgestattet worden, ihm die Hölle heißzumachen. Man wollte Olofsen als fähigen und äußerst erfolgreichen, zuweilen unorthodoxen Ermittler nicht verlieren, was bei jeder offenen disziplinarischen Maßnahme ziemlich sicher der Fall gewesen wäre, aber man wollte ihm die Flügel stutzen und ihn wieder auf den Boden zurückholen.

Greiner schien damals jung und unerfahren. Aber das war nur die eine Seite der Medaille. Er war geschickt, und es gelang ihm, exzellente Arbeit vorzuweisen und Olofsen immer wieder zur Weißglut zu bringen, weil er ihn nicht in allen Punkten auf dem Laufenden hielt oder ihn bewusst einer falschen Spur nachjagen ließ. In erster Linie aber, weil er es schaffte, Olofsens gesamte Bösartigkeit an sich abperlen zu lassen wie einen leichten Sommerregen. Stattdessen forderte er ihn ein ums andere Mal heraus, blamierte ihn vor dem Kollegium, verhielt sich ihm gegenüber genauso, wie Olofsen es sonst immer tat. Auf diese Weise hielt er ihm einen Spiegel vor.

Dann kam es zum Showdown. Während einer Teambesprechung, in der auch auswärtige Kollegen und sogar ein Mitarbeiter des Innenministeriums anwesend waren, war Olofsen gerade dabei, irgendeinen kleinen Beamten, der irgendeinen unbedeutenden Fehler gemacht hatte, vor der gesamten Mannschaft durch den Kakao zu ziehen, als Greiner aufstand, zu ihm ging, ihn mit beiden Händen aus seinem Stuhl hob und ihn mit aller Kraft rücklings auf den Tisch warf. Es war sofort totenstill im Raum. Selbst Olofsen war verblüfft. Greiner brüllte ihn an, was für ein mieser, sozial inkompetenter Arsch er sei, eine menschenverachtende Schande für seinen Berufsstand, der es nicht wert sei, dass sich irgendjemand auch nur einen Deut um ihn schere. Niemand kam zu Hilfe, niemand mischte sich ein.

Aus der Stille des Raumes erhoben sich langsam Geräusche – hier und da zustimmendes Gemurmel, ein wenig Gelächter, sogar leiser Applaus. Greiner hatte Olofsen erneut gepackt, vom Tisch gezogen und ganz einfach auf den Boden fallen lassen.

Das war mehr als nur Symbolik.

Olofsen war aufgestanden und hatte wortlos den Besprechungsraum verlassen. Zwei Tage war er nicht ins Büro gekommen, hatte sich immerhin krankgemeldet. Am dritten Tag stand er morgens in Greiners Büro. Er hatte die Tür leise geschlossen, sich auf den Besucherstuhl gesetzt, war aber still geblieben. Als Greiner ihn schon wieder rauswerfen wollte, sagte er nur ein Wort: »Danke.«

Dann stand er auf und ging. Über den Vorfall verlor er kein weiteres Wort.

In den folgenden Wochen gab sich Olofsen Mühe, seinen Ruf zu verbessern. Er führte viele Gespräche hinter verschlossenen Türen, zeigte sich aufgeschlossen und offen für neue Denkansätze, sei es innerhalb laufender Ermittlungen, sei es im Umgang miteinander. Es funktionierte, und sein Ansehen nahm zu. Er selbst spürte, dass ihm die Arbeit nun irgendwie leichter von der Hand ging, da ihm Positives aus seinem Umfeld entgegenkam. Man konnte fast sagen, die Arbeit machte ihm wieder Spaß.

Einige Monate später rief er Greiner zu sich ins Büro und eröffnete ihm, dass er um Versetzung gebeten habe. Er hatte sich über die Ländergrenzen hinweg auf eine Stelle in Cuxhaven beworben und sie bekommen. Man ließ ihn zwar nur ungern aus der Hauptstadt ziehen, aber sein Wunsch, Berlin zu verlassen, wurde akzeptiert. Der Respekt vor seiner Leistung im Job ebenso wie der Umstand, dass er sich selbst zurück auf die Füße gekämpft und mit sich und seinen Kollegen ins Reine gekommen war, hatten den Ausschlag gegeben. Dann fragte er Greiner, ob er nicht mitkommen wolle. Zunächst war Greiner zu perplex, um zu antworten. Aber nach einigen Tagen Bedenkzeit hatte er eine Entscheidung gefällt. Ja! In Berlin hatte er zwar einige Freunde, aber weder eine Frau oder Freundin noch sonst irgendwelche festen Bindungen, deren Ende schmerzhaft werden würde. Er sah die Chance,

dem Wahnsinn der Großstadt und dem zugehörigen Dauer-
stress zu entkommen und anderswo neue Lebensqualität zu
entdecken. Einen neuen Bekanntenkreis würde er sich schon
aufbauen können. Und die Nordsee fand er sowieso prima.

Jetzt kamen Olofsen und Greiner ziemlich gut miteinander
aus. Aus der Fast-Prügelei hatte sich eine tiefe Freundschaft
entwickelt, und der teils noch immer rüde Ton gehörte einfach
dazu.

✳✳✳

Olofsen fuhr durch die engen Gassen von Altenbruch und
dann auf die B73, wo er zügig vorankam, sodass er schon
bald die Abzweigung nach Otterndorf erreichte. Als er einen
Baumarkt passierte, fiel ihm ein, dass er unbedingt noch neue
Sägeblätter und Holzleim kaufen musste, um an dem Bücherregal für seine Nichte weiterarbeiten zu können. Er nahm
sich vor, dies auf dem Rückweg zu erledigen. In Gedanken
versunken und fast automatisch fahrend, nahm er kaum wahr,
wie er sich seinen Weg suchte, und war erst wieder voll bei der
Sache, als er auf den Parkplatz von Theravactec rollte.

In der Eingangshalle begrüßte ihn dieselbe Empfangsdame
wie bei seinem ersten Besuch, dieses Mal aber mit feindseligem
Blick. Offenbar hatte man ihn schon auf die Liste der uner-
wünschten Besucher gesetzt und gedachte, jedem neuerlichen
Besuch mit offener Missachtung entgegenzutreten.

»Guten Tag«, begrüßte er sie mit einem strahlenden Lächeln
und brachte sie damit sofort aus dem Konzept. Wenn er wollte,
bekam er so etwas gut hin. Allerdings wollte er nicht oft.

»Ich habe einen Termin mit Herrn Körner, würden Sie ihm
bitte Bescheid geben, dass ich hier bin«, flötete Olofsen.

»Termin ... ich, ja ... Moment«, stotterte sie und tippte auf
ihrer Computertastatur herum. »Darüber habe ich hier gar
keine Informationen. Ich weiß nicht ...«

»Hm, das ist aber seltsam, ich hatte doch heute Morgen
noch mit ihm telefoniert«, spann Olofsen seine Geschichte

weiter. »Da muss wohl eine Panne passiert sein. Bitte rufen Sie ihn doch einfach an.«

Im gleichen Moment öffnete sich hinter der Theke eine Tür, und Frau Hausch – der Drachen – rauschte hindurch. Nur die Wolke aus Feuer und Dampf fehlte, um dem Auftritt eine noch dramatischere Note zu verleihen.

»Was wollen Sie denn schon wieder hier?«, fuhr sie ihn an.

»Ich hatte gehofft, Sie würden mir erspart bleiben.«

»Und ich hoffte, Ihre wunderbare Stimme hören zu dürfen. Im Gegensatz zu Ihnen ist mir das Glück hold.« Olofsen lächelte noch immer.

»Hören Sie auf, mich zu verarschen«, kam die wenig diplomatische Antwort. »Was wollen Sie?«

»Er sagt, er hätte einen Termin mit Körner«, schaltete sich die Rezeptionsdame ein.

»Blödsinn. Der ist gar nicht im Hause. Das sollten Sie eigentlich wissen.«

Die Frau lief knallrot an, und Olofsen hatte seinen Spaß.

»Na gut, eigentlich habe ich gar keinen Termin mit Herrn Körner.« Olofsen lächelte die Frau hinter dem Empfangstresen an und ignorierte Frau Hausch. »Sie bekommen so hübsche rote Flecken im Gesicht, wenn Sie verunsichert sind. Wirklich süß.«

Wäre es ihr möglich gewesen, noch röter zu werden, so wäre es jetzt passiert.

»Aber egal. Dass ich keinen Termin mit ihm habe, ändert nichts an der Tatsache, dass ich mit ihm reden will. Jetzt. Sollte er allen Ernstes nicht ›im Hause‹ sein, ist sicherlich sein Stellvertreter verfügbar, notfalls kann sich auch Ihr Chef, dieser Korz, herbemühen.«

Frau Hausch pflanzte sich ihr bestes Stewardessenlächeln ins Gesicht.

»Das tut mir leid. Aber die Herren Korz und Körner sind nicht im Hause. Wir erwarten sie erst am kommenden Dienstag von ihrer Geschäftsreise zurück. Einen Stellvertreter hat Herr Körner leider nicht. Darüber hinaus gibt es die strikte

Anweisung an alle Mitarbeiter, mit der Polizei über das Problem Meister nur in Anwesenheit des Rechtsvertreters, also Herrn Körner, zu sprechen. Da der aber nun einmal nicht da ist, haben Sie Pech gehabt. Offenbar ist das Glück Ihnen doch nicht so hold, wie Sie meinen. Auf Wiedersehen, Sie wissen ja, wo die Tür ist.«

Olofsen war verblüfft.

»Das ›Problem‹ Meister? Mehr Respekt bringen Sie Ihrem toten Kollegen nicht entgegen?«

»Natürlich sind wir alle geschockt von –«

»Ja, das ist offensichtlich. Anders als durch einen Schock verursacht kann ich mir Ihr Gerede nicht erklären. Jetzt ist Schluss mit den Spielchen. Was können Sie mir über Lars Aldrich erzählen?«

»Aldrich?«

»Ja, Aldrich. Spreche ich so undeutlich?«, polterte Olofsen.

»Äh, natürlich nicht. Soweit ich weiß, ist er bereits seit einiger Zeit krankgeschrieben.«

»Aha, krankgeschrieben.«

»Richtig. Was wollen Sie überhaupt von ihm?«, fragte Hausch. In ihrer Stimme lag ein wenig Verunsicherung.

»Ich fürchte, Ihre Probleme häufen sich. Lars Aldrich ist nicht krank, sondern tot. Genau wie Wolfgang Meister.«

Frau Hausch wurde bleich, da konnte auch das sicher teure Make-up nichts kaschieren. Damit hatte sie ganz offensichtlich nicht gerechnet.

»Oh mein Gott, das wusste ich nicht.«

»Ach was«, spottete Olofsen.

»Woher sollten wir das auch wissen. Wie gesagt, er war seit zwei Wochen krankgeschrieben. Wie ist er gestorben?«

»Tut mir leid, über laufende Ermittlungen darf ich Ihnen keine Auskunft geben. Und selbst wenn, würde ich es nicht tun. Was ist nun mit Körner oder Korz – sind die immer noch verreist oder doch kurzfristig wieder aufgetaucht?«

»Tut mir leid, beide sind wirklich nicht im Hause. Aber ich werde Herrn Dr. Korz umgehend informieren. Er wird sich dann sicherlich telefonisch mit Ihnen in Verbindung setzen.«

»Tolle Wurst.«

»Bitte?«, fragte Hausch verwirrt.

»Was können Sie oder sonst jemand mir über Lars Aldrich erzählen?«, bohrte Olofsen weiter.

»Nun ja, wie Sie ja wahrscheinlich wissen, arbeitete er auch im Lager, zusammen mit Wolfgang Meister, dem Leiter des Bereichs. Ich glaube, sie haben sich gut verstanden, aber mehr weiß ich dazu nicht.«

»Hatten die beiden etwas mit Vertovir zu tun?«

»Darüber weiß ich nichts. Aber ich glaube es kaum. Sie waren im Lager beschäftigt, nicht in den Forschungs- und Herstellungsbereichen.«

Olofsen entschied sich für eine neue Fragestrategie.

»War einer von ihnen homosexuell?«

»Bitte?«, japste Hausch überrascht.

»Homosexuell. Gay auf Neudeutsch, nicht am anderen Geschlecht interessiert.«

»Ich muss schon sehr bitten. Wir sind ein ehrbares Unternehmen. Wir schnüffeln nicht hinter unseren Mitarbeitern her. Solange sie ihre Arbeit korrekt erledigen, können sie sein, was auch immer sie wollen. Wie kommen Sie überhaupt auf diese Idee?«, erboste sich Hausch.

»Die Ermittlungen schließen keinen Aspekt aus. Ich habe meine Gründe, dies zu fragen. Was ist nun mit Vertovir?«

»Wir haben strikte Anweisung von der Geschäftsleitung, über dieses Thema nur im Beisein eines Rechtsvertreters der Firma zu sprechen. Und der ist nicht da.«

»Schlechtes Gewissen?«, stocherte Olofsen.

»Bitte?«

»Mein Gott, fällt Ihnen nichts anderes ein als ›Bitte?‹, wenn Sie nicht weiterwissen? Was ist das Problem mit dem Wundermittel? Wir ermitteln in zwei Mordfällen. Zwei Mitarbeiter Ihrer Firma wurden umgebracht, und Vertovir hat allem Anschein nach etwas damit zu tun. Und ich möchte wissen, was.«

»Woher soll ich das denn wissen. Vertovir ist ein onkolytisches Virus mit der Indikation Zervixkarzinom und …«
Frau Hausch biss sich auf die Lippen. In ihrem Eifer hatte sie
unbedacht einfach losgeredet.

»Weiter!«, drängte Olofsen.

»Nein. Das reicht jetzt.«

»Weiter!«, wiederholte Olofsen und zeigte drohend mit
dem Zeigefinger auf sie.

»Welchen Teil von ›Nein‹ haben Sie nicht verstanden?«,
patzte Hausch ihn unwirsch an.

»Alles. Das Wort kenne ich gar nicht. Vertovir – weiter!«,
ließ Olofsen nicht locker. Vielleicht konnte er sie noch einmal
dazu bringen, sich zu verquatschen. Ein bisschen hatte er ja
nun schon erfahren.

Frau Hausch seufzte. »Sie nerven«, stellte sie fest.

»Wollen Sie mich anbaggern? Ich bin im Dienst.«

»Bitte?« Sie verdrehte die Augen.

Olofsen auch.

»Wann wollen Sie Vertovir denn auf den Markt bringen?«

»Mir scheint, Sie haben vom Pharmabusiness nicht die
geringste Ahnung«, fuhr ihn Hausch an, nun wieder leicht
arrogant – anscheinend fühlte sie sich sicherer.

»Mag sein. Erklären Sie es mir.«

»Wir sind kurz davor, das Material für die erste und zweite
klinische Phase herstellen zu lassen. Bis zum Markt wird es
sicherlich noch zwei bis drei Jahre dauern.«

»Und dann machen Sie sich jetzt so ins Hemd?« Olofsen
wusste, dass er gewonnen hatte. Die gute Frau Hausch war
über ihre eigene Eitelkeit gestolpert. Er beglückwünschte sich
innerlich zu seiner heutigen Strategie, Depp und Bad Cop in
Personalunion zu geben.

»Ins Hemd machen? Hören Sie mal. Das ist die entscheidende Phase. Jetzt wird sich erweisen, ob wir mit unseren
Forschungen nur Millionen verbrannt haben oder Millionen
verdienen werden.«

»Das verstehe ich nicht.« Olofsen stellte sich dumm.

»Die ersten klinischen Tests zeigen, ob unser Produkt bei der Anwendung am Menschen sicher und wirksam ist. Davon hängt ab, ob wir weitermachen oder alle arbeitslos werden. Wenn jetzt etwas schiefgeht, wäre das ein Desaster. Und die Konkurrenz schläft nicht.«

»Das heißt, hier stehen gerade alle mächtig unter Druck. Wenn da einer aus der Reihe tanzt –«

»Aus der Reihe tanzen gibt's nicht«, wurde er barsch unterbrochen.

»Schau an. Und wenn doch?«

»Wir sind hier bestens aufgestellt, um ein solches Problem umgehend zu lösen. Wir –« Plötzlich wurde sie blass. Ihr war wohl gerade klar geworden, dass sie erneut in die Falle getappt war, die Olofsen ihr mit seinen scheinbar konfusen Fragen gebaut hatte.

»Fahren Sie fort.« Olofsen lächelte sie verschlagen an.

»Ich habe Ihnen nichts mehr zu sagen. Das Gespräch ist beendet.« Hausch wirbelte energisch mit den Händen durch die Luft, als wollte sie einen Fliegenschwarm vertreiben.

»Na ja.« Olofsen machte es ihr nach und fuchtelte oberlehrerhaft mit dem Zeigefinger herum. »Ich habe den Eindruck, jetzt wird es erst richtig interessant. Wie lösen Sie ein solches Problem? Gehören Knüppel und Ersticken auch dazu? Vielleicht nicht gerade die typischen Manager-Soft-Skills, aber doch auch effizient, nicht wahr?«

»Unterstehen Sie sich. Verdächtigen Sie etwa mich oder jemanden aus der Firma? Haben Sie noch alle Tassen im Schrank? Raus!«, fuhr ihn Hausch entrüstet an.

»Entspannen Sie sich. Ich bedanke mich für dieses sehr informative Gespräch. Ach ja, sollten Sie vorhaben, in Kürze in den Urlaub fahren zu wollen – vergessen Sie's. Ich glaube, wir werden uns noch häufiger unterhalten.«

Damit drehte sich Olofsen um und ging. Heute würde er hier nichts mehr erfahren. Aber er glaubte kaum, dass er in Zukunft noch einmal mit ihr reden musste. Sie erschien ihm viel zu aufgeblasen, als dass sie in dieser Firma und in möglichen unsauberen Vorgängen eine wichtige Rolle spielen würde. Er vermutete eher eine Mischung aus Arroganz, Stolz und hündischer Loyalität ihrem Boss gegenüber.

Olofsen wollte gerade das Gebäude verlassen, als er in der Tür mit einer jungen Frau zusammenstieß, die ebenfalls nach draußen wollte.

»Sie haben es aber eilig. Ich versuche ja schon, mich in Luft aufzulösen«, brummte er, als sie ihn anrempelte.

»Oh, sorry. Ich war ganz in Gedanken. Endlich Feierabend.«

»Ich bin auch immer froh, wenn ich hier wieder rauskomme.«

Sie schaute ihn etwas verwirrt an. »Wieso das denn? So schlimm ist es doch gar nicht. Sind Sie neu bei uns?«

»In etwa. Ich bin hier wegen des unerwarteten Ablebens Ihrer Kollegen. Wenn wir das aufgeklärt haben, brauche ich hoffentlich nicht mehr herzukommen. So warm war der Empfang nicht«, stellte Olofsen fest.

Sie lachte.

»Sie müssen Kommissar Olofsen sein. Wenn die Gerüchte stimmen, sind Sie mit Korz und Hausch schon aneinandergeraten.«

»Ach was, die Hausch steht auf mich.« Olofsen musste schmunzeln. »Sie arbeiten hier?«

»Wird das jetzt ein Verhör?«

»Sitzen wir in einem dunklen Büro an einem alten Schreibtisch, und ich leuchte Ihnen mit einer Lampe ins Gesicht?«, stellte er die Gegenfrage.

»Nein. Aber ich dachte, die Polizei hätte neuerdings subtilere Methoden.«

»Ach, Unsinn. Subtil – ich weiß nicht einmal, wie man das schreibt.«

Sie lachte laut auf.

»Na gut, ich heiße Cornelia Bacher, und ja, ich arbeite hier. Seit drei Jahren. Nach meiner Promotion in Zellbiologie in Tübingen und einer zweijährigen Postdoczeit am Institut für Zell- und Entwicklungsbiologie an der Upstate Medical University in New York habe ich die akademische Laufbahn verlassen und bin in die Biotech-Industrie gewechselt.«

Olofsen machte große Augen.

»Nun leite ich im Forschungsbereich eine kleine Arbeitsgruppe für Zellkultur und Virusanzucht. Eine tolle Arbeit – Applied Science, angewandte Forschung. Das Ziel ist, neuartige Impfstoffe oder Therapeutika zu entwickeln, die einen echten Nutzen für die Menschen haben und nicht nur als Aufsätze in Fachbüchern verschwinden, die so teuer sind, dass sie sich niemand leisten kann.«

»Zellkultur und Virusanzucht«, bestätigte Olofsen, als ob er nichts anderes erwartet hätte, und zwinkerte ihr zu. Er war einigermaßen überrascht über ihren freimütigen Vortrag. Mit so vielen Informationen hatte er nicht gerechnet.

»Warum wurde Meister umgebracht?«, wollte sie unvermittelt wissen.

»Ich weiß es nicht. Was ist Vertovir?«

»Nichts, worüber ich mit Ihnen reden dürfte.«

»Schon seltsam. Sie wollen mit Vertovir Millionen verdienen, aber sobald jemand auch nur den Namen erwähnt, gehen alle Rollläden runter. Ich dachte immer, Marketing ginge anders.«

»Bei diesem Thema hat man uns allen einen Maulkorb verpasst. Warum genau, kann ich Ihnen nicht sagen. Nur eines: Vertovir wird richtig gut. Im Marketing wird man Ihnen mehrstimmige und mehrsprachige Lobeshymnen singen.«

»Das tun die Jungs immer, selbst wenn es der größte Reinfall ist.«

»Sie sagen es. War nett, mit Ihnen geplaudert zu haben, aber ich muss jetzt los.«

Damit lief sie in die entgegengesetzte Richtung und verschwand aus Olofsens Gesichtsfeld. Er blieb noch einen Augenblick stehen und dachte nach.

Fast hatte er den Eindruck, Cornelia Bacher habe ihm zwischen den Zeilen eine Botschaft übermitteln wollen. Oder bildete er sich das nur ein?

Er entschloss sich, einen kleinen Spaziergang zu machen. Der Deich war nur einen Katzensprung entfernt, und ein bisschen frischer Seewind konnte seinem Hirn nicht schaden. Unterwegs rief er Greiner an. Er erzählte ihm in kurzen Worten, was er herausgefunden hatte.

»Ich blicke zwar nicht durch, aber irgendetwas ist hier oberfaul. Ich muss dringend verstehen, wie das mit einem neuen Medikament funktioniert. Klinische Phasen, sicher, wirksam – für mich sind das nur böhmische Dörfer. Hast du irgendeine Idee?«

»Nein«, antwortete Greiner. »Aber ich habe noch einige Bekannte in Berlin, einer davon arbeitet bei Bayer Pharmaceuticals. Den werde ich mal anrufen.«

Eineinhalb Stunden später kam Olofsen zu seinem Wagen auf dem Parkplatz von Theravactec zurück. Nur noch wenige Autos parkten dort. Der frische Wind hatte ihm gutgetan. Er konnte fühlen, wie sein Kopf wieder frei und zugänglich für neue Gedanken wurde. Manchmal musste man die Dinge eben erst ein wenig sacken lassen, bis sie sich zu einem neuen Bild formten. Na gut, ein Bild hatte sich noch nicht geformt, aber vielleicht gab es die Anfänge einer Bleistiftskizze. Der Rest würde folgen.

Olofsen hatte außerdem beschlossen, über das kommende Wochenende eine Auszeit zu nehmen. Er würde, so sein Plan, einige Stunden in der heißen Badewanne verbringen, sich eine Tüte Chips und eine Flasche Bier auf den Bauch stellen und dabei ein gutes Buch lesen. Danach würde er in seine Holzwerkstatt verschwinden, um endlich das Bücherregal für Nele zu bauen. Und am Montag würde er diesen Fall aufklären. Oder so ähnlich.

Ein guter Plan. Der einzige Haken war, dass davor noch der Freitag lag, einschließlich der Teambesprechung mit Frank Pall und Klaus Walberg.

ACHT

Am folgenden Freitagmorgen kam Cornelia bestens gelaunt zur Arbeit. Holger hatte sich in der Tat gut von seinem Erlebnis am Strand erholt. Als sie gestern Abend endlich nach Hause gekommen war, hatte er sie schon an einem fürstlich gedeckten Tisch erwartet. Ihre Chefin hatte einmal in einer Vorlesung gesagt, dass jeder, der gut im Labor war, auch gut in der Küche sei. Bei Holger traf dies absolut zu.

Aus Blätterteig, frischen Nordseekrabben, Eiern, Crème fraîche und einigen Gewürzen hatte er eine wunderbare Quiche gezaubert, zu der er Cornelia einen fruchtigen und gut gekühlten Riesling servierte. Richtig lecker. Nachdem ihre Mägen angenehm gefüllt waren, hatte Holger den Tisch abgeräumt und sich anstelle eines Desserts selbst auf den Tisch gelegt. Sie spürte, wie ihr schon bei dem Gedanken an den gestrigen Abend wieder warm wurde.

Cornelia grinste in sich hinein, während sie nun vom Parkplatz vor dem Firmengebäude auf den Haupteingang zusteuerte.

Als sie sich ihrem Büro näherte, rissen aufgeregte Stimmen sie abrupt aus ihren Gedanken. »Was ist denn hier los?«, fragte sie. Leicht verärgert stand sie in der Tür zu ihrem Büro. Eine technische Assistentin war im Zimmer, gestikulierte und lamentierte lautstark am Telefon.

»Sorry«, kam die Antwort. »Es ist erst kurz nach acht, und hier drehen schon alle durch. Hinten am Lager steht ein Typ, der die falsche Bestellung abholen will.«

»Aber die ist doch schon gestern abgeholt worden.« Verwundert schaute Cornelia ihre Mitarbeiterin an.

»Eben. Das scheint er aber nicht in seinen verschlafenen Kopf reinzukriegen. Von einem anderen Termin bereits gestern will er nichts wissen«, erwiderte die Assistentin.

»Gib mal her.« Cornelia deutete genervt auf den Hörer, dann übernahm sie ihn und holte einmal tief Luft, um sachlich zu bleiben. Bemüht freundlich erklärte sie ihrem Gesprächspartner, dass es nicht ihr Problem sei, wenn die Touren nicht korrekt abgestimmt würden. Das Material sei abgeholt worden und die Angelegenheit damit erledigt. Dann krachte der Hörer auf die Gabel, und Cornelia atmete hörbar aus.

Bevor sie sich endlich ihren Experimenten widmen konnte, musste sie noch ein wenig Büroarbeit erledigen. Sie startete ihren Computer, um als Erstes die neuen E-Mails zu beantworten. Ihre Kooperationspartner in den USA hatten wohl besonderen Spaß daran, sie während der Nacht mit Fragen und Informationen zu überschwemmen. In der Zeit vor dem Bildschirm kam sie ins Grübeln.

Natürlich wusste sie von Meisters Tod und hatte gestern mit diesem Kommissar gesprochen. Trotzdem war Cornelia erschüttert. Es kam ihr vor, als würde sie erst jetzt langsam begreifen, dass ihr Kollege tot war. Sie kannte Wolfgang Meister eigentlich kaum, da er weit weg von ihrem Arbeitsplatz tätig gewesen war. Sie war ihm nur bei einigen Besprechungen oder beim Mittagessen begegnet.

Auch wunderte sie sich darüber, dass Korz es strikt untersagt hatte, im Zusammenhang mit diesem Todesfall über Vertovir zu sprechen. Was hatte Vertovir mit dieser Geschichte zu tun? Sie selbst war an der Entwicklung dieses Produktes nur in Teilbereichen beteiligt, aber sie wusste, dass Vertovir die heilige Kuh der Firma war. Es sollte die Eintrittskarte in eine große Zukunft in der Pharmabranche werden. Korz hatte auf der letzten Betriebsversammlung verkündet, für ihn sei Vertovir eine Art Stein der Weisen, mit dessen Hilfe sich eine kleine, unbedeutende Biotechfirma in eine »Geld-und-Erfolg-Druckmaschine« verwandeln ließe.

Eigentlich war es nur ein Zufall gewesen, der das Potenzial von Vertovir bei der Behandlung von Gebärmutterhalskrebs offenbart hatte. Ursprünglich wollte man ein Therapeutikum gegen Hodenkrebs entwickeln. Das wäre zwar ein Nischenprodukt geworden, aber auf diese Weise hätte die Möglichkeit bestanden, die firmeneigene Technologie und Fachkompetenz zielgerichtet aufzubauen, ohne sofort unter erheblichem Konkurrenzdruck von außen zu stehen. Schließlich gab es genug Fachleute in der Firma, um eine solche Aufgabe zu meistern.

Dann zeigte sich in vorklinischen Studien, dass der neue Wirkstoff entgegen allen Voraussagen gegen Hodenkrebs unwirksam war. Die Firma stand kurz vor dem Ende, der Hauptinvestor hatte sich nach dieser Hiobsbotschaft von Theravactec getrennt. Mit dem Mut der Verzweiflung und den letzten verfügbaren Finanzmitteln wurde ein komplexes Screening finanziert, um andere Anwendungsmöglichkeiten für Vertovir, das damals noch unter der internen Bezeichnung TVT-07/32a geführt wurde, zu finden. Das Ergebnis des Screenings deutete mehrere Möglichkeiten an: entweder noch einmal Nischenprodukte oder eben das Zervixkarzinom.

In Anbetracht der angespannten finanziellen Lage der Firma entschied man sich, volles Risiko zu gehen und auf diese Indikation zu setzen. Dies bedeutete eine Vervielfachung des Erfolgsdrucks, denn gerade auf diesem Gebiet hatte sich in den letzten Jahren viel getan. Es waren bereits zuverlässig wirksame Impfstoffe auf dem Markt, und Professor zur Hausen vom Deutschen Krebsforschungszentrum in Heidelberg hatte für seine Forschungsleistung auf diesem Gebiet sogar den Nobelpreis erhalten. Andererseits lag auch genau hier die Chance – Therapie war immer noch notwendig. Es schien einfacher, neue Investoren für ein solches Projekt zu finden, und die Aussicht auf die potenzielle Geldschwemme nach einer Auslizensierung an Big Pharma ließ auch die coolsten und emotionslosesten Manager durch die Flure hüpfen wie Teletubbies auf Speed.

Und es hatte funktioniert. Die Firma wurde umstrukturiert und alles auf dieses eine Ziel, dieses eine Produkt ausgerichtet. Zwei neue Investoren fanden sich, die der Firmenleitung in der Anfangsphase freie Hand ließen. Als die ersten Versuche auf Laborebene tatsächlich den erhofften Erfolg brachten, konnte sogar noch mehr Geld akquiriert werden.

Zu diesem Zeitpunkt war auch Cornelia an Bord gekommen und beschäftigte sich seitdem mit der Verbesserung von bestehenden Zellkulturprozessen, denn der Wirkstoff, mit dem man dem Krebs zu Leibe rücken wollte, war ein onkolytisches Virus, das in der Lage war, ganz gezielt Tumorzellen zuerst zu infizieren und dann zu töten, ohne die gesunden Zellen des umliegenden Gewebes zu beeinflussen. Ein Virus brauchte eine Zelle, um sich zu vermehren, aber die molekularbiologischen Vorgänge, die abliefen, waren äußerst komplex, und es erforderte sehr viel komplizierte und langwierige Entwicklungsarbeit, um das gewünschte Virus in hoher Menge und mit niedrigen Kosten produzieren zu können. Dies zu schaffen war Cornelias Aufgabe.

Aber es hatte den Anschein, dass im Moment das Chaos die Oberhand hatte, und diese Geschichte mit dem Medium und dem Zellkulturplastikmaterial passte gerade irgendwie ins Bild. Geliefert ohne auffindbare Bestellung unter einem Namen, den es so in der Firma gar nicht gab, der aber ihrem stark ähnelte. Und dann dieses Durcheinander bei der Abholung.

Cornelia schaute die verbliebenen E-Mails durch. Viel Werbung, aber nichts von Bedeutung. Nur die Ankündigung von Professor van Roth, einem der vielen Berater, er würde in der kommenden Woche nach Otterndorf kommen, um mit ihr über die neusten Versuchsdaten zu diskutieren.

Sie fühlte sich geehrt, denn meist trafen sich die Berater nur mit der Geschäftsführung, um dort hochwichtige Dinge zu besprechen, für die niedrigeren Ränge hatten sie dagegen selten Zeit. Professor van Roth war selbst Virologe und leitete eine kleine Arbeitsgruppe innerhalb des Institutes für Virologie der Universität Bremen.

Angeblich war er ein exzellenter Wissenschaftler. Er hatte diverse Publikationen in erstklassigen Fachjournalen, sogar in »Nature«. Bevor er nach Bremen gekommen war, hatte er für viele Jahre eine Stelle am CDC in Atlanta gehabt.

Cornelia war mehr als gespannt.

* * *

Freitag, morgens kurz nach zehn. Olofsen stand zusammen mit Greiner im Besprechungsraum vor einem Flipchart und versuchte, Fakten und Verbindungen zwischen beiden Fällen in Stichworten und farbigen Linien darzustellen.

Stichworte sind immer toll, dachte er, sie machen alles so einfach. Sie helfen, ein hochkomplexes Thema auf einige kleine Eckpunkte zu reduzieren. Aber der Teufel steckte bekanntlich im Detail – und Details fehlten in Stichpunkten immer.

Nach und nach trafen die anderen Mitglieder der Mordkommission ein und suchten sich ihre Plätze. Zwar gab es keine bestimmte Sitzordnung, aber Polizisten waren auch nur Menschen, und Menschen waren Gewohnheitstiere und wollten daher möglichst an den Platz zurück, an dem sie bereits eine Duftmarke hinterlassen hatten. Olofsen hatte dieses Verhalten nie richtig verstanden, aber es hatte ihm auch schon einige Male genutzt, denn nicht nur seine Kollegen, sondern auch die Gauner folgten häufig genug diesem Muster.

Mit den eintreffenden Kollegen füllte sich der Raum auch mit dem Duft nach frischem Kaffee. Spätestens mit dem Eintreffen von Walberg und Pall kamen die lauten Stimmen dazu. Die beiden brauchten gewöhnlich nur wenige Augenblicke, um sich in die Haare zu kriegen. Auch jetzt stritten sie hörbar, ohne dass Olofsen verstehen konnte, worum es eigentlich ging.

Als alle da waren, schloss er die Tür mit einem Knall, der sämtliche Gespräche im Raum augenblicklich verstummen ließ.

»Guten Morgen«, begann er. »Es geht heute darum, den Status unserer Ermittlungen für das gesamte Team zusammenzufassen. Der Fall scheint komplexer als gedacht, aber das heißt nur, dass wir alle unser Hirn mehr anstrengen müssen. Die Presse lässt uns noch in Ruhe – verstehe einer, warum. Beim ersten Opfer haben sie uns die Geschichte mit Knöchelbruch, Herzinfarkt und viel Matsch abgekauft. Das zweite Opfer ging als Obdachloser durch, obwohl es hier in Cuxhaven eigentlich kaum Tippelbrüder gibt. Aber irgendwann werden die Journalisten anfangen, die richtigen Fragen zu stellen. Und vor allem: Es muss in dieser Sache bei zwei Toten bleiben. Mehr darf nicht passieren. Also, benutzt eure Köpfe.«

Er wandte sich Greiner zu. »Was hat die Befragung von Aldrichs Nachbarn ergeben?«

Greiner räusperte sich. »Nichts Brauchbares. Ja, man kannte ihn. Netter Kerl, unauffällig. Ja, man hatte auch Frauen mit ihm gesehen. Einmal war sie groß und blond, langes Haar, dann war das Haar wieder kurz, dann schwarz. Also entweder sind alle halb blind, oder die Dame wechselt dauernd ihr Aussehen, oder es sind verschiedene Frauen. Zur vermutlichen Zeitpunkt der Auseinandersetzung waren mehrere Nachbarn im Haus, aber keiner von ihnen hat etwas Auffälliges gehört oder gesehen. Mit einem Wort: Sackgasse.«

»Scheiße«, kommentierte Olofsen punktgenau Greiners Ausführungen. »Irgendwelche Fragen?«

Niemand rührte sich.

»Okay«, fuhr er fort. »Was hat die Gerichtsmedizin an Neuigkeiten anzubieten? – Klaus?«

Walberg blickte von seinen Notizen auf. Dann suchte er einen Zettel.

»Sag Bescheid, wenn's gerade unpassend ist. Wir können auch morgen weitermachen«, polterte Olofsen.

»Immer mit der Ruhe. Ich kann tatsächlich über mehr als nur eine Sackgasse berichten.« Walberg warf einen Seitenblick auf Greiner. »Ich sollte doch wohl wenigstens meine Notizen sortieren dürfen, oder?«

»Aber natürlich. Vielleicht noch ein belegtes Brötchen dazu? Ein Tässchen frisch gebrühten Filterkaffee?«, ätzte Olofsen.

Hinten im Raum war ein unterdrücktes Lachen zu hören. Walberg ignorierte es, stand dann aber auf. Er hatte gefunden, wonach er gesucht hatte.

»Wir haben uns eingehend mit dem Inhalt der Fläschchen aus Meisters Bauch befasst«, hob er an. »Sie wissen schon, Vertovir. Prinzipiell haben die Herren von Theravactec nichts Falsches gesagt. Wir haben hier ein Virus nachweisen können, von dem die Fachliteratur schreibt, dass es onkolytisches Potenzial hat. Die meisten von Ihnen kennen das Virus als Erreger einer recht harmlosen Kinderkrankheit, aber dieser Bursche hier scheint mehr draufzuhaben. Es handelt sich um das Masernvirus.«

Walberg blickte in erstaunt fragende Gesichter. Kein Stühlerücken, kein Applaus, nur gespannte Stille.

»Details werde ich Ihnen jetzt ersparen, Kollege Olofsen wünscht keine Vorlesung über moderne Wissenschaft. Technisch gesehen ist dieses Virus mit einer Stabilisatorlösung gemischt und gefriergetrocknet worden. Ein übliches Verfahren.«

»Hört sich alles ganz phantastisch an«, unterbrach ihn Olofsen. »Führt die Geschichte auch zu etwas Brauchbarem?«

»Aber selbstverständlich.« Walberg stolzierte durch den Raum wie ein Pfau mit geschlagenem Rad und imitierte mit seinen Händen einen Trommelwirbel. »Das Beste habe ich mir für den Schluss aufbewahrt: Das Masernvirus ist nicht das einzige Virus, das wir gefunden haben.«

Weiterhin Stille. Noch immer kein aufgeregtes Durcheinandergemurmel. Noch immer keine Jubelrufe nach dem Motto: »Natürlich, jetzt ist alles klar.« Die meisten im Raum blickten Walberg nur verständnislos an.

»Was?«, fragte Walberg erstaunt und blickte sich um. Seine trommelwirbelnden Hände steckte er schnell zurück in die Tasche. »Kapiert ihr das nicht? Ein zweites Virus. Hallo! Das Zeug ist nicht sauber. Verunreinigt. Kontaminiert. Es gehört nicht zwecks Behandlung in einen krebskranken Menschen gespritzt, sondern entsorgt. Das ist Sondermüll und kein millionenschweres Medikament der Zukunft.«

Das Wort »Sondermüll« zog er dabei in die Länge wie ein Box-Promotor die Namen der Kontrahenten.

Langsam fiel der Groschen. Man konnte ihn Cent für Cent klimpern hören.

»Was bedeutet das für Theravactec?«, fragte irgendwer.

»Es bedeutet einen heftigen Rückschlag, weil nun alle Versuchsergebnisse und Studien in Zweifel gezogen werden können. Es kann gut sein, dass sie auf diese Weise einige Jahre Entwicklungsarbeit verloren und viele Millionen Euro verbrannt haben. Da Investoren ihren Einsatz im Regelfall vermehren und nicht verlieren wollen, wird derjenige von Theravactec wohl ziemlich sauer sein. Mit hoher Wahrscheinlichkeit bedeutet dies das Ende der Firma.«

»Sabotage?«, fragte jemand.

Walberg überlegte einen Augenblick, dann fuhr er fort: »Das glaube ich nicht. Ich habe eine Probe zu einem Kollegen nach Süddeutschland geschickt. Die sind enorm fix, kennen sich besser aus und haben die besseren Gerätschaften. Die haben Nummer zwei identifiziert: ein Adenovirus. Das kann im Normalfall so was wie Grippe oder Magen-Darm-Probleme auslösen, ist also nicht ernsthaft gefährlich, aber aus Behördensicht trotzdem nicht akzeptabel. Das Arzneimittelgesetz in Deutschland ist da sehr eindeutig: Eine Verunreinigung ist nicht erlaubt. Die haben wahrscheinlich vorher auch mal mit Adenoviren experimentiert, denn auch diese sollen onkolytisches Potenzial haben. Vermutlich hat irgendeiner gepennt und die Zelllinie kontaminiert. Und da diese Zellen für alle möglichen Versuche immer weiter benutzt werden, kann es zu solchen Kontaminationen kommen.«

»Sagt dein Kollege aus Süddeutschland noch mehr zu dem Thema?«, wollte Olofsen wissen.

»Ja.«

»Und zwar?«, drängte Olofsen, der nun aufgestanden war

und durch den Raum tigerte. Ihm half die Bewegung, seine Gedanken in Fluss zu bringen. Alle anderen machte es nervös.

»Die Aufsichtsbehörden, insbesondere das Paul-Ehrlich-Institut als oberste Instanz für die Zulassung neuer Arzneimittel in Deutschland, kennen solche Probleme und schauen ganz genau hin. Sie wollen den Nachweis sehen, dass zweifelsfrei nur das eine Virus enthalten ist. Man will hier kein Risiko eingehen, denn stell dir vor, es zeigt sich mitten in einer klinischen Studie, dass diese Verunreinigung die Probanden umnietet. Ganz finster. Also, ohne nachgewiesene Fremdvirusfreiheit ist der Ofen aus«, stellte Walberg nüchtern fest.

Olofsen hielt mit seiner Wanderung inne und blickte nachdenklich drein.

»Sehr interessant. Kann Theravactec das einfach übersehen haben, oder versuchen die, etwas zu verheimlichen?«

»Gute Frage«, kam die lakonische Antwort. »Wenn du es herausgefunden hast, sag mir Bescheid. Aber beides würde kein gutes Licht auf den Verein werfen. Wenn die das übersehen haben, spricht das für eine schlampige Analytik, wenn die es verheimlichen wollen – dann prost Mahlzeit«, orakelte Walberg.

»Mal angenommen, die wissen Bescheid und wollen das Problem vertuschen, da sie unbedingt mit dem Projekt weitermachen müssen, wenn die Firma nicht den Bach runtergehen soll«, sinnierte Olofsen. »Wie passen da zwei tote Lagerleute ins Bild? Die haben doch mit der Forschung oder der Produktion nichts zu tun, oder?«

»Das ist in der Tat ein Problem«, stimmte Walberg zu.

»Okay, was kannst du uns Neues über unsere zweite Leiche, diesen Aldrich, berichten?«

Walberg zog eine unglückliche Miene. »Nichts. Fast alle aus meinem Team, die bislang an dem Fall gearbeitet haben, haben sich gestern oder heute Morgen krankgemeldet. Ich weiß auch nicht, was das soll. Kollektives Unwohlsein.«

»Das darf doch wohl nicht wahr sein!« Olofsen lief aufgebracht zum Fenster und starrte nach draußen. »Ich glaub's nicht.«

»Ich kann es nicht ändern«, machte Walberg den kläglichen Versuch einer Rechtfertigung. »Anfang der kommenden Woche geht's weiter.«

»Wie sollen wir denn vorankommen, wenn den Herren unwohl ist? Wir haben hier zwei tote Menschen. Und die Herren Gerichtsmediziner haben nichts Besseres zu tun, als unpässlich zu sein. Mann, Mann, Mann.«

Olofsen redete sich in Rage, doch Walberg fuhr ihm über den Mund. »Hör zu, Schlaumeier, noch einmal: Ich kann's nicht ändern. Wenn mein Team wieder fit ist, geht es weiter. Vorher nicht.«

Im Raum war es totenstill, man hätte eine Stecknadel fallen hören können.

Walberg war jetzt wütend. »Ich will wissen, ob das klar ist! Meine Leute ackern wie die Wilden, um euch Daten zu liefern. Jetzt sind sie ausgefallen. Nicht schön, aber Fakt«, schnauzte er.

Walberg würde gegenüber Olofsen in einer Teambesprechung niemals klein beigeben – und wenn auch noch sein Intimfeind Pall anwesend war, dann schon gar nicht. So viel Stolz musste sein.

Olofsen entschied sich dafür, diese Attacke einfach zu übergehen, und wandte sich stattdessen Pall, dem Leiter der Kriminaltechnik, zu.

»Frank«, sprach er ihn an. »Kannst du uns auch etwas berichten, das uns weiterbringt? Ich hoffe, deine Jungs erfreuen sich besserer Gesundheit.«

»Selbstverständlich. Ich habe schon immer gesagt, das Leichenschnippeln krank macht. Frische Luft und Tatortanalyse schärfen den Geist.«

»Was hast du herausgefunden?«

»Wir haben Aldrichs Wohnung auf den Kopf gestellt und uns jede Ecke mit dem Mikroskop angeschaut. Im Wohnzimmer hat es nachweisbar eine Auseinandersetzung gegeben, aber nichts Ernstes. Keine Blutspuren, keine verwertbaren Fingerabdrücke oder andere Spuren. Nur Abdrücke von Aldrich, und die waren zum größten Teil verwischt. Da scheint jemand für die Endreinigung gesorgt zu haben. Die Küche hat auch nicht viel hergegeben. Übrigens: Pizza Quattro Stagioni, mit extra viel Artischocken.«

Olofsen schaute ihn erstaunt an. »Hast du probiert?«

»Nein, Blödmann, Karton und Rechnung lagen im Müll.«

»Was sonst noch?«, wollte Olofsen wissen.

»Das Schlafzimmer war interessanter«, berichtete Pall weiter. »Die kleine Kamera an der Wand über dem Fernseher war genau auf das Bett ausgerichtet. Es gab noch eine zweite Kamera direkt über dem Bett. Das Ding, das ihr wahrscheinlich für einen Rauchmelder gehalten habt. Da wollte jemand alles ganz genau mitbekommen. Beide Kameras waren direkt mit dem Rechner in dem anderen Raum verbunden und konnten über eine Fernbedienung ein- und ausgeschaltet werden. Einen tragbaren Camcorder und ein Stativ haben wir noch im Arbeitszimmer gefunden. Beim Fernseher, teures Modell, Topqualität, gab es ein paar DVDs. Pornos, aber nichts Selbstgemachtes, alles über Onlinestores gekauft. Die Bettpfosten zeigten auffällige Schrammen. Wahrscheinlich die Nebeneffekte von irgendwelchen Fesselspielchen mit Handschellen oder Ketten. Wir haben ein umfangreiches Sortiment an Sexspielzeug gefunden. Ich würde sagen, dass in diesem Schlafzimmer«, Pall betonte die erste Silbe und grinste dabei anzüglich, »herzlich wenig geschlafen wurde.«

»Es klingt mir eher wie ein Drehort für Sexfilme, so wie du es beschreibst«, fand auch Olofsen.

»Die Machwerke haben wir tatsächlich auf seinem Computer gefunden«, bestätigte Pall. »Lupenreine Pornos, nichts verschämt Mitgeschnittenes, das man anschließend tief unten im Kleiderschrank versteckt. Exzellente Bildqualität, die verschiedenen Kamerapositionen sauber editiert, gute Tonqualität, selbst Musik wurde eingemischt.«

»Ihr habt euch die Filme angesehen?«, fragte Olofsen mit verkrampft neutralem Tonfall.

»Natürlich. Rein beruflich, versteht sich. Ein weites Spektrum. Reicht vom fast langweiligen Blümchensex bis zu Hardcore. Oder Fast-Hardcore.«

»Was genau?«, wollte jemand wissen.

»Das würde jetzt doch zu sehr vom eigentlichen Thema ablenken«, bemühte sich Olofsen, die Sachlichkeit wieder herzustellen.

Dann starrte er vor sich hin und dachte nach. »Wer ist auf den Filmen zu sehen?«

»Aldrich ist immer dabei und verschiedene Damen. Es sieht aus, als hätten sie genau gewusst, dass sie gefilmt wurden und wo die Kameras waren. Was da abging, war alles freiwillig. Und Spaß scheinen sie auch gehabt zu haben.«

Olofsen kratzte sich erneut am Kinn. Es schien nur noch komplizierter zu werden.

»Jetzt haben wir also eine Leiche, die vorher, als sie noch keine Leiche war, tagsüber ganz harmlos bei einer Biotechbude im Warenwesen arbeitete und in ihrer Freizeit Sexfilme drehte. Wozu?«

Jetzt sah ihn Pall erstaunt an. »Lebst du hinterm Mond?«, fragte er. »Das waren keine lausigen Amateurfilmchen. Das ist hochwertiges Zeug. Schau mal ins Internet. Da gibt's reihenweise Communitys, in denen solche Filme von privat an privat verkauft werden. YouTube ist Kindergeburtstag dagegen. Ich sag's ja immer: Unsere Gesellschaft geht vor die Hunde. Tagsüber korrekte Geschäftsleute, Kindergärtnerinnen, Oberärzte oder was weiß ich, und nachts lassen sie die Sau raus. Und die Kamera läuft immer mit. Jeder, der will, kann sich dann für kleines Geld die Filmchen aus dem Netz runterladen. Wenn man das so aufzieht wie Aldrich, kann man richtig Geld verdienen. Es soll Leute geben, die ihren langweiligen Bürojob an den Nagel gehängt haben und jetzt davon leben. Wir haben einige der Filme auf mehreren einschlägigen Internetplattformen gefunden. Wir sind noch dabei, seine Konten zu prüfen, aber es scheint, dass sein Gehalt von Theravactec eher Trinkgeld-Niveau hatte, verglichen mit dem, was ihm die Pornos gebracht haben.«

»Wissen wir, wer die Damen sind?«, nahm Olofsen den Faden auf.

»Nein, noch nicht«, erwiderte Pall. »Es sind fünf oder sechs, die teils mehrmals in den Filmen auftauchen. Eine ist besonders häufig dabei, aber wir kennen sie noch nicht.«

»Gibt es irgendeinen Anhaltspunkt, dass die Nachrichten auf dem Anrufbeantworter von Aldrich von einer dieser Frauen stammen könnten?«, warf Greiner ein.

Pall nickte ihm zu. »Gute Frage. Wir brauchen hier noch mehr Zeit.«

»Hört, hört, der Herr braucht mehr Zeit«, stänkerte Walberg. Offensichtlich hatte er noch immer das dringende Bedürfnis, Pall den Watschen heimzuzahlen.

»Lass gut sein«, fuhr ihn Olofsen an. »Es gibt keinen Bedarf, uns mit Kinderkram selbst Steine in den Weg legen.«

Walberg stand auf und verließ ohne weitere Worte den Besprechungsraum. Olofsen zuckte nur mit der Schulter.

»Wie steht es mit dem Arbeitszimmer?«, fragte er. »Gibt es von dort etwas zu berichten?«

Auch Pall ignorierte den Zwischenfall und fuhr mit seinen Ausführungen fort. »Das Arbeitszimmer.« Er blätterte in seinen Notizen. Anscheinend hatte es dort nichts herausragend Wichtiges gegeben. Sonst hätte er nicht nachlesen müssen.

»Nein, eigentlich nicht. Der Raum ist eher eine Rumpelkammer, passt irgendwie nicht zum Rest der Wohnung. Der Computer war recht neu, ein schickes Teil. Damit hat Aldrich seine Filme bearbeitet und ins Internet gestellt. Ansonsten haben wir all das gefunden, was man zum Leben braucht, was aber nicht in den Kühlschrank muss. Klamotten, ein paar Konserven, Ordner mit Dokumenten. Die Unterlagen konnten wir auch noch nicht vollständig sichten, aber was wir bisher gesehen haben, war nichts Besonderes. Versicherungen, Rechnungen und solche Sachen.«

»Keller, Garage, Schuppen?«, fragte Olofsen.

»Einen Keller hatte er. Keine Garage oder Schuppen, von denen wir bislang wüssten. Wir haben uns den Kellerraum natürlich angesehen. Völlig normal. Getränke, ein paar weitere Vorräte, ein Fahrrad. Auch nichts Besonderes. Mit Ausnahme der Pornos scheint Aldrich ein Durchschnittsmensch gewesen zu sein.«

»Ja. Aber dummerweise ist unser Durchschnittsmensch tot«, unterbrach ihn Olofsen.

Pall blickte ihn erstaunt an. »Jetzt komm du mir nicht auch noch blöd. Dass er tot ist, habe ich durchaus mitbekommen. Und unser toter Durchschnittsmensch hat noch ein paar Geheimnisse, die ich zu lüften gedenke. Ich melde mich, wenn ich mehr weiß.« Damit stand auch er auf und verließ ebenfalls den Besprechungsraum.

Noch immer blieb Olofsen gelassen. Er hatte sich vorgenommen, sich heute nicht aufzuregen.

»Möchte vielleicht noch jemand gehen?«, fragte er in die Runde.

Niemand rührte sich. Jeder erwartete seinen sonst üblichen Ausbruch. Da war es schlauer, sich unauffällig zu verhalten, besser noch, unsichtbar zu werden.

Olofsen ging zum Fenster und warf einen Blick nach draußen auf die Straße. Da es dort nichts Interessantes zu sehen gab, wandte er sich wieder seinem noch verbliebenen Team zu.

»Okay, fassen wir zusammen. Bei unseren Biotechleuten läuft etwas schief. Das Produkt, das die auf den Markt bringen wollen, ist nicht sauber. Die Firma hat außerdem zwei tote Mitarbeiter zu beklagen, beide aus der Logistik. Beide wurden vor ihrem Tod mit der gleichen Droge außer Gefecht gesetzt. Wir wissen, dass einer von beiden in seiner Freizeit Sexfilme produziert hat, um sich etwas dazuzuverdienen. Aus der Pathologie kommen momentan leider keine weiteren brauchbaren Infos. Eine Menge loser Fäden also. Die müssen wir miteinander verknüpfen.«

Er hielt einen Moment inne, dann wandte sich direkt an

sein Team. »Wenn jemand von euch eine gescheite Idee hat – schickt mir eine E-Mail.«

Kurze Zeit später, Olofsen saß in seinem Büro und hielt sich an einer Tasse mit inzwischen kaltem Kaffee fest, betrat Greiner ohne anzuklopfen das Zimmer und ließ sich auf den Besucherstuhl fallen. Obwohl das Fenster sperrangelweit offen stand, war es unangenehm warm und muffig im Zimmer. Draußen ging kein Luftzug. Ein wenig Straßenlärm drang herauf.

»Was war denn das gerade?«

»Ach Scheiße. Diese eingebildeten Vögel gehen mir auf die Eier. Müssen die ihre Grabenkämpfe ständig und überall austragen? Ich hab den längeren Schwanz! Na und, ich hab die dickeren Eier! Und dann einfach abhauen. Ich könnte beiden eine reinhauen.«

Greiner lachte auf. »Was hast du erwartet, wenn die beiden Gockel aufeinandertreffen. Es hätte schlimmer kommen können. Immerhin hatte Pall einiges zu berichten.«

»Aber es ergibt noch kein stimmiges Bild. Fast eine Woche knobeln wir nun schon wie die Deppen, das nervt mich.«

Olofsen sprang wütend auf, griff seine Kaffeetasse und schleuderte sie in den Papierkorb. Die braune Restflüssigkeit lief sofort durch die Ritzen und bildete eine interessant geformte und gut sichtbare Pfütze auf dem hellen Fußboden.

»Das war super«, kommentierte Greiner. »Fahr nach Hause, mach Montag weiter. Dann sehen wir weiter.«

Olofsen betrachtete missmutig die Kaffeelache unter seinem Schreibtisch. »Gute Idee. Hier müsste sowieso mal sauber gemacht werden. Ich hasse Kaffeeflecken auf dem Boden.«

NEUN

Am Samstag, dem 24. September, fielen die ersten Sonnenstrahlen durch den Vorhang vor dem Fenster und tauchten das Zimmer in ein fades Licht. Paul lag schon lange wach. In letzter Zeit wachte er immer ziemlich früh auf, egal, wie viel Tanja ihm am Abend zuvor abgefordert hatte. Von Liebe konnte zwischen ihnen eigentlich keine Rede sein. Sie kamen wirklich gut miteinander aus, aber Tanja wollte Sex und dazu ihre Unabhängigkeit. Paul versuchte, nicht viel darüber nachzudenken, sondern es zu akzeptieren.

Er drehte sich noch einmal um und kniff Tanja in die Pobacke, sodass sie erwachte.

»Ich bin unten«, sagte er und stand auf.

Tanja verzog enttäuscht das Gesicht, zeigte ihm den Stinkefinger und ließ den Kopf sinken.

Paul zog sich an und verließ das Zimmer. Er stieg die Treppe hinab und lief zum hinteren Teil des Gebäudes. Neben der Tür zu dem Raum mit den Zellkulturen befand sich eine weitere Stahltür. Sie öffnete sich leichtgängig und ohne jedes Geräusch. Nur ein leises Schmatzen war zu hören, als sich die Gummidichtungen voneinander lösten. Er betrat einen winzigen Vorraum, ähnlich der anderen Schleuse, durch die man in den Zellkulturraum gelangt. Hier gab es nur einen Metallstuhl und einige Haken an der Wand, an denen zwei gelbe Kunststoffoveralls und zwei Gesichtsschutzmasken hingen. Auf dem Boden darunter standen noch zwei Paar Plastikschuhe, eine Kiste mit einzeln verpackten Latexhandschuhen sowie Einwegstiefel aus einem dünnen Kunststoffmaterial.

Paul griff sich eine Sprühflasche und sprühte einen der gelben Anzüge kräftig ein. In dem kleinen Räumchen machte sich ein beißender Geruch breit. Pauls Nasenschleimhäute schwollen an und begannen zu brennen. Er stieg in den Anzug, zog vorsichtig die Reißverschlüsse zu und schlüpfte anschließend in ein Paar Einwegstiefel. Ihm wurde bereits warm, aber auch das störte ihn nicht mehr. Als Nächstes zog er sich die Schutzmaske über den Kopf, was immer ein wenig kompliziert war. Diesmal ging es recht gut, und schon bald saß die Maske perfekt, inklusive Mund-Nasen-Schutz, und er konnte den Filter aufschrauben. Auch jetzt gewöhnte er sich nach ein paar Augenblicken daran, dass das Atmen durch den Filter einer solchen Gesichtsschutzmaske etwas anstrengender war. Abschließend zog er sich zwei Paar Latexhandschuhe übereinander an und die Stulpen der Handschuhe so weit wie möglich über die Ärmel seines Overalls.

Jetzt sah er aus wie einem Werbefilm über ABC-Schutzmaßnahmen entstiegen, in dem es um die Arbeit mit hochgefährlichen Chemikalien ging. Würde er so durch die Cuxhavener Innenstadt laufen, löste er garantiert sofort eine Panik aus. Hier ließ sich die Panik vermeiden, aber mit hochgefährlichen Stoffen zu hantieren war genau das, was er nun vorhatte.

Er trat vor eine weitere Stahltür an der anderen Seite des Vorraumes und öffnete diese. Er musste kräftig zupacken, um die Tür aufzubekommen, und als es ihm gelang, hörte er wieder das leise schmatzende Geräusch der Dichtungen. Der sich anschließende Raum war sogar noch etwas kleiner als der Vorraum und komplett leer. In die Decke war eine wasserdichte Lampe eingelassen, in der Mitte stand ein großer Duschkopf hervor. Die Wände waren weiß und glatt, im fugenlosen Fußboden war ein kleiner Ablauf zu sehen. Auch hier gab es eine Stahltür, damit man den Raum auf der anderen Seite verlassen konnte.

Paul schloss die Tür hinter sich und öffnete diejenige vor sich. Der Raum, den er nun betrat, war hell erleuchtet, fensterlos, etwa vier mal vier Meter groß. Wände und Decke waren weiß, es gab keine sichtbaren Fugen, und auch der Boden war mit grauem PVC ausgelegt, die Kanten waren makellos mit Silikon versiegelt. In die Decke waren Lampen eingelassen, deren Verglasung ebenfalls vollständig mit Silikon abgedichtet war. Außerdem waren an der Decke zwei quadratische

Lüftungsgitter zu sehen, und ein dumpfes Brummen machte deutlich, dass die Lüftung in Betrieb war.

Die Ausstattung dieses Arbeitsbereiches ähnelte der im anderen Raum, aber hier gab es ein wenig mehr an Gerätschaften. Die Sicherheitswerkbank lief im Stand-by-Betrieb. Im Moment war eine UV-Lampe eingeschaltet, die das Innere der Werkbank mit bläulich-violettem Licht erfüllte. Ein Brutschrank auf einem Metallgestell mit der dazugehörigen CO_2-Flasche daneben, ein kleiner Kühl- und ein ebenso kleiner Gefrierschrank. Ein Mikroskop stand auf einem Tisch daneben.

Auf einem anderen Tisch stand ein weiteres Gerät von der Größe zweier Bierkisten: eine Zentrifuge. Unter dem Tisch befanden sich zwei Plastikkisten mit verschiedenem Einwegmaterial, unter anderem sterile Pipetten und Kunststoffgefäße, in die etwa fünfzehn Milliliter Flüssigkeit hineinpassten. Außerdem stand dort noch eine fünf Liter fassende Sprühflasche, wie man sie häufig im Garten zum Giftsprühen nutzte. In einer Ecke des Raumes standen mehrere Kunststofffässer, Regentonnen ähnlich. Bis auf eines waren alle fest verschlossen.

In den ersten Sekunden fühlte sich Paul in diesem Raum immer äußerst unwohl. Er begann noch stärker zu schwitzen. Die Enge und Wärme in seinem Anzug bedrückten ihn. Das Brummen der Lüftung und der Geräte in der Enge des Raumes machte ihn zusätzlich nervös. Er schloss die Tür hinter sich und hörte, wie die Verriegelung mit einem vernehmlichen Klacken einrastete. Er blieb stehen, kniff die Augen zu und forderte sich innerlich auf, sich zusammenzureißen. Es wird schon alles gut gehen. Bislang ist immer alles gut gegangen. Warum sollte es jetzt also anders sein? Weil es fast fertig ist und kurz vor Schluss immer etwas schiefgeht? Nein, hier nicht. Alles wird laufen, wie es laufen soll.

Mit bedächtigen Schritten bewegte er sich auf die Werkbank zu und drückte auf einige Knöpfe oberhalb der Sicherheitsscheibe. Das UV-Licht erlosch, stattdessen erhellte normales Neonlicht das Innere der Werkbank. Mit einem summenden

Geräusch fuhr die Frontscheibe langsam hoch, sodass ein Spalt entstand, durch den er mit Händen und Unterarmen in die Werkbank greifen konnte.

Paul ging zum Brutschrank. Als er die Tür öffnete, sah er insgesamt zwanzig Kulturgefäße. Jedes dieser liegenden Gefäße war etwa einen Zentimeter hoch mit einer orangeroten Flüssigkeit gefüllt. Er nahm vorsichtig eines davon heraus und brachte sie zum Mikroskop. Es handelte sich um ein Inversmikroskop, sodass er die Gefäße auf den Objekttisch legen und das Objektiv von unten an deren Boden heranführen konnte, bis sich ihm beim Blick durch das Okular ein scharfes Bild bot.

Paul lächelte zufrieden. Was er sah, war ganz genau das, was er zu sehen gehofft hatte. Er schwenkte das Gefäß ein bisschen hin und her. Es wurde noch besser. Perfekt.

Er brachte die Flasche zum Gefrierschrank und stellte sie in das obere Fach, das komplett leer war. Paul stellte sie dort hinein. Das Gleiche wiederholte er mit den anderen Gefäßen aus dem Brutschrank. Nach kurzer Zeit war der Inhalt aller Flaschen gefroren.

Nach und nach nahm Paul die Flaschen wieder aus dem Gefrierfach heraus und stellte sie in die Werkbank, um sie dort auftauen zu lassen. In der Zwischenzeit lief er rastlos durch den Raum.

Es dauerte fast fünfzehn Minuten, bis alles aufgetaut war und er sich an die Werkbank setzen konnte. Mit routinierten Bewegungen griff er nun durch den Spalt in die Bank, öffnete die sterile Verpackung einer Pipette und setzte diese auf die elektrische Pipettierhilfe. Dann schraubte er das erste Gefäß behutsam auf, führte vorsichtig die Pipette hinein und begann den Inhalt des Gefäßes langsam aufzuziehen.

Jetzt kam der heikelste Schritt, das Umfüllen. Behutsam zog Paul die gefüllte Pipette aus der Flasche heraus. Bloß keinen Tropfen fallen lassen! Mit sicherer Hand führte er die Pipette über das erste der bereitstehenden Röhrchen und füllte es. Dann das nächste. Und das nächste.

Bis er den Inhalt aller zwanzig Gefäße auf die kleinen Röhrchen verteilt hatte, vergingen fast zwei Stunden. Weitere zehn Minuten später waren alle Röhrchen mit passenden Deckeln verschraubt und im Gefrierschrank verstaut.

Paul griff nach der Spritzflasche, die unter einem der Tische stand, und begann zuerst die Werkbank und dann den ganzen Raum einzusprühen. Wie jedes Mal machte sich ein penetranter Geruch nach Desinfektionsmittel breit, der Paul trotz der Filtermaske in der Nase biss. Erst als sich der Raum mit einem dichten Sprühnebel gefüllt hatte, hörte er auf. Das Atmen wurde noch schwerer. Er ging zurück zu der Tür, durch die er den Raum betreten hatte.

In der Schleuse stellte er sich direkt unter den Duschkopf in der Decke. Als er den Hahn an der Wand aufdrehte, entströmte dem Duschkopf eine wasserklare, desinfizierende Flüssigkeit. Nach wenigen Augenblicken roch es stark nach Essig. Paul drehte den Hahn zu, setzte sich auf den Metallstuhl und wartete ab, bis sein Anzug getrocknet war. Dabei schloss er die Augen und versuchte, an nichts zu denken. Dann zog er bedächtig alles bis auf die Unterhose aus und verließ den Raum.

In der ersten Schleuse angekommen, lehnte er sich gegen die Wand und atmete mehrmals kräftig durch. Geschafft. In der nächsten Woche musste er die ganze Prozedur nur noch ein letztes Mal machen.

Er ging wieder in den vorderen Teil des Gebäudes. In der Küche griff er sich die Milch aus dem Kühlschrank und trank direkt aus der Tüte. Dann stieg er die Treppe hinauf in das obere Stockwerk. Er ging ins Badezimmer und sprang unter die Dusche, um sich den Schweiß und die Reste seines Unwohlseins vom Körper zu waschen. Das warme Wasser tat seine Wirkung. Schon bald fühlte er sich frisch und fit.

Tanja lag noch immer im Bett. Sie hatte sich eine Decke über den Körper gezogen und las. Als Paul eintrat, musterte sie ihn abschätzend.

»Schicke Klamotten, gefallen mir«, meinte sie mit Blick auf das Handtuch. »Hat alles geklappt?«

»Bestens. Einmal noch, dann ist es erledigt. Dann bin ich raus aus der Nummer und werde als stiller Beobachter im Sessel sitzen.«

»Raus aus der Nummer? Glaubst du das wirklich? Was willst du jetzt machen?«

Paul ließ das Handtuch fallen und kam auf sie zu. »Was wohl?«

Sie schien nichts dagegen zu haben.

ZEHN

Samstag, 24. September, anderswo im Cuxland. Olofsen stand in seiner Holzwerkstatt, die er sich im Gartenschuppen eingerichtet hatte. Er schaltete gerade die Säge aus, mit der er das letzte Regalbrett zugeschnitten hatte, als sein Handy summte.

Leicht empört betrachtete er es, denn eigentlich wollte er nicht gestört werden. Zuerst hatte er überlegt, das Telefon gar nicht erst mit in den Schuppen zu nehmen, doch dann hatte das Pflichtgefühl gesiegt.

Der vorangegangene Teil seiner Wochenendplanung war voll aufgegangen. Er hatte das heiße Bad genossen und seit vielen Monaten endlich mal Zeit gefunden, ein Buch aufzuschlagen. Es hatte ihn derartig gefesselt, dass er gar nicht gemerkt hatte, wie sein Badewasser immer kälter wurde.

Den folgenden Vormittag hatte er damit verbracht, seine Küche auf Vordermann zu bringen. Er war erstaunt, wie viel Dreck ein einzelner Mann beim gelegentlichen Kochen hinterlassen konnte.

Anschließend hatte er sich dem Bücherregal für seine Nichte gewidmet, und so stand er nun da mit dem Regalbrett in der Hand und starrte das Handy an. Es summte weiter. Endlich legte er das Holzbrett zur Seite und griff nach dem Gerät.

»Wer stört?«

»Ich«, antwortete Greiner.

Olofsen stöhnte. »Lass es bloß wichtig sein. Ich habe mir Wochenende verordnet.«

»Es ist immer wichtig.«

Olofsen verdrehte die Augen. »Also?«

»Ich habe mit meinem Bekannten in Berlin gesprochen. Du weißt schon, der Pharmamensch. Wir können uns mit ihm unterhalten. Er scheint den Durchblick zu haben, der uns fehlt. Allerdings ist er ab Montag auf Dienstreise und kommt erst zum Ende der Woche zurück ins Büro. Wir können aber am Sonntag mit dem Zug nach Berlin fahren, uns mit ihm treffen und dann abends wieder zurück sein.«

»Morgen?«, fragte Olofsen entgeistert. Er wollte darauf hinweisen, dass der Sonntag ein Teil des Wochenendes war.

»Richtig. Geht leider nicht anders. Ich habe die Zugfahrkarten schon bestellt. Wir treffen uns dann morgen um neun am Bahnhof und fahren mit dem nächsten Metronom bis Hamburg. Mit dem ICE geht's weiter. Mein Bekannter holt uns am Berliner Hauptbahnhof ab.«

Das passte Olofsen gar nicht. »Gibt es auf der Welt keinen anderen Menschen mit Durchblick, für den ich nicht gerade am Sonntag eine Weltreise unternehmen muss?«

Greiner holte tief Luft. Er hatte mit Einwänden gerechnet. »Ich habe hier rumgefragt, aber ohne Erfolg. Kurzfristig steht hier niemand zur Verfügung. In Berlin schon – und du willst doch vorankommen.« Er hustete kurz, dann sprach er weiter: »Wenn du sonst noch jemanden kennst – raus mit der Sprache!«

»Okay, okay. Bei Theravactec direkt zu fragen ist wahrscheinlich eine blöde Idee. Du hast gewonnen.« Olofsen fügte sich in sein Schicksal. Polizist zu sein bedeutete auch, ständig im Dienst zu sein. Und die beiden Toten verlangten von ihm, ihre Mörder und die Geschichte dahinter aufzuspüren.

»Alles klar. Neun Uhr.« Greiner beendete das Gespräch.

»Scheiße«, murmelte Olofsen vor sich hin. Warum gerade an diesem Sonntag? Wo es ihm endlich gelungen war, ein wenig abzuschalten und einen klaren Kopf zu bekommen. Trotzig wandte er sich wieder dem Bücherregal zu.

***

Nachdem Olofsen und Greiner am nächsten Tag wie geplant von Cuxhaven aus aufgebrochen waren, kamen sie im Laufe des Nachmittags am Berliner Hauptbahnhof an. Beide hatten sich bereits so stark an das beschauliche Leben an der Nordseeküste gewöhnt, dass sie einige Minuten brauchten, um den Trubel und Lärm der Hauptstadt anzunehmen und ihre eigene Geschwindigkeit der hier herrschenden anzupassen.

Greiner schüttelte den Kopf.

»Ich vermisse es nicht«, stellte er fest, als er schon ein weiteres Mal angerempelt wurde.

Olofsen spannte sich an. Er bereitete sich auf die nächste Kollision mit einem gehetzten Berliner vor. Doch der wich überraschend geschickt kurz vor dem Zusammenprall aus und murmelte etwas Unverständliches, aber sehr wahrscheinlich nicht Nettes.

Sie hatten das Erdgeschoss des Hauptbahnhofs erreicht und ließen sich von der Menschenmenge an den vielen Geschäften, Kiosks und Bistros vorbeitreiben. Durch die riesigen Glasfenster der Bahnhofskonstruktion konnten sie sehen, dass auch in Berlin die Sonne schien.

»Wo will uns dein Bekannter treffen?«, fragte Olofsen.

»Im Bereich des Haupteingangs«, sagte Greiner.

»Also Europaplatz. Der ist groß. Woran erkennen wir den Mann?«

»Eigentlich ganz einfach. Groß, graue Haar, Brille, vielleicht auch Kontaktlinsen. Ich habe ihn schon lange nicht mehr gesehen. Er hat was von Washingtonplatz gesagt.«

»Also hinten zur Spree. Woran erkennt er uns?« Olofsen verdrehte die Augen.

»Er sollte mich erkennen. Hoffe ich jedenfalls.«

»Klingt nach guter Vorbereitung«, grummelte Olofsen und suchte in seiner Tasche nach etwas Essbarem. Die Zugfahrt hatte ihn hungrig gemacht.

»Ach was, solche Details sollten uns nicht stören«, stellte Greiner fröhlich fest.

Sie durchquerten das große Portal und erreichten den schmalen Vorplatz. Linker Hand konnten sie den Reichstag und die Abgeordneten-Büros sehen, rechts das Bundeskanzleramt und dazwischen eine chaotische Menschentraube, ausgerüstet mit großen und kleinen Koffern, Kinderwagen oder anderen Stolperfallen. Einige Meter vor ihnen parkten Taxen in einer langen Reihe und warteten auf Fahrgäste.

»Super«, maulte Olofsen.

Er hatte sich mit der Tatsache, den Sonntag nicht zu Hause verbringen zu können, immer noch nicht vollständig angefreundet.

Von der Seite kam ein Mann auf sie zu. Mitte fünfzig, graue, kurz geschnittene Haare, modische Brille, Anzug, eine schwarze Aktentasche unter dem Arm. Auf Olofsen wirkte er wie aus einer Satire über Mr. Wichtig entsprungen. Er nahm sich vor, sich nicht noch einmal anrempeln zu lassen, und spannte bereits die Muskeln an.

»Hallo, Martin. Da seid ihr ja«, wurden sie unvermittelt von ihm angesprochen. »Ich hätte nicht gedacht, dass es so einfach ist, euch hier zu finden.« Er zog das »o« lang, als wäre es ohne Frage das Einfachste der Welt gewesen. »Zwei Menschen, die so offensichtlich nicht hierhergehören, können eigentlich nur die Herren Greiner und Olofsen von der Polizei Cuxhaven sein.«

Olofsen fiel die Kinnlade herunter. »Ja, die Provinzler haben was Auffälliges an sich«, ätzte er.

Der Mann lachte. »Ganz genau. Aber nichts für ungut. Mein Name ist Hajo Korning. Martin hat mir erzählt, Sie benötigen Hintergrundwissen, wie es von einer Medikamentenidee zu einem Produkt für den Markt kommt. Ich vermute, dass Sie in diese Richtung ermitteln.«

Olofsen rang sich ein gequältes Lächeln ab. Irgendwie mochte er Korning nicht. Er machte so einen aalglatten Eindruck auf ihn. In seiner Zeit in Berlin hatte er regelmäßig mit solchen Typen zu tun gehabt, und die wenigsten hatten am Ende wirklich eine weiße Weste. Aber er nahm sich vor, nicht vorschnell zu urteilen. Wenn er weiß, was wir wissen wollen, soll es gut sein, sagte er sich.

»Richtig, eine Ermittlung. Details kann ich Ihnen natürlich nicht nennen«, gab er den Fernsehkommissar.

»Verstehe.«

Korning führte sie zum Taxistand und deutete auf den ersten Wagen.

»Mit dem Taxi ist es am einfachsten, hier wegzukommen. Ich kenne ein gemütliches Café, gar nicht so weit. Da können wir uns in Ruhe unterhalten.«

»Wenn es da auch etwas zu essen gibt, bin ich einverstanden. Zugfahren macht hungrig«, sagte Olofsen.

Korning hatte nicht zu viel versprochen. Nach einer gut zehnminütigen Fahrt hatte das Taxi sie vor einem Gebäude mit einer imposanten Gründerzeitfassade abgesetzt, in dessen Erdgeschoss sich das besagte Café befand. Im Inneren war es hell und luftig, die Einrichtung war modern, aber nicht overstylt. Nur ein paar Tische waren besetzt. Sie suchten sich ein ruhiges Plätzchen.

Olofsen bestellte sich ein Club-Sandwich mit einer Extraportion Bacon, Greiner dagegen zog etwas Süßes vor und wählte die XXL-Portion Waffeln mit heißen Kirschen und Vanilleeis.

Korning schien keinen Hunger zu haben. Er bestellte sich mit hochgezogenen Augenbrauen und wedelndem Zeigefinger nur eine Kanne Darjeeling. Olofsen wäre am liebsten unter den Tisch gerutscht, als er die Bestellung hörte und das Gehabe sah. *Aber bitte nicht länger als drei Minuten ziehen lassen.* Oh mein Gott.

»So, wie genau kann ich Ihnen helfen?«, eröffnete Korning das Gespräch und zupfte dabei an seiner Krawatte.

Olofsen räusperte sich, fuchtelte mit einem Kaffeelöffel, der vergessen auf dem Tisch gelegen hatte, etwas unbeholfen in der Luft herum und setzte demonstrativ eine gewichtige Miene auf. »Wir würden gerne von Ihren Kenntnissen zur Produktion von Arzneimitteln profitieren«, begann er. »Mein Kollege, Hauptkommissar Greiner, erzählte, dass Sie sich auf dem Gebiet auskennen. Wir sind im Rahmen von Ermittlungen auf eine Reihe von Dingen gestoßen, deren Zusammenhang und Bedeutung sich uns noch nicht gänzlich erschlossen haben.«

Eine derart geschliffene Ausdrucksweise war etwas extrem Seltenes für Olofsen und führte prompt dazu, dass Greiner kurzzeitig mit offenem Mund dasaß und staunte. Die besten Freunde würden Olofsen und Korning wohl nicht werden. Aber sie waren auf einen Experten angewiesen, um die Hintergründe dieses Falls zu verstehen.

Eine Kellnerin brachte ihre Bestellungen. Als sie wieder ging, starrte Olofsen ihr schamlos auf den Hintern und summte anerkennend. Korning zupfte verwirrt an seiner Krawatte.

»Nun, in unserem Fall haben wir jemanden, der mit einem neuen Mittel in die, wie er es nannte, klinische Phase gehen will. Was hat es damit auf sich, und welche Werte und Risiken, besonders für eine kleine Firma, verbergen sich dahinter?«, nahm Olofsen den Faden wieder auf.

»Um was für ein Mittel handelt es sich denn, wenn ich fragen darf?«, erkundigte sich Korning und zog dabei die Stirn in Falten, als würde er angestrengt nachdenken.

»Onkolytisches Virus oder so ähnlich. Weitere Details haben wir nicht«, warf Greiner ein.

Korning goss sich eine Tasse Tee ein und gab ein Löffelchen Zucker dazu.

»Das ist interessant. Und teuer«, stellte er fest, während er das Zuckergefäß zur Seite stellte.

»Aha.«

Schweigend rührte Korning in seinem Tee.

»Kommt da noch mehr?«, bohrte Olofsen nach.

»Mein guter Kommissar Olofsen«, setzte Korning wieder an. »Natürlich kommt da noch mehr. Keine Hektik, Sie werden alles erfahren, was Sie wissen müssen.«

Korning rührte weiter seinen Tee. Olofsen hätte ihm denselben gerne über die elegante Anzughose geschüttet und wäre dann gegangen. Aber er brauchte die Informationen. Und er wollte vermeiden, dass sein geopferter Sonntag ein totaler Reinfall würde. Also biss er sich auf die Zunge und schaute dem Löffel zu, der in der Teetasse seine Kreise zog.

»Nun«, sprach Korning endlich weiter. »Bei einem neuen Therapeutikum ist es gewöhnlich ein langer Weg, um von der Idee bis auf den Markt zu gelangen. Viele anfänglich gute Ideen bleiben auf der Strecke, weil es schlussendlich zu teuer würde oder weil es ganz einfach doch nicht funktioniert. Oder – der schlimmste Fall – weil die Konkurrenz schneller, besser oder beides war.«

»Wie lange dauert es normalerweise?«, wollte Greiner wissen. Seine Frage war etwas schwer zu verstehen, da er den Mund voll hatte.

»Das kann schon zehn bis zwölf Jahre dauern«, erklärte Korning.

Olofsen und Greiner schauten perplex. Damit hatten sie nicht gerechnet. Es dämmerte ihnen, warum Korz so wild geworden war, als er erfahren hatte, dass sie im Besitz von vierzig Flaschen seiner kostbaren Neuentwicklung waren.

Korning nahm einen Schluck Tee. Er lehnte sich in seinem Stuhl zurück, schloss kurz die Augen und schlug dann die Beine übereinander. Olofsen betete, dass er nun nicht beginnen möge, mit dem Tee zu gurgeln und ihn anschließend auszuspucken.

»Alles beginnt mit einer Idee in einem Forschungslabor«, fuhr Korning fort. »Nach ein oder zwei Jahren haben Sie dann ein Virus, das als Kandidat für die gewählte Indikation taugt. Dann beginnt eine lange Phase der nicht klinischen Versuche im Labor und an Tieren, die zeigen sollen, ob die Idee überhaupt funktionieren könnte. Sie können hier schon erste Anhaltspunkte bekommen, welche Dosis zum Beispiel später notwendig wird, wenn die Substanz am Menschen eingesetzt werden soll. In dieser Phase kommen Unmengen an Informationen zusammen. Alle sind enorm wichtig und wollen bewertet werden.«

Olofsen lehnte sich so weit in seinen Stuhl zurück, dass er wie ein nasser Sack fast herausrutschte. Und er gähnte.

Korning sah ihn leicht beleidigt an.

»Hören Sie zu, Herr Kommissar. Da Sie sich langweilen:

Sie wollen etwas von mir, nicht ich von Ihnen. Ich kann den Sonntag auch anders verbringen, als mit Ihnen hier meine Zeit zu vertrödeln.«

»Lass gut sein«, kam die kurz angebundene Antwort. Aber Olofsen setzte sich zumindest wieder aufrecht in seinen Stuhl und beschäftigte sich mit seinem Sandwich. Er musste zugeben, dass es verdammt gut war.

»Daten und viel Arbeit«, half er Korning kauend auf die Sprünge.

»Bevor Sie klinisches Material herstellen können, benötigen Sie die Ausgangsstoffe oder Saatmaterialien. Alles sollte unter extrem hohen Qualitätsstandards hergestellt werden. Auch das hat einen Namen: GMP – Good Manufacturing Practice, wie wir auf Neudeutsch sagen.«

Olofsen verdrehte die Augen. Greiner verfluchte ihn innerlich dafür. Er wusste, wie anstrengend es sein konnte, sich mit Korning zu unterhalten. Er hörte sich einfach zu gerne selbst reden und kam grundsätzlich niemals kurz und bündig auf den Punkt. Stattdessen musste jeder Fachterminus verwendet werden, der in Frage kam, gefolgt von einer langen Erklärung. Aber ihm war leider niemand anderes eingefallen, der ihnen kurzfristig Informationen über dieses Thema hätte geben können.

Korning hob wieder an, als hätte er Greiners Gedanken gelesen.

»GMP bedeutet ›gute Herstellungspraxis‹. Was so lapidar klingt, ist in der tatsächlichen Anwendung mit enorm hohem Aufwand verbunden, verschlingt Unmengen von Papier, Arbeitszeit und vor allem Geld. Also sind solche Produktionen sehr teuer und das Produkt am Ende sehr wertvoll.«

Korning hob in einer Mischung aus Theatralik und Oberlehrertum den Zeigefinger. »Aber das ist noch längst nicht alles.«

Olofsen verschluckte sich lautstark an seinem Sandwich, hustete und starrte mit zusammengekniffenen Augen auf den vor ihm aufragenden Zeigefinger. Greiner wäre am liebsten

fortgelaufen. Aber beide harrten nur ergeben der Dinge, die
da noch kommen mochten.

»Die Qualität dieser Produkte muss nach den Vorgaben des
europäischen Arzneibuches geprüft werden«, fuhr Korning
unbeirrt fort. »Auch das ist extrem aufwendig und selbst-
redend extrem teuer. Ich sage nur ›Validierung‹!«

Obwohl Olofsen und Greiner keine Ahnung hatten, wovon Korning redete, nickten sie simultan und versuchten
krampfhaft, einen Lachanfall zu vermeiden. Sie hatten beide
den gleichen Gedanken gehabt: Verschone uns mit weiterem
Geschwafel, die Botschaft ist angekommen.

Die Kellnerin kam an den Tisch, um nachzufragen, ob alles
in Ordnung sei. Olofsen bestellte für Greiner und sich ein
Bier, Korning bevorzugte ein Mineralwasser medium.

»Okay, Zeit, teuer, kompliziert. So weit klar. Was dann?«,
fragte Olofsen.

Korning begann wieder, an seiner Krawatte zu zupfen.
»Wenn Sie das geprüfte Saatmaterial haben, können Sie damit
das eigentliche Prüfmuster herstellen. In der Theorie ist das
kein Problem, in der Realität kann sich dies sehr schwierig
gestalten. Es ist viel komplexer, als die meisten Leute es sich
vorstellen, eine Herstellungsprozedur vom kleinen Labor in
den großen Produktionsmaßstab zu bringen. Also von der
Literkultur zu einem Volumen von vielleicht hundert Litern.
Der technische Aufwand ist enorm. Die großen Pharmafirmen können das problemlos stemmen, aber die meisten kleinen Unternehmen sind dazu kaum in der Lage. Die gehen
dann zu einem Lohnhersteller. Der hat die notwendige Technologie, mit etwas Glück auch die Kompetenz und kann die
Produktion in ihrem Auftrag ausführen. Aber auch das kostet
wieder viel Zeit und noch mehr Geld. Wenn das Produkt dann
da ist und erneut aufwendig geprüft wurde, was insgesamt
gut und gerne zwei Jahre in Anspruch nehmen kann, können
Sie die Zulassung zu den klinischen Prüfungen beim Paul-
Ehrlich-Institut beantragen. Dort ist man zuständig für die
Zulassung und Sicherheit von Arzneimitteln.«

Korning blickte die beiden Polizisten zufrieden an.

»Ich dachte, dafür wäre das Robert-Koch-Institut zuständig«, sagte Olofsen.

Er hatte eigentlich nicht die geringste Ahnung, welche Behörde auf diesem Fachgebiet für was zuständig war, doch hatte er beschlossen, das Spiel mitzuspielen und hier und da etwas Scheinwissen einfließen zu lassen.

»Nein, das RKI hat andere Funktionen, auf die ich jetzt nicht eingehen möchte«, beschied ihm Korning.

»Keine Einwände. Paul Ehrlich hat also die Bühne betreten. Was ist seine Rolle?«

Bevor er fortfuhr, nippte Korning an seinem Mineralwasser und zupfte zum x-ten Mal an seiner Krawatte. »Das PEI –«

»Wer?«

»Paul-Ehrlich-Institut, kurz PEI.«

»Logisch. Was sonst. Dumme Frage.«

Olofsen versuchte halbherzig, eine ernste Miene zur Schau zu stellen. Es gelang nicht.

»Das PEI prüft also die Antragsunterlagen und gibt dann grünes Licht«, sprach Korning standhaft weiter. »Dann können die klinischen Tests am Menschen starten. Diese laufen über mehrere Phasen, jede wird komplexer als die vorige. Sie müssen zeigen, dass das Produkt sicher und wirksam ist. Auch das kann nun wieder mehrere Jahre dauern und locker einen Betrag in dreistelliger Millionenhöhe verschlingen. Und es kann schiefgehen. Das Risiko ist hoch.«

»Soso. Ein dreistelliger Millionenbetrag«, grübelte Olofsen. »Es wurden schon Leute wegen kleinerer Beträge umgebracht.«

Greiner wandte sich an ihn. »Siehst du da ein Motiv?«

»Noch nicht so richtig.« Er richtete seinen Blick wieder auf Korning. »Ich vermute, dass, wenn alle klinischen Tests bestanden sind, das Produkt auf den Markt kommen kann. Richtig?«

»Absolut richtig«, bestätigte dieser. »Dazwischen liegt natürlich noch eine Menge Papierkram. Häufig ist es auch so, dass eine kleine Firma ihr Produkt nach einer erfolgreichen zweiten klinischen Phase – dem grundsätzlichen Nachweis der Wirksamkeit – an einen der Großen verkauft. Damit kommt dann das Geld für die Entwicklung zurück in die eigene Kasse, und man kann sich einer neuen Idee zuwenden.«

»Und die Millionen, die vorher investiert wurden, sind wieder in der Tasche«, wiederholte Olofsen nachdenklich. »Wenn es aber irgendwo auf halber Strecke scheitert, ist ein riesiger Haufen Geld verbrannt worden.«

Korning sah ihm direkt ins Gesicht. »Das ist korrekt. Und es kommt gar nicht so selten vor. Schon einige Karrieren sind an dieser Stelle in Scherben gegangen, besonders wenn die Verantwortlichen nur von Ehrgeiz und Erfolgsgier getrieben sind und die Anzeichen für Probleme – und die gibt es immer – ignorieren und sich weiterhin das Projekt schönreden.«

»Wie hoch ist die Wahrscheinlichkeit, dass die Konkurrenz ein solches Projekt sabotieren kann?«, erkundigte sich Greiner.

»Eine solche Gefahr besteht natürlich immer«, nahm Korning das Stichwort auf. »Aber stellen Sie sich das bitte nicht so vor, dass ein windiger Typ im langen schwarzen Mantel bei Nacht und Nebel in die Produktionsräume einbricht und den Stecker zieht. Hier wird vordergründig zivilisierter vorgegangen.«

»Wie das?«, fragte Olofsen.

Er schreckte auf, als sein Handy plötzlich in der Jackentasche summte. Ob er nun wollte oder nicht, Korning hatte ihn mit seinen Ausführungen doch in seinen Bann gezogen. Er begann, eine erste Ahnung davon zu bekommen, welche Kämpfe hinter den glänzenden Fassaden der Biotechindustrie ausgetragen wurden. Wo Geld, Macht und Erfolg im Spiel waren, war es egal, ob die Akteure auf Motorrädern in schmieriger Lederkluft oder in teuren Limousinen und Maßanzügen auftraten. Er konnte sich gut vorstellen, dass man sich vor der zweiten Gattung noch viel mehr in Acht nehmen musste als vor den offensichtlichen Ganoven. Hier wurde nicht offen mit

Fäusten gekämpft, sondern versteckt unter dem Konferenztisch, mit Anwälten, Intrigen und Ränkespielen. Das behagte ihm ganz und gar nicht. Aber er schien mittendrin zu stecken.

Das Handy summte noch immer. Er ignorierte es und nickte Korning zu, fortzufahren.

»Eine gute Methode zur Sabotage besteht darin, die Anwälte von der Kette zu lassen. Die überziehen ihre Kontrahenten mit konstruierten Klagen. Das zieht sich hin, das kostet Geld, und irgendwann können sich gerade kleinere Firmen einen teuren Rechtsstreit um weit hergeholte Kleinigkeiten nicht mehr leisten und geben auf. Aber Ihr Problem liegt, wenn ich es richtig verstanden habe, in einer anderen Richtung.«

»Absolut korrekt. In unserem Fall wurden die Probleme tatsächlich eher mit der Brechstange gelöst«, bestätigte ihm Olofsen.

Sein Handy summte erneut. Genervt schaltete Olofsen das Gerät ab und steckte es in die Tasche zurück.

»So weit, so gut«, sinnierte er. »Jetzt fragt sich nur noch, wie der Sex in die Geschichte passt.«

»Wie bitte?«, fragte Korning etwas verblüfft.

»Sex. Pornos fürs Internet.«

Olofsen und Greiner drängelten sich durch die Scharen der Wochenendurlauber am Berliner Hauptbahnhof, um zu ihrem Gleis zu gelangen. Beide fluchten innerlich. Mussten die ganzen Völker ausgerechnet hier herumlaufen? Hatten die denn kein Zuhause? Erneut wurde Olofsen auf der Rolltreppe angerempelt, sodass er fast die Zeitschriften verlor, die er sich nur wenige Minuten zuvor gekauft hatte. Alles über Heimwerken mit Holz, wie er Greiner erklärt hatte. Zeitschriften, die er in Cuxhaven nirgendwo bekommen konnte. Deshalb hatte er sich gleich mit einem ganzen Stapel eingedeckt. Als Greiner ihn so aus dem Augenwinkel betrachtete, wie er glücklich wie ein kleines Kind dastand, mit seinen Zeitschriften unter dem Arm, konnte er sich kaum vorstellen, dass es der gleiche

Kollege Olofsen war, mit dem er sich einmal fast geprügelt hatte. Der, wenn er schlecht gelaunt war, jeden an den Eiern irgendwo annageln wollte.

Eine gute halbe Stunde zuvor hatten sie sich von Korning verabschiedet. Das heißt, eigentlich hatte sich nur Greiner verabschiedet, denn Olofsen war aufgesprungen, als klar wurde, dass sie alles Wichtige erfahren hatten. Mit gespielter Überschwänglichkeit hatte Olofsen ihm auf den Rücken geklopft, wie man ein Pferd nach dem schnellen Galopp lobt, sich für die Einladung zum Essen bedankt und war aus dem Lokal gerauscht. Korning blieb verdutzt zurück und zupfte an seiner Krawatte. Greiner hatte sich mehrmals entschuldigt und natürlich die Zeche bezahlt. Als auch er endlich auf die Straße gelaufen kam, war es Olofsen schon gelungen, ein Taxi anzuhalten. Unterwegs hatte Greiner immerhin einen Versuch unternommen, sich bei Olofsen über dessen Unfreundlichkeit zu beschweren, war aber aufgelaufen, denn Olofsen war in Gedanken versunken und nicht bereit, über irgendetwas zu reden.

Schließlich erreichten sie den Bahnsteig. Bis zur Abfahrt nach Hamburg hatten sie noch fünfzehn Minuten Zeit. Trotzdem war der Bahnsteig schon mit Menschen gefüllt. Greiner war froh, in die Sitzplatzreservierung investiert zu haben. Olofsen wäre wahrscheinlich vollkommen unausstehlich geworden, hätten sie die ganze Fahrt irgendwo auf dem Gang stehen müssen.

Mit fast zwanzigminütiger Verspätung kam der Zug dann endlich. Die beiden Polizisten drängelten sich hinein und fanden ihre Plätze. Olofsen fragte sich, warum so viele Menschen am Sonntagnachmittag aus Berlin wegwollten. Eigentlich sollte es doch genau andersherum sein, und die ganzen Krawattenständer müssten wieder in die Nähe ihrer Büros zurückkehren. Wahrscheinlich war der Zug entweder voll mit Touristen, die sich auf den Weg an die Nordsee machten, oder es waren alles Ermittler, die wie sie mit geheimnisvollen Nachforschungen beschäftigt waren und einen Experten getroffen hatten. Ja genau, so musste es wohl sein.

Nachdem der Zug den Bahnhof verlassen hatte, schlug Olofsen vor, in das Bordrestaurant überzusiedeln. »Los, lass uns rübergehen und die Spesenkasse plündern. Wenn ich schon meinen Sonntag opfere und mir diesen komischen Kauz Korning antun muss, dann will ich auch anschließend bei einem Bierchen meine Nerven regenerieren dürfen.«

Sie gingen in den Restaurantwagen und setzten sich an einen freien Tisch.

»Dieser Korning ist ein Idiot«, stellte Olofsen unvermittelt fest. Beide hatten sie ein Glas Bier vor sich stehen, denn sie waren übereingekommen, dass sie ab jetzt nicht mehr im Dienst waren. Draußen rauschte gerade eine grüne Wiese mit ein paar Kühen vorüber.

»Ja, er ist schon ein seltsamer Vogel«, pflichtete ihm Greiner bei. »Aber er weiß, wovon er redet. Und in Anbetracht unserer Zeitnot war er die beste Option.« Greiner klang fast entschuldigend.

Olofsen blickte aus dem Fenster auf die jetzt öde Landschaft mit heruntergekommenen Ortschaften.

»Ich muss zugeben, dass ich etwas mehr Durchblick bekommen habe. Und ich fange an zu verstehen, warum der Korz völlig durchdreht, wenn man ihm sein Vertovir wegnimmt. Ich habe bestimmt nicht vor, das Zeug an seine Konkurrenz zu verhökern. Aber wenn ich das, was Korning uns heute erklärt hat, mit der Tatsache kombiniere, dass das Zeug laut Walberg verunreinigt ist und außerdem noch zwei Leichen im Spiel sind, wundert es mich nicht, dass Korz bei dem Thema zwischen Herzinfarkt und Hysterie pendelt.«

»Aber ich verstehe immer noch nicht, wie alles zusammenhängt«, sagte Greiner.

»Das ist leider auch mein Problem«, meinte Olofsen und nahm einen kräftigen Schluck aus seinem Glas. »Alles, was wir bisher wissen, passt nicht richtig zusammen. Also wissen wir noch nicht alles. Haben die beiden Morde wirklich etwas mit dem verunreinigten Medikament zu tun, oder sind wir hier auf zwei verschiedene Geschichten gestoßen? Meiner

Meinung nach sind Meister und Aldrich viel zu weit von der Entwicklung des Medikaments entfernt, um die Finger im Spiel zu haben.«

»Warenwesen«, stimmte Greiner zu.

»Eben. Warenwesen. Manchmal habe ich den Eindruck, dass wir auf dem falschen Dampfer sind. Ich bin mir fast sicher, dass hier mehr Akteure im Spiel sind, deren Rolle wir noch überhaupt nicht im Auge haben. Von deren Existenz wir nicht einmal wissen. Geschweige denn, dass wir Motiv oder Identität kennen.«

Olofsen blickte wieder durch das Fenster nach draußen.

»Ich bin mir sicher. Ich weiß nur nicht, warum«, sagte er nachdenklich.

Beide bestellten sich Nachschub.

»Irgendwie kann ich mir nicht vorstellen, dass es möglich sein sollte, ein verunreinigtes Medikament auf den Markt zu bringen. Oder auch nur diese Testphase am Menschen durchzuführen. Da müssten doch so viele Kontrollen dazwischen sein«, überlegte Greiner laut.

Olofsen nahm noch einen Schluck aus seinem Glas. »Erinnerst du dich noch daran, dass vor ein paar Jahren in England bei einer solchen Studie einige der Probanden gestorben sind?«

Greiner nickte. »Ja, das gab einen Riesenwirbel.«

»Genau«, bestätigte Olofsen. »Und das Mittel war nicht mal verunreinigt. Damals hieß es, alles hätte gestimmt. Niemand hätte auch nur ansatzweise einen Hinweis gehabt, dass die Sache so gründlich schiefgehen könnte.«

»Du hast recht. In unserem Fall müsste man wahrscheinlich bergeweise Dokumente fälschen und Leute aus dem Weg räumen. Bestechen, kaufen, mundtot machen.«

»Umbringen?«, fragte Olofsen.

»Vielleicht auch das.«

Olofsen sah seinen Kollegen an. »Das bringt uns zur Ausgangsfrage zurück. Warum wurden die beiden armen Gestalten aus der Logistik ermordet?«

»Vielleicht waren das strafversetzte Superforscher mit telepathischen Gehirnen, die genau wussten, was Sache ist. Oder die haben gar nicht im Lager gearbeitet, und Korz hat fix die Personalakten frisiert.«

»Und natürlich die ganze Belegschaft von Theravactec bestochen, damit sich alle an diese Geschichte halten«, stellte Olofsen trocken fest.

»Genau. Mit Sex und K.o.-Tropfen.« Greiner nickte so wild mit dem Kopf, als wollte er sich die Stirn an der Tischplatte aufschlagen.

»Du hast einen Knall«, entschied Olofsen und widmete sich seinem Bier.

»Nein, denk doch mal nach. So muss es gewesen sein. Dann passt alles zusammen. Frei nach Sherlock Holmes: ›Vergiss alles, was völlig unmöglich ist, dann ist das, was übrig bleibt, die Lösung, auch wenn es sich noch so schräg anhört.‹ Wir haben den Fall gelöst. Wir sind Helden.« Greiner musste grinsen. »Wir müssen nur wollen.«

»Ich sag's doch. Du hast einen Knall.« Aber Olofsen musste auch grinsen.

ELF

Langsam rollte der Zug in den Hamburger Hauptbahnhof. Auch hier drängelten sich die Menschen an den Gleisen. In ihrem Anschlusszug, dem Metronom, gab es keine reservierten Sitzplätze, aber der Zug war dann doch nicht so voll, wie die beiden Ermittler zunächst befürchtet hatten. Olofsen und Greiner stiegen in die obere Etage eines der ersten Wagen und setzten sich an einen Platz mit Tisch. Auf dem ersten Abschnitt bis Harburg sagte keiner von ihnen ein Wort. Beide starrten nur aus dem Fenster und ließen in Gedanken versunken die Landschaft an sich vorbeiziehen.

Kurz vor Buxtehude kramte Olofsen in seiner Jackentasche nach seinem Handy. Ihm war eingefallen, dass er während des Gesprächs mit Korning Anrufe abgewiesen und das Telefon dann ausgeschaltet hatte. Nun wollte er zumindest nachsehen, wer angerufen hatte.

Nachdem er das Gerät wieder eingeschaltet hatte, schaute er erstaunt auf das Display.

»Meine Herren!«, rief er verblüfft. »Elf verpasste Anrufe.«

Greiner schaute überrascht auf.

»Da scheint dich aber jemand zu vermissen. Wer war es denn?«

»Seltsam. Alle von Walberg.«

»Ruf ihn zurück. Vielleicht hat er was Wichtiges gefunden.«

Olofsen drückte die Rückruftaste und wartete, dass Walberg sich meldete.

Nach einigen Augenblicken nahm dieser den Anruf entgegen. »Olofsen, verdammter Dreck. Wo steckst du? Warum gehst du nicht an dein Handy? Ich habe x-mal versucht, dich zu erreichen«, schnauzte der Rechtsmediziner ihn an. Dabei redete er so laut, dass Greiner ihn hören konnte. Und er klang panisch.

»Hey, hey, hey, mal ganz langsam. Ich war mit Martin in

Berlin, wir sitzen gerade im Zug und kommen zurück. Was ist los? Und warum rufst du nicht Martin an, wenn es so wichtig ist?«

»Der Teufel ist los. Komm mir nicht blöd von der Seite. Ich habe eben dich angerufen. Warum gehst du Idiot nicht ans Handy? Dafür gibt's die Dinger doch.« Walbergs Stimme überschlug sich.

Irgendetwas schien ganz gewaltig nicht zu stimmen. Wenn der kaltschnäuzige Rechtsmediziner Dr. Klaus Walberg dermaßen durch den Wind war, musste etwas absolut Außergewöhnliches passiert sein.

»Klaus, krieg dich ein. Was ist passiert?«

»Verdammt, verdammt, verdammt«, hörte er Walberg stöhnen. »Thomas ist tot.«

Olofsen sah verdutzt drein. »Wer ist Thomas?«

»Mein Assistent.«

»Mensch, nun red endlich.« Olofsen wurde langsam ungeduldig.

Stille.

»Was zum Teufel ist los?«, brüllte Olofsen nun selbst ins Telefon. Einige andere Fahrgäste im Zug sahen sich zu den beiden um, standen dann auf und verließen die Waggonebene.

»Thomas ist … mein Assistent«, fand Walberg die Sprache wieder. »Er war einer derjenigen, die diesen Aldrich obduziert haben. Er war einer derjenigen, die sich Ende letzter Woche krankgemeldet haben. Heute Morgen ist er in seiner Wohnung zusammengebrochen. Seine Freundin war bei ihm. Als der Notarzt endlich da war, blutete er aus allen Körperöffnungen und war nicht mehr ansprechbar. Auf dem Weg durch das Treppenhaus ist er ihnen von der Trage gefallen oder besser gesprungen, denn er bekam plötzlich so etwas wie epileptische Anfälle oder Krämpfe. Dabei hat er sich noch einen Arm gebrochen. Als sie an der Haustür ankamen, war er tot.«

»Scheiße«, murmelte Olofsen. Er schätzte Walberg sehr, auch wenn er sich regelmäßig mit ihm zoffte. Und nun wusste er absolut nicht, wie er mit dieser Situation umgehen sollte.

Er war kein Gefühlsmensch. Für so etwas war er nie geschult worden, dafür gab es doch die Psychologen und Priester. Böse Buben zu verhaften, das hatte er gelernt. Sie zu entwaffnen und wenn nötig vorher oder nachher niederzuschlagen, mit solchen Dingen kannte er sich aus. Oder Kollegen vor versammelter Mannschaft zur Schnecke zu machen. Aber tote Kollegen oder Mitarbeiter – das war Neuland für ihn. Auch verstand er nicht so richtig, warum Walberg gerade ihn angerufen hatte und am Telefon nahezu hysterisch wurde.

»Okay. Jetzt hol mal tief Luft. Dein Assistent Thomas ist tot. Gar nicht gut. Was genau bedeutet das für uns?«, fragte er so ruhig wie möglich und mit der besten Seelsorgerstimme, zu der er fähig war. Daraufhin hörte er Walberg am anderen Ende der Leitung tief einatmen.

»Was das bedeutet? Mensch, bist du bescheuert? Hast du mir nicht zugehört? Blutungen und Krämpfe!«

Walberg hatte sich offensichtlich nicht beruhigt. Leider gelang es Olofsen noch immer nicht, einen tieferen Sinn in den Worten seines Kollegen zu finden.

Mittlerweile hatte der Zug Stade hinter sich gelassen und war merklich leerer geworden. Olofsen und Greiner hatten nun sogar die ganze Waggonebene für sich allein. Greiner starrte Olofsen an. Er hatte natürlich mitbekommen, dass etwas geschehen war, aber Einzelheiten hatte er nicht verstehen können. Olofsen schaltete den Lautsprecher des Handys ein. Es war schließlich niemand mehr da, der sonst noch hätte mithören können.

»Du sagtest, epileptische Krämpfe«, startete Olofsen einen neuen Versuch. »Hatte er dazu eine Vorgeschichte?«

Plötzlich meldete sich eine andere Stimme am Telefon. »Arne? Wenn du zurück in Cuxhaven bist, erwarte ich dich unverzüglich in meinem Büro. Vergiss Walberg für den Augenblick. Ich werde die Situation erklären. Und bring Martin mit. Ach ja, kein Wort über irgendetwas zu irgendjemandem! Und falls doch, nagele ich dich mit den Eiern an die Kugelbake.«

Das Gespräch war beendet. Die beiden Polizisten sahen sich verdutzt an. Die Stimme war die ihres obersten Bosses gewesen, des Leiters der Polizeiinspektion Cuxhaven. Höchst selten, dass er sich direkt in einen Fall einschaltete. Normalerweise ließ er seinen Leuten freie Hand und agierte nur im Hintergrund, zog hier und da ein paar hilfreiche Strippen und sorgte dafür, dass die Lokalpolitiker in kritischen Situationen den Ball flach hielten. Jetzt musste mächtig Druck auf dem Kessel sein, sodass er zu platzen drohte. Und wahrscheinlich war der Kessel mit Scheiße gefüllt.

Eine knappe Stunde später saßen Olofsen und Greiner im Büro des Leiters der Polizeiinspektion Cuxhaven. Außerdem war Nils Niklas Nunk, der Leiter des Zentralen Kriminaldienstes, kurz ZKD, anwesend. Es war warm im Raum, und von draußen war leiser Straßenlärm zu hören.

Olofsen wandte sich an Nunk. »Um Walberg so aus der Bahn zu werfen, muss schon einiges passiert sein. Also, was ist los?«

Nils Niklas Nunk – im ganzen Haus nur N-Kubik genannt – war groß gewachsen und früh ergraut. Seit mehr als fünf Jahren leitete er nun den ZKD und hatte sich allseitigen Respekt verdient. Er war kein Mann großer Worte und langer Reden, sondern kam gewöhnlich ohne Umschweife auf den Punkt. Nun räusperte er sich und sah seine beiden Mitarbeiter an. Auf ein leichtes Nicken des Inspektionsleiters begann er zu sprechen: »Es scheint, als wäre Thomas Scheller, der Assistent von Herrn Dr. Walberg, an einer akuten Infektion verstorben.«

Olofsen sah ihn verständnislos an.

»Akute Infektion? Was soll das heißen? Wegen Schnupfen fällt man nicht tot vom Hocker. Und Ebola gibt es, soweit ich weiß, bei uns nicht.«

Nunks Blick wurde ernst. »Wir haben es anscheinend mit einer sehr kritischen und gefährlichen Situation zu tun. Bis vor Kurzem hätte ich euch bedenkenlos zugestimmt, dass es bei uns so etwas wie Ebola nicht gibt. Allem Anschein nach hat sich dies soeben geändert.«

Olofsen und Greiner schauten sich irritiert an.

»Was soll das heißen?«

»Herr Scheller hat die Obduktion des zweiten Opfers, Lars Aldrich, leitend durchgeführt. Ich habe den Bericht von Dr. Walberg gelesen. Die Läsionen und diese bräunlichen Streifen auf der Haut, die gefunden, aber nicht zugeordnet werden konnten. Die Blutungen – Ähnliches hat der Notarzt auch bei Scheller gesehen. Er hat sofort Alarm geschlagen, denn er war der Ansicht, dass es sich um die typischen Symptome einer hämorrhagischen Virusinfektion handelte.«

Olofsen wurde blass.

»Scheiße. Bei der letzten Besprechung hat Walberg noch Witze darüber gerissen, dass so etwas im beschaulichen Cuxland ja völlig absurd wäre. Eigentlich ist es auch absurd. Wo soll ein solches Virus herkommen?«

»Das sollte im Augenblick nur die zweite Frage sein«, schaltete sich Greiner ein. »Viel wichtiger ist doch jetzt, herauszufinden, ob noch mehr Menschen infiziert sind. Der Rest von Walbergs Team, da hatten sich doch noch mehr krankgemeldet. Was ist mit denen? Wenn hier ein Zusammenhang mit dem Tod von Aldrich besteht – mit wem hat er noch Kontakt gehabt?«

»Völlig richtig«, nickte Nunk. »Mit was für einem Erreger haben wir es zu tun? Wer ist betroffen? Wie genau wird er übertragen, sprich: Wie gefährlich ist er? Wir sitzen hier in einer kleinen Stadt voller Touristen aus allen Teilen Deutschlands. Wir müssen eine bundesweite Katastrophe verhindern und gleichzeitig die Ursache aufklären. Dazu erwarte ich euren hundertprozentigen Einsatz. Besser noch einhundertfünfzig Prozent.«

Nunk erhob sich von seinem Stuhl und drehte eine Runde durch das Büro. Dann setzte er sich wieder.

»Und wir müssen jetzt mit einer Flutwelle von Presseleuten rechnen. Bisher hattet ihr das unverständliche Glück, dass die

Medien so tief geschlafen haben. Das können wir nun vergessen. Was wir aber gar nicht gebrauchen können, ist Panik und Hysterie. Ich erwarte, dass jeder, der mit diesem Fall betraut ist, die Klappe hält. Keiner aus deinem Team sagt irgendetwas in ein Mikrofon oder eine Kamera. Falls doch – an der Kugelbake ist viel Platz. Ich selbst und unsere Pressesprecherin sind die Einzigen, die sich laut äußern. Sonst niemand!«

»Wie geht es jetzt weiter?«, versuchte Greiner das Gespräch in eine andere Richtung zu lenken.

Einen Moment saßen sie schweigend zusammen. Dann begann Nunk, noch einmal das Geschehene zusammenzufassen. Dass Scheller von seiner Freundin blutend und mit Krämpfen in deren gemeinsamer Wohnung gefunden worden war. Dass der Notarzt, der glücklicherweise an einigen Fortbildungen zum Thema tropische Infektiologie teilgenommen hatte, erkannte, dass der Mann vor ihm an einer hämorrhagischen Infektion litt. Dass er sofort eine Quarantäne über die Wohnung und alle, die sich noch darin befanden, verhängt und das Bernhard-Nocht-Institut in Hamburg samt dem dortigen Rettungsdienst alarmiert hatte, der mit den Tropenmedizinern und Virologen des BNI zusammenarbeitete und über die notwendige Ausrüstung verfügte, um Krankentransporte unter höchsten Sicherheits- und Schutzbedingungen durchzuführen.

Olofsen und Greiner waren sprachlos.

Nunk holte Luft und setzte seine Zusammenfassung fort. Er berichtete den beiden, dass nur eine gute halbe Stunde später bereits ein entsprechend ausgestatteter Rettungshubschrauber auf einem nahe gelegenen Sportplatz gelandet war und dass natürlich die in luftdichte gelbe Schutzanzüge einschließlich geschlossener Kopfhaube gekleideten Ärzte sofort für extremes Aufsehen bei den umliegenden Anwohnern gesorgt hatten. Nicht zu sprechen von dem enormen Polizeiaufgebot, das in der Nähe zusammengezogen worden war, um den Sportplatz zu sperren.

Sein Blick verfinsterte sich. Thomas Scheller war bereits tot, bevor die Leute vom BNI bei ihm eintrafen. Die Experten

hatten jedoch sofort die erste Diagnose des Notarztes bestätigt. Als Schellers Leichnam auf einer Tragbare mit einem bi-
zarr wirkenden hermetisch abgedichteten zeltartigen Aufbau
abtransportiert worden war, kam zu einer ersten Panik unter
den Anwohnern, den unvermeidlichen Schaulustigen und leider auch zu den ersten Bildern auf Facebook.

In der Zwischenzeit musste Schellers Leichnam in Hamburg im Bernhard-Nocht-Institut eingetroffen sein, vermutete
Nunk, wo man alles für eine Obduktion unter BSL4-Bedin-
gungen, also der höchsten Gefahrenstufe bei Infektionser-
regern, vorbereitet hatte. Alle anderen Personen, die sich in
der Wohnung aufgehalten hatten – die Freundin Schellers,
der Notarzt, ein Rettungsassistent sowie zwei weitere Polizeibeamte –, waren auch unter Quarantänebedingungen in
Spezialfahrzeugen in die dem BNI angeschlossenen Kliniken
nach Hamburg gefahren worden, damit man dort untersuchen
konnte, ob sie sich möglicherweise ebenfalls infiziert hatten,
und um sie gegebenenfalls – wenn überhaupt möglich – zu behandeln. Auch die restlichen Mitglieder von Walbergs Team,
die sich krankgemeldet hatten, würden nun isoliert werden.
Einzig und allein der Umstand, dass Walberg selbst nur indi-
rekt an der Obduktion beteiligt gewesen war, hatte ihn bislang
davor geschützt, isoliert zu werden. Aber Nunk war sich sicher, dass Walberg sich die Schuld an dieser Katastrophe gab,
weil er überzeugt war, nicht richtig hingeschaut zu haben.

Nunk sackte ein wenig in seinem Stuhl zusammen, und
bleierne Stille breitete sich im Raum aus. Weder Olofsen noch
Greiner wussten, was sie zu dem eben Gehörten sagen sollten.

Plötzlich öffnete sich die Tür, und das aufgeregt wirkende
Gesicht der Pressesprecherin Frauke Nilsson schaute ins Zimmer herein. »Auf der Straße stehen hordenweise Presseleute.
Die ersten Fernsehteams sind auch schon da. Und es werden
anscheinend immer mehr. Die Telefone stehen hier nicht mehr
still. Wann wollen wir uns äußern?«

»In ein paar Minuten. Und erst mal nur das Übliche«, sagte
der Polizeichef aus dem Hintergrund. »Lass dir was einfallen.

Pressekonferenz am frühen Abend ... zu früh für gesicherte Erkenntnisse ... laufende Ermittlung ... alles unter Kontrolle bla, bla, bla ... So etwas in der Richtung.«

Die Pressesprecherin nickte kurz und verschwand.

»Frauke bekommt das hin. Sie ist gut und gehört nicht zu diesen Kommunikationsheinis, die nur in ihren Sesseln hocken und doch keine Ahnung haben, was sie sagen sollen, wenn es brennt. Frauke kann das.«

»Haben wir alles unter Kontrolle?«, begann Olofsen die Diskussion wieder. »Haben wir jetzt gerade überhaupt irgendetwas unter Kontrolle? Liegt hier ein Unfall vor? Oder müssen wir von einem Anschlag ausgehen? Konnten wir auch alle Kontaktpersonen identifizieren?«

»Das ist die Eine-Million-Euro-Frage«, kam es von Nunk zurück. »Wir haben das Team von Walberg. Alle, die an der Obduktion von Aldrich beteiligt waren, und deren Partner, Familie. Sogar ein paar Freunde sind unter Quarantäne gestellt. Aber es waren viele Leute auf der Alten Liebe, als Aldrich gefunden wurde. Ein paar haben ihn angefasst. Wir haben keine Ahnung, wer, wie viele und ob die überhaupt noch in Cuxhaven sind. Ob Unfall oder Anschlag, die Sache hat das Potenzial für eine nationale, wenn nicht internationale Katastrophe. Ich will, dass ihr beide euch voll und ausschließlich auf diese Sache konzentriert. Nichts anderes. Ihr bekommt jede notwendige Unterstützung. Personal und Sachmittel. Ich werde dafür sorgen, dass ihr alle Infos erhaltet, sobald es im Cuxland zu irgendeiner Auffälligkeit im Zusammenhang mit Viren kommt.«

»Was ist mit Theravactec?«, wollte Olofsen wissen.

»Ich habe Ihre Berichte zum Thema ebenfalls gelesen. Mein Bauch sagt mir, dass diese Truppe da irgendwie mit drinhängt. Stellen Sie den Laden auf den Kopf. Kein Gequatsche. Wer nicht kooperativ ist, wird weichgekocht.«

»Wenn die Nummer wirklich so groß ist, wie es scheint, werden wir hier nicht ausreichend Ressourcen haben. Außerdem kann ich mir vorstellen, dass das BKA den Fall an sich ziehen wird«, stellte Olofsen fest.

»Ich weiß«, schaltete sich der Inspektionsleiter ein. »Ich habe bereits mit dem BKA und dem Innenministerium in Hannover telefoniert. Ich kann da noch den ein oder anderen Gefallen einfordern. Man war sofort einverstanden, dass Arne den Fall leitet, als ich seinen Namen erwähnt habe. Du musst wohl von Berlin aus ein paar Leuten mächtig imponiert haben. Das BKA hält sich zurück, und vom LKA bekommen wir jede erdenkliche Unterstützung. Die Generalbundesanwaltschaft wartet auch ab.«

»Egal, ob Unfall oder Anschlag – wie kommt ein so gefährliches Virus ins Cuxland?«, fragte Greiner.

Nunk sah ihn an. »Findet es heraus.«

»Wir brauchen jetzt viele Antworten zu wissenschaftlichen und technischen Aspekten, von denen wir hier keine Ahnung haben. Haben wir einen Berater vor Ort?«, fragte Olofsen.

»Ja. Ich hatte zuerst beim LKA nachgefragt. Allerdings haben die niemanden, der sich mit unseren Problemen auskennt.«

Olofsen und Greiner verdrehten die Augen. Nunk ließ sich davon nicht irritieren und sprach weiter: »Aber sie konnten mir jemanden aus Bremen empfehlen. Einen Professor van Roth. Ich habe mich ein wenig erkundigt. Er scheint genau derjenige zu sein, den wir brauchen. War bei der CDC in Atlanta, bevor er nach Bremen kam. Ein Virenjäger – was auch immer das sein soll. War für die CDC in Afrika und ist in alle Löcher gekrochen, in die sich sonst keiner hineintraut, der noch alle Tassen im Schrank hat. Um Ebola und Ähnliches zu finden oder deren Wirte – so genau habe ich das auch nicht verstanden. Ist auch egal, solange der Kerl uns hilft und sich auskennt.«

Olofsen und Greiner hatten vor einigen Minuten das Büro des Polizeichefs verlassen und saßen nun in Olofsens Büro. Es war Abend geworden und Olofsen überzeugt, dass seine Chancen, an dem Bücherregal weiterzuarbeiten, gegen null gingen. Und irgendwie war ihm auch die Lust vergangen. Sein Ermittlerinstinkt war erwacht, er fühlte sich wie ein Spürhund, der danach gierte, endlich von der Leine gelassen zu werden.

Für ihn stand felsenfest, dass der Tod des Pathologieassistenten weder Zufall noch Unfall war. Für ihn war es Mord, keine Diskussion. Dazu noch feige, hinterhältig und besonders grausam verübt. Für ihn zählte jetzt nur noch, den Verantwortlichen zur Strecke zu bringen, bevor weitere Menschen qualvoll sterben mussten. Die Begriffe Massenmord und Terror schlichen sich in seine Gedanken. Er hoffte inständig, dass sich keiner derjenigen, die jetzt unter Quarantäne standen, ebenfalls tödlich infiziert hatte. Und er hoffte, dass es ihm endlich gelingen würde, all die losen Fäden zu verknüpfen und aus den vielen Details, die sie aus den Morden an Meister und Aldrich hatten sammeln können, ein stimmiges Bild zu formen, aus dem sich ein Motiv und – noch wichtiger – eine echte Spur ableiten ließen.

Der Druck auf ihn und sein Team würde nun minütlich steigen. Die Medien waren jetzt mit von der Partie, und zwar nicht nur die lokalen Zeitungen, sondern auch die Großen aus ganz Deutschland. Sie würden jeden Schritt der Polizei argwöhnisch beobachten, jeden kleinen Fehler mit fetten Überschriften und bildgewaltigen Reportagen anprangern. Politiker würden sich einschalten und absurde Forderungen stellen, die Verantwortlichen für den Cuxhavener Tourismus würden ihn bedrängen, alles herunterzuspielen, damit die Gäste blieben. Besorgte, bisweilen verängstigte Menschen würden die Telefone heißlaufen lassen, in der Hoffnung, Antworten auf ihre sorgenvollen Fragen zu erhalten.

»Schöne Scheiße«, durchbrach Greiner das Schweigen.

»Hm.« Olofsen war noch nicht willens, das Gespräch wieder aufzunehmen.

Plötzlich flog die Tür auf, und Pall stapfte ins Büro.

»Hier versteckt ihr euch also«, fuhr er die beiden an. »Habt ihr noch alle stramm? Habt ihr nichts Besseres zu tun, als hier mit verträumten Gesichtern herumzusitzen?«

»Halt den Rand, ich denke nach«, schnauzte Olofsen zurück. »Du glaubst doch wohl nicht allen Ernstes, dass wir hier Däumchen drehen? Wenn es dir hilft, renn raus und sprüh Gott und die Welt mit Luminol ein. Vielleicht hat ja irgendeiner ›Ich war's!‹ auf der Stirn stehen. Aber du kannst dir sicher sein, dass uns sinnloser Aktionismus keinen Schritt weiterbringt. Großmäuliges Geschwätz auch nicht.«

Das hatte gesessen. Pall stand mit offenem Mund und hochrotem Kopf mitten im Büro und schnappte nach Luft. Oder nach Worten. Zumindest Letztere fand er nicht.

»Ich will dieses Dreckschwein kriegen. Und ich werde es kriegen. Darauf kannst du einen lassen. Entweder steuerst du jetzt etwas Sinnvolles bei, oder du verpisst dich!«, setzte Olofsen nach.

»Verdammter Mist«, murmelte Pall verlegen. »Walberg ist ein Idiot. Aber das musste ihm nicht passieren.«

»Hast du mit ihm gesprochen?«, fragte Greiner.

»Ja, kurz. Er ist völlig durch den Wind. Wahrscheinlich müsste man ihm eine reinhauen, um ihn wieder zu Verstand zu bringen. Aber diese Methode ist unter Medizinern nicht mehr anerkannt. Die Psychologen säuseln ihm jetzt Schmuselieder ins Ohr.«

Olofsen deutete mit einer diffusen Handbewegung in den Raum. »Setz dich.«

Pall tat wie geheißen. »Okay, ihr habt mit N-Kubik gesprochen. Jetzt erzählt mir mal bitte, langsam und zum Mitschreiben, was hier abgeht«, sagte er ein wenig kleinlaut.

Olofsen holte Luft und fasste die Situation für den Spurenleser zusammen. Anschließend berichtete er, was sie in Berlin in Erfahrung gebracht hatten.

»Wo bekommt man so ein Höllenvirus her?«, stellte Pall die Frage, die Olofsen bewegte, seit ihnen Nunk eröffnet hatte, was geschehen war.

»Nicht die geringste Ahnung«, stellte er entsprechend fest. »In der Apotheke sicherlich nicht. Auch Ebay scheidet da wohl aus.«

»Ich bin kein Virologe«, ergriff Pall wieder das Wort. »Aber soweit ich weiß, muss man Viren irgendwie vermehren. Das kann doch auch nicht jeder Hampelmann. Und wo bekomme ich das Equipment dazu her?«

»Gute Frage, nächste Frage«, lautete die lakonische Antwort, altbekannt und bewährt.

»Jetzt mal angenommen, ich kann mir tatsächlich so ein Virus von irgendwo besorgen, was weiß ich, aus irgend so einem Kaputtistanland im Osten, und ich schaffe es auch, an die nötige Ausrüstung zu gelangen – ich kann doch so ein Virus nicht einfach in der Küche vermehren. Ich brauche ein Labor. Und ein sicheres noch dazu, schließlich will ich ja nicht selbst dabei draufgehen. Verdammt, wie stell ich das an, ohne dass es jemand mitkriegt?«

»Das ist vielleicht noch der einfachere Teil«, meinte Greiner. »Hier im Umland, Richtung Otterndorf, Cadenberge, Wingst, stehen so viele alte Bauernhöfe zum Verkauf, dass man da bestimmt einen findet, der einsam genug liegt, um in Ruhe werkeln zu können. Eine alte Scheune von innen zum Labor umzubauen, meine ich.«

»Guter Punkt«, sagte Olofsen. »Wir müssen prüfen, von wem und wo in den letzten zwei bis drei Jahren Höfe gekauft wurden. Vielleicht ist an deiner Idee was dran.«

»Und Theravactec?«

»Da könnte man so ein Virus bestimmt auch züchten. Wir müssen die Bude auf den Kopf stellen. Allein die Tatsache, dass Meister und Aldrich dort gearbeitet haben und jetzt tot sind, stinkt doch zum Himmel. Und der Umstand, dass deren hochheiliges Antikrebsmittel verunreinigt ist, bestätigt, dass dort etwas nicht stimmt.«

»Ich dachte, die wollen die Leute heilen«, warf Pall ein.

»Vielleicht ein neues Geschäftsmodell. Erst die Leute krank machen, Panik verbreiten und dann das Wundermittel dagegen wie ein Kaninchen aus dem Hut zaubern. Wer skrupellos genug ist, könnte sich auf diese Weise wahrscheinlich eine goldene Nase verdienen.«

»Hm.«

»Lass überprüfen, mit welchen Erregern die überhaupt arbeiten dürfen. Soweit ich weiß, müssen solche Firmen bei den Gewerbeaufsichtsämtern anzeigen, womit sie in ihren Räumlichkeiten umgehen. Vielleicht gibt uns das einen Hinweis«, wandte sich Olofsen an Greiner.

»Vielleicht haben Meister und Aldrich gar nicht in der Logistik gearbeitet.«

»Hm.«

»Vielleicht haben die beiden ja heimlich so einen Killervirus hergestellt. Im Keller.«

»Hm.«

»Und zwischendurch ein paar Pornos gedreht? Um die Laborausstattung zu finanzieren?«

»Hm.«

»Könnte es sein, dass euch gerade die Phantasie durchgeht?«, fragte Pall.

Olofsen und Greiner schauten für einen Moment leicht betreten drein. Aber nur für einen Moment.

»Vielleicht hat diese Pornogeschichte überhaupt nichts damit zu tun und ist wirklich nur ein Hobby von Aldrich«, lenkte Greiner ein.

»Kann durchaus sein«, sagte Olofsen. »Aber wir sollten diese Denkrichtung nicht zu früh beerdigen. Erst wenn wir absolut sicher sein können, dass es keinen Zusammenhang gibt, hören wir damit auf.«

»Also?«, fragte Pall.

»Unterm Strich wissen wir, wenn alle diese Ereignisse zusammenhängen – was wir momentan vermuten, aber nicht klar belegen können –, dass wir eigentlich noch nichts wissen«, fasste Olofsen seine Gedanken zusammen. »Schellers Tod ist die traurige Konsequenz aus Aldrichs Infektion mit einem uns bislang unbekannten Erreger. Aldrich ist selbst ebenfalls an diesem Erreger gestorben. Wo er sich infiziert hat, wissen wir nicht. Er hat bei Theravactec gearbeitet, genau wie Meister, unser erstes Opfer. Meister ist aber nicht an dieser Infektion gestorben, sondern er wurde auf andere Weise bestialisch umgebracht. Die Zusammenhänge, so es sie denn gibt, liegen im Dunkeln. Motiv? Fehlanzeige.«

Er wandte sich direkt an Pall: »Frank, trommel dein Team zusammen und nehmt euch Aldrichs Computer noch einmal vor. Wir müssen mehr über diese Frauen herausfinden, mit denen er seine Filme gedreht hat. Frag mich bitte nicht, warum, aber ich habe das Gefühl, dass das wichtig ist. Kümmer dich darum.«

Dann drehte er sich zu Greiner um. »Überprüfe, wer hier wann und wo einen abgelegenen Hof gekauft hat.«

»Was hast du vor?«, fragte Greiner.

»Ich werde versuchen, mit Walberg zu reden.«

Das Telefon klingelte. Olofsen nahm ab und wollte sich gerade melden, aber das Gegenüber am anderen Ende der Leitung ließ ihn gar nicht erst zu Wort kommen. Er sackte langsam in seinem Stuhl zusammen. Dann legte er wortlos auf.

»Es gibt ein weiteres Opfer«, flüsterte er.

Pall und Greiner sahen auf.

»Ach du Scheiße.«

»Es muss einer von denjenigen gewesen sein, die Aldrich auf der Alten Liebe gefunden hatten«, redete er weiter. »Ein kleiner Junge, acht Jahre alt. Er war mit seinen Eltern nur für einen Tagesausflug hier, aus Oldenburg. Die gleichen Symptome wie bei Scheller. Der Hausarzt hatte das nicht erkannt, sondern nur eine Erkältung diagnostiziert. Als der Junge dann ins Krankenhaus kam, war es zu spät. Beide Elternteile sind im Krankenhaus, mindestens die Mutter hat sich ebenfalls infiziert. Sie werden noch heute nach Hamburg auf die Isolierstation geflogen.«

»Was für 'n Dreck!«, fluchte Greiner lautstark und schlug mit der flachen Hand auf den Schreibtisch, sodass die Computertastatur hüpfte. »Dann sind wir inzwischen bei vier Toten. Die ganze Geschichte wird jetzt wohl explodieren.«

»Wann kriegen wir Infos von den Virologen vom BNI, womit wir es zu tun haben?«, fragte Pall.

Olofsen zuckte die Schultern. »Ich weiß es nicht. Aber ich kann mir vorstellen, dass das wohl wenigstens bis morgen dauern wird. Ich werde aber gleich noch dort anrufen und Dampf machen. Und ab morgen früh sollen wir hier einen Experten vor Ort haben. Ich werde N-Kubik Bescheid geben, er soll den Typen schon früher herschaffen, am besten sofort.«

»Ich mach mich auf und melde mich, sobald wir etwas Neues gefunden haben«, sagte Pall und erhob sich.

»Ich fange auch sofort an«, schloss sich Greiner an.

»Besprechung morgen früh um acht«, ließ Olofsen seine beiden Kollegen wissen. Dann wandte er sich ab und griff zum Telefon.

Nach wenigen Sekunden hatte er den Leiter des Bernhard-Nocht-Instituts an der Strippe. Heute – Sonntag hin oder her – schienen die Mühlen der Bürokratie schneller zu mahlen als üblich. Er war bereits, von wem auch immer, als Leiter der Ermittlungskommission bei allen wichtigen Stellen angekündigt worden. Dennoch musste er sich mit der schlechten Nachricht zufriedengeben, dass die Proben zwar eingetroffen und ins Hochsicherheitslabor eingeschleust, sämtliche Mitarbeiter zusammengerufen und auch die ersten Untersuchungen bereits im Gange waren, jedoch noch keine Ergebnisse vorlagen. Da müsse er sich doch noch bis zum kommenden Vormittag gedulden.

Nach dem Telefonat saß Olofsen regungslos an seinem Schreibtisch und dachte nach. Er gelangte zu dem Schluss, dass es jetzt vielleicht an der Zeit war, kräftig auf den Busch zu dreschen und dann zu schauen, wer und was darunter hervorgekrochen kam. Bei vier Toten und einer Vielzahl von Infizierten, die alle eine gute Chance hatten, sich ebenfalls im Jenseits wiederzufinden, war keine Zeit mehr, auf empfindsame Gemüter Rücksicht zu nehmen, wenn er noch Schlimmeres verhindern wollte.

Er griff erneut zum Telefonhörer. »Schafft mir diesen Korz her. Ihr wisst schon, den Chef von Theravactec. Wir werden den Herrn nochmals befragen. Diesmal aber hier und zu unseren Bedingungen.«

Es dauerte eine knappe Stunde, bis Korz, puterrot und tobend vor Wut, in das Vernehmungszimmer geführt wurde. Man hatte ihn aus einer abendlichen Dinnerparty mit Geschäftsfreunden und anderen wichtigen Gestalten geholt.

Für Korz war ein Abgang von einer Abendparty in Polizeibegleitung natürlich eine Katastrophe und eine heftige Delle in seiner Reputation als achtbarer Geschäftsmann. Und wie jeder wusste, der in diesem Zirkel mitspielte, war diese Reputation mitunter wichtiger als die fachliche Kompetenz. Sein Zorn war also nachvollziehbar, und Olofsen hatte genau damit gerechnet.

»Guten Abend, Herr Dr. Korz«, sprach er ihn an und ließ sich das »Doktor« lange auf der Zunge zergehen. »Ich hoffe, unsere abendliche Unterhaltung kommt Ihnen nicht ungelegen.«

Korz wurde noch ein wenig röter im Gesicht, sagte aber nichts.

»Und wenn schon. Ich habe mir sagen lassen, auf Ihrer Party war sowieso keine tolle Stimmung«, provozierte er ihn weiter. »Da können wir doch besser hier noch ein Fässchen aufmachen, meinen Sie nicht auch?«

»Was zum Teufel soll das?«, stieß Korz durch die zusammengepressten Lippen hervor.

»Ich hatte gehofft, Sie könnten mir das erklären«, antwortete Olofsen und erwartete, dass Korz nun in wenigen Sekunden entweder tot umfallen oder explodieren würde.

»Haben Sie einen Knall, Sie Armleuchter?«, brauste Korz auf. »Haben Sie überhaupt die geringste Idee, wen Sie hier vor sich sitzen haben?«

Olofsen lächelte. Korz war ihm wie gewünscht in die Falle gegangen. *Armleuchter.* Beleidigung eines Polizeibeamten.

»Sie haben kein Recht, Sie Hampelmann. Ich kenne mich aus. Ich habe Verbindungen in höchste Kreise. Sie sind geliefert«, lamentierte Korz wutschnaubend weiter. Sein Speichel spritzte in alle Richtungen.

Olofsen hörte kaum hin. Er wunderte sich nur, wie ein

Mann in einer solchen Position derart aus der Rolle fallen konnte. Er hatte immer gedacht, diese Managertypen seien alle so aalglatt und durch nichts aus der Ruhe zu bringen. Zumindest auf dieses Exemplar traf dies nicht zu.

»… in ein paar Minuten werden meine Anwälte eintreffen. Dann sind Sie geliefert. Ihren nächsten Job finden Sie bestenfalls im Sudan –«

Olofsen schlug mit der flachen Hand auf den Tisch, dass es krachte. Korz war augenblicklich still.

»Armleuchter? Hampelmann? Sudan?«, flüsterte Olofsen so leise, dass Korz die Ohren spitzen musste, um ihn zu verstehen.

»Der Einzige, der sich hier gerade selbst geliefert hat, sind Sie, mein guter Herr Dr. Korz«, brüllte Olofsen ihn jetzt an. Diese Vorgehensweise – erst flüstern, dann brüllen – hatte er einmal in einem alten Kriminalroman gelesen. Dummerweise hatte er vergessen, wie es nach dem Brüllen weiterging. Er improvisierte und entschied sich für Weiterbrüllen.

»Sie können dreimal Doktor und Managing Director sein, einen Polizeibeamten zu beleidigen und zu beschimpfen wird trotzdem bitter für Sie. Und ich habe nicht vor, ein Auge zuzudrücken.«

Korz sah ihn verblüfft an. Er zog eine Grimasse, als wäre er gerade erst aus einem Traum erwacht, um dann erschrocken festzustellen, dass es gar kein Traum war. Seine Gesichtsfarbe wechselte von Rot über Gelbgrün zu Weiß wie ein Regenbogen mit neuem Farbdesign.

»Hören Sie –«, begann er, aber Olofsen ließ ihn nicht ausreden.

»Nein. Sie hören jetzt. Und Sie reden nur, wenn ich Sie dazu auffordere. Im Regelfall, um eine Frage zu beantworten.« Olofsen sprach ganz ruhig. Er wusste, dass er Korz' Fassade aus purer Arroganz ordentlich demoliert hatte.

»Hier sterben Menschen wie die Fliegen«, sprach er weiter. »An einem Virus. Noch mehr Menschen sind infiziert und schweben in höchster Lebensgefahr. Zwei Ihrer Mitarbeiter sind tot – damit hat alles angefangen. Wolfgang Meister hatte flaschenweise virushaltiges Material im Bauch. Im Bauch!«

Olofsen sprang auf und riss dabei einen Stuhl um, der laut polternd in der anderen Ecke des Verhörzimmers landete. Mit einer Hand stützte er sich auf den Schreibtisch, der Zeigefinger der anderen Hand wies drohend auf Korz. Sein Blick durchbohrte ihn wie ein Schneidbrenner. »Das Material stammt aus Ihrer Firma. Lars Aldrich ist an einer bislang unbekannten Infektion gestorben. In Ihrer Firma wird mit Viren gearbeitet.«

»Nun halten Sie aber mal die Luft an«, setzte Korz zur Gegenwehr an. Er hatte sich gefangen. »Wir bringen keine Leute um. Wir stellen Impfstoffe und Therapeutika her. Wir –«

»Klappe halten!«, zischte Olofsen ihn an. »Das letzte Opfer war ein kleiner Junge. Acht Jahre alt. Acht!«

Olofsen brüllte wieder. Bilder von seiner gleichaltrigen Nichte beim Spielen am Strand flammten vor seinem inneren Auge auf. Er musste alle Kraft aufbringen, um nicht die Beherrschung zu verlieren. »Er ist heute Abend gestorben, nachdem er sich an Ihrem Mitarbeiter Lars Aldrich infiziert hatte. Seine Eltern haben sich ebenfalls infiziert. Und weiß der Teufel, wer sonst noch.«

Korz sackte in sich zusammen. Im gleichen Moment flog die Tür auf, und zwei Männer in dunklen Anzügen und mit schwarzen Aktenkoffern marschierten in den Raum. Zwei Polizeibeamte kamen hinterher.

»Guten Abend«, sagte einer der beiden Anzugträger. »Kanzlei Komisch und Grau. Wir vertreten die rechtlichen Interessen der Firma Theravactec sowie diejenigen von Herrn Dr. Korz, sowohl hinsichtlich der Belange der Firma als auch privat. Sie haben kein Recht, unseren Mandaten ohne –«

»Raus!«, blaffte Olofsen die beiden an und blickte genervt an die Zimmerdecke. Wenn die beiden Rechtsverdreher immer so verquer redeten, konnte dies eine anstrengende Nacht werden.

»Schafft mir die Kerle vom Hals«, forderte er die beiden

Polizisten auf. Er wusste, dass er sie gar nicht hinauswerfen durfte, dass sie im Recht waren, aber er hoffte, sich wenigstens ein paar Augenblicke verschaffen zu können, um Korz ein bisschen zu grillen, bevor die beiden ihm empfehlen würden, nichts mehr zu sagen.

Die Anwälte begannen zu protestieren, wurden jedoch von den beiden Polizisten wortlos aus dem Raum geschoben. Als sich die Tür geschlossen hatte, wandte sich Olofsen Korz zu.

Mit seinen Anwälten in Reichweite schien er wieder Oberwasser bekommen zu haben.

»Sie überschätzen sich maßlos, Herr Kommissar. Sie haben kein Recht –«, hob er an, doch Olofsen unterbrach ihn erneut.

»Welchen Teil von ›Klappe halten‹ haben Sie nicht verstanden? Soll ich es aufzeichnen? Ich sage es noch einmal: Hier sterben Menschen. Und Sie und Ihre Firma stecken da drin. Ich rate Ihnen dringend, mit uns zu kooperieren. Falls nicht, stehen Sie ganz schnell am medialen Pranger. Sie wissen selbst, welchen Imageschaden das für Ihre Firma bedeutet, völlig unabhängig davon, wie die Sache ausgeht. Die Öffentlichkeit reagiert nach wie vor sehr sensibel auf Skandale rund um Biotechnologie und Gentechnik. Teufelswerk. Und gerade eine kleine Biotechbude wie Theravactec kann mit einem ramponierten Image gleich zumachen. Wollen Sie das?«

Die Tür zum Verhörraum flog erneut auf, und wieder stürmten die Anwälte herein. Einer der beiden, unklar, ob Komisch oder Grau, baute sich mit ernster Miene vor Olofsen auf.

»Herr Kommissar, Sie sollten eigentlich die Rechtslage kennen und sich daran halten.«

»Ach, seien Sie ruhig«, schnappte Olofsen. »Ich rate Ihnen dringend, Ihrem Mandanten zu erklären, wie ernst die Lage für ihn ist. Alle Indizien zeigen mit ausgestrecktem Zeigefinger auf ihn.« Olofsen demonstrierte mit seinem eigenen Zeigefinger, was er meinte.

»Wollen Sie ihn verhaften?«, kam die Gegenfrage.

Olofen wusste, dass die Indizien, die er gerade so munter beschworen hatte, eigentlich eher Vermutungen und Ahnungen waren, die ihm Staatsanwalt und Haftrichter um die Ohren hauen würden. Dennoch wollte er sich noch nicht geschlagen geben.

»Der Haftbefehl wird in ein paar Minuten hier sein«, bluffte er.

Aber der Anwalt fiel nicht darauf herein. »Bis dahin werden wir uns mit unserem Mandanten beraten. Allein.« Er deutete auf die Tür.

»Wie alt war der Junge?«, kam eine dünne Stimme aus dem Hintergrund.

Olofsen drehte sich um. Korz hing wie ein halb voller Wäschesack am Tisch.

»Acht Jahre«, sagte er leise.

Einer der Anwälte schaltete sich ein. »Herr Dr. Korz, ich muss Sie dringend bitten, nichts mehr zu sagen. Ich gehe davon aus, dass wir in wenigen Minuten hier rausspazieren werden, denn ich glaube nicht, dass der Herr Kommissar wirklich ausreichend Material in der Hand hat.«

Aber Korz achtete nicht auf ihn.

»Bei uns werden keine Menschen umgebracht. Wir wollen das Gegenteil. Wir wollen Menschen helfen. Aber das ist teuer, und die Mitbewerber schlafen nicht. Ich habe als Geschäftsführer das Know-how der Firma zu schützen«, sagte er mit zitternder Stimme.

Korz sah Olofsen an und ignorierte die Anwälte, die ihn wild gestikulierend zu stoppen versuchten.

Korz fuhr fort: »Ich bin entsetzt, dass zwei meiner Mitarbeiter tot sind. Und ich habe nicht die geringste Ahnung, warum. Die beiden haben im Lager gearbeitet, viel zu weit weg von Forschung oder Produktion. Die beiden hatten keine Ahnung von Viren. Zugang zu den relevanten Bereichen hatten sie auch nicht.« Er holte Luft. »Unsere Produkte sind sauber. Davon stirbt niemand. Wir haben ordnerweise Daten, die genau das belegen.«

»Und warum sind nach Ihrer Meinung Meister und Aldrich tot?«, fragte Olofsen.

»Das weiß ich nicht. Vorgestern hätte ich eigentlich ein Gespräch mit Meister haben sollen. Darum hatte er schon vor einiger Zeit gebeten, aber ich hatte keine Gelegenheit.«

»Warum sagen Sie das erst jetzt? Und worum sollte es bei diesem Gespräch gehen?«

»Herr Dr. Korz, ich muss Sie nochmals dringend bitten zu schweigen«, intervenierte einer der Anwälte erneut, wurde aber ignoriert.

»Ich weiß es nicht. Es gab Gerüchte, nach denen es in letzter Zeit Probleme zwischen Meister und Aldrich gegeben haben soll.«

»Was für Probleme?«

Olofsen konnte es nicht fassen. Es ging um eine Sache zwischen den beiden Mordopfern, und Korz hatte bisher kein Wort darüber verloren. Ihm war danach, ihn ein weiteres Mal anzubrüllen, aber damit hätte er ihn nur zum Schweigen gebracht. Und das, wo er endlich Vernunft anzunehmen schien. Also blieb er ruhig.

»Das kann ich Ihnen nicht sagen«, antwortete Korz ebenso ruhig. »Möglicherweise wollte Meister mit mir darüber reden. Ich hatte das nicht als besonders wichtig angesehen, denn eigentlich ist die Personalabteilung für solche Fälle zuständig. Aber das hat sich ja nun gründlich erledigt.«

Offenbar hatte er endlich begriffen, wie ernst die Situation war. Das konnte ihnen nur helfen.

ZWÖLF

Tanja, Christoph und Paul saßen wieder in der schäbigen kleinen Küche. Sie wollten über Christophs Laptop die sonntagabendlichen Nachrichten sehen. Die LAN-Verbindung war zwar langsam, und das Bild ruckelte, aber es war ausreichend. Der Nachrichtensprecher berichtete über irgendeine Kontroverse im Bundestag. So richtig aufmerksam war keiner der drei.

Tanja stellte gerade eine Kanne mit frischem Tee auf den Tisch, als sie draußen die Räder eines Wagens über den Kies knirschen hörten.

»Der Chef kommt«, stellte Christoph unnötigerweise fest. Alle wussten, dass er kommen würde. Sie warteten auf ihn.

Paul hing in seinem Stuhl, als wollte er einen Weltmeistertitel im Gelangweiltsein erringen. Christoph wirkte nervös – wie immer, wenn ein Treffen mit dem Chef anstand. Die Aktion schien ihm mittlerweile selbst Angst zu machen, obwohl er damals derjenige gewesen war, der darauf gedrängt hatte, endlich mit dem Reden aufzuhören. Er hatte auch den Kontakt zum Chef hergestellt. Damals fast fanatisch, war er heute eher nur noch ein Mitläufer, bis zum Kragen gefüllt mit unterdrückter Angst.

Tanja war das völlig egal. Für sie zählte nur die Aktion. Solange es nach Plan ging und sie zudem sexuell auf ihre Kosten kam, war für sie alles in Ordnung. Zu Anfang war sie die Zurückhaltende, Skeptische gewesen. Das hatte sich ins Gegenteil verkehrt. Die Zeit hatte die Rollen stark verschoben.

Draußen erstarb das Motorengeräusch, eine Tür ging auf und schlug wieder zu. Dann öffnete sich leicht quietschend die Haustür.

Kurz darauf stand ein Mann – der Chef – in der Küche, hochgewachsen, mit grauem Haar, militärisch kurz geschnitten, glatt rasiert, zwischen fünfzig und fünfundfünfzig Jahre alt. Er trug einen dunklen, perfekt sitzenden Anzug. Hochwertiges Material, maßgeschneidert, nichts von der Stange. Zwei tiefblaue Augen blickten durch eine kleine, modische Hornbrille suchend durch den Raum und blieben dann an Christoph hängen.

Der Chef zog sein Sakko aus und warf es in einer geschmeidigen Bewegung Christoph zu.

»Häng mal auf«, kam die Anweisung. Eine tiefe Stimme, deutliche Aussprache. »Aber glatt, wenn ich bitten darf.«

Der Ton war scharf und präzise. Der Mann war es gewohnt, Anweisungen zu geben, Widerspruch wurde nicht geduldet.

Christoph wusste dies. Er fing das Sakko, stand auf und ging in den Flur.

Der Chef setzte sich auf den eben frei gewordenen Stuhl und ließ den Blick über die Gesichter von Tanja und Paul schweifen.

»Jetzt geht's ja langsam los.«

Tanja setzte zu einer Antwort an, als Christoph zurück in die Küche kam und hektisch auf den Laptop deutete.

Auf dem Bildschirm verkündete der Sprecher gerade, dass in Norddeutschland ein Mitglied eines rechtsmedizinischen Teams an einer bis dato in Deutschland unbekannten Virusinfektion gestorben sei. Alle Kontaktpersonen seien unter Quarantäne gestellt, und Wissenschaftler des BNI arbeiteten mit Hochdruck daran, den Erreger zu identifizieren. Eine Gefahr für die Bevölkerung habe zu keiner Zeit bestanden.

Das Hintergrundbild wechselte, und der Sprecher wandte sich einem anderen Thema zu.

Ein breites Grinsen pflanzte sich auf das Gesicht des Chefs. »Na bitte«, meinte er nur und schlürfte geräuschvoll seinen Tee.

»Aber die haben doch gar nichts gesagt«, warf Christoph mit enttäuschter Miene ein. »Irgendeiner ist an einer Infektion gestorben. Und? Jedes Jahr sterben was weiß ich wie viele Menschen an Infektionen. Allein Influenza rafft jährlich mehr als zehntausend Menschen dahin.«

»Was hast du denn erwartet, du Idiot?«, fuhr ihn Tanja an. »›Dank des gefürchteten Christoph G. aus H. steht jetzt etwas ganz und gar Schlimmes bevor. Die Bevölkerung wird aufgefordert, sich beim örtlichen Bestatter in Wartelisten eintragen zu lassen‹«, verkündete sie ironisch.

Christoph lief rot an und holte Luft, um zu einer Antwort anzusetzen, als der Chef dazwischenfuhr: »Klappe halten. Tanja hat recht. Es war doch kaum zu erwarten, dass die etwas Dramatisches an die Öffentlichkeit bringen würden. Denk mal ein bisschen nach.«

»Aber –« Christoph gab nicht auf.

»Ich weiß eben mehr als ihr und auch als der Nachrichtentyp. Der Dahingegangene war an der Obduktion unseres guten Freundes Lars Aldrich beteiligt.«

Alle drei sahen ihn erstaunt an.

Tanja sprang auf und klatschte Beifall.

Der Chef wandte sich an Paul. »Wie weit bist du mit der letzten Herstellung?«

Paul grinste. »Alles im grünen Bereich. Die vorletzte Charge ist geerntet und eingefroren. Morgen starte ich die letzte Charge, dann noch zwei oder drei Tage, und wir sind fertig.«

»Ist irgendetwas Besonderes passiert?«, wollte der Chef wissen.

»Nein«, antwortete Paul, ohne zu zögern. »Wir haben ausreichend Material, alles ist in Ordnung.«

»Noch«, bemerkte Christoph. »Wenn du gestern oder heute Mist gebaut hast, werden wir das erst in ein paar Tagen wissen.«

»Ach halt doch endlich dein Maul, du blöder Arsch«, empörte sich Paul. Er war ebenso genervt wie Tanja, wenn Christoph dabei war. Ihn kotzte es an, dass Christoph immer versuchte, das letzte Wort zu haben, alles besser wusste, sich aber nie an den eigentlichen Arbeiten beteiligte. Christoph wurde zur Belastung, zum Risiko.

»Christoph, im Wagen steht noch neues Material. Bring das Zeug mal nach hinten«, sagte der Chef unvermittelt. Als hätte er Pauls Gedanken gelesen.

»Bin ich denn hier der Laufbursche?«, nölte Christoph.

Blitzschnell sprang der Chef auf. Seine rechte Hand schnellte vor und packte Christoph am Hemdkragen. Er drehte die Hand einmal um, sodass er ihm die Luft abschnürte, und schleuderte ihn quer durch den Raum. Im Fallen riss Christoph den Laptop vom Tisch. Der Bildschirm zerbrach, Glas- und Plastiksplitter flogen durch den Raum. Christoph blieb auf dem Boden liegen, aus einigen Schnittwunden am Arm blutend. Langsam ging der Chef auf ihn zu. Mit einer schnellen Bewegung trat er ihm in den Magen. Christoph schrie auf und krümmte sich. Dann beugte sich der Chef zu ihm herunter, packte ihn erneut am Kragen und hob ihn mit beeindruckender Leichtigkeit hoch.

»Jetzt hör mir mal gut zu, kleiner Mann!«, begann er mit honigsüßer Stimme. »Wenn ich sage ›Hole die Kiste‹, dann holst du die Kiste. Wenn ich sage ›Tanz!‹, dann tanzt du. Und wenn ich sage ›Halt's Maul!‹, dann tust du auch das. Kindergarten war gestern oder ist woanders. Nicht hier. Wir haben ein Ziel, nur darum geht's. Und kein kleiner Scheißer kommt mir blöd. Noch Fragen?«

Christoph sagte kein Wort.

»Gut. Dann noch einmal: Im Wagen steht eine Kiste, schaff sie nach hinten. Sofort!«

Tanja und Paul sahen schweigend zu, als Christoph noch immer gekrümmt und mit jammervoller Miene schweigend nach draußen schlurfte.

Der Chef richtete seinen Blick auf die beiden anderen. »Wir brauchen Christoph noch für den nächsten Schritt.«

Er musterte beide nacheinander mit einem durchdringenden Blick. Tanja konnte seinem Blick standhalten, Paul starrte auf den Fußboden.

Einige Minuten später war Christoph zurück in der Küche. Er hatte sich das Blut abgewaschen und ein verkrampftes Lächeln aufgesetzt. Niemand ließ sich etwas anmerken. Paul hatte in der Zwischenzeit den zertrümmerten Laptop weggeräumt.

Der Chef ergriff das Wort. »Wir machen wie geplant weiter. Paul, du bereitest morgen in aller Frühe einen halben Liter in einer unauffälligen Plastikflasche vor.«

Paul nickte nur.

»Gut. Christoph macht sich dann sofort auf, um das Zeug zu verteilen.«

»Ist das nicht gefährlich?«, wandte Christoph ein, obwohl sie diesen Plan schon x-mal durchgesprochen hatten.

»Es war so abgesprochen, und du hast zugestimmt – jetzt zieh es durch«, fuhr ihn der Chef sofort an.

Er blickte ihnen wieder einem nach dem anderen ins Gesicht.

»Es ist riskant. Alles, was wir tun, ist riskant. Das war von vornherein Teil unseres Plans. Keiner ist sicher, aber jeder hat seine Chance.« Er stellte dies mit einer Sachlichkeit fest, als wären es die letzten Fußballergebnisse. »Du bleibst heute Nacht hier, um keine Zeit zu vertrödeln.«

Auf diese Weise konnte er sicher sein, dass Tanja und Paul ein Auge auf ihn hatten – für den Fall, dass er die Hosen voll hatte und sich absetzen wollte.

»Nein, das geht nicht. Er kann nicht –«, begehrte Tanja auf. Sie hatte nicht das geringste Interesse daran, dass Christoph über Nacht blieb.

»Kein Aber. Dann kannst du heute eben nicht mit Paul ficken. Oder ihr macht es zu dritt – das sollte dir ja auch keine großen Probleme bereiten. Es darf keine Verzögerungen geben.«

Der Chef stand auf, holte sein Sakko und verließ das Haus.

»Verdammt, was sollte das denn?«, sagte Christoph. Tanja war zum Klo gegangen, und irgendwie hoffte er darauf, wenigstens bei Paul etwas Mitgefühl zu ernten.

»Halt einfach die Klappe«, blaffte Paul ihn an.

»Hast ja recht. Wir ziehen das durch«, erwiderte Christoph kleinlaut, machte allerdings noch immer den Eindruck, als wollte er so schnell wie möglich ganz weit weglaufen.

»Wo soll ich schlafen?«, fragte er.

»Oben«, erwiderte Paul. »Ich bleib hier unten im Schlaf-sack.«

∗∗∗

Montag, 26. September. Die Nacht war früh vorbei. Um drei Uhr stand Paul bereits auf, um ins Labor zu gehen und alles für Christophs Mission vorzubereiten. Am Abend zuvor hatte Tanja sich schnell wieder beruhigt und beschlossen, auch unten in der Küche zu schlafen. Christoph hatte sich wortlos nach oben verzogen.

Paul schlich sich aus dem Zimmer. Bei den anstehenden Vorbereitungen wollte er seine Ruhe haben.

Etwa zwei Stunden später kam er in die Küche zurück. Tanja und Christoph saßen schweigend am Tisch und starrten aus dem Fenster. Jeder aus einem anderen. Paul trat zu ihnen, schlug Christoph mit gespielter Herzlichkeit auf die Schul-ter und stellte eine Plastikspritzflasche, eingeschweißt in eine transparente Tüte, vor ihn auf den Tisch.

»Für unseren Helden«, meinte er trocken. »Ein halber Liter vom feinsten Tropfen. Na ja, der ein oder andere wird wahr-scheinlich nicht zustimmen, aber die meisten werden es dir irgendwann danken.« Er musste laut lachen.

Christoph stand auf und griff nach der Flasche. »Ihr werdet euch noch alle wundern.« Seine Stimme klang alles andere als überzeugend.

Paul hielt ihn am Arm fest.

»Mach keinen Mist! Es war deine Idee. Du hast nun die Ehre, die entscheidende Runde einzuläuten. Hier rechnet nie-mand damit, und wir werden weitermachen, bis wir unser Ziel erreicht haben.«

»Amen«, antwortete Christoph und ging.

Paul sah Tanja an. »Fahr ihm hinterher«, sagte er. »Wir müssen sicher sein, dass er seinen Job macht.«

Christoph verließ das Haus und ging zu seinem Wagen, der hinter der Scheune stand. Er hatte die halbe Nacht wach gelegen und gegrübelt. Als es dann dämmerte, war er wieder überzeugt, das Richtige zu tun.

In seinem alten dunkelblauen VW Polo, der wirklich schon bessere Zeiten gesehen hatte, zögerte er dennoch einen Moment. Dann legte er die Plastikflasche vorsichtig auf den Beifahrersitz, schnallte sich an, überprüfte den Rückspiegel – alles musste hier seine Richtigkeit haben – und startete den Motor.

Er fuhr vom Hof und bog nach links in die Cuxhavener Straße. Eine Entenfamilie watschelte in aller Ruhe über die Straße, und Christoph musste abbremsen, um die Tiere nicht zu überfahren. Es war kaum Verkehr, aber hier in Nordleda war eigentlich nie viel los auf den Straßen, schon gar nicht um diese Uhrzeit.

Er fuhr an einsamen Feldern entlang, vorbei am ehemaligen Wasserturm, den irgendein reicher Mensch zu einer schicken Ferienwohnung umgebaut hatte. Auf den Feldern dahinter stand eine Gruppe Rehe, noch weiter im Hintergrund drehten sich die Windräder.

Mitten in Lüdingworth wurde ihm bewusst, dass er noch nie die Kirche des Ortes von innen gesehen hatte, die die Leute hier liebevoll »Bauerndom« nannten. Da sollte es eine beeindruckende jahrhundertealte Orgel geben. Es schien, als ob die Flasche auf dem Beifahrersitz ihn erkennen ließ, dass die ländliche Region hier viel mehr zu bieten hatte als von ihm erwartet.

Er erreichte die nächste Kreuzung und bog nach rechts ab. Die Straße führte entlang des Altenbrucher Kanals, auf dessen anderer Seite der Mais in voller Pracht stand. Auch hier war kaum Verkehr. Trotzdem bemerkte er Tanjas gelben Opel Astra nicht, der in einiger Entfernung hinter ihm herfuhr.

Er bog in die Heerstraße ein, denn er hatte spontan entschieden, lieber diesen Weg und nicht über die B73 nach Cuxhaven zu fahren.

Er schaltete das Radio ein, aber die Musik gefiel ihm nicht. Er öffnete das Handschuhfach, um dort nach einer CD zu kramen. Da er mit den Fingern nichts fand, beugte er sich vor, um sehen zu können, wo die Silberlinge abgeblieben waren. Schließlich entdeckte er eine, natürlich ganz hinten. Er versuchte, sie mit seinen Fingern zu erreichen. Als er sie fast hatte, hörte er ein durchdringendes Hupen. Entsetzt blickte er auf und sah sich auf ein riesiges Ungetüm von Traktor zurasen.

Dann krachte Metall auf Metall. Mit einem lauten Knall öffnete sich der Airbag am Lenkrad, aber der Traktor war so groß und vor allem hoch, dass sich der kleine Polo knirschend unter seinen Motorblock schob. Die Frontscheibe zerbrach, und Glasstücke flogen ins Innere des Wagens. Christoph wollte schreien, aber ein stechender Schmerz, zuerst an seinen Beinen, dann an seinem Brustkorb, presste die Luft aus seinen Lungen und erstickte den Schrei. Die Wucht des Aufpralls hatte den Motor des Polos und die Lenksäule zum Fahrgastraum vorgeschoben.

Die Konstruktion des Autos verhinderte zwar, dass Christoph zerquetscht wurde, aber er wusste intuitiv, dass seine Beine und mindestens einige Rippen gebrochen waren. Der Gedanke, die brechenden Rippen könnten vielleicht seine Lunge oder sein Herz verletzen und er würde eingeklemmt im Auto elendig krepieren, zuckte durch sein Hirn. Das Dach wurde eingedrückt, als sich der Wagen weiter unter den Traktor schob. Im Augenwinkel sah Christoph noch, wie die Plastikflasche von einem Splitter durchbohrt wurde und eine rötliche Flüssigkeit durch das Wageninnere spritzte. Dann bekam er einen Schlag gegen den Kopf, und es wurde dunkel.

Tanja, die drei-, vielleicht vierhundert Meter hinter Christoph fuhr, musste mit ansehen, wie Christophs Wagen erst immer weiter auf die Gegenspur geriet und dann plötzlich unter einem entgegenkommenden Traktor verschwand. Entsetzt schrie sie auf, als Metallstücke und Glassplitter flogen. Die Wucht des Aufpralls musste gewaltig gewesen sein.

Sie stieg mit aller Kraft auf die Bremse, sodass der Astra mit quietschenden Reifen anhielt.

»Scheiße, Scheiße, Scheiße!«, schrie sie und trommelte mit den Fäusten auf das Lenkrad. Dann trat sie wieder auf das Gaspedal, riss das Lenkrad herum und wendete den Wagen. Auf keinen Fall wollte sie irgendwie in den Unfall verwickelt werden. Es war ihr egal, ob Christoph schwer verletzt oder sogar tot in dem zertrümmerten Wagen steckte. Ob absichtlich oder nicht, er hatte die Aktion ruiniert. Mistkerl! Wenn sie Pech hatten, würde jetzt schon alles auffliegen. Ihr liefen Tränen des Zorns über das Gesicht, während sie den Fuß aufs Gaspedal setzte und davonfuhr.

Im Rückspiegel sah sie noch, wie der Fahrer des Traktors halb springend, halb fallend aus der Fahrerkabine seines Fahrzeugs kam und hinter ihr herwinkte. Offensichtlich war ihm nichts passiert. Dann machte die Straße eine leichte Biegung, und er verschwand aus dem Sichtfeld des Spiegels. Dann plötzlich ein ohrenbetäubender Knall. Ohne Frage eine Explosion. Schockiert trat Tanja erneut voll auf die Bremse, und der Wagen kam schleudernd zum Stehen.

Sie kurbelte das Fenster hinunter und blickte nach hinten. Eine Feuersäule schien bis hoch in die Bäume zu reichen, eine riesige Rauchwolke stand darüber. Fassungslos kniff Tanja die Augen zusammen, legte einen Gang ein und drückte erneut das Gaspedal durch.

Zehn Minuten später fuhr Tanja auf den Hof und lief ins Haus. Im Obergeschoss rauschte die Dusche. Sie rannte die Treppe hinauf und stürzte ins Badezimmer.

»Der Blödmann hat einen Unfall gebaut«, schrie sie. Keine Reaktion. Sie riss den Duschvorhang zurück. Paul starrte sie erschrocken an. Dann zog sich ein Grinsen über sein Gesicht, und er wollte Tanja unter die Dusche ziehen.

»Nein. Lass mich!«, fuhr sie Paul an. »Dieser bescheuerte Idiot hatte einen Unfall.«

Pauls Grinsen erstarb. Stattdessen zeigte sich ein Anflug von Panik auf seinem Gesicht. Er stellte das Wasser ab und kam aus der Dusche.

»Was?«, fragte er und griff nach einem Handtuch.

Tanja liefen neue Tränen über das Gesicht. Sie wusste selbst nicht, ob vor Angst, Wut oder Entsetzen.

»Der Kerl hat alles ruiniert. Auf der Heerstraße ist er unter einen Traktor gedonnert. Keine Ahnung, ob mit Absicht oder nicht«, sprudelte es aus ihr heraus. »So wie die Autoteile geflogen sind, kann er das kaum überstanden haben. Wäre auch besser für ihn, schon da krepiert zu sein, sonst würde ich das später persönlich erledigen.«

Sie begann wieder zu schluchzen. »Wie sollen wir denn nun weitermachen?«, Sie stand kurz davor, hysterisch zu werden. »Wie viel Material haben wir noch? Geh sofort nach hinten und bereite noch eine Flasche vor. Diesmal erledige ich das selbst.«

Tanja war stinksauer. Paul kannte diese Stimmung bei ihr. Er wusste, dass die Situation nun ganz leicht eskalieren konnte. Blutige Fingernagelstriemen quer über seiner Brust wollte er dringend vermeiden. Er nahm Tanja in den Arm, führte sie vorsichtig aus dem Badezimmer hinaus und setzte sie im Schlafzimmer auf das Bett. Sie beruhigte sich, holte Luft und erzählte Paul noch einmal die ganze Geschichte. Als sie geendet hatte, saßen beide für einige Minuten schweigend nebeneinander.

Paul musste nicht lange nachdenken, um zu erkennen, dass es tatsächlich nicht gut aussah. Aber er mühte sich, einen Hauch Optimismus zu verbreiten.

»Vielleicht ist das ja gar nicht so schlecht«, sagte er zu Tanja. »Wenn wir Glück im Unglück haben, hat Christoph unbeabsichtigt direkt die Ordnungskräfte getroffen. Ungeplant, aber vielleicht genau in die richtige Richtung. Trotzdem – wir müssen sofort mit dem Chef reden. Ich ruf ihn an.«

Tanja begann zögernd zu lächeln. »Vielleicht bringt uns der ganze Mist doch noch etwas. Blöder Scheißkerl! Kann der nicht einmal eine Sache vernünftig zu Ende bringen?«

Sie ließ sich mit dem Rücken aufs Laken fallen. »Ruf an und dann komm gefälligst her.« Wenige Augenblicke später war sie so nackt wie er.

DREIZEHN

Sonntagnacht. Olofsen hatte noch zwei weitere Stunden mit Korz und seinen Anwälten im Verhörzimmer verbracht. Korz war von seiner ursprünglichen Strategie, abwechselnd zu toben und Gott und die Welt verklagen zu wollen, vollständig abgerückt. Es hatte den Anschein, als wäre ihm zum ersten Mal die ganze Tragweite der Geschehnisse und deren Bedeutung für Theravactec bewusst geworden. Auch die beiden Anwälte hatten offenbar begriffen, dass es sich für alle, Korz und die Firma – und auch für sie selbst – eher auszahlen würde, jetzt mit den Ermittlungsbeamten zusammenzuarbeiten, um weitere Todesfälle zu verhindern. Korz hatte sogar angeboten, die Forschungsressourcen von Theravactec zur Verfügung zu stellen. Das hatte Olofsen natürlich abgelehnt. Es war nach zwei Uhr morgens, als Olofsen Korz mit seinen Anwälten endlich hatte gehen lassen.

Er war hundemüde, und es fühlte sich wie eine Ewigkeit an, dass er in Berlin gewesen war und etwas über die Entwicklung neuer Arzneimittel erfahren hatte. Ihm war klar geworden, dass diese Ermittlungsrichtung zwar Informationen geliefert, sich aber als Sackgasse entpuppt hatte. Seinen ursprünglichen Plan, sich um Walberg zu kümmern, konnte er jetzt vergessen. Dazu war es eindeutig zu spät, und in der Verfassung dazu fühlte er sich schon gar nicht mehr. Er sollte versuchen, wenigstens noch ein paar Stunden zu schlafen.

Diese Hoffnung erfüllte sich nicht. Gegen drei Uhr war er endlich in seiner Wohnung. Der Anrufbeantworter blinkte. Es war Greiner, der mehrmals versucht hatte, ihn zu erreichen. Olofsen hatte sein Handy im Büro liegen gelassen, bevor er sich Korz vorgenommen hatte, danach hatte er direkt das Gebäude verlassen. Greiner teilte ihm mit, dass auch die Mutter des achtjährigen Jungen im Laufe des späten Abends an der Virusinfektion gestorben sei. Sonst habe es keine weiteren

Opfer gegeben. Allerdings seien nun in Oldenburg mehrere Krankenhausangestellte, die die erkrankte Familie betreut hatten, vorsorglich unter Quarantäne gestellt worden. Spezialisten der Universität Marburg, wo es ebenfalls ein Labor der Sicherheitsstufe vier gab, hätten noch in der Nacht ihre Hilfe angeboten, um das BNI bei der Untersuchung des Probenmaterials zu unterstützen.

Olofsen setzte sich auf die Toilette. Nicht weil er musste, sondern weil dies ein bekanntermaßen guter Ort zum Denken war. Und weil ihm nicht mehr nach schlafen zumute war. Die Zahl der Todesopfer hatte sich auf fünf erhöht. Und er tappte noch immer mitten im dunklen Wald herum.

Schließlich schlief er doch auf dem Toilettensitz ein. Eine Dreiviertelstunde später erwachte er wieder, mit steifen Beinen und schmerzendem Rücken. Zwischen Kloschüssel und Waschbecken machte Olofsen ein paar Dehn- und Streckübungen, bei denen er sich ziemlich albern vorkam.

Anschließend schlurfte er barfuß in die Küche. In der Kaffeemaschine stand noch kalter Kaffee von gestern. Konnte aber auch von vorgestern sein, so genau wusste er das nicht. Angewidert verzog er das Gesicht und schüttete die Brühe in den Ausguss. Dann füllte er neues Wasser und frisches Kaffeepulver ein und startete die Maschine. In der Zeit, bis der Kaffee durchgelaufen war, wollte er sich rasieren, duschen und ein paar frische Klamotten finden.

Eine Viertelstunde später stand er in der Küche und fühlte er sich wie neugeboren. Er riss das Fenster auf, um den Mief der letzten Tage durch frische Luft zu ersetzen, und goss sich eine Tasse Kaffee ein. Jetzt konnte der Tag beginnen. Er sah auf die Uhr. Halb fünf. Noch ein paar Minuten die morgendliche Ruhe genießen, dann würde er sich auf den Weg ins Büro machen.

Sein Telefon klingelte.

»Ja«, brummte er missmutig in den Hörer. Dann hörte er einige Sekunden der Stimme am anderen Ende zu.

»Was soll der Quatsch? Seit wann holt ihr mich aus dem

Bett, wenn es um einen Autounfall geht. Dafür –« Er wurde von seinem Gesprächspartner unterbrochen.

Die Erklärung, warum man ihn zu einem Autounfall zuziehen wollte, ließ ihm die Haare zu Berge stehen. Er setzte sich auf den Stuhl, der neben dem Telefon stand.

»Ich bin in ein paar Minuten da.« Dann beendete er das Gespräch. Und auch seine erhoffte stressfreie Lass-den-Tag-langsam-beginnen-Phase war beendet.

Er rannte aus der Küche in den Flur. Dabei rammte er den Küchentisch und schoss mit heißen Kaffeespritzern um sich, während ihm die Tasse aus der Hand flog.

»Scheiße«, fluchte er laut. Dieses Wort wurde zu seinem morgendlichen Mantra. Und es deutete sich an, dass er ein grundsätzliches Problem mit Kaffeetassen und deren Inhalt hatte.

Er hastete weiter durch die Wohnung, suchte seine Jacke, seinen Schlüsselbund.

Als er alles beisammenhatte, griff er noch einmal zum Telefon. Er hatte beschlossen, dass, wenn er in aller Frühe unterwegs sein musste, für Greiner dasselbe galt. Aber er hatte Pech, Greiner war bereits auf den Beinen. Nicht nur das, er war sogar schon im Büro. Unfassbar, diese jungen Polizisten von heute.

»Hast du von dem Unfall gehört?«, wollte Olofsen wissen.

»Was für ein Unfall?«, kam die Gegenfrage. Also nein.

»Macht nichts. Mach dich sofort auf die Socken. Heerstraße, Richtung Lüdingworth. Könnte wichtig für unseren Fall sein.«

Dann stürmte er aus der Wohnung und die Treppe hinunter.

Knapp zwanzig Minuten später standen Olofsen und Greiner zusammen mit dem Einsatzleiter der freiwilligen Feuerwehr von Altenbruch und zwei weiteren Polizeibeamten neben einem der Feuerwehrfahrzeuge. Der Unfallort war bereits weiträumig abgesperrt worden, und die Autos, die an den beiden Seiten der Absperrung anhalten mussten, versuchten zu wenden, um sich andere Strecken zu suchen.

Olofsen zeigte auf die beiden rauchenden Fahrzeugwracks und die herumwuselnden Feuerwehrmänner, die damit beschäftigt waren, ihre Schläuche und die übrige Ausrüstung einzupacken. Löschwasser lief noch über die Straße und in den Seitengraben. Ein gespenstischer Anblick.

»Was genau ist passiert?«, fragte er, ohne dabei jemanden direkt anzusprechen.

Der Feuerwehreinsatzleiter sah zuerst ihn an, dann die noch qualmenden Reste des Unfalls.

»So ganz genau können wir das noch nicht sagen. Der Fahrer des Traktors, ein Landwirt hier um die Ecke, steht unter Schock. Außerdem hat er einige kleinere Brandverletzungen erlitten. Der Rettungswagen fährt ihn gerade zum Krankenhaus nach Otterndorf.«

»Ich hatte den Eindruck, er wollte uns etwas sagen«, mischte sich einer der beiden anderen Polizisten ein.

»Und was?«, hakte Olofsen nach.

»Keine Ahnung, was er meinte. Er redete die ganze Zeit von irgendeiner Flasche und etwas völlig Unverständliches mit Viren. Dabei zeigte er ständig auf den Wagen unter dem Traktor. Wir hatten Anweisung aus der Einsatzleitung, alles, was auch nur entfernt etwas mit Viren und Infektionen zu tun haben könnte, sofort an Sie oder zumindest ans ZKD weiterzumelden. Genau das haben wir gemacht.«

»Sonst nichts?« Olofsens Laune verfinsterte sich schlagartig, und eine böse Vorahnung schlich sich in sein Bewusstsein.

»Sonst nichts.«

»Dann sollten wir ihm wohl schleunigst ins Krankenhaus hinterherfahren und ihn befragen, Schock hin oder her«, sagte Greiner, dem die finstere Miene seines Kollegen nicht entgangen war.

»Wenn du das Gleiche denkst wie ich«, sprach er Olofsen nun direkt an, »sollten wir keine Zeit verlieren.«

»Du hast recht«, stimmte ihm Olofsen zu, wandte sich aber trotzdem wieder an den Feuerwehrmann, der die beiden fragend anschaute.

»Ihr Eindruck – was ist hier abgelaufen?«, wollte er erneut wissen.

»Ich glaube, der Fahrer des Pkw hat gepennt und ist dann unter den Traktor gekracht. Mit voller Geschwindigkeit, es sind keine Bremsspuren zu sehen. Siebzig km/h sind hier erlaubt, die meisten fahren schneller – das scheppert mächtig. Sehen Sie?« Er zeigte mit dem Finger auf die ausgebrannten Fahrzeuge. »Die stehen beide auf der Fahrbahn des Traktors. Warum die Fahrzeuge dann aber in Flammen aufgegangen sind, kann ich Ihnen nicht sagen. Da müssen wir die Auswertung der Brand- und Spurenexperten abwarten.«

»Verdammt!« Olofsen schlug sich mit der flachen Hand gegen die Stirn. »Sag mal, werde ich jetzt senil? Was ist eigentlich mit dem Fahrer des Pkw?«

»Der Traktorfahrer hat ihn aus dem brennenden Wagen gezogen. Der erste RTW hat ihn sofort eingepackt. Der Typ hatte schwerste Verletzungen, lebt aber wohl noch«, antwortete einer der beiden Polizisten. »Die bringen ihn nach Cuxhaven.«

Olofsen wandte sich an Greiner. »Du fährst nach Cuxhaven und versuchst herauszubekommen, wer, was und warum. Ich fahre nach Otterndorf und sehe zu, dass ich mit dem Landwirt reden kann.«

Der Feuerwehrmann wollte sich gerade abwenden, als Olofsen ihn noch einmal ansprach.

»Wie stark haben die Wagen gebrannt?«

»Wie ein Osterfeuer.« Er deutete nach oben in die Kronen der die Straße flankierenden Bäume. »Schauen Sie sich die Blätter und Äste an.«

Olofsen blickte in die gezeigte Richtung. »Da sind keine Äste und Blätter.«

»Genau. Wie ein richtig strammes Osterfeuer.«

Dann war alles gut. Hoffte er wenigstens.

Olofsen setzte sich in seinen Wagen und machte sich auf den Weg nach Otterndorf. Im Radio sprach man gerade über die Infektionsfälle in Cuxhaven. Die in solchen Situationen übliche Weltuntergangsstimmung wurde heraufbeschworen, diverse Experten meldeten sich zu Wort. Es hieß, besorgte Anwohner und Urlaubsgäste riefen unentwegt bei der Polizei in Cuxhaven an. Die ersten Urlaubsgäste seien bereits abgereist, die eine oder andere Buchung sei storniert worden. Weitere Experten befürchteten einen großen wirtschaftlichen Schaden für die Region. Und das Virus sei immer noch nicht identifiziert. Anschließend wechselte man zum Sport, danach folgte der neueste Wetterbericht.

Olofsen schaltete das Radio aus. Noch lief die mediale Berichterstattung entsprechend dem üblichen Ritual. Damit kannte er sich aus, damit konnte er umgehen.

Er erreichte die Altenbrucher Landstraße. Der Verkehr hielt sich in Grenzen, aber nach nur wenigen hundert Metern hing er hinter einem Traktor fest. Olofsen schüttelte genervt den Kopf. Dass die Jungs auch immer so früh unterwegs sein mussten. Und dann so langsam. In einer anderen Situation hätte er jetzt den Blick über die weiten Felder zu beiden Seiten der Straße genießen können und sich darüber gewundert, dass die Zahl der sich im leichten Morgenwind drehenden Windkrafträder schon wieder zugenommen hatte. Aber jetzt nicht.

Daher nahm er es mit dem Traktor auf, scherte auf die linke Fahrspur aus und schoss mit dröhnendem Motor an dem Ungetüm vorbei. Nun schaffte er es immerhin bis kurz hinter Altenbruch, bevor er hinter dem nächsten Fahrzeug festhing. Diesmal war es ein Lkw. Das nächste abenteuerliche Überholmanöver brachte ihn direkt an die Rückleuchten eines weiteren Traktors. Olofsen stieg auf die Bremse und beschloss, dass es doch eine bessere Idee sein könnte, die Landschaft zu genießen und in Gedanken noch einmal die letzten Ereignisse durchzugehen.

Er erreichte – endlich – Otterndorf und bog direkt vor der Brücke über die Medem links in die Große Ortstraße ein. Das Städtchen erwachte langsam zum Leben. Autos, Radfahrer und mit ihren Zöglingen Gassi gehende Hundebesitzer begannen die Straßen zu füllen.

Olofsen fuhr auf den Parkplatz des Capio Krankenhauses und stieg aus dem Wagen. Hier war es so früh am Tag noch nicht voll. Schnellen Schrittes betrat er das Gebäude und wandte sich an die junge Frau am Empfang.

»Guten Morgen«, begann er. »Mein Name ist Olofsen, Kripo Cuxhaven. Vor ein paar Minuten ist hier ein Verletzter eingeliefert worden. Ich muss sofort mit ihm oder dem behandelnden Arzt sprechen.«

Die junge Frau hob den Kopf und schenkte ihm ein strahlendes Lächeln.

»Aber natürlich. Ich rufe Dr. Baumann sofort an. Er wird sicherlich ein wenig Zeit haben, jetzt ist noch nicht viel los.«

Sie lächelte immer noch, und Olofsen blickte sie verwirrt an. Er hatte eigentlich mit den typischen Diskussionen nach dem Motto »Das geht jetzt aber nicht … viel zu früh … Arzt sehr beschäftigt – versuchen Sie es doch später noch einmal« gerechnet.

Kurz darauf erschien ein Mann in weißen Hosen, weißen Latschen und weißem Kittel. Er mochte knapp vierzig sein, hatte gewelltes Haar und trug eine kleine, randlose Brille. Dr. Baumann, vermutete Olofsen. Auch er lächelte Olofsen freundlich an.

»Soso. Polizei im Haus. Der Tag fängt ja spannend an. Was kann ich für Sie tun?«, wandte er sich an Olofsen.

»Es geht um den Verletzten, der vor ein paar Minuten hier eingeliefert worden ist.«

»Lassen Sie uns in mein Büro gehen.« Ohne auf eine Antwort zu warten, drehte der Mediziner sich um und marschierte los. Olofsen spurtete hinterher. An einer geöffneten Tür wartete der Arzt und ließ Olofsen den Vortritt in den dahinterliegenden Raum. Es war offensichtlich sein Büro, ein helles Zimmer mit einigen ansprechenden Kunstdrucken an der Wand. Das obligatorische Bücherregal voller Fachliteratur, ein aufgeräumter Schreibtisch und zwei Besucherstühle standen auf dem blauen Teppich.

»Bitte nehmen Sie Platz«, forderte Baumann den Polizisten auf.

Olofsen gehorchte.

»Darf ich Ihnen einen Tee anbieten. Kaffee habe ich leider nicht. Ich bekomme davon Magenschmerzen. Und da ich nun schon einmal in Norddeutschland gelandet bin, habe ich mich auf den Friesentee eingeschossen.«

Olofsen nickte. Eigentlich wäre ihm Kaffee lieber gewesen, aber er wollte nicht zu wählerisch sein. Und er traute der morgendlichen Freundlichkeit noch immer nicht so richtig.

»Eigentlich komme ich aus dem Ruhrpott«, redete Baumann weiter. »Duisburg. Aber ich hatte schon immer einen Hang zur See. Erst wollte ich sogar Schiffsarzt werden, hat aber nicht geklappt. Ich werde seekrank, wissen Sie.« Er musste lachen. Wahrscheinlich hielt er das für einen tollen Gag.

Trotzdem, Olofsen mochte ihn, er schien sympathisch zu sein.

»Ein toller Gag, was?«, fragte ihn Baumann, als hätte er seine Gedanken gelesen. »Egal. Ich bin hier gelandet, und Sie haben Fragen zu dem Patienten von heute Morgen.«

Olofsen räusperte sich. »Das stimmt. Wir ermitteln in einem ziemlich komplizierten Fall. Und dieser Mann war in einen Unfall verwickelt, der unter Umständen im Zusammenhang mit unseren Ermittlungen stehen könnte. Noch wissen wir das nicht genau, deshalb möchte ich mit ihm sprechen.«

Plötzlich stand eine Tasse Tee vor ihm. Olofsen wusste gar nicht, wo die hergekommen war. Aber er nahm sie dankend an.

»Sahne? Zucker?«, fragte der Mediziner und deutete auf zwei kleine Porzellangefäße, die wie durch Zauberhand ebenfalls auf dem Tisch erschienen waren.

»Äh, nein danke.«

Baumann sah ihn erstaunt an. »Ich dachte, da gehörten Kluntjes und ein Schuss Sahne hinein. Es sollen sich doch die kleinen Wölkchen bilden.«

Wölkchen bilden? Olofsen begann seinen ersten Eindruck von dem Arzt zu revidieren. War wohl doch eher eine Art romantischer Quatschkopf mit Hang zu Albernheiten. Vielleicht half ihm das ja gegen das Elend, das er bei all den Kranken miterleben musste.

»Das sind die Ostfriesen. Die Cuxländer machen so etwas nicht«, beschied ihm Olofsen.

»Wirklich nicht? Ach, egal. Wahrscheinlich halten Sie mich jetzt für einen Romantiker, der dazu auch noch gern redet.«

Olofsen wurde es langsam unheimlich.

»Also gut«, fuhr Dr. Baumann fort. »Dem Patienten geht es den Umständen entsprechend gut. Er hat leichte Verbrennungen an den Händen, die aber nicht der Rede wert sind. Die stammen davon, dass er das andere Unfallopfer aus dem brennenden Wagen gezogen hat. Er steht noch unter Schock, daher werden wir ihn auf jeden Fall hierbehalten, um ihn zu beobachten.«

Baumann sah Olofsen nun direkt an. »Sagen Sie mal, Ihre Ermittlungen haben nicht zufällig etwas mit diesen Infektionsfällen in Cuxhaven zu tun?«

»Wie gesagt, um das herauszufinden, bin ich hier.« Olofsen zuckte mit den Schultern.

»Jetzt bitte ernsthaft!« Baumann sah ihn direkt an, aber das Lächeln war aus seinem Gesicht gewichen. »Wenn wir es auch in diesem Fall mit einer, wie die Zeitungen schreiben, unbekannten, aber potenziell sehr gefährlichen Infektionskrankheit zu tun haben, dann will ich das wissen. Jetzt. Der Mann müsste isoliert und das Personal geschützt werden. Wir werden nicht das gesamte Krankenhaus, Personal und Patienten, in Gefahr bringen, nur weil ein Polizist den Mund nicht aufmacht und sagt, was Sache ist. Sie können den Presseleuten erzählen, was Sie wollen. Mir nicht. Hier geht es um die Sicherheit der gesamten Einrichtung und aller Menschen, die sich darin befinden. Ich habe die Nachrichten gehört, und als Mediziner bin ich durchaus in der Lage, zwischen den Zeilen zu lesen.«

Er trommelte mit einem Kugelschreiber auf dem Schreibtisch. »Also?«

Olofsen musste sich eingestehen, dass er wohl doch keinen romantischen Deppen vor sich sitzen hatte. Nur einen, der sich hervorragend als romantischer Depp tarnen konnte. So einen hätte er gern in seinem Team gehabt, denn er würde bestimmt einen guten Ermittler abgeben. Und der Tee war auch gut. Vielleicht würde er durch ein bisschen Kluntje und Sahne noch besser werden.

»Also?«, fragte Baumann erneut. Er beugte sich vor und sah ihn scharf an.

Olofsen schaufelte mehrere große Kandisstücke in seine Teetasse und goss dann Sahne hinterher.

»Doc, hören Sie mir gut zu!«, setzte er an. »Ich kann Ihren Standpunkt nachvollziehen. Das Blöde ist, dass wir – die Polizei – hier ziemlich in der Klemme sitzen. Wir benötigen Informationen, ohne selbst Informationen preisgeben zu können oder zu dürfen.«

Baumann lächelte nur.

Olofsen fuhr fort. »Ja, dieser Unfall könnte in der Tat mit den Infektionsfällen in Cuxhaven zu tun haben. Aber die Hinweise sind unbestätigt. Deshalb muss ich mit dem Mann sprechen. Wenn der Unfall damit zusammenhängt, hat er einfach nur Pech gehabt und zum falschen Zeitpunkt das falsche Auto gerammt. Solange wir also nichts Genaues wissen, überlasse ich es Ihnen, ob Sie ihn isolieren wollen oder nicht.«

Baumann griff zum Telefon und sprach leise und schnell etwas hinein.

»Das habe ich soeben veranlasst. Und wir werden, solange dies möglich ist, den Ball flach halten, um keine Panik im Hause auszulösen. Aber ich muss selbstverständlich das Personal und die Geschäftsleitung informieren.«

Er trommelte wieder mit seinem Kugelschreiber auf den Schreibtisch. Olofsen bekam mehr und mehr den Eindruck, dass ihm das Gespräch völlig aus den Händen glitt. Der Arzt hatte die Führung übernommen.

»Reden Sie weiter«, forderte der Mediziner ihn auf. »Was wissen Sie wirklich über den Erreger?«

»Um ehrlich zu sein, noch gar nichts«, entgegnete Olofsen.

»Das ist entschieden zu wenig. Wie lange wollen Sie diesen Zustand noch aufrechterhalten?« Allmählich klang Baumann etwas oberlehrerhaft.

»Bis Ihre Kumpels in Hamburg mir mehr verraten«, fuhr Olofsen ihn an. Er wollte sich nicht länger von dem Weißkittel vorführen lassen. »Glauben Sie, dass ich es toll finde, auf einer Zeitbombe zu sitzen? Ich bin Polizist, kein Virologe. Daher bin ich auf euch Halbgötter in Weiß angewiesen. Ich muss, ob ich will oder nicht, so lange warten, bis die Wissenschaftler mir endlich sagen können, womit wir es zu tun haben. Ich muss wissen, wie dieser Erreger eingedämmt werden kann, wie gefährlich er ist. Ich brauche diese Informationen, weil sie mir vielleicht helfen werden, das Motiv hinter den Anschlägen zu entdecken. Es sind bereits fünf Menschen tot, und wir haben nicht die geringste Ahnung, was hier vor sich geht. – Also kann ich jetzt mit dem Kerl sprechen, oder muss ich Sie erst wegen Behinderung der Ermittlungen verhaften lassen?«

Olofsen war sauer.

Sein Handy, das Greiner ihm von der Inspektion mitgebracht hatte, machte sich bemerkbar. Missmutig griff Olofsen in seine Tasche und nahm das Gespräch an. Es war Greiner. Er war in Cuxhaven im Krankenhaus angekommen, hatte aber nur erfahren können, dass der Fahrer des Unfallwagens auf dem Weg ins Krankenhaus seinen schweren Verletzungen erlegen war. Greiner hatte die Leitung des Hauses über die Worte des Traktorfahrers informiert, und man wollte unverzüglich intern darüber beraten, ob und welche Maßnahmen zum Schutz des Personals und der Patienten eingeleitet werden sollten.

Aber, und das war das Hauptproblem, der Mann war tot. Von ihm würden sie nichts mehr erfahren. Nun war es umso wichtiger, dass Olofsen hier mit dem Traktorfahrer sprechen konnte. Er beendete das Gespräch und wandte sich dem Mediziner zu.

»Sechs Tote.«

»*Shit happens.*«

Olofsen fiel die Kinnlade herunter.

»Kommen Sie mit, ich bringe Sie zu dem Patienten.«

Olofsen und der Arzt standen auf einem typischen Krankenhausflur vor einer großen weißen Tür, die in eines der Zimmer führte. Der Arzt hielt Olofsen noch einen Moment zurück.

»Ich weiß, was Sie mir jetzt sagen wollen«, brummte Olofsen. »Braucht dringend Ruhe ... bla, bla, nicht aufregen, bla, bla, nur ganz kurz.«

»Besser hätte ich es auch nicht formulieren können. Allerdings wollte ich das nun gerade nicht sagen. Der Mann steht nur unter Schock. Er ist nicht lebensgefährlich geschwächt. Also holen wir uns die Antworten, die wir brauchen.«

Um den neu ausgerufenen Quarantänebedingungen halbwegs gerecht zu werden, zogen sich beide Einmal-Overalls, Latexhandschuhe und Mundschutz an, die der Mediziner mitgebracht hatte. Dann betraten sie den Raum. Ebenfalls ein typisches Krankenhauszimmer, hell, nur ein Bett, Fernseher oben in einer Ecke an die Wand montiert, ein oder zwei nette, aber nichtssagende Bilder an der Wand, das Fenster geschlossen, und ein leichter Duft nach Desinfektionsmittel schwebte in der Luft.

Der Mann auf dem Bett war käsebleich und wirkte abwesend. Seine Hände waren verbunden, aber ansonsten schien er äußerlich unverletzt.

Olofsen zog sich einen Stuhl an die Seite des Bettes und setzte sich.

»Moin, mein Name ist Olofsen. Ich bin Polizist und möchte gerne mit Ihnen über das sprechen, was heute Morgen passiert ist. Der Unfall, Sie können sich bestimmt erinnern.«

Der Mann drehte den Kopf, er sah Olofsen fragend an.

»Es ist sehr wichtig.«

Eine Träne lief aus dem linken Auge des Traktorfahrers.

»Ist er tot?«, wollte er wissen. »Ich wollte ihn doch aus dem

Wagen ziehen. Es fing schon an zu brennen. Der ist viel zu schnell gefahren, hat überhaupt nicht auf die Straße geschaut. Ich konnte nicht mehr anhalten. War aber auch egal. Der hat ja sowieso nicht aufgepasst. Arschloch.«

So schlimm schien der Schock doch nicht zu sein. Die Träne trocknete.

»Hat er etwas zu Ihnen gesagt, als Sie ihn aus dem Fahrzeug gezogen haben?«

»Erst nicht. Ich dachte schon, er wär tot.«

»Okay, erst nicht. Und dann?«, bohrte Olofsen weiter.

»Ja. Aber ich weiß nicht, was das sollte. Irgendwas darüber, dass wir alle sterben würden. Die Alte Liebe wäre erst der Anfang. Und dann hab ich was von Fläschchen im Bauch verstanden.«

Olofsen schwante Schlimmes.

»Plötzlich fing er an zu lachen wie ein Idiot. Als ich ihn rausziehen wollte, fummelte er mit irgendwas rum. Ich glaub, es war eine kaputte Plastikflasche. So eine große, wissen Sie, da passte bestimmt ein Liter hinein. Total bescheuert. Da sitzt der Typ in einem brennenden Wagen und sucht nach seinem Müll.«

Olofsens Alarmglocken schrillten. Dr. Baumanns wohl auch.

»Diese Plastikflasche könnte vielleicht wichtig sein. Konnten Sie irgendwelche Details erkennen? Die Spurensicherung wird natürlich nach Resten suchen, aber das kann dauern. Jede Information, die Sie jetzt für mich haben, ist hilfreich.«

Der Mann sah ihn verwirrt an. »Nein. Es hat gebrannt. Ich wollte den Kerl aus dem Wagen holen, nicht eine verfluchte Plastikflasche. Die war sowieso leer und kaputt. Wahrscheinlich ist sie zu einem Klumpen schwarzes Plastik geschmolzen.«

»Sicher?«

»Ja, verdammt noch mal.« Jetzt war der Schock anscheinend komplett verflogen. Der Mann richtete sich in seinem Bett auf und hob beide Hände. »Ich hab mir die Finger verbrannt, nicht die Augen. Die Flasche war kaputt und leer. Der Beifahrersitz war nass. Wenn der nächste Spinner unter meinen Schlepper rauscht, werde ich zuerst eine Liste vom Müll im Auto machen.«

Baumann lachte und schlug dem Mann leicht auf die Schulter. »Ist schon okay. Ich glaube, wir haben jetzt die Informationen, die wir brauchen.« Er machte Olofsen eine Geste, mit ihm zu kommen. Daraufhin verließen beide das Zimmer.

»Zufrieden?«, fragte Baumann.

»Jein. Ich habe meine Antworten, aber die gefallen mir nicht. Meine Hoffnung, dass die beiden Fälle nichts miteinander zu tun haben, hat sich gerade zerschlagen.«

»Was bedeutet dieses ›Flaschen im Bauch‹?«

Olofsen lief es kalt den Rücken herunter. Seine Gedanken rasten. »Fläschchen im Bauch« war ein klarer, aber nicht veröffentlichter Hinweis auf Wolfgang Meister. »Die Alte Liebe war nur der Anfang« spielte auf Meisters Arbeitskollegen Lars Aldrich an, der genau an jenem Ort und mit einem tödlichen Virus infiziert gefunden worden war. Wenn nun ein unbekannter Dritter in einem brennenden Auto zu beiden Todesfällen wichtige Details kannte, ankündigte, dass sie alle sterben würden, dann hörte sich das nicht nur nach einem Zusammenhang zwischen den beiden Fällen an, sondern auch nach einer Rolle jenes Unbekannten in der ganzen Geschichte. Und diese ominöse Flasche mit Viren? »Das bedeutet, dass es sehr ernst ist. Ein Detail, das bislang nicht in der Zeitung stand. Worum es genau geht, darf ich leider nicht sagen.«

Nach einem kurzen Dusch-Stopp in seiner Wohnung fuhr Olofsen gegen zwölf Uhr einigermaßen erfrischt und mit noch feuchten Haaren wieder ins Polizeirevier. Er bog in die Werner-Kammann-Straße ein und wäre vor Schreck fast in einen parkenden Wagen gekracht. Die ganze Straße war voll mit Übertragungswagen, Satellitenschüsseln und Kleinbussen. Er entdeckte die Logos aller großen deutschen Sender und dazu sogar noch ein Fahrzeug, an dem das Logo von CNN prangte. Unzählige Menschen wuselten über die Straße, bauten Kameras auf, verlegten Kabel oder sprachen bereits in ihre Mikrofone.

Olofsen gelang es, in die Friedrich-Carl-Straße abzubiegen und von dort auf den Hof des Polizeigebäudes zu fahren, bevor die Reportermeute ihn schließlich doch noch entdeckte. Mit Kameras und Mikrofonen bewaffnet kamen sie auf seinen Wagen zugerannt, um durch das sich bereits schließende Tor ihre Fragen abzufeuern. Aber Olofsen stieg aus dem Wagen aus, ignorierte das Gewitter aus Fragen und betrat durch den Hintereingang das Gebäude.

VIERZEHN

Im Gebäude herrschte Hektik. Auf einen derartigen Medien-
ansturm war man nicht vorbereitet. Der Haupteingang war
geschlossen, zwei Beamte waren zur Sicherheit dort postiert
worden. Außen, direkt vor den Türen, war bereits ein Wald
von Mikrofonen gewachsen, die nur darauf warteten, dass
endlich jemand hineinsprach. Drinnen standen die Telefone
nicht still. Die Pressesprecherin Frauke Nilsson gab ihr Bestes,
die Journalisten mit klugen, aber nichtssagenden Formulie-
rungen abzuwimmeln. Es war bereits angekündigt worden,
irgendwann heute noch eine Pressekonferenz zu veranstalten.
Wahrscheinlich jedenfalls.

Olofsen erreichte das Treppenhaus und lief in eines der
oberen Stockwerke, in dem die Besprechungsräume und Büros lagen. Je höher er kam, desto ruhiger wurde es. Auf dem
Flur traf er niemanden, aber die Bürotüren standen offen, und
er nahm eine angespannte Betriebsamkeit wahr wie ein Knis-
tern in der Luft.

Er betrat den Besprechungsraum und musste feststellen,
dass er nicht der Erste war. Frank Pall war bereits da. Er saß
mit zwei seiner Mitarbeiter in einer Ecke des Raumes und
brütete über Papieren. Er war blass und hatte tiefe Ringe unter
den Augen. Aller Wahrscheinlichkeit nach hatte er seit einer
Ewigkeit nicht mehr geschlafen. Wenn Pall wollte, konnte er
sich in eine Sache so fest verbeißen, dass er alles andere, einschließlich Essen und Schlafen, komplett ignorierte, bis sein
Problem gelöst war. Allerdings war der Nebeneffekt, dass er
in solchen Phasen absolut unausstehlich wurde.

Am Fenster sah Olofsen noch einen anderen Mann stehen,
den er nicht kannte. Groß gewachsen, kurze Haare. Die ver-
waschene, etwas schlabberige Jeans war wohl ursprünglich
mal schwarz gewesen, jetzt schien es wie ein undefiniertes
Grau. Darüber trug er ein Tweedjackett, dessen beste Tage

auch eher in Geschichtsbüchern zu finden waren. Der Mann spürte, dass er beobachtet wurde, und drehte sich um.

Typisches Akademiker-Outfit, dachte Olofsen. Das musste wohl der angekündigte Experte sein. Der Mann löste sich von der Fensterbank und kam auf ihn zu.

»Moin, moin«, begrüßte er Olofsen. »Mein Name ist van Roth. Ich wurde gebeten, Sie bei Ihrer Ermittlung mit den Infektionsfällen zu unterstützen.«

»Dann sind Sie also der Virologe«, stellte Olofsen fest. »Willkommen im Team.«

Bevor sie ihr Gespräch fortsetzen konnten, ergoss sich ein Schwall Personen in den Raum. Greiner war darunter, Nunk sowie zwei Männer in Anzügen, die Olofsen auch nicht kannte.

Nunk bedeutete ihm mit einem Nicken, die Besprechung zu beginnen. Olofsen räusperte sich. Das Signal wurde verstanden, und alle nahmen Platz.

Nach einer kurzen Begrüßungsfloskel begann Nunk: »Meine Herren, ehe wir uns mit den aktuellsten und hoffentlich verwertbaren Details befassen, möchte ich Ihnen noch die drei neusten Mitglieder der Mordkommission vorstellen. Zum einen handelt es sich um Herrn Professor Dr. Daniel van Roth, der uns als Virologe beratend zur Seite stehen wird.«

Dann deutete er auf die beiden anderen Männer im Anzug. »Außerdem die Herren Schleicher und Schüll vom LKA aus Hannover.«

Bei dem Wort LKA schoss Olofsens Kopf in die Höhe, die Mundwinkel dagegen in die Tiefe. Nunk hatte dies sofort bemerkt und fuhr fort: »Die Leitung der Ermittlung liegt nach wie vor uneingeschränkt bei Hauptkommissar Olofsen, die Kollegen vom LKA sind nur hier, um zu beobachten und zu beraten.«

Olofsen übernahm nun die Leitung der Besprechung. »Wir hatten ein sehr ereignisreiches Wochenende. Ich bitte darum, dass zunächst jede Abteilung berichtet, danach werden wir die nächsten Aktivitäten samt Zeitplan abstimmen.«

Allgemeines Nicken.

Als Erstes berichtete Olofsen über den Unfall vom Morgen und über die Vermutung, dass es sich bei dem Fahrer des Pkw um eine Person handelte, die auf irgendeine Weise in den Fall involviert war. Dummerweise war diese Person tot und konnte nicht mehr befragt werden, was die Sache angenehm vereinfacht hätte. Bei dem Toten waren keine Papiere gefunden worden, aber anhand des Fahrzeugs konnte er als Christoph Gell identifiziert werden. Kam aus Hamburg, Sohn reicher Eltern, und sollte eigentlich in der Hansestadt an der Uni in einer Vorlesung hocken und nicht bei Lüdingworth unter einen Traktor krachen. Hamburger Kollegen vernahmen zurzeit die Eltern.

Olofsen holte gerade Luft, um weiterzusprechen, als sich geräuschvoll die Tür öffnete und Walberg in den Raum gestolpert kam. Pall sah schon blass und übermüdet aus, aber verglichen mit dem Rechtsmediziner war er das blühende Leben. Walberg stolperte mehr, als dass er lief, und wahrscheinlich wäre er der Länge nach auf den Boden geschlagen, hätte er nicht eben noch eine Stuhllehne greifen können. Er setzte sich auf den ersten freien Platz und murmelte etwas wie: »Entschuldigung, bin spät dran.« Sein Platznachbar schlug ihm aufmunternd auf die Schulter.

Olofsen schaute ihn an.

»Freut mich, dass du dabei bist«, sagte er. »Bist du fit? Wann hast du das letzte Mal geschlafen?«

»Was weiß ich?«, kam die kraftlose Antwort von Walberg. »Muss wohl gewesen sein, als mein Assistent noch lebte.«

Olofsen entschied, es zunächst dabei bewenden zu lassen, und setzte seine Ausführungen fort. Er hatte in den Stunden zuvor eine erste Theorie entwickelt und wollte diese mit dem Team diskutieren.

»Möglicherweise kann man ein Virus auch in einem Laboreigenbau zu Hause vermehren. Ich persönlich wüsste zwar nicht, was ich dazu bräuchte und wo ich die Ausstattung herkriegen könnte, aber das muss nichts heißen. Irgendein abgelegener Bauernhof wäre da sicherlich denkbar.« Dann wandte er sich an Greiner. »Hast du etwas herausgefunden, ob es in der letzten Zeit zu Hofverkäufen gekommen ist, die in irgendeiner Weise auffällig waren?«

Bevor Greiner antworten konnte, meldete sich van Roth zu Wort. »Grundsätzlich wäre es denkbar, ein Virus in der heimischen Küche zu vermehren. Die Ausstattung, die man dazu braucht, ist gar nicht so schwer zu beschaffen. Aber bitte bedenken Sie, dass es sich hier wohl um ein hochinfektiöses und tödliches Virus handelt. Hier ist der Schutzaufwand wesentlich höher, denn auch wenn ich vorhabe, andere Menschen umzubringen, will ich ja nicht selbst schon vorher dabei sterben.«

»Guter Einwand«, bestätigte Olofsen und nickte Greiner zu.

»Ich habe mir bislang die Hofverkäufe ab 2012 im Raum Cuxhaven, Altenwalde, Altenbruch, Lüdingworth, Nordleda, Neuenkirchen, Wanna und Ihlienworth angeschaut. Die Region südlich von Cuxhaven bis Langen habe ich noch nicht überprüfen können. Eine Menge Höfe haben tatsächlich den Besitzer gewechselt, aber bei den Käufern war niemand Auffälliges dabei. Aber was bedeutet ›auffällig‹? Ich habe keine belastbaren Suchkriterien, aus denen ich ein Raster entwickeln könnte.«

Schleicher vom LKA mischte sich ein. »Wir können die Datensätze noch einmal im LKA überprüfen und auch an den Verfassungsschutz weiterreichen. Vielleicht geben deren Datenbanken mehr her.«

Olofsen nickte. »Einverstanden. Martin, such trotzdem weiter.«

»Noch ein Einwand«, meldete sich van Roth erneut. »Einen Hof braucht man dazu nicht zwangsläufig. Ein Keller oder eine große Wohnung würden durchaus genügend Platz für die notwendigen Gerätschaften bieten.«

Olofsen legte die Stirn in Falten. »Vielleicht haben Sie recht, und die Idee mit den Höfen ist eine Sackgasse. Wir bleiben im Moment trotzdem dran. Aber wir sollten unser Suchgebiet einengen. Christoph Gell war morgens früh im Raum Altenbruch und Lüdingworth unterwegs. Daher schlage ich vor, dass wir uns auf diesen Großraum konzentrieren. Und er schien nach Cuxhaven zu wollen. Wäre er aus Dorum oder Nordholz gekommen, hätte er mit Sicherheit eine andere Route genommen.«

Greiner nickte. »Okay, dann schaue ich mir die Verkäufe in dieser Region auch noch an und lasse das LKA die Daten mit deren Datenbanken abgleichen. Klingt nach einer höchst spannenden Beschäftigung.«

Die anderen im Raum lachten gequält.

Nunk räusperte sich. »Bei allem, was wir hier tun, bitte ich, daran zu denken, dass die Zeit drängt. Wir haben bereits mehr als ausreichend Opfer. Außerdem haben unsere Lokalpolitiker schon die übliche Platte aufgelegt: Schäden für die Wirtschaft, schlecht für den Tourismus, Arbeitsplätze und dieser ganze Unsinn. Angeblich sollen schon die ersten Gäste abreisen oder ihre Buchungen stornieren.«

Olofsen winkte ab. »Ja, ja, Hauptsache, die Touris kommen und bezahlen ihre Zimmer, und wenn sie dann sterben sollten, werden immerhin die Bestattungsunternehmen nicht pleitegehen.«

Dann hielt Nunk eine Zeitung hoch. Die Bild-Zeitung. »Dieser Beitrag hier ist auch nicht hilfreich«, grummelte er und zeigte mit dem Finger auf eine große Überschrift in den typischen fetten weißen Buchstaben auf schwarzem Grund: »›Killer-Virus wütet in Cuxhaven‹. Herzlichen Glückwunsch, nun wird es richtig rundgehen.«

»Gar nicht gut«, knurrte irgendjemand im Raum. »Diese Heinis verbreiten nur Panik. Das schadet uns mehr, als dass es hilft.«

»Also weiter«, kam es von hinten im Raum.

»Ich habe mich in den vergangenen sechsunddreißig Stunden sehr ausführlich mit den Flaschen beschäftigt, die wir in Wolfgang Meisters Körper gefunden haben.« Das war Walberg. Seine Stimme klang wesentlich lebendiger, als es seine übrige Erscheinung erwarten ließ. »Wir hatten bei der ersten Untersuchung nicht genau genug hingeschaut.« Walberg machte ein wichtiges Gesicht und ruderte theatralisch mit den Armen. Seinen Hang zur Dramatik hatte er noch nicht eingebüßt. Allerdings hatte Olofsen Sorge, er würde gleich vom Stuhl fallen.

»Und was habt ihr übersehen?«, bohrte er nach.

»Die Flaschen selbst.«

»Hä?«

»Die Flaschen eben. Beim letzten Mal wurde nur der gefriergetrocknete Inhalt zuerst in Flüssigkeit aufgelöst und untersucht. Darin haben wir dann die zwei verschiedenen Viren gefunden.«

»Lass dir nicht schon wieder jeden Wurm aus der Nase ziehen«, maulte Olofsen. »Uns läuft die Zeit davon.«

Walberg rümpfte die Nase, sprach aber weiter. »Das Material in diesen Flaschen wurde gefriergetrocknet und dann im Vakuum verschlossen. Das ist in der pharmazeutischen Industrie ein typisches Verfahren, um Arzneimittel, die in flüssiger Form nicht lange gelagert werden können, haltbarer zu machen.«

Olofsen stöhnte. »Kommt jetzt noch eine Vorlesung?«

»Halt den Mund und hör zu. Das ist wichtig«, ranzte Walberg. Er schien regelrecht aufzublühen und zu alter Form zurückzufinden. »Ich habe festgestellt, dass in den Flaschen, die wir aus Meisters Bauch geholt haben, kein Vakuum mehr vorhanden war.« Walberg strahlte, als wäre es seit zweitausend Jahren zum ersten Mal wieder gelungen, Wasser in Wein zu verwandeln.

»Was soll der Quatsch?«, rief jemand von irgendwo hinten.

»Nein, nein, nein. Das ist wichtig«, warf van Roth aufgeregt ein. »Es heißt, dass die Flaschen nach der Trocknung wieder geöffnet wurden.«

»Ganz genau.« Walberg freute sich offensichtlich, dass wenigstens einer verstanden hatte, worauf er hinauswollte. Sonst freute sich niemand so richtig.

»Wir haben uns noch einmal den Lyophilisationskuchen – sorry, aber so heißt das getrocknete Zeug nun mal – genau angeschaut, ohne ihn aufzulösen. Wenn beide Viren von vornherein in der Flasche gewesen wären, hätte es eine gleichmäßige Verteilung durch den gesamten Lyokuchen gegeben. Das war aber nicht der Fall. Das zweite Virus befindet sich nur oben auf dem Kuchen. Außerdem ist es auch nur ganz normal angetrocknet, nicht aber lyophilisiert worden.«

Jetzt fiel bei Olofsen langsam der Groschen. »Willst du damit sagen, dass diese Flaschen geöffnet wurden, damit man das zweite Virus hineintropfen konnte, und anschließend wurden sie ein zweites Mal verschlossen?«

»Genau.«

»Warum sagst du das nicht sofort, verdammt noch mal?«

»Weil, äh – ach, leck mich doch.«

»Später.« Olofsen hatte keinen Bedarf, sich jetzt auf Streitereien mit Walberg einzulassen.

»Warum sollte jemand so etwas tun?«, fragte Greiner.

»Das ist doch offensichtlich«, platzte Pall heraus. »Ein Ablenkungsmanöver. Nebelkerzen. Wir haben Meister und diese Flaschen zuerst gefunden. Danach hat Klaus die beiden Viren nachgewiesen, und wir sind wahrscheinlich wunschgemäß in die falsche Richtung galoppiert. Wir haben uns voll auf Theravactec eingeschossen und möglicherweise andere wichtige Aspekte aus dem Blick verloren und so den Tätern Zeit verschafft.«

»Wer auch immer das geplant hat, weiß sehr genau, was er tut«, stellte Olofsen ernüchtert fest. Er war an der Nase herumgeführt worden.

»Dann scheint Theravactec also eher in der Opfer- als in der Täterrolle zu sein«, resümierte Olofsen. »Auch das Verhör von Korz gestern Nacht deutet letztlich in diese Richtung.«

Er fasste für die Anwesenden kurz die Ergebnisse dieses Verhörs zusammen.

»Trotzdem bleiben einige Fragen offen. Wie kommt jemand

an das Material von Theravactec? Woher kommt das zweite Virus?«

»Meister und Aldrich haben beide bei Theravactec im Lager gearbeitet. Beide hatten also Zugriff auf das Material und könnten das gemacht haben«, sagte Greiner.

»Und Meister bringt sich dann selbst damit um?«, fragte nun Olofsen sarkastisch.

»Das wäre ziemlich blöd«, kommentierte Nunk. »Aber möglicherweise steckte er irgendwie mit drin. Vielleicht wusste er zu viel und wurde beseitigt.«

»Viel Spekulation, aber auch nicht völlig abwegig.« Olofsen begann nun laut zu denken. »Theravactec wäre natürlich der ideale Lieferant für alles Mögliche, das man in einem biologischen Labor braucht und an das man als normaler Mensch nicht herankommt, ohne Aufmerksamkeit zu erregen. Wenn man jemanden in seiner Organisation hat, der dort im Lager arbeitet, wäre das sicherlich sehr hilfreich.«

Pall stieg in das Brainstorming ein. »Das hieße dann aber auch, dass wir es mit einer komplexen Organisation zu tun haben, einem organisierten Terrornetzwerk. Keine verpfuschten Rohrbomben und Koranverse, sondern richtig schmutziger Bioterror.«

»In Cuxhaven?«

»Warum nicht? Keiner erwartet das hier. Die Dorfpolizei lasst sich prima verarschen. Schließlich sind wir ja auf das Ablenkungsmanöver hereingefallen und haben kostbare Zeit verplempert. Denkt nur mal an diese Islamistentypen, die sich damals im Sauerland verkrochen haben, um ihre Bomben zu basteln.«

»Und ein Virus, an der richtigen Stelle freigesetzt, verbreitet sich schnell«, warf van Roth ein. »Eine Kettenreaktion. Wir erleben es gerade: erst Lars Aldrich auf der Alten Liebe, dann der Pathologieassistent, anschließend die Familie aus Oldenburg. Wer weiß, wer sonst bereits infiziert ist.«

Olofsen wurde bleich. »Hier in Cuxhaven laufen scharenweise Touristen aus ganz Deutschland herum«, sagte er. »Die

Bahnhöfe von Bremen und Hamburg sind kaum weiter als eineinhalb Stunden entfernt. Nicht zu vergessen die beiden Flughäfen. Auf diese Weise ließe sich eine Infektion von der Kleinstadt an der Nordseeküste binnen vierundzwanzig Stunden über die ganze Welt verbreiten. Mein Gott!«

»Dann könnte es also sein, dass Gell auf dem Weg zum Metronom war, als er unter den Traktor krachte«, sagte jemand.

»Das wäre möglich.« Greiner überschlug die Uhrzeit des Unfalls. »Zeitlich würde es passen. Und der Zug wäre dann randvoll mit Schülern und Berufspendlern nach Stade und Hamburg gewesen.«

»Aber wozu das alles?«, warf Pall ein. »Terroristen haben immer irgendeinen durchgeknallten Grund, die Welt in Brand zu stecken. Die dekadente westliche Welt, die falsche Religion, was weiß ich. Und im Regelfall brüsten sie sich mit ihren Anschlägen. Aber hier? Nichts. Kein Wort. Und überhaupt, will hier irgendein hergelaufener Spinner die ganze Welt ausrotten?«

»Es findet sich doch für jede noch so dämliche Idee ein Fanatiker, der darauf abfährt«, stellte Olofsen trocken fest.

Ihn beschlich das Gefühl, dass er jetzt aufpassen musste, dass die Diskussion nicht in den Bereich der wildesten Spekulationen abdriftete. Brainstorming war gut, durfte aber nicht aus dem Ruder laufen. Plötzlich summte sein Handy. Er zog es aus seiner Tasche und ging auf den Flur. Es war ein Anruf vom Bernhard-Nocht-Institut, der Direktor persönlich.

Das Gespräch dauerte nur wenige Minuten, Olofsen sprach kaum, hörte nur konzentriert zu und machte sich Notizen. Er stellte einige kurze Fragen und schrieb sich die Antworten auf. Nachdem das Telefonat beendet war, stand er noch eine Weile bewegungslos auf dem Flur und versuchte, zumindest den Teil der Ausführungen des Hamburger Wissenschaftlers, den er verstanden hatte, zu verarbeiten. Vieles war Fachchinesisch gewesen. Aber er hatte eines realisiert: Das Problem war viel größer, als er befürchtet hatte. Er machte ein paar Schritte auf eines der Fenster zu und blickte nach draußen. Er hatte den

Eindruck, dass die Journalistenmeute noch größer geworden war.

Er kehrte in den Besprechungsraum zurück. Drinnen wurde noch immer aufgeregt diskutiert, wahrscheinlich waren noch weitere Varianten zu Täter, Motiv und Absichten dazugekommen. Olofsen klatschte in die Hände wie ein Lehrer vor seiner Klasse, um die ungeteilte Aufmerksamkeit der Anwesenden zu bekommen.

»Das BNI hat das Virus identifizieren können«, sagte er.

In einem schlechten Film hätte man jetzt einen Trommelwirbel eingespielt. Im Besprechungszimmer hingegen blieb es totenstill.

Olofsen kramte nach seinem Zettel. »Mir sagt das zwar nicht viel, aber es soll ein Arenavirus sein.«

»Das ist doch Unfug«, blaffte Walberg sofort. »Arenaviren infizieren kleine Nager in Brasilien. Aber die bringen doch keine Menschen auf diese Art und Weise um. Haben die in Hamburg den Verstand verloren?«

Unruhe machte sich breit.

Walberg setzte nach: »Das ist ja fast wie damals mit SARS. Da war es auch heute dieses Virus und morgen jenes. Die sollen ihren Job vernünftig machen.«

Olofsen war etwas verunsichert. Er konnte sich noch dunkel an die Diskussionen vor einigen Jahren um das SARS-Virus erinnern. Man hatte damals Fehler bei der Klassifizierung gemacht. Die verantwortlichen Wissenschaftler waren schwer in die Kritik geraten. Er sah van Roth hilfesuchend an.

»Es wird schon stimmen, die Leute vom BNI sind keine Idioten«, sagte dieser ruhig.

»Unsinn, ich habe die Leichen gesehen. Das passt doch überhaupt nicht zusammen. Die Blutungen. Nein.« Walberg tobte regelrecht.

»Doch.« Van Roth ließ sich nicht aus der Ruhe bringen. »Bei den Arenaviren gibt es zwei Gruppen. Die eine kommt in Südamerika vor, die andere in Afrika. Zu denen gehört das Lassavirus. Davon haben Sie doch bestimmt schon gehört?«

Die kleine Spitze inklusive Ironie war kaum zu überhören.

»Vor gar nicht so langer Zeit«, fuhr van Roth fort, »ist im südlichen Afrika ein weiteres hämorrhagisches Arenavirus isoliert worden – das Lujo-Virus. Sein Name setzt sich aus den Anfangsbuchstaben der beiden Städte Lusaka und Johannesburg zusammen, denn dort wurde es charakterisiert. Aber die Sache ist nicht bei uns in den Medien gelandet – wer interessiert sich schon dafür, was irgendwo in Afrika passiert, wenn es nicht mindestens Ebola oder islamischer Terror ist? Nur in den virologischen Fachzeitschriften hat es Artikel dazu gegeben. Der Erreger wurde zweifelsfrei als Arenavirus identifiziert.«

»Lujo«, warf Olofsen ein. »Genau so soll das Ding laut BNI heißen!«

»Das habe ich ja noch nie gehört.« Walberg war noch nicht überzeugt.

»Dann lass dir von unserem Experten hier«, Olofsen deutete mit einem Nicken auf van Roth, »die Artikel geben und hör jetzt einfach zu.«

Walberg bekam einen roten Kopf, sagte aber nichts.

Van Roth fuhr fort: »Biologisch zählt das Lujo-Virus zur Gruppe der Arenaviren und hat das typische segmentierte RNA-Genom. Was den Verlauf der Infektion angeht, so ist es durchaus vergleichbar mit Lassa, Hanta oder sogar Ebola. Ich selbst habe vor einigen Jahren im Auftrag der CDC Lujo-Proben gesammelt. In einem Jagdcamp im südlichen Afrika war eine Infektion ausgebrochen. Alle kamen um.«

In der folgenden Viertelstunde erklärte der Virologe den anwesenden Polizisten die Biologie des Lujo-Virus. Er war ein guter Lehrer und in der Lage, mit einfachen Worten sehr komplizierte wissenschaftliche Sachverhalte zu erläutern. Denn für ihn war es wichtig, dass die ermittelnden Beamten mit ausreichend Hintergrundwissen versorgt waren, auch wenn sie dies für ihre praktische Arbeit nicht direkt verwenden konnten. Sie sollten wissen, was auf sie zukam.

»Wie tödlich ist das Virus denn nun eigentlich?«, wollte Greiner wissen.

»In der Fachliteratur sind bislang nur eine Handvoll Infektionsfälle beschrieben«, antwortete van Roth. »Das scheint auf den ersten Blick nicht viel zu sein. Der Großteil dieser Fälle ist aber tödlich verlaufen. Die Mortalitätsrate liegt bei ungefähr achtzig Prozent – das ist verdammt viel.«

Walberg stellte die nächste Frage. »Der eine Mensch, der überlebt hat. Wurde er behandelt, oder hatte er einfach nur Glück?«

»Das ist in der Tat die zentrale Frage.«

»Wie das?«

»Das ist nicht eindeutig zu sagen«, beschied ihm van Roth. »Der Fall null, also der Start der Infektionskette, hat sich irgendwo im afrikanischen Urwald ereignet. Wir wissen nicht genau, wo. Er konnte sich in ein kleines Dorf schleppen. Der Medizinmann zelebrierte die dort üblichen Rituale. Aber er hatte keine Ahnung, womit er es zu tun hatte.«

»Das Gefühl kenne ich«, kam es aus dem Raum. Vereinzeltes Lachen.

»Als es dem Patienten immer schlechter ging, erbat er dann doch schulmedizinische Hilfe aus Südafrika«, setzte van Roth seinen Bericht fort. »Die sind dort richtig gut. Die Ausbildung der Mediziner ist hervorragend, und die Behandlungsmöglichkeiten sind erstklassig. Fall null wurde also mit dem Helikopter nach Johannesburg gebracht, dort starb er kurz nach der Einlieferung. Das Gute war, man hatte sofort festgestellt, dass es sich um eine Infektionserkrankung handeln musste, allerdings hatte man die Gefährlichkeit unterschätzt.«

Van Roth hatte nach wie vor die volle Aufmerksamkeit.

»Das Schlechte war, dass sich drei weitere Menschen infiziert hatten. Ein Besatzungsmitglied des Hubschraubers und zwei Leute aus dem Pflegepersonal des Krankenhauses – die Fälle eins, zwei und drei. Alle drei hatten in unmittelbarer Nähe zum Fall null gearbeitet und sich direkt bei diesem infiziert. Bei demjenigen, der überlebt hat, war dies anders. Fall Nummer vier war ein Familienangehöriger von Fall Nummer drei, einer Krankenschwester.«

»Also keine Ansteckung mehr am Ausgangspatienten, sondern die Infektion erfolgte, nachdem das Virus bereits eine Passage durch einen menschlichen Körper durchlaufen hatte«, sagte Walberg.

»Richtig.«

»Und was genau heißt das?«, fragte Olofsen. »Bitte in einfachen Worten.«

»Ein Virus infiziert einen Organismus. Genauer gesagt Zellen im menschlichen Körper. Dort entstehen Tausende von Nachkommenviren, die ihrerseits freigesetzt werden. Wenn diese Viren nun nicht nur weitere Zellen des Organismus, in dem sie sowieso gerade sind, infizieren, sondern auch in einen anderen Organismus gelangen und diesen infizieren, spricht man von einer Passage.«

»Im Verlaufe solcher Passagen kann sich ein Virus verändern«, bekam van Roth nun weitere Unterstützung von Walberg, der sich beruhigt hatte und vermutlich seine Scharte von kurz zuvor auswetzen wollte.

»Ganz genau. Aber diese Veränderung kann in zwei Richtungen laufen. Auf der einen Seite kann die Aggressivität des Virus abgeschwächt werden. Vereinfacht gesagt, kann es sein, dass das Virus mit der neuen Umgebung nicht klarkommt, das Immunsystem ihm zu schaffen macht und die Nachkommenviren schwächer und weniger gefährlich sind. Aber es kann auch umgekehrt verlaufen. Das Virus passt sich der neuen Situation an, die Vermehrung klappt besser, die Nachkommenviren werden noch gefährlicher.«

»Klingt nicht gut.«

»Nein, gar nicht gut. Bei unserem Fall vier in Südafrika könnte es sein, dass das Virus schwächer geworden ist und er daher überlebt hat.«

»Was heißt ›könnte‹?«, hakte Olofsen nach.

»Der Mann wurde gleichzeitig mit allen antiviralen Mitteln vollgepumpt, die man finden konnte. Die Mediziner wussten, dass es sich um ein Virus handelte, aber nicht, mit welchem genau sie es zu tun hatten. Sie gingen einfach auf Nummer sicher und gaben ihm alles, was sie hatten. Er hat überlebt.«

Olofsen kratzte sich am Kinn. »Er hat also überlebt. Dummerweise weiß man nur nicht, warum. Richtig?« Er sah den Virologen an.

»Richtig«, antwortete dieser. »Es ist nicht klar, ob das Virus schwächer wurde oder ob die Behandlung angeschlagen hat. Oder beides.«

»Was heißt das nun für uns?«, fragte Greiner und brachte so alle in die Cuxhavener Realität zurück.

»Ich kenne noch nicht alle Details. Kann jemand bitte die Infektionsreihenfolge für mich zusammenfassen?«, bat van Roth.

Olofsen ging zur Wand mit der großen weißen Tafel und griff sich einige der dicken Stifte. Dann begann er, ein Fließdiagramm zu erstellen.

Aldrich war der Fall null. Scheller und der achtjährige Junge von der Alten Liebe hatten sich direkt an ihm infiziert. Die Fälle zwei und drei. Ob sich die Mutter des Jungen, Fall Nummer vier, direkt an Aldrich oder über ihren Sohn mit dem Virus infiziert hatte, war nicht zweifelsfrei zu sagen. Es wurde allerdings vermutet, dass auch sie direkt von Aldrich angesteckt worden war, da sie laut Zeugenberichten Aldrich angefasst hatte, als sie ihren Sohn von ihm wegziehen wollte. Der Vater, Fall fünf, der momentan in Hamburg in der Klinik um sein Leben kämpfte, hatte sich über seinen Sohn oder seine Frau das Virus zugezogen, da er nicht auf der Alten Liebe gewesen war.

Die beiden übrigen erkrankten Mitglieder aus Walbergs Team hatten sich ebenfalls über direkten Kontakt mit Aldrich infiziert. Sie hatten bislang überlebt, aber ihr Zustand war kritisch. Auch dies hatte Olofsen in dem Telefonat mit dem Hamburger Seuchenforscher in Erfahrung bringen können. Alle anderen Personen unter Quarantäne hatten sich das Virus dann erst nach einer Passage zugezogen. Sie lebten alle noch.

Olofsen blickte auf sein Tafelbild. Viele Namen und noch mehr verschiedenfarbige Pfeile, die in diverse Richtungen zeigten.

»Sind wir jetzt schlauer?«, fragte er mehr sich selbst als den Rest des Teams.

»Ja«, sagte van Roth. »Fast alle, die sich direkt an diesem Aldrich infiziert hatten, sind tot. Bitter, aber wahr. Alle, die sich über einen Zwischenwirt infiziert haben, leben noch. Ich gehe davon aus, dass die nächsten zwei Tage entscheidend sein werden. In dieser Zeit werden wir erkennen, ob das Virus abgeschwächt wurde oder ob diese Menschen nur deswegen noch leben, weil sie sich zeitlich versetzt infiziert haben.«

»Sind alle Virologen so zynisch?«, wollte Walberg aufgebracht wissen. »Zwei meiner Mitarbeiter kämpfen um ihr Leben. Und ich möchte sie lieber als Opfer betrachtet wissen, nicht als Versuchskaninchen.«

Van Roth sah ihn streng an.

»Ich gebe Ihnen grundsätzlich recht. Aber Emotionen helfen uns nicht weiter. Nur Fakten. Und als solche muss ich momentan Ihre Mitarbeiter bewerten.«

Walberg sagte nichts mehr.

Olofsens Handy meldete sich ein weiteres Mal. Es passte ihm gar nicht, aber wahrscheinlich war es wichtig.

Er ging abermals auf den Flur und nahm das Gespräch an. Es war noch einmal das BNI. Olofsen erfuhr, dass nun auch die beiden anderen Mitarbeiter aus Walbergs Gruppe die Infektion nicht überlebt hatten. Beide waren vor einer Viertelstunde nahezu zeitgleich gestorben. Alle anderen Patienten lebten noch, dem Vater des Jungen ging es anscheinend sogar ein wenig besser.

Van Roths Theorie schien aufzugehen.

Er ging zurück in den Besprechungsraum und teilte seinen Kollegen mit, was er soeben erfahren hatte. Zuerst hatte er den Eindruck, dass Walberg es gefasst aufnahm, doch dann fuhr er plötzlich hoch, schrie wie am Spieß, griff den Stuhl, auf dem er Sekunden vorher noch gesessen hatte, und schleuderte ihn gegen die Wand. Alle anderen sprangen panisch auf und versuchten zuerst dem Stuhl und dann dem ausrastenden Walberg zu entkommen. Die beiden LKA-Beamten stürzten sich auf ihn. Sie hatten große Mühe, den wild um sich schlagenden Rechtsmediziner zu Boden zu ringen. Walberg schien völlig von Sinnen zu sein. Seine Augen drehten sich nach hinten, sodass fast nur noch das Weiße der Augäpfel zu sehen war, Speichel lief ihm aus dem Mund, er röchelte wie ein sterbendes Tier. Dann sackte er in sich zusammen und bewegte sich nicht mehr.

»Wir brauchen hier sofort einen Notarzt«, schrie Schleicher.

Der Rettungswagen mit dem Notarzt hatte einige Mühe, sich durch das Gewühl der Reporter vor der Polizeidienststelle zu kämpfen. Selbst das Tor an der Rückseite war nun vollständig belagert. Als sie endlich da waren, hatte Walberg sich bereits einigermaßen beruhigt. Trotzdem entschied der Notarzt, dass er unter Schock stehe und er ihn mitnehmen müsse. Sie legten Walberg auf die mitgebrachte Bahre und transportierten ihn ab. Ein Festessen für die Journalisten draußen, dachte Olofsen schockiert.

Nachdem Walberg weg war, kamen die Anwesenden wieder etwas zu Atem. Auch wenn sie alle bereits seit vielen Jahren Polizisten waren und viel Elend und Gewalt zu Gesicht bekommen hatten, war es eine völlig andere Situation, wenn Kollegen betroffen waren, die man gut kannte, mit denen man zusammengearbeitet oder eine Grillparty veranstaltet hatte. Ihnen wurde schlagartig bewusst, wie zerbrechlich vermeintlich stahlharte Ermittler letztendlich doch waren.

Walberg hatte seine Macken, und es war nicht immer ein Spaß, mit ihm zu arbeiten, aber er wurde respektiert und seine Fachkompetenz hoch geschätzt. Für Walberg selbst war sein Team so etwas wie eine Ersatzfamilie, viel mehr als nur Mitarbeiter und Kollegen. Und drei von ihnen waren nun tot. Sinnlos und völlig unvorbereitet war ihr Leben beendet worden. Ein Grund, ein Motiv dafür lag noch immer in tiefster Dunkelheit.

Olofsen musste sich zusammenreißen. Auch wenn ihn dieser Zwischenfall mehr mitgenommen hatte, als er zu zeigen bereit war, musste er weitermachen. Jetzt erst recht. Aber mit klarem Kopf, und das galt für alle.

Er ließ seine Leute wissen, dass jetzt Pause war. In einer halben Stunde würde es weitergehen. »Aber öffnet lieber das Fenster, statt draußen frische Luft zu suchen. Da findet ihr nur die gierige Medienmeute.«

∗∗∗

Cornelia knallte den Hörer auf die Gabel. Sie war wütend. Auf den Typen am anderen Ende der Leitung, auf ihre Assistentin, auf Gott und die Welt – und am meisten auf sich selbst. Im Moment war sie mit ihrer Arbeit nicht glücklich, zu viel ging schief. Außerdem machte sie sich über viele – vielleicht zu viele – Dinge bei Theravactec Gedanken.

Da waren dieses unerklärliche, fast schon lächerliche Verhalten der Geschäftsführung und natürlich die beiden Todesfälle, durch die die Stimmung in der Firma nach unten gezogen wurde. Es schien außerhalb jedes Verständnisuniversums, warum die beiden Kollegen, für manche sogar gute Freunde, einen so fürchterlichen Tod hatten erleiden müssen. Dann waren da noch ihre Experimente. Gerade heute Morgen hatte sie festgestellt, dass der Inkubator ausgefallen und ihre gesamten Zellkulturen abgestorben waren. Irgendjemand aus ihrem Team hatte den Wartungstermin verschleppt, und nun war das Gerät kaputt. Idioten. Jetzt musste sie erst auf die Reparatur warten und konnte dann wieder von vorne anfangen.

Und dann auch noch das ganze Hickhack um diese Lieferung, die sie doch gar nicht bestellt hatte. Wenn das Management davon Wind bekam, konnte sie mit einer großen Portion Ärger rechnen. Diese Erkenntnis führte nicht zur Verbesserung ihrer Laune.

Es klopfte an der Tür. Eigentlich wollte Cornelia niemanden sehen. Bevor sie auch nur irgendwie reagieren konnte, öffnete sich die Tür, und ihre Assistentin betrat das Büro.

»Ich habe etwas gefunden. Das solltest du dir dringend ansehen.«

Nein, bitte nicht noch ein neues Problem, war der erste Gedanke, der Cornelia durch den Kopf schoss. Resigniert sackte sie in ihrem Stuhl noch ein bisschen mehr in sich zusammen.

»Erzähl.«

»Die Sache mit dieser obskuren Materialrücksendung geht mir nicht aus dem Kopf«, begann sie.

Cornelia seufzte.

»Du hast mir gesagt, du hättest nichts von dieser Bestellung gewusst. Also bin ich ins Lager gegangen – da ist ja im Moment sowieso niemand – und habe mir die Auftragsordner angesehen. Irgendeiner muss das Zeug ja bestellt haben.«

»Das hatten wir doch schon«, warf Cornelia ein. »Ich hatte angerufen. Die wussten doch auch von nichts.«

»Richtig. Du hattest mit irgendeinem Aushilfsheini gesprochen, den die Geschäftsleitung ruckzuck aus dem Hut gezaubert hat. Die haben keine Ahnung.«

»Und?«, fragte Cornelia gelangweilt.

»Na ja, unter Ordnung stelle ich mir zwar etwas anderes vor, aber letztlich bin ich fündig geworden. Es gibt diese Bestellung tatsächlich.«

»Nein.«

»Doch.«

»Scheiße.«

»Ziemlich.«

»Erzähl weiter.«

Die Assistentin holte sich einen Stuhl an Cornelias Schreibtisch und setzte sich. Sie zog einen zerknitterten Zettel aus der Tasche. Cornelia erkannte ihn sofort. Ein Bestellformular von Theravactec.

»Gefunden habe ich den nicht in der normalen Ablage für offene Bestellungen, sondern in einer Mappe mit allen möglichen anderen Papieren. Ich weiß auch nicht, warum ich da reingeschaut habe.«

Cornelia griff nach dem Papier und strich es mit der Hand glatt. Sie starrte darauf, als würde sich zwischen den Buchstaben alles Übel der Welt materialisieren. Sie begann zu lesen. Verdammt, es stimmte. Hier war genau das Material aufgelistet, das sie vor Kurzem zornig retourniert hatte. Wie konnte das sein? Die Unterschrift zog ihr Interesse an. Ein unleserliches Gekrakel. Aber wenn sie ganz genau hinsah und noch eine Prise Phantasie hinzufügte, konnte es auch Bacher oder Bucher heißen.

Zumindest hatte sich nun ein Punkt geklärt: Die Bestellung gab es. Cornelia stand auf das Detektivische in ihr, eine Eigenschaft, über die jeder gute Wissenschaftler verfügte, regte sich. Sie musste der Sache nachgehen.

Sie beschloss, sich in der Mittagspause selbst noch einmal in den verlassenen Büros von Logistik und Einkauf umzusehen und einen ausführlichen Blick in die Bestellungen der letzten Monate zu werfen.

Sie erreichte den Lagerbereich. Mit ihrer Magnetkarte konnte sie die Tür öffnen und trat ein. Vor ihr lag ein heller Raum, ausgestattet mit zwei Schreibtischen und einigen Aktenschränken. Es waren die Arbeitsplätze von Aldrich und Meister gewesen. Auf der anderen Seite des Raumes gab es eine weitere große Stahltür. Sie führte ins eigentliche Warenlager, war aber verschlossen, und Cornelia konnte diese Tür mit ihrer Karte nicht öffnen. Sie setzte sich an einen der beiden Schreibtische und startete den Computer. Schon zeigte sich die erste Hürde: das Passwort. Sie wollte sich hier auf keinen Fall mit ihrem eigenen Passwort im Netzwerk anmelden. Verärgert starrte sie auf den Bildschirm, der sich aber nicht durch ihren Blick einschüchtern ließ und unerbittlich das Passwort verlangte.

Na gut, dann eben nicht der Computer. Sie zog die erste Schublade des Schreibtisches auf – und musste laut auflachen. Zuoberst lag ein Zettel, auf dem in großen Buchstaben Username und Passwort notiert waren, wahrscheinlich von den Hilfskräften, die in den letzten Tagen versucht hatten, die Logistik aufrechtzuerhalten. Cornelia bedankte sich im Stillen für diese Blödheit.

Mit sicheren Fingern tippte sie die Angaben in die noch immer wartende Eingabemaske und drückte erwartungsvoll die Enter-Taste. Fast befürchtete sie, dass nichts geschehen würde, aber die Zugangsdaten waren gültig. Die Bedienoberfläche der Lagerverwaltung war klar strukturiert, weshalb Cornelia sich schnell durch die Menüs arbeitete. Sie öffnete die Bestellungen, und nun stand die mühsamste Aufgabe bevor: Sie musste sich durch all die Dokumente klicken, um etwas zu finden, ohne so recht zu wissen, wonach sie konkret suchte. Die Wahrscheinlichkeit, die berühmte Stecknadel zu finden, hängt zuallererst von der Größe des Heuhaufens ab, dachte sie und öffnete den Archivordner des letzten Monats. Bereits nach wenigen Minuten meinte sie auf eine erste Ungereimtheit gestoßen zu sein. Die betraf die Bestellung des Zellkulturmediums, die sie im vergangenen Monat veranlasst hatte. Der Auftrag stammte eindeutig aus ihrer Abteilung. Aber sie war sicher, nicht dreißig Liter DMEM angefordert zu haben, sondern nur zehn. Sie griff zum Telefon und wählte die Nummer ihrer Assistentin. Sie bat sie darum, sofort in den Abteilungsunterlagen zu prüfen, wie viel Medium damals wirklich angefordert worden war, und sie dann umgehend zurückzurufen.

Nach wenigen Minuten summte das Telefon.

»Und?«

»Zehn Liter DMEM, zehn Liter PBS, vier Liter Serum«, kam die Antwort. Cornelia machte sich hastig Notizen.

»Wozu brauchst du die Infos?«

»Später«, antwortete sie ausweichend und legte auf.

Also hatte sie sich mit der Menge des Mediums nicht geirrt. Sie blickte auf den Bildschirm, und im nächsten Moment fiel ihr vor Überraschung die Kinnlade herunter. Alles war anders: Aufgelistet waren nicht zehn, sondern dreißig Liter DMEM, statt zehn Litern PBS dreißig Liter und nicht vier Liter Serum, sondern zehn. Das durfte doch nicht wahr sein.

Erneut griff sie zum Hörer. Sofort nach dem ersten Klingeln hatte sie ihre Assistentin wieder in der Leitung.

»Noch mal die gleiche Bestellung. Wie viel von was haben wir erhalten?«, fragte sie.

Sie hörte Papier rascheln.

»Exakt das, was wir auch bestellt hatten. Was soll das? Machen wir jetzt Beschäftigungstherapie?«

»Nein. Ganz und gar nicht. Ich erklär's dir später.«

Ende des Gesprächs.

Cornelia verstand zwar nicht, was hier vorging, bezweifelte jedoch nicht, auf etwas Wichtiges gestoßen zu sein. Sie stieß sich vom Schreibtisch ab und rollte mit ihrem Stuhl bis fast in die Mitte des Raums. Sie nahm erneut Schwung und drehte sich zweimal um die eigene Achse. Nichts. Kein Blitz der Erkenntnis traf sie. Sie bugsierte sich mitsamt Stuhl zum Schreibtisch zurück und ließ sich das Dokument ausdrucken. Dann sah sie, dass der Lieferschein als Scan angefügt war. Sie druckte auch diesen aus. Und staunte. Hier waren es dann wieder zehn Liter Medium, zehn Liter PBS und vier Liter Serum. Was denn jetzt?

Sie beschloss, den Hersteller anzurufen. Nachdem sich die immer freundliche Stimme des technischen Service gemeldet hatte, stammelte Cornelia eine verdrehte Geschichte von verlorenen Rechnungen und unklaren Bestellungen. Die nette Stimme veränderte ihre Tonlage ein wenig, so als wollte sie einer verwirrten Oma den Weg zu ihrer eigenen Küche erklären, und versprach, ihr die Unterlagen umgehend zu faxen.

Nur einige Minuten später erwachte das Faxgerät auf dem Nachbarschreibtisch zum Leben, und das Display kündigte den Empfang von vier Seiten an. Das Gerät begann zu rattern und spuckte die Seiten aus. Eine Kopie der Bestellung, eine Kopie des Lieferscheins und dann zwei Rechnungen. Moment. Wieso zwei Rechnungen? Cornelia griff nach den Seiten und ging sie nacheinander durch.

Bestellung: dreißig Liter, dreißig Liter, zehn Liter. Aha. Lieferung: dreißig Liter, dreißig Liter, zehn Liter. Hm. Rechnung eins: zehn Liter, zehn Liter, vier Liter.

Fragezeichen!

Rechnung zwei: zwanzig Liter, zwanzig Liter, sechs Liter.

Ganz viele Fragezeichen.

Cornelia begann an ihrem Verstand zu zweifeln. Sie fühlte sich völlig verwirrt. Also rief sie erneut den Hersteller an, um sich von der gleichen netten Stimme erklären zu lassen, dass man auf Wunsch von Theravactec die Rechnung geteilt hatte, da dies angeblich für die firmeninterne Buchung auf verschiedene Projektkostenstellen einfacher sei. Dies könne sie sich zwar nicht ernsthaft vorstellen, so die Stimme, aber Kundenwünsche würde man erfüllen, auch wenn sie bescheuert seien. Das sagte sie zwar nicht so direkt, aber die Botschaft kam trotzdem an.

Cornelia stutzte. Es gab keine zwei verschiedenen Kostenstellen für Zellkulturprojekte, sondern nur ein Projekt, ergo auch nur eine Kostenstelle. Ihre.

Eigentlich war die Mittagspause um, aber sie dachte nicht daran, in ihr Büro zurückzukehren. Schließlich arbeitete sie hier im Interesse der Firma. Also suchte sie weiter. Und sie fand noch mehr.

Nach nur einer halben Stunde hatte sie vier weitere Vorgänge der gleichen Art gefunden. Es waren zwar andere Firmen, bei denen bestellt worden war, aber immer war es die gleiche Art und Weise. Die Mengen der internen Anforderung waren deutlich erhöht und sowohl die Lieferscheine als auch die Rechnungen später irgendwie wieder angepasst worden. Und immer handelte es sich dabei um Material für die Zellkultur. Mal waren es Zusätze für das Medium, mal sterile Pipetten oder Kulturgefäße.

Alle Bestellungen zeichneten sich durch diese äußerst unleserliche Unterschrift aus, die mit etwas Phantasie ihre eigene hätte sein können – und das machte sie zornig. Außerdem hatte sie bei zweien der betroffenen Firmen nachgefragt und die gleiche Auskunft erhalten, wonach die Rechnungen auf

Wunsch geteilt worden seien. Eine Rechnung lief immer über die tatsächlich angeforderte Menge, die andere über die zusätzliche Menge. Sie druckte sich alle diese Vorgänge aus.

Cornelia vermutete, dass sie noch weitere Fälle finden würde, wenn sie nur lange genug suchte. Aber sie hatte genug erfahren. Da sie nicht ihren eigenen Hintern in Gefahr bringen wollte, entschloss sie sich, direkt die Geschäftsleitung über ihre Funde zu informieren.

Sie hatte das Büro des Geschäftsführers fast erreicht, als sich die Tür öffnete und Dr. Korz mit grimmigem Blick auf den Flur trat. Hinter ihm erschien ein weiterer Mann, den sie nicht kannte. Auch seine Mimik repräsentierte nicht das Glück dieser Erde.

Mist, dachte Cornelia. Einen schlecht gelaunten Geschäftsführer konnte sie gerade nicht gebrauchen.

»Hallo, Herr Korz«, begann sie, doch dieser unterbrach sie unwirsch.

»Hallo, Frau … äh … jetzt nicht.«

»Sie müssen sich das anhören«, insistierte sie. »Ich habe einige sehr merkwürdige Dinge gefunden, die wohl mit den Morden an Aldrich und Meister zusammenhängen. Das ist wichtig.« Das Wort »ist« hatte sie dabei sehr deutlich betont.

Doch Korz ließ sich nicht beirren.

»Jaja, bestimmt wahnsinnig wichtig. Lassen Sie sich einen Termin geben.«

Korz marschierte an ihr vorbei und ließ sie stehen. Der zweite Mann war zwar bei Cornelias Worten offensichtlich hellhörig geworden, sagte aber nichts, sondern zuckte nur mit den Schultern.

»Du aufgeblasener Clown«, zischte Cornelia ihrem Chef kaum hörbar hinterher und verließ ebenfalls im Eilschritt den Ort des Geschehens.

Zurück in ihrem Büro knallte sie die Tür hinter sich zu, dass die Scheiben schepperten. Sie schoss wütende Blicke durch den Raum, die in jedem schrägen Kinofilm geeignet gewesen wären, Löcher in die Wände zu brennen. Ihre bereits leicht demolierte Welt namens Theravactec hatte gerade eine weitere Beule bekommen.

Sie fühlte sich überhaupt nicht in der Lage, sich wieder an die Arbeit zu machen. Aber einfach nur herumzusitzen klang auch nicht einladender. Sie wollte etwas tun, hatte aber keine Ahnung, was. Schokolade essen oder shoppen gehen kam nicht in Frage. Zum einen hatte sie keine Schokolade, und zum anderen war Otterndorf nicht gerade als ein zum Frustabbau geeignetes Einkaufsparadies bekannt.

Nach ein paar weiteren Minuten stillen Grübelns entschloss sie sich, für heute Schluss zu machen und direkt von hier aus über den Deich und an die Elbe zu gehen. Das waren schließlich nur einige Meter Fußweg. Und vielleicht konnte eine Brise frische Seeluft den Ärger aus ihrem Kopf pusten. Sie schnappte sich die Mappe mit sämtlichen Ausdrucken, die sie zuvor von den skurrilen Bestellvorgängen gemacht hatte, und ging.

Zwanzig Minuten später stand sie auf dem Deich. Es ging ein leichter Nordwind, den sie sich direkt ins Gesicht wehen ließ. Vor ihr graste eine kleine Gruppe Schafe, die offensichtlich nur Augen für das fette grüne Gras hatten und sich nicht um gefälschte Bestellungen und unausstehliche Geschäftsführer scherten.

Cornelia setzte sich ins Gras und ließ den Blick über den Himmel wandern. Kleine weiße Wolken wurden vom Wind langsam weitergetragen. Es war Hochwasser, und so beschloss sie, bis zur Wasserkante zu gehen. Am Fuße des Deiches angekommen, fasste sie einen Entschluss. Sie rief die Polizei in Cuxhaven an und verlangte, den Beamten zu sprechen, der in den Theravactec-Morden die Ermittlungen leitete. Sie erfuhr, dass dies ein Kommissar Olofsen sei, der sich aber momentan außer Haus befinde. Man nannte ihr seine Handynummer.

Während sie langsam am Wasser entlangging, wählte sie erneut.

FÜNFZEHN

Fünfunddreißig Minuten nach Walbergs Zusammenbruch hatte sich das Ermittlungsteam wieder im Besprechungsraum versammelt. Nachdem die ganze Zeit die Fenster sperrangelweit geöffnet gewesen waren, war die Luft im Raum angenehm frisch und die Atmosphäre ein wenig gelockerter als vorher. Jeder hatte im Verlaufe der kurzen Pause einen Weg gefunden, etwas Dampf abzulassen. Olofsen hatte sich in seinem Büro eingeschlossen und einfach nur aus dem Fenster gestarrt. Psychologisch keine besonders ausgefeilte Methode zur Problembewältigung, das wusste er, aber er hatte das Gefühl, das Richtige zu tun. Glücklicherweise bekam er von seinem Bürofenster aus nichts von dem Medientrubel draußen mit. Er genoss einfach nur den leichten Luftzug, der zu ihm hereinwehte. Nach einer Weile hatte er das Fenster geschlossen und sein Büro verlassen. Er war noch ein wenig über die Flure gelaufen, ohne ein konkretes Ziel zu haben. Irgendwann war er im Besprechungsraum gelandet.

Seinen Kollegen schien es ähnlich ergangen zu sein. Nach und nach kamen sie zurück, aber kaum einer sprach ein Wort. Man setzte sich an seinen Platz und wartete einfach.

Als Letzter kam van Roth. Nachdem er die Tür geschlossen und sich gesetzt hatte, räusperte Olofsen sich. Alle blickten ihn an.

»Wir sollten weitermachen«, sagte er.

Ihm war klar, dass er trotz der schwierigen und bislang noch nicht durchschlagend erfolgreichen Ermittlungen – und natürlich wegen des Zusammenbruchs von Walberg – die allgemeine Stimmung etwas heben musste. Er war ihr Anführer, und alle mussten das Gefühl bekommen, wichtige Arbeit zu leisten. Sie mussten sehen, dass auch die kleinen Erfolge dazu beitrugen, das Puzzle zusammenzusetzen und so zu einem vollständigen Bild – der Lösung – zu gelangen. Er musste seine Mannschaft anschieben und mitreißen. Allerdings fühlte er sich noch nicht dazu in der Lage. Viel lieber hätte er sich für eine Weile in irgendeine stille Ecke zurückgezogen, um einfach nur allein zu sein.

Seine Augen suchten und fanden Pall.

»Konntet ihr aus Aldrichs Computer noch etwas Neues herausholen?«, versuchte er den Faden wieder aufzunehmen. »Die Filme? Irgendetwas Brauchbares?«

Pall nickte und rutschte ein wenig auf seinem Stuhl hin und her. »Wir haben den Rechner und natürlich auch die Filme genau unter die Lupe genommen.«

Einer von Palls Kollegen hustete. Er versuchte, ein Grinsen zu unterdrücken. Aber es gelang ihm nicht, sodass Olofsen es mitbekam.

»Soso, die Filme habt ihr also unter die Lupe genommen.« Er bemühte sich, einen unbestimmbaren Gesichtsausdruck aufzusetzen. »Hat es Spaß gemacht?«

Das Grinsen wurde breiter. Pall bekam rote Ohren und rutschte noch mehr auf seinem Stuhl herum.

»Ja, die Filme haben wir sehr genau untersucht«, stotterte er. »Alles sehr aufschlussreich, kein Zweifel. Also, äh … ich meine hinsichtlich unseres Falles.«

»Mein Gott, du klingst wie ein Sechzehnjähriger, der seinen ersten Porno sieht und von Papa erwischt wird«, bemerkte Olofsen, jetzt mit einem breiten Lachen im Gesicht. »Mal abgesehen von eurem erotischen Vergnügen und dem hoffentlich ertragreichen Lerneffekt bezüglich der Methoden zur Luststeigerung – bringt uns das weiter?«

Alles lachte, aber Pall riss sich zusammen.

»Insgesamt waren das um die vierzig Filme. Wie gesagt, immer Aldrich, aber verschiedene Frauen, manche sogar gemeinsam in einem Film. Aber eine von den Damen ist uns besonders aufgefallen. Sie war in insgesamt einunddreißig Filmen mit von der Partie. Wir haben uns an den Betreiber der Website gewandt, in deren Mitgliederbereich die Filme von Aldrich angeboten wurden. Die Jungs waren sofort höchst kooperativ, sodass wir fünf der Frauen – und auch die genannte Hauptdarstellerin – über deren Einwilligungserklärung zur Veröffentlichung der Filme haben identifizieren können.«

»Klingt vielversprechend«, sagte Olofsen mit einem Nicken. »Gibt es Besonderheiten im Zusammenhang mit dieser Hauptdarstellerin?«

»Ja, die gibt es. Ist aber irgendwie schwer zu erklären. Eher ein Gefühl oder Eindruck als harte Fakten«, druckste Pall herum.

Er fühlte sich spürbar unwohl. Als Kriminaltechniker war er der Herr über das Eindeutige, Glasklare und Zweifelsfreie. Ein Haar konnte er eindeutig zuordnen, DNA aus Speichel- oder Blutspuren isolieren, einen genetischen Abdruck erstellen und dann einen Täter überführen. Das war die Welt des Frank Pall. Mit Eindrücken oder gar Gefühlen als Wegweiser für Ermittlungen konnte er nichts anfangen. Er hatte Olofsen einmal erklärt, dass Forensik etwas für Traumtänzer sei.

Er holte Luft. Doch bevor er weitersprechen konnte, erhob sich van Roth von seinem Stuhl. Als Olofsen ihn fragend ansah, deutete der Virologe schulterzuckend auf das Handy in seiner Hand.

»Sorry«, murmelte er. »Mein Assistent im Institut. Wird wohl wichtig sein, sonst würde er mich nicht stören.«

Olofsen nickte.

Dann fuhr Pall fort: »Die Dame heißt Tanja Muster. Wohnhaft in Hamburg. Wir sollten die dortigen Kollegen bitten, sie ausfindig zu machen.«

Van Roth kam zurück in den Raum und setzte sich auf seinen Platz.

»Bei den meisten Filmen, in denen diese Tanja Muster nicht mitmacht, scheint Aldrich die Regie zu führen«, fuhr Pall fort. »Er entscheidet, was die jeweilige Darstellerin machen soll. Er hat die Hosen an, also, äh, im übertragenen Sinne.«

»Und was ist in den Filmen, in denen besagte Frau Muster dabei ist?«

»Genau umgekehrt.«

»Wie meinst du das?«

»Es wirkt, als ob diese Tanja Muster Aldrich vor sich hertreibt. Sie führt ihn. Es ist schwer zu beschreiben, aber es ist offensichtlich. Er frisst ihr buchstäblich aus der Hand – aber nur ihr. Bei allen anderen ist er nicht so unterwürfig.«

»Aber glauben Sie ernstlich, dass in diesem Fall das Sexleben eines kürzlich Verstorbenen so bedeutsam ist?«, warf van Roth ein. »Wir haben hier eine Bedrohung durch ein hochgefährliches Virus. Ist es da relevant, ob er bei seinen Hobbysexfilmchen irgendeine versteckte devote Ader hat, die er mit dieser Dame ausleben konnte und mit den anderen nicht?«

Olofsen zog eine Augenbraue hoch und überlegte einige Augenblicke. Durch die noch immer offenen Fenster drang Krähengezeter herein. »Keine Ahnung, ob es wichtig ist. Wenn er ihr unterwürfig gefolgt ist, könnte sie ihn auch in eine Falle gelockt haben«, teilte er allen das Ergebnis seiner Überlegungen mit.

Mit einem Blick auf Pall fuhr er fort: »Um das herauszufinden, müssen wir so schnell wie möglich mit ihr sprechen.«

Seine Augen wanderten weiter zu dem Virologen. »Wir haben schließlich noch ein hochgefährliches Virus, um das wir uns kümmern müssen.«

Van Roth lächelte schief.

»Wo bekomme ich ein solches Virus eigentlich her?«, fragte Olofsen den Virologen. »Ebay scheidet hier sicherlich aus, und von einer Website à la www.get-a-deadly-virus.com habe ich noch nie etwas gehört.«

»Sie wären überrascht, was im Netz alles möglich ist. Aber von einer solchen Website habe auch ich noch nicht gehört.« Van Roth klang etwas verstimmt. Olofsens kleine Stichelei war nicht gut angekommen. »Allerdings kann ich einen Blick auf die Seiten der amerikanischen sowie europäischen ›Tissue Culture Collection‹ empfehlen.«

»Und was erwartet mich da?«

»Ein Einkaufszentrum für Zellbiologen und Virologen«, kam die prompte Antwort. »Eine Art Versandhandel für

Zelllinien und Virusstämme. Prinzipiell gibt es dort auch die bösen Jungs wie Ebola, Lassa oder Marburg. Selbst Lujo könnte mittlerweile im Portfolio sein, das müsste ich aber erst nachprüfen.«

»Und da kann ich anrufen und mir eine Tüte Ebola und noch ein bisschen Lassa bestellen, Lieferung per Post?«, fragte Greiner erstaunt.

»Nein, ganz so einfach ist es dann doch nicht. Dort können nur wissenschaftlich arbeitende Institutionen und Firmen Material bestellen. Und die Besteller werden zunächst einer sehr genauen Prüfung unterzogen. Besonders die Amerikaner sind nach Nine Eleven äußerst pingelig geworden. Als Privatperson besteht keine Chance, von denen irgendetwas zu bekommen.«

»Und wenn man sich das Zeug schon vor Nine Eleven besorgt hat?«

»Schlaumeier, kein Mensch kannte zu dem Zeitpunkt Lujo.«

»Guter Einwand.«

»Trotzdem«, insistierte Greiner. »Jede Hürde lässt sich irgendwie umgehen. Und an krimineller Energie scheint es hier nicht zu mangeln. Unser erstes Opfer wurde im Watt abgelegt. Einfach entsorgt wie ein kaputter Autoreifen! Das muss man sich immer wieder klarmachen. Unser zweites Opfer wurde tödlich infiziert und dann an einem der belebtesten Orte von Cuxhaven abgelegt wie eine Mülltüte, sodass sich noch weitere Menschen infiziert haben. Das ist doch kein Zufall. Und dann Theravactec: Es wurde ein riesiger Aufwand betrieben, um uns auf eine falsche Spur zu locken. Da glaube ich kaum, dass die Bestellberechtigung für eine Stammsammlung ein derart unlösbares Problem darstellt.«

Im Raum war Gemurmel zu hören. Olofsen nickte Greiner nachdenklich zu. Van Roth sagte nichts.

Olofsen beschlich irgendeine dunkle Ahnung. Ein seltsames Gefühl. Leider hatte er nicht den blassesten Schimmer, worauf ihn sein Unterbewusstsein aufmerksam machen wollte. Er kannte dieses Gefühl – und er mochte es überhaupt nicht. Vielleicht war es jetzt an der Zeit, das Team wieder an die konkrete Arbeit zu schicken.

Er wandte sich erneut an Greiner. »Sieh bitte zu, dass du diese Tanja Muster auftreibst. So schnell wie möglich. Am besten sogar doppelt so schnell.«

»Bekommen wir irgendwie diese Reportermeute vor dem Haus weg?«, fragte er an niemand Spezielles gerichtet.

Nunk räusperte sich. »Wir geben gleich eine kurze Pressekonferenz. Danach jagen wir die Bande zum Teufel.«

»Gut. Da muss ich doch wohl nicht bei sein, oder?«, erkundigte sich Olofsen.

»Doch, das wäre schon wichtig, um der Ermittlung ein Gesicht zu geben«, antwortete Nunk.

»Gnade. Du weißt, wie ich das hasse. Nimm Frauke, die hat sowieso das hübschere Gesicht und kann viel besser nichtssagend reden als ich. Wenn wir den Fall lösen wollen, kann ich meine Zeit nicht damit verplempern.«

»Gut, wir werden das auch ohne dich hinkriegen.«

Gewonnen, dachte Olofsen zufrieden. Dann sagte er zu allen: »Jemand spielt hier mit einem höchst gefährlichen Virus. Zwei Fragen. Erstens: Warum? Zweitens: Wo hat er das Zeug her?«

Er wandte sich an den Virologen. »Stellen Sie mir bitte so schnell wie möglich alle Varianten zusammen, mit denen man sich derartige Viren beschaffen kann.«

Van Roth nickte beflissen.

»Frank«, sagte Olofsen nun zu Pall. »Macht mit dem Computer weiter. Da muss noch mehr sein. Findet es!«

Er klatschte in die Hände. »Auf geht's.«

Während die Polizeibeamten den Besprechungsraum verließen, ging van Roth auf Olofsen zu. Auch Greiner gesellte sich zu den beiden.

»Eine sehr wichtige Sache noch«, sagte er. »Ich empfehle Ihnen dringend, falls es nicht sowieso schon geschehen ist, die Alte Liebe weiträumig zu sperren.«

Olofsen sah ihn fragend an und sagte: »Die Spurensicherung hat da alles auf den Kopf gestellt, aber nichts mehr gefunden.«

»Ob Ihre Spürhunde vielleicht eine Hautschuppe entdecken und damit Heerscharen von Laboranten beschäftigen, die dann vielleicht Bruchstücke irgendeiner DNA finden, mit der sie unterm Strich doch nichts anfangen könnten, ist auch nicht wichtig.«

»Aha.«

»Aber Lujo ist ein halbwegs stabiles Virus. Deshalb sehen Sie lieber zu, dass die ganze Plattform desinfiziert wird, wenn Sie nicht noch mehr Infektionen riskieren wollen.«

»Scheiße«, murmelte Olofsen. An diese Gefahr hatte gar nicht gedacht.

»Und Cuxhaven«, fuhr van Roth fort. »Der Kerl, der in seinem Wagen fast verbrannt ist, wurde nach Cuxhaven ins Krankenhaus gebracht. Die müssen die betroffenen Bereiche desinfizieren, vielleicht sogar das ganze Haus. Dasselbe gilt für die Klinik in Otterndorf, wohin man den Traktorfahrer gebracht hat.«

Olofsen nickte. Er war froh, trotz der ganzen Hektik daran gedacht zu haben.. Er begann sich nach einem simplen Raubmord zu sehnen, denn dieser Fall schien ihm in seiner ganzen Komplexität über den Kopf zu wachsen.

»Was schlagen Sie vor?«

»Holen Sie sich schnellstens alle Unterstützung, die Sie bekommen können. Fordern Sie Spezialkräfte aus Hamburg, Bremen oder Brunsbüttel an. Ich könnte mir vorstellen, dass man dort in den Hafen- und Chemieanlagen für Katastrophen gerüstet ist und Sie somit unterstützen kann. Die Bundeswehr soll ABC-Experten schicken. Mit Hubschraubern können die relativ fix hier sein. Wenn es in der Gegend noch andere lokale Biotech- oder Pharmafirmen gibt, können die uns vielleicht auch helfen.«

»Was können die für uns haben?«, fragte Olofsen.

»Peressigsäure. Stinkt schäbig, wirkt super. Viele Impfstoff-

und Pharmahersteller verwenden das Zeug, um ihre Räume zu desinfizieren.«

»Ich werde mich sofort darum kümmern.«

Van Roth wandte sich zur Tür. »Im Moment kann ich sonst nichts tun. Ich muss in mein Institut nach Bremen, ein paar wichtige Dinge erledigen. Wenn erforderlich, rufen Sie mich an.«

Damit verließ er das Besprechungszimmer.

Olofsen zog sich in sein Büro zurück und knallte die Tür hinter sich zu. Er war ziemlich angefressen über seine eigene Dämlichkeit. Trotzdem versuchte er, seinen Ärger herunterzuschlucken, und griff nach dem Telefon. Es galt einiges zu organisieren.

Nach nur wenigen Minuten war es ihm gelungen, eine beträchtliche Menge Peressigsäure aufzutreiben. Alle örtlichen Biotech-Firmen waren sofort bereit zu helfen. Imagepflege. Und sie wollten sicherlich auch den Ruf der Branche schützen. Eine Firma versprach sogar, einen Transporter samt Fahrer bereitzustellen, um das Desinfektionsmittel auf Abruf zu liefern.

Das nächste Telefongespräch verlief schon deutlich borstiger. Doc Baumann, der Arzt aus dem Otterndorfer Krankenhaus, hatte ihn buchstäblich durch den Hörer gezogen, als er erfuhr, worum es ging. Aber schlussendlich stimmte er Olofsens Vorschlägen zu, das ganze Haus zu isolieren und niemanden hinein- oder hinauszulassen – was ihn selbst mit einschloss. Von allen anwesenden Personen, egal, ob Personal, Patient oder Besucher, sollten Blutproben zur Untersuchung zum BNI geschickt und alle Räumlichkeiten desinfiziert werden. Olofsen hatte das Gefühl, Baumann würde ihn, wenn er ihm jetzt gegenübersäße, mit einem Skalpell in viele kleine Stücke zerschneiden. Wahrscheinlich würden sie keine guten Kumpels mehr werden.

Die nächsten Telefonate verliefen schnell und effizient. Er wandte sich direkt an das niedersächsische Innenministerium.

Als »die da oben« in Erinnerung an seine früheren Erfolge beschlossen hatten, die volle Verantwortung für diese Ermittlungen bei ihm zu belassen, obwohl er in seiner jetzigen Position eher im Rang eines Dorfpolizisten stand, hatte er auf einem direkten Kontakt ins Innenministerium bestanden. Dies zahlte sich nun aus. Man würde sich umgehend und mit Hochdruck um Spezialkräfte für die Dekontamination der Alten Liebe kümmern. Man würde auch sofort ein weiteres Team zusammenstellen, um sich der Medienmeute, die jetzt wohl erst richtig auf Cuxhaven losbrechen würde, entgegenzuwerfen.

Dies war ein weiterer Punkt, der Olofsen bereits große Kopfschmerzen bereitet hatte. Wie konnten sie verhindern, dass im ganzen Cuxland eine Panik ausbrach? Ein Chaos, durch das er und alle Kollegen an der Arbeit gehindert würden. Er sah die Szenen im Kopfkino ablaufen – verstopfte Straßen, Autos, voll besetzt mit hysterischen Touristenfamilien, die einfach wegwollten. Dann die unvermeidlichen Autounfälle. Jeder Hustenanfall würde augenblicklich zur tödlichen Infektion dramatisiert, Arztpraxen und Krankenhäuser wären mit Hypochondern überfüllt, der Notruf lahmgelegt.

Durch dieses Chaos würden Fernsehheinis stolpern und allen ein Mikrofon unter die Nase halten, die auch nur einigermaßen quotenbringend röcheln konnten. Fehlten nur noch ein paar religiöse Spinner, die al-Qaida verantwortlich machten oder das Jüngste Gericht einschließlich Flammenschwert schwingender Erzengel kommen sahen. Nicht zu vergessen die profilierungssüchtigen Politiker und selbst ernannten Experten, die sich nun zunächst gegenseitig Versagen vorwerfen würden, nur um anschließend rituell nach schärferen Gesetzen gegen alles Erdenkliche zu rufen. Die würden sich ganz sicher alle bald zu Wort melden.

Olofsen schüttelte den Kopf, um die Gedanken loszuwerden. Er sah auf die Uhr – jetzt hatte er tatsächlich fast zwanzig Minuten hier gesessen und den Teufel an die Wand gemalt. Er sprang auf, griff nach seiner Jacke und verließ das Büro. Im

Erdgeschoss angekommen, rief er ins nächstbeste Büro, er sei unterwegs. Ohne auf eine Antwort zu warten, verließ er das Gebäude durch die Hintertür, lief zu seinem Wagen und machte sich davon.

Er war kaum vom Hof herunter, an den Medienleuten vorbei und noch immer ahnungslos, wo er eigentlich hinwollte, da meldete sich schon wieder sein Handy.

Er fingerte an seiner Jackentasche herum, die allerdings durch den Sicherheitsgurt eingeklemmt war. Bei seinen Bemühungen, an das noch immer tönende Gerät zu kommen, verriss er das Lenkrad und wäre fast in einen parkenden Wagen gekracht. Im letzten Moment trat er noch mit aller Kraft auf die Bremse und knallte dabei mit dem Kopf auf das Lenkrad.

»Scheiße, Scheiße, Scheiße«, schrie er sich selber an.

Endlich erreichte er das Telefon. Die Nummer auf dem Display kannte er nicht. Trotzdem entschied er sich dafür, das Gespräch anzunehmen. Könnte ja wichtig sein.

»Ja?«, brummte er mit schmerzendem Schädel.

»Mein Name ist Bacher«, hörte er eine Frauenstimme sagen. »Ich arbeite bei Theravactec. Wir hatten uns vor Kurzem auf dem Parkplatz getroffen.«

»Was kann ich für Sie tun?«, fragte Olofsen und betastete gleichzeitig die Beule an seiner Stirn.

Dann hörte er angespannt zu. Mit jedem Wort, das er hörte, nahm sein inneres Kribbeln zu.

***

Cornelia drückte das Gespräch auf ihrem Smartphone weg und atmete tief durch. Hoffentlich war das kein Fehler, dachte sie. Die Geschäftsleitung würde sie durch den Wolf drehen, wenn herauskäme, dass sie direkt zur Polizei gegangen war. Aber Korz, dieser blasierte Affe, hatte sie abserviert wie irgendeinen unterbelichteten Deppen. Sie verstand nicht mehr, wie sie jemals zu ihm hatte aufschauen können. Wahrscheinlich lag es daran, dass sich das wahre Gesicht eines Menschen erst in Zeiten der Krise zeigte. Es war immer einfach, eine Firma oder auch nur ein Team zu leiten, wenn es sowieso rundlief – aber jetzt, nach den Morden, schien sich Korz als komplett unfähiger Steuermann zu outen. Da wollte Cornelia nicht mehr mitspielen. Nein, sie hatte die richtige Entscheidung getroffen.

Vor ihr zog eines der riesigen Containerschiffe langsam durch das Fahrwasser der Elbe in Richtung Hamburg. In fünf Stunden würde das Schiff dort in den Hafen einlaufen und mit dem Entladen der Container beginnen. Was würde sie selbst wohl in fünf Stunden machen? Cornelia ließ sich in den Sand fallen und starrte in den Himmel. Hinter ihr fuhr, sich lautstark unterhaltend, eine Gruppe Radfahrer vorbei. Touristen im Sommerurlaub. Und natürlich in bester Laune. Die wünschte Cornelia sich jetzt auch.

Sie blickte auf die Uhr. Es würde sicherlich noch fünfzehn Minuten dauern, bis der Polizist kam. Trotzdem beschloss sie, zurückzugehen und wie abgesprochen auf dem Parkplatz zu warten.

✻✻✻

Olofsen stand noch immer auf dem Gaspedal, der Motor seines Wagens gab bedenkliche Geräusche von sich. Er wollte so schnell es ging nach Otterndorf, Antworten warteten auf ihn.

Statt einer Antwort gab es jedoch zunächst nur eine rote Ampel. Olofsen trat entnervt auf die Bremse. Er hatte keines von diesen schicken Blaulichtern, die man sich bei Bedarf aufs Dach heften konnte. Folglich hatte er nun schlechte Karten und musste sich dem Verkehr und den Wünschen der Ampelanlage fügen.

Kaum dass der Wagen stand, meldete sich schon wieder sein Handy. Greiner.

»Was gibt's?«

»Schlechte Nachrichten. Ein weiteres Opfer ist in Hamburg in der Klinik gestorben.«

»Scheißdreck!«, schrie Olofsen ins Telefon.

»Und die Medien drehen jetzt auf«, fuhr Greiner fort. »Breaking News à la CNN: ›Killervirus tötet zahlreiche Menschen in Cuxhaven‹. Und es geht noch weiter. ›Behörden tappen im Dunkeln, ein terroristischer Hintergrund kann nicht ausgeschlossen werden‹, bla, bla, bla. Das volle Programm.«

»Verfluchter Mist! Wir müssen diese Dreckskerle finden und ihnen ganz gehörig in die Eier treten«, kommentierte Olofsen lautstark diese Nachrichten.

»Wo bist du eigentlich?«

»Unterwegs nach Otterndorf. Hab einen Tipp zu Aldrich bekommen. Blöderweise stehe ich noch immer an der verfluchten roten Ampel an der Kapitän-Alexander-Straße.«

»Ich komme mit.«

Olofsen schnaufte. »Bist du übergeschnappt, ich –«

»Hör auf zu quatschen und warte bei Real. In drei Minuten bin ich da. Wenn es endlich etwas gibt, das uns weiterbringt, will ich dabei sein.«

Das Gespräch war beendet. Die Rotphase der Ampel auch. Olofsen fluchte weiter vor sich hin, bog dann aber nach links auf den Parkplatz von Real ein, um auf Greiner zu warten.

Tatsächlich saß sein Kollege drei Minuten später auf dem Beifahrersitz und schlug die Tür zu.

»Los.«

Olofsen trat wieder aufs Gaspedal. Mit quietschenden Reifen schoss der Wagen auf eine Gruppe rüstiger Rentner zu. Wie durch ein Wunder, gepaart mit einem kurzen Anfall von jugendlicher Beweglichkeit, sprangen die alten Herrschaften rechtzeitig aus dem Weg. Eine Gehhilfe mit Unterarmstütze wurde von ihrem Besitzer wütend gegen das Seitenfenster geknallt.

»Den Opa sollte man einbuchten«, bellte Olofsen. »Hast du das gesehen? Der drischt mit seiner Krücke auf meinen Wagen ein. Das ist ein Polizeifahrzeug. Wir sind im Einsatz. Penner.«

»Schon klar«, unterbrach Greiner Olofsens Wutausbruch. »Otterndorf. Gib Gas.«

Olofsen schaffte es, den Rentner aus seiner Wahrnehmung auszublenden, und fädelte sich in den Verkehr ein. Mit lautem Hupen ließ sein Hintermann ihn wissen, dass er mit seiner Fahrweise nicht einverstanden war, doch Olofsen bewies Willensstärke und ignorierte ihn.

Mit regelmäßigem Spurwechsel, wenn sich eine Lücke auch nur andeutete, schoss der Wagen mit den beiden Polizisten über die Grodener Chaussee. Olofsen ignorierte nun sogar rote Ampeln, verlangsamte aber, um die Wahrscheinlichkeit eines Unfalls zumindest zu reduzieren, immerhin die Geschwindigkeit, die trotzdem konstant weit jenseits des Erlaubten lag.

»Ein bisschen langsamer wäre wahrscheinlich auch okay«, stellte Greiner nüchtern fest, der ziemlich verkrampft im Sicherheitsgurt hing.

»Keine Zeit. Bremsen ist sowieso nur etwas für Feiglinge. Hier kommt die Kavallerie.«

Greiner verfluchte seinen Beschluss, mitgekommen zu sein. Um sich von Olofsens rustikalem Fahrstil abzulenken, begann er an den Knöpfen des Radios herumzunesteln. Doch das Gerät blieb stumm.

»Was war das eigentlich für ein Tipp?«, versuchte er das Gespräch wieder aufzunehmen.

»Mich hat da vorhin so eine Tante von Theravactec angerufen. Bacher oder so. Hat mir etwas erzählt von obskuren Abrechnungen, die sie auf Aldrichs Computer gefunden hat.«

Greiner runzelte die Stirn. »Und wieso sollte uns das weiterhelfen. Wir suchen eine Gruppe durchgeknallter Kerle, die ein Killervirus in Umlauf bringen, keine Bilanzfälscher.«

»Jetzt stell dich nicht blöder an, als du bist«, fuhr ihn Olofsen an und scherte auf die Gegenfahrbahn aus, um einen Lkw zu überholen.

»Erleuchte mich.«

»Ich bin kein Experte, aber ich habe verstanden, dass man zur Herstellung und Vermehrung von Viren einiges an Laborausstattung braucht. Aldrich arbeitet in einer Biotechbude, über die man locker an alle diese Gerätschaften und Materialien rankommen kann. Und er sitzt ausgerechnet im Lager, da, wo alle Bestellungen durchgehen und die Waren ankommen.«

Langsam schien Greiner aufzugehen, worauf Olofsen hinauswollte.

»Du meinst, Aldrich war der Logistiker der Gruppe?«

»So was in der Art. Wenn du es nur geschickt genug anstellst, kannst du über Theravactec als Tarnung alles beschaffen, was du für deine anderen Zwecke brauchst.«

»Du erweiterst abgehende Bestellungen um die Materialien, die du für deine Zwecke abzweigen willst, schickst aber später nur die Sachen in die Abteilungen weiter, die dort tatsächlich geordert wurden, frisierst den Lieferschein, packst dir alles andere in den Kofferraum und schaffst es zu deinem Geheimlabor«, spann Greiner den Faden weiter.

»Genau.«

Mittlerweile hatten sie die Abzweigung der B73 erreicht, die von der neuen Stadtumgehung nach Otterndorf hineinführte.

»Glaubst du, Korz steckt da mit drin?«, fragte Greiner.

Olofsen runzelte die Stirn. »Eher nicht. Das ist einfach nur ein aufgeblasener Idiot mit einem Wichtigtuersyndrom.«

»Wie passt diese Pornogeschichte da rein?«

»Das weiß ich auch noch nicht. Ist vielleicht nur Zufall und hat mit dem Fall gar nichts zu tun. Womöglich hat Aldrich in seiner Freizeit nur gern den geilen Hengst gespielt und dabei per Internet einen Weg gefunden, Frauen zu treffen, die diese Einstellung teilen.«

»Warum nicht einfach in den Puff gehen?«

»Puff? Hier in Cuxhaven? Viel Auswahl hast du da nicht. Vielleicht gab es da nicht das, was er suchte, oder es war ihm zu teuer. Was weiß ich.«

Sie näherten sich Theravactec.

»Und bekommst du das Mordopfer aus dem Watt auch irgendwie in deine Gleichung? Auch Meister hat bei Theravactec im Lagerbereich gearbeitet. Wenn deine Theorie stimmt, könnte er genauso darin verwickelt sein wie Aldrich.«

»Da hast du den Finger in die Wunde gelegt«, bestätigte ihm Olofsen. »An dieser Stelle bin ich nach wie vor ratlos. Warum ihn ins Watt schaffen, warum die virushaltigen Flaschen im Bauch? Ich weiß es nicht. Vielleicht hatte Frank recht, und es handelte sich wirklich nur um ein Ablenkungsmanöver.«

Sie konnten die Einfahrt zum Parkplatz von Theravactec vor sich sehen. Vielleicht führten ja die neuen Infos, die dort auf sie warteten, zu einem Geistesblitz.

SECHZEHN

Eigentlich müsste der Polizist schon da sein, dachte Cornelia, während sie ihren Blick schweifen ließ. Es standen noch einige Wagen auf dem Parkplatz, die kannte sie aber alle. Bis auf einen, doch der hatte schon dort gestanden, als sie zum Strand gegangen war.

Cornelia schlenderte in Richtung der Einfahrt. Vielleicht konnte sie ihn ja von dort aus kommen sehen.

Sie hatte den Parkplatz fast verlassen, als sie hinter sich einen Wagen starten hörte. Der Motor brummte auf, dann knirschten Reifen über den Schotter. Sie machte einen Schritt zur Seite, um den Wagen vorbeizulassen. Der Wagen beschleunigte. Cornelia hörte den Motor aufheulen und drehte sich erschrocken um. Das Auto war noch etwa zehn Meter hinter ihr. Cornelia konnte den Fahrer durch die verdreckten Scheiben nicht erkennen, dafür war es aber allzu deutlich, dass er direkt auf sie zuhielt. Sie stieß einen spitzen Schrei aus und rannte auf die Einmündung zur Zufahrtsstraße zu.

**

»Was ist das?«, rief Greiner und deutete mit der Hand nach vorn.

Eine junge Frau kam aus der Einfahrt zum Parkplatz von Theravactec gerannt und blickte panisch nach hinten.

»Alle bekloppt hier«, stellte Olofsen nüchtern fest, erinnerte sich dann an seine Funktion als Gesetzeshüter, Freund und Helfer und trat noch fester auf das Gaspedal.

Plötzlich schoss hinter der Frau ein Wagen in Richtung Straße. Aber statt abzubiegen, wie es die Straßenführung eigentlich verlangt hätte, hielt der Wagen genau auf die Frau zu.

»Oh mein Gott!«, entfuhr es Olofsen.

Dann passierte es. Der Wagen erfasste die Frau mit der vorderen Stoßstange und dem Kühler. Ihr Körper wurde durch die Luft gewirbelt und stürzte dann in den Entwässerungsgraben, der seitlich an der Straße entlangführte. Bereits kurz vor dem Aufprall schien der Fahrer des Wagens noch in die Bremsen gestiegen zu sein. Die Räder blockierten, Staub wirbelte auf. Dennoch musste die Wucht des Aufpralls entsetzlich gewesen sein.

»Scheiße, Scheiße, Scheiße«, rief Olofsen erneut. Sein Mantra.

Greiner hatte bereits sein Handy in der Hand, um den Notarzt zu alarmieren.

Sie waren bestimmt noch hundert Meter entfernt.

Der Fahrer stieg nicht aus dem Wagen aus, um zu helfen. Er entschied sich aber auch dagegen, offensichtlich und sofort Fahrerflucht zu begehen.

Dann schob sich etwas Längliches, Schwarzes aus dem Seitenfenster. Ein Rohr oder etwas in dieser Art. Die beiden Polizisten konnten auf die Entfernung aber nichts Genaues erkennen.

»Was wird das denn jetzt?«

Aus dem schwarzen Rohr blitzte es zweimal schnell hintereinander auf.

»Der schießt!«

Noch sechzig Meter.

Die Pistole mitsamt Arm verschwand wieder im Inneren des Wagens, gleichzeitig setzte sich dieser in Bewegung, so schnell, dass die Reifen durchdrehten und Staub nach allen Seiten aufwirbelten.

In den Sekundenbruchteilen, in denen die brutale Szene ablief, zog Greiner seine Dienstwaffe aus dem Schulterhalfter, legte den Sicherungsbügel um und mühte sich, das Seitenfenster herunterzulassen. Sobald der Spalt ausreichend groß war, streckte er selbst den Arm samt seiner Waffe hindurch und zielte auf den fliehenden Wagen. Er zog zweimal den Abzug durch. Die beiden Schüsse krachten mit ohrenbetäubender Lautstärke. Mindestens eines der Projektile traf, denn die Heckscheibe des anderen Wagens explodierte in tausend Splitter. Aber das beendete den Fluchtversuch nicht, im Gegenteil. Der andere Wagen rauschte noch schneller davon und vergrößerte zusehends den Abstand zu seinen Verfolgern.

Olofsen war hin- und hergerissen. Auf der einen Seite mussten sie sich schnellstens um das Opfer im Graben kümmern, andererseits war sein Jagdfieber erwacht, und sie durften den Killer nicht einfach entkommen lassen.

Er entschied sich gegen die Jagd und brachte sein Fahrzeug zum Stehen. Er und Greiner sprangen fast gleichzeitig heraus. Greiner wedelte noch immer mit seiner Pistole herum, und Olofsen sprang auf den Graben zu. Er konnte die junge Frau bereits sehen. Sie lag im Wasser und regte sich nicht. Ihr Gesicht war blutverschmiert, mehr konnte Olofsen nicht erkennen, als er die knapp anderthalb Meter tiefe Böschung hinabsprang. Er landete im Wasser, griff nach der Frau, erwischte sie am linken Bein und zog sie zu sich herüber. Ein paar Sekunden später hatte er sie aus dem Wasser gehoben, als er über sich erneut Schüsse hörte. Abermals feuerte eine Waffe zweimal schnell hintereinander, dann fiel mit einigen Augenblicken Verzögerung ein dritter Schuss. Da Olofsen die Situation nicht einschätzen konnte, warf er sich in den Uferschlamm und versuchte seine eigene Pistole freizubekommen.

»Du beschissener Wichser!«, hörte er Greiners Stimme über sich brüllen.

»Was geht da ab?«, rief Olofsen nach oben.

Keine Antwort. Stattdessen noch ein Schuss.

Dann legte sich Stille über die Szenerie.

Genau als Olofsen in den Graben sprang, um der Frau zu helfen, sah Greiner, wie der fliehende Wagen abrupt in einer Staubwolke stoppte. Die Beifahrertür flog auf, und etwas fiel aus dem Wagen auf die Straße.

Ein Körper.

Greiner erstarrte. So viel Kaltblütigkeit hatte er in seiner Karriere als Polizist noch nicht erlebt.

Dann schoss der Wagen wieder vorwärts. Im gleichen Moment, in dem Greiner erneut seine Waffe hob und anlegte, erschien abermals die Hand des Fahrers im Seitenfenster – und zeigte ihm den Stinkefinger. Greiner drückte ab. Erneut zweimal. Aber er war entgegen allem, was man ihm beigebracht hatte, so aufgebracht, dass sich der fliehende Wagen und die herannahenden Geschosse bestenfalls in eine vergleichbare Himmelsrichtung bewegten. Er drückte erneut ab, mit dem gleichen bescheidenen Ergebnis.

»Du beschissener Wichser!«, brüllte er dem fliehenden Fahrzeug hinterher und schoss erneut. Dann rannte er los, seine Waffe mit beiden Händen vor sich gestreckt. Er wollte sehen, wer da aus dem Auto gestoßen worden war. Schmutzbedeckt lag die leblose Gestalt vor ihm auf dem Bauch, mit dem Gesicht nach unten, sodass Greiner nicht einmal sagen konnte, ob es ein Mann oder eine Frau war. Als er den Körper erreicht hatte, stieß er diesen leicht mit dem Fuß an. Keine Reaktion.

»Können Sie mich hören?«, fragte er. Auch nichts. Er ging in die Hocke und drehte die Person auf den Rücken. Eine Frau. Um die dreißig. Kurze Haare, wahrscheinlich sogar ein hübsches Gesicht. Allerdings bemerkte Greiner auch sofort die gebrochenen Augen, die an ihm vorbei ins Leere starrten. Sie war tot. Mitten auf der Stirn entdeckte er ein kleines Loch, aus dem ein Rinnsal Blut gelaufen war, das aber schon getrocknet und verkrustet war. Greiner schnappte nach Luft. Die Frau war nicht erst jetzt erschossen worden und auch nicht zufällig, sondern sehr gezielt und kaltblütig.

Er stand auf und sah, wie Olofsen langsam aus dem Graben auftauchte, schlammbeschmiert, die Frau auf den Armen tragend. Die Szene wirkte fast heroisch.

Es dauerte nicht lange, und auf dem Parkplatz von Theravactec drängten sich alle Arten von Einsatzfahrzeugen. Weitere Polizeieinheiten, Feuerwehr, zwei Rettungswagen und ein Notarzt waren eingetroffen. Ein Spaziergänger auf dem Deich hatte die vorangegangenen Ereignisse teilweise beobachtet und mit seinem Smartphone gefilmt. Er hatte sehen können, wie eine Frau von einem Auto erfasst und in den Graben geschleudert worden war, worauf er seine Filmerei unterbrochen und sofort die 112 angerufen hatte. Mit Entsetzen hatte er den anschließenden Schusswechsel und die Flucht des Unfallfahrzeugs mit ansehen müssen. Anschließend hatte er mit zittrigen Fingern auf den Tasten seines Smartphones herumgedrückt, um den Film umgehend bei YouTube hochzuladen.

Der Notruf wurde sofort an das Ermittlungsteam in Cuxhaven weitergeleitet, als klar wurde, dass sich der Zwischenfall am Gelände von Theravactec ereignet hatte. Neben den Beamten hatte sich aber auch der Medientross unverzüglich in Bewegung gesetzt.

Ein Rettungshubschrauber näherte sich mit dröhnendem Rotorengeräusch und landete auf einem benachbarten Feld.

Olofsen hatte die Frau, von der er annahm, dass es Cornelia Bacher war, aus dem Graben getragen und oben auf dem Grünstreifen ins Gras gelegt. Der Notarzt kümmerte sich um sie. Sie lebte, war aber nicht bei Bewusstsein. Ihr Zustand schien sehr kritisch. Durch den Aufprall auf den Wagen hatte sie diverse Knochenbrüche erlitten, wahrscheinlich auch innere Verletzungen. Eine Kugel hatte sie in den Unterleib getroffen und mindestens eine stark blutende Wunde hinterlassen. Ob und, wenn ja, welche Organe verletzt waren, ließ sich hier, im Dreck des Seitenstreifens, nicht feststellen. Sie gehörte dringendst in intensivmedizinische Betreuung, und selbst dann standen die Chancen, dass sie es schaffte, eher schlecht.

Das Krankenhaus in Otterndorf war keine Option, da es unter Quarantäne stand. Die Situation in Cuxhaven war noch unklar, denn es war noch keine eindeutige Entscheidung getroffen, ob das ganze Haus oder nur einzelne Abteilungen abgeriegelt werden müssen. Daher hatte der Notarzt entschieden, dass man sie mit dem Hubschrauber, wenn es auch höchst riskant war, ins Klinikum Bremerhaven fliegen sollte.

Kurz vor dem Rettungshubschrauber war bereits eine andere Maschine am Himmel aufgetaucht. Es war ein gecharterter, vom Flugplatz in Nordholz kommender Helikopter mit einem Kamerateam an Bord. Die Maschine kreiste über dem Ort des Geschehens und sendete die Bilder wahrscheinlich live an irgendeine Nachrichtenstation und ins Internet.

Olofsen fluchte. Sie mussten diese Typen loswerden. Er wollte einen Polizeihubschrauber anfordern, der den Himmel über ihnen sauber hielt, stellte aber fest, dass sein Handy einem durchnässten Schlammklumpen glich und keinen Laut mehr von sich gab. Es hatte seinen Sprung in Wasser und Schlamm offensichtlich nicht so überstanden wie vom Hersteller angepriesen. Wütend schleuderte er es zurück in den Graben.

Im nächsten Moment bemerkte er einen Polizeibeamten, der eiligst auf ihn zulief.

»Was ist los?«, rief er ihm entgegen.

Etwas außer Atem kam der korpulente Beamte zu stehen. »Wir haben das Fluchtfahrzeug gefunden. Der Wagen steht gut vierhundert Meter die Straße hinunter.« Der Beamte deutete mit der Hand in die Richtung, aus der er gerade gekommen war.

»Hinter einer Kurve, einfach am Straßenrand abgestellt. Der Schlüssel steckt, die Beifahrerseite ist voller Blut.«

Olofsen setzte sich in Bewegung.

»Und wo ist der Fahrer?«

»Keine Ahnung. Der Wagen war leer, als wir ihn gefunden haben.«

Einige Minuten später stand Olofsen vor dem Fahrzeug. Eine schon etwas ältere, leicht zerbeulte Kutsche, der Lack bereits matt geworden, viele Kratzer. Hatte etwas von Studentenauto – nicht mehr als ein gerade noch fahrbarer Untersatz. Und ja, Olofsen konnte dies bereits auf den ersten Blick bestätigen, die Scheiben der Beifahrerseite waren blutbespritzt.

»Was zum Henker ist hier passiert?«, fragte Olofsen mehr sich selbst als irgendjemand anderen.

»Wir wissen es nicht«, informierte ihn ein zweiter Beamter, der beim Wagen geblieben war. »Aber Tatortgruppe und Kriminaltechnik sind bereits informiert. Frank Pall hat Unterstützung aus den umliegenden Polizeiinspektionen angefordert. Die Jungs sollten bald eintreffen. Dann werden wir sicherlich mehr erfahren.«

Olofsen ging langsam um den Wagen herum, versuchte, alle Einzelheiten aufzunehmen.

Vorsichtig steckte er den Kopf durch die noch immer offene Fensteröffnung auf der Seite, durch die der Fahrer auf Cornelia Bacher geschossen hatte. Bis auf das Blut sah es im vorderen Teil des Fahrzeugs ganz normal aus. Na ja, neben dem Blut fielen ihm weitere rötlich braune Stücke auf, die hier eigentlich nicht hingehörten. Er tippte auf Knochensplitter, Gewebestückchen, vielleicht sogar blutige Hirnmasse, aber zu genau wollte er es jetzt gar nicht wissen. Auf dem Rücksitz entdeckte er einen Packen Papier. Es sah aus wie Flyer oder Infobroschüren, wie man sie unerwünscht im Briefkasten oder hinter den Scheibenwischern fand. Es kribbelte ihm in den Fingern. Vielleicht etwas Hilfreiches?

Er sah den wartenden Beamten an. »Hast du ein Paar Latexhandschuhe für mich?«

Der Polizist sah ihn erstaunt an.

»Äh … nein, aber die Spusi wird sicherlich jeden Moment da sein.«

Darauf wollte Olofsen nun eigentlich nicht warten. Er wollte einen der Flyer. Sofort. Würde er jetzt erst auf Pall und seine Kollegen warten, dann müsste er anschließend noch viel länger warten. Ihm war klar, dass er von Pall nichts erfahren würde, bevor der nicht seine Untersuchungen abgeschlossen hatte. Dann wüsste er alles über das Papier, Dicke, Gewicht pro Quadratmeter, Anzahl, Art und Herkunft der verwendeten Druckfarben und solche Sachen. Bestimmt toll, aber er wollte jetzt wissen, was auf dem Flyer stand, nicht, welche Schuhgröße der Drucker hatte.

Er öffnete die Wagentür. Pall würde ihn köpfen, wenn er

herausfand, dass Olofsen einen Tatort – und das Innere des Wagens war definitiv ein Tatort – kontaminiert hatte. Andererseits, die Zeit drängte.

Die Tür stand offen.

Scheiß auf Pall.

»Herr Kommissar!«, hörte er eine Stimme hinter sich. »Wir sollten wirklich auf die Spurensicherung warten. Die Vorschriften …«

»Jaja«, murrte Olofsen. »Manchmal muss man Vorschriften flexibel auslegen. Als gut gemeinte Hilfe und nicht als strenge Regel.«

Der Polizist sah ihn verwirrt an.

Olofsen hatte den Sitz nach vorn geklappt und sich selbst so weit in den hinteren Bereich des Wagens bugsiert, dass er den Papierstapel erreichen konnte. Er griff sich einen der Flyer, versuchte zu lesen, was in großen Buchstaben als Überschrift oben auf der Seite stand – und rutschte dabei mit der Hand ab, mit der er sich am Beifahrersitz abgestützt hatte. Direkt in eine Blutlache hinein.

Laut fluchend kämpfte er sich wieder aus dem Wagen heraus.

Als der Polizist seine blutbeschmierte Hand sah, versuchte er krampfhaft, sich ein schadenfrohes Grinsen zu verkneifen. Olofsen bemerkte es trotzdem.

Ein »Ich hab's doch gesagt!« entwich stumm seinen zusammengepressten Lippen, wofür er sich von Olofsen den berüchtigten Ich-nagel-dich-mit-den-Eiern-an-die-Kugelbake-Blick einfing.

»Falls die Jungs von der Technik meine Fingerabdrücke finden sollten, sag denen, dass es meine sind«, instruierte Olofsen den anderen Polizisten. Darauf wischte er sich die blutbeschmierte Hand an seiner schlammbeschmierten Hose ab und machte sich auf den Rückweg.

Als er auf den Parkplatz von Theravactec kam, sah er, dass der Wagen von Palls Kriminaltechnik eingetroffen war. Der Parkplatz und die Straße davor waren bereits mit rot-weißem

Flatterband abgesperrt worden. Dahinter drängten sich neugierige Anwohner und natürlich die Medien. Die ersten Kameras wurden bereits aufgebaut, ein beeindruckender Übertragungswagen mit einer riesigen Satellitenschüssel auf dem Dach war auch vor Ort. Wahrscheinlich war die Welt schon über die neusten Ereignisse im sonst so beschaulichen Cuxland informiert.

Pall kletterte gerade aus dem Transporter, erspähte Olofsen und musterte seine derangierte Erscheinung von oben bis unten. Bevor der Spurensucher eine – wahrscheinlich gehässige – Bemerkung zu seinem Outfit zum Besten geben konnte, forderte Olofsen ihn kurz angebunden auf, sich umgehend und ohne dumme Sprüche um das Fahrzeug des Täters zu kümmern. Dann winkte er Greiner zu sich heran.

»Hol den Wagen. Lass uns verschwinden. Ich muss nachdenken.«

Greiner tat nichts dergleichen, sondern sah ihn nur fragend an.

»Mach schon. Bevor Pall in die Luft geht und noch mehr Reporter hier auftauchen.«

Greiners Blick wurde noch fragender. »Hast du sie noch alle? Wir können doch hier nicht einfach verschwinden. Falls du es nicht mitbekommen hast – hier hat es gerade eine Schießerei gegeben. Mit unserer Beteiligung. Eine Frau ist tot, eine andere schwer verletzt.«

»Gerade deswegen muss ich sofort hier weg«, antwortete ihm Olofsen leicht gereizt. »Ich kann jetzt gar keine Reporter oder andere Klugscheißer gebrauchen. Die Sache ist noch lange nicht zu Ende, und wir kommen immer eine Nasenlänge zu spät.«

Greiner hatte noch immer ein ungutes Gefühl, sich jetzt einfach davonzumachen. Trotzdem kramte er in seiner Hosentasche nach dem Autoschlüssel und setzte sich in Bewegung.

Augenblicke später saßen beide im Wagen und fuhren langsam vom Platz.

»Was jetzt?«, fragte Greiner.

Olofsen wedelte mit dem erbeuteten Flyer.

Wieder sah Greiner ihn fragend an.

»BRGS«, sagte Olofsen nur.

»Heißt?«

Olofsen grinste. »Bewegung für eine radikale und globale Sozialreform«, verkündete er.

»Na logisch. Was auch sonst. Sag mal, willst du mich verarschen?«, untermauerte Greiner sein Unverständnis.

»Ich habe Hunger.«

Greiner schüttelte den Kopf. Manchmal konnte er seinen Kollegen einfach nicht verstehen. Vor wenigen Minuten waren sie in eine Schießerei verwickelt, mit Toten und Verletzten. Unmengen bürokratischer Papierkram, den so eine abgefeuerte Dienstwaffe nach sich zog, stand ihnen nun ins Haus – und Olofsen hatte Hunger. Greiner war sich nicht sicher, ob Olofsen so abgebrüht war oder ob er nur Zeit zum Nachdenken haben wollte.

»Du siehst beschissen aus.«

Olofsen sah an sich herunter, soweit das im Auto möglich war. Seine Hose war schon wieder ruiniert. Schon die zweite, seitdem er sich mit diesem Fall beschäftigte. Die Schuhe sahen nicht viel besser aus, und auch die Jacke war mit einer beeindruckenden Schlamm- und Blutschicht überzogen.

Olofsen sah auf die Uhr. Es war nach sechs. Er war seit Stunden auf den Beinen, Besprechungen, die Medien, dann diese Sache hier. Zeit zum Essen hatte es heute nie gegeben. Das Adrenalin, das während der Schießerei durch seinen Körper geschossen war, war inzwischen abgebaut und hatte nur Schmerzen hinterlassen.

»Das ist jetzt gerade egal. Wir müssen nachdenken. Sofort. Allein. Und damit das noch einigermaßen funktioniert, brauche ich etwas zu essen. Das kann doch kein Zufall sein, dass ich von dieser Cornelia Bacher einen Tipp bekomme, und kurz darauf versucht jemand, sie zu beseitigen.«

»Hast du irgendeine Idee, wer die andere Frau war, die da wohl im Fluchtwagen erschossen wurde?«

»Absolut keine Ahnung. Hatte keine Papiere oder irgendetwas bei sich, womit wir sie sofort hätten identifizieren können. Ich schätze, die Rechtsmedizin muss das erledigen.«

»Wohin jetzt?«

»Nach Nordleda. Da gibt es diese kleine Dönerbude. Kein riesiger Umweg, aber abgelegen genug, um nicht sofort wieder irgendwelchen Reportern in die Arme zu laufen.«

»Nordleda?«

»Jetzt stell dich nicht so an«, brummte Olofsen. »Nordleda. Ist zwar klein, gibt es aber wirklich. Gib Gas.«

Gut fünfzehn Minuten später betraten die beiden Polizisten die kleine Imbissbude im Zentrum von Nordleda. Wobei der Ausdruck »Zentrum« für ein solches Dörfchen sicherlich etwas hoch gegriffen war. Auf der gesamten Fläche, die das Dorf ausmachte, lebten nur ein paar hundert Menschen, aber ein Vielfaches davon an Milchvieh. Um eine mehrere hundert Jahre alte Kirche scharten sich einige kleine, sehr attraktive Häuschen aus dem 19. Jahrhundert, es gab das obligatorische Gerätehaus der Freiwilligen Feuerwehr, einen Neubau, der als Gemeindesaal diente, eine ehemalige Fahrschule und eine Bankfiliale. Drum herum verteilten sich jede Menge Resthöfe, der örtliche Schützenverein und eine Neubausiedlung mit hübschen Häusern und großen Gärten. Und natürlich das Dönerrestaurant. Olofsen war vorher noch nie in Nordleda gewesen, und im Moment hatte er auch kein Auge für den Charme des Dorfes. Er hatte einfach nur Hunger, wollte essen, nachdenken, mit Greiner diskutieren und hoffentlich verstehen, wie alles zusammenpasste.

Der Imbiss war recht leer. Am einzigen, in dem großen Raum etwas verloren wirkenden Tisch beendete gerade ein junges Paar seine Mahlzeit. Ein weiterer Tisch war in die Ecke geschoben worden, anscheinend fehlten die Stühle. Zwei Spielautomaten dudelten gelangweilt vor sich hin. Hinter dem Tresen erwartete man geduldig die Bestellung der Ankömmlinge.

»Einmal mit alles ohne scharf«, rief Olofsen. »Und eine Cola.«

Er war davon überzeugt, dass dies der deutschlandweit übliche und anerkannte Code war, um einen mit Fleisch und Salat gefüllten Brotfladen zu bekommen, aus dem Joghurtsoße tropfte. Allerdings erntete er mit diesem Bestellversuch nur eine Mischung aus einem fragendem und einem mitleidigen Blick. Greiner und das Paar auf dem Weg nach draußen konnten sich ein Grinsen nicht verkneifen – was Olofsen zu allem Übel nicht verborgen blieb.

»Einen Döner und eine Cola«, versuchte es Olofsen noch einmal. »Wir essen hier.«

»Gerne«, kam prompt die Antwort. »Alles drauf? Soll ich den Döner nachschärfen?«

Greiner unterdrückte ein Prusten.

Olofsen blieb ruhig. »Nein.«

»Für mich das Gleiche«, gab auch Greiner seine Bestellung ab.

Kaum saßen die beiden am Tisch, meldete sich Greiners Handy. Er erkannte Palls Nummer auf dem Display. Das ging ja schnell.

»Mensch, habt ihr einen Knall, hier einfach abzuhauen?«, zischte eine Stimme aus dem Gerät, ohne sich mit irgendwelchen Begrüßungsfloskeln aufzuhalten.

Greiner gab das Handy an Olofsen weiter.

Der gab sich unbedarft. »Alles ist im grünen Bereich. Und blas dich nicht so auf, das ist nicht gut für die Gesundheit. Wir haben gesehen, was zu sehen war. Jetzt ist es deine Spielwiese. Finde heraus, was wir nicht sehen konnten, aber wissen müssen.«

Am anderen Ende der Leitung schnappte Pall hörbar nach Luft. »Ich fasse es nicht. Bist du besoffen? Oder blind?«, redete er sich langsam in Rage. »Ist dir klar, wen wir hier auf der Straße liegen haben? Mit halb weggeschossenem Hinterkopf? Idioten!«

Jetzt fühlte Olofsen sich ertappt. Es stimmte, für die aus

dem Wagen geworfene Leiche hatte er keinen vollwertigen Gedanken erübrigt. Er war erleichtert gewesen, nachdem er Cornelia Bacher lebend aus dem Graben hatte bergen können und Greiner aus der Schießerei, die er nur hatte hören, aber nicht sehen können, unbeschadet hervorgegangen war.

»Okay, ich versinke im Erdboden«, versuchte er die Situation etwas zu entspannen. »Wer liegt da?«

»Tanja Muster.«

Olofsen erstarrte. Scheiße, da hatte er wirklich gepennt.

»Sagt euch das was? Habt ihr Experten den Namen schon mal gehört?«, bohrte Pall gnadenlos weiter.

Tanja Muster: tot vor Theravactec. Cornelia Bacher: Mordanschlag vor Theravactec. Lars Aldrich, Wolfgang Meister, beide bei Theravactec: tot. Frisierte Bestellungen. Ebenfalls tot: Christoph Gell. Zwar ein Unfall und nicht bei Theravactec, aber er hatte diese ominöse Plastikflasche bei sich gehabt, die wahrscheinlich ein höchst gefährliches Virus enthalten hatte. Die Spurensicherung hatte sich zwar wegen der Flasche noch nicht bei ihm gemeldet, aber er war sicher, dass Pall sorgfältig suchen und bei Erfolg die Flasche zur Untersuchung ans BNI weiterleiten würde. Aldrich war an einem solchen Virus gestorben. Und außer ihm noch viele unschuldige Menschen, die das Pech gehabt hatten, zur falschen Zeit am falschen Ort zu sein.

Ein Killer namens Lujo. Klang irgendwie niedlich, wie ein Name für einen kleinen Jungen. War aber nicht niedlich. Überhaupt nicht. Und schon gar nicht in den Händen von Wahnsinnigen, die dummerweise nicht nur wussten, was sie taten, sondern auch organisiert waren und einen Weg gefunden hatten, alle notwendigen Materialien zu beschaffen. Soweit er van Roth verstanden hatte, war die Vermehrung von Viren kein Kinderspiel, die Vermehrung eines solchen höchst gefährlichen Killers schon gar nicht. Man benötigte ein gut ausgestattetes Labor, um sich selbst zu schützen. Eine Küche reichte nicht aus. Ein Wahnsinniger reichte nicht aus. Man benötigte ein Team von Durchgeknallten, um so etwas durchzuziehen.

Der Flyer. BRGS. Langsam setzten sich die Puzzleteile zu einem Bild zusammen. Olofsen glaubte ein Motiv erahnen zu können. Der Adrenalinspiegel baute sich wieder auf.

»Hör zu«, unterbrach er Pall, der in der Zwischenzeit weitergeredet hatte, ohne dass Olofsen mitbekommen hätte, worüber.

»Was? Hörst du mir überhaupt zu?«

»Nein. Jetzt mach mal kurz Pause. Ich glaube, ich verstehe jetzt, was hier läuft.«

Stille. Auch Greiner hatte aufgehört, trübsinnig in die Gegend zu starren, und wandte Olofsen seine volle Aufmerksamkeit zu.

»Die Bacher«, fuhr Olofsen fort. »Das ist die aus dem Graben. Sie wollte mich sprechen wegen frisierter Bestellungen bei Theravactec. Aldrich steckte da wohl irgendwie drin. Und es ging dabei um Zellkulturen. Schick ein Team zu denen rein und beschlagnahme die Rechner von Aldrich und Bacher. Falls dir irgendeiner dumm kommt, benutz deinen Charme. Finde die Details.«

»Geht klar«, antwortete Pall.

»Außerdem steht da irgendwo das Fahrzeug, mit dem die Bacher angefahren wurde. Hast du dir das schon angeschaut?«

»Nein. Ich kann doch nicht hexen –«, empörte sich Pall, aber Olofsen ließ ihn nicht weiter zu Wort kommen.

»Sehr wahrscheinlich wurde Tanja Muster in diesem Wagen erschossen. Nimm dir die Karre vor. Schnellstens. Wir müssen herausfinden, wer der Fahrer war. Das ist unser Mastermind, davon bin ich überzeugt. Ich will den Kerl haben.«

»Okay.«

»Ach ja, falls du meine Fingerabdrücke finden solltest, denk dir nichts dabei. Und noch ein Letztes: Schick mir ein Bild von der Muster aufs Handy. Nein, zwei Bilder – eins aus dem Archiv oder von sonst wo und eins von der Leiche.«

Olofsen beendete das Gespräch, ließ das Handy aber auf dem Tisch liegen. Er erwartete die angeforderten Bilder von Pall.

Greiner sah ihn an. »Erzähl!«

Statt der Aufforderung zu folgen, zog Olofsen den Flyer aus der Tasche und schob diesen seinem Kollegen über den Tisch.

Greiner nahm ihn und begann zu lesen.

»Ich glaube, ich verstehe, worauf du hinauswillst«, stellte er nach einigen Augenblicken fest. »Wir hatten erst kürzlich schon mal über diese Möglichkeit gesprochen. Ich bin da aber davon ausgegangen, dass es sich um eine dieser beknackten Antiideen handelt. Du weißt schon, diese Einfälle, die man immer dann hat, wenn man besser ins Bett gehen sollte.«

Olofsen nickte.

»BRGS. Bewegung für radikale und globale Sozialreform. Ich habe immer den Eindruck, dass Leute, die sich solche Namen ausdenken, nicht alle Tassen im Schrank haben. Erinnern mich an diese Phrasendrescher an der Uni. Die konnten auch stundenlang dummes Zeug reden und heiße Luft bewegen.«

»Wenn die wirklich meinen, was die hier schreiben, dann haben die gar nichts mehr im Schrank«, warf Olofsen ein.

»Aber das macht sie wahrscheinlich umso gefährlicher.« Er schaute versonnen in Richtung Grillspieß.

»Die aktuellen Ereignisse bestätigen uns leider, dass wir es nicht nur mit einer Horde von Dummschwätzern zu tun haben, sondern zumindest mit einigen, die eiskalt sind, wenn es um die Umsetzung ihrer bekloppten Ziele geht.«

Greiner hielt den Flyer in die Luft. »Aber du glaubst doch nicht, dass das hier deren Ziel ist?« Er warf das Stück Papier auf den Tisch, als wäre es eine giftige Spinne. »So ein Stuss«, ereiferte er sich. »Zu viele Menschen ... Ressourcen des Planeten erschöpft ... Lebensgrundlage zerstören ... ich fass es nicht ... und dann das hier: ›Alle Probleme, mit denen die Menschheit aktuell konfrontiert wird – Klimawandel, Artensterben, Energieengpass, Wasserknappheit – können auf ein Urproblem zurückgeführt werden: zu viele Menschen! Die menschliche Rasse breitet sich über den Planeten aus wie ein Krebsgeschwür, wie ein Virus. Zum Zwecke der eigenen

Vermehrung wird überall Leben zerstört. Es ist Aufgabe und Wille der BRGS, dies zu verhindern – zum Wohle aller Lebewesen des Planeten.‹«

Greiner verdrehte jetzt die Augen. »Oh mein Gott«, stieß er dann hervor. »Wo bleibt mein Döner? Ich kann gar nicht so viel essen, wie ich kotzen möchte, wenn ich so einen Unfug lese. Wie kann man die gesammelte Dummschwätzerei dieser Welt auf eine Seite quetschen und dann auch noch daran glauben? Und sogar Menschen deswegen umbringen. Unschuldige Menschen, die von diesem ganzen Blödsinn höchstwahrscheinlich noch nie gehört haben und auch nie hören wollten. Ein achtjähriger Junge ist tot. Wegen diesem Mist! Vielleicht hätte er später die geniale Idee gehabt, wie wir alle unsere Probleme ohne Mord und Totschlag lösen können.«

Olofsen zuckte mit den Schultern.

Greiner kam in Fahrt. Er kochte vor Wut. »Früher hat man wenigstens noch ganze Bücher gefüllt, um verquere Ideologien unters Volk zu bringen, bevor es mit dem gegenseitigen Umbringen losging. Aber das hier! Das ist das Idealbeispiel unserer modernen Gesellschaft. PowerPoint, SMS und superviele Freunde bei Facebook. Ein paar Spiegelstriche und Wortfetzen, zack, zack, bla, bla, noch Fragen – nein? Super, dann mal los –«

Das Essen kam, und als ein Teller vor seine Nase geschoben wurde, sah sich Greiner gezwungen, seine Tirade zu unterbrechen. Als ihm der Duft des frisch zubereiteten Fleischs in die Nase stieg, beruhigte er sich sogar ein wenig.

Im gleichen Augenblick meldete sich Greiners Handy. Das kurze Piepsignal deutete den Eingang einer Nachricht an. Pall hatte keine Zeit verloren, um ihm die beiden Bilder zu schicken. Greiner entsperrte das Gerät und schob es so auf den Tisch, dass sie beide das Display sehen konnten.

Das ist also Tanja Muster, ging es Greiner durch den Kopf, als er auf das Bild blickte. Bislang hatte er nur den Namen gekannt, aber kein Gesicht dazu. Aber das Gesicht ist eben doch nicht alles, machte sich ein grimmiger Gedanke in seinem

Kopf breit. Wenn auch verborgen, ist viel wichtiger, was sich dahinter, im Gehirn, abspielt. Er hätte sich gewünscht, dass sich all das, was sich da wohl in ihrem Kopf abgespielt haben musste, nie ereignet hätte. Viele Menschen wären sehr dankbar gewesen.

Ein junger Mann erschien an ihrem Tisch und brachte die Getränke. Als Greiner nach der Cola griff, spürte er, dass jemand hinter ihm stand, und drehte sich leicht irritiert um. »Alles klar?«, fragte er.

»Die Frau kenne ich«, kam die zögerliche Antwort. »Ich habe vorhin das Telefongespräch mitgehört – na ja, nicht absichtlich, aber bei der Lautstärke war es kaum möglich, es nicht zu hören. Sie beide sind von der Polizei, so viel ist klar. Was ist mit ihr?« Er zeigte mit dem Zeigefinger auf das Bild, das noch immer auf dem Handydisplay zu sehen war.

Greiner und Olofsen waren gleichzeitig elektrisiert.

Olofsen zeigte auf einen der noch freien Stühle am Tisch. »Setz dich!«

»Ich muss arbeiten.«

»Wir sind alleine und haben unser Essen. Setz. Dich. Hin!«

Sichtbar überrascht von der Tatsache, im eigenen Geschäft plötzlich den Anweisungen anderer folgen zu sollen, straffte sich der Mann und wollte gerade lautstark protestieren, als Greiner den leeren Stuhl zurückzog und mit der Hand auf die Sitzfläche deutete.

»Diese Frau ist tot. Erschossen. Heute. In den Kopf«, sagte er in einem Ton, als wollte er einem begriffsstutzigen Kind seinen Namen erklären. »Da könnte einem glatt der Appetit vergehen. Wir wollen wissen, wer das warum getan hat. Du sagst, du kanntest sie. Da macht es doch Sinn, dass wir uns unterhalten.«

Der Mann setzte sich.

Olofsen griff nach seinem Döner, biss herzhaft hinein und begann lautstark und für alle sichtbar zu kauen. »Hmspf umpfm kmaduls?«, machte er.

»Wie bitte?«

»Woher kennst du sie?«, übersetzte Greiner die Frage.

»Die hat hier auch regelmäßig Essen geholt. Seit Monaten und bestimmt mehrmals in der Woche.«

Olofsen setzte zu einer neuen Frage an. Da er aber noch immer den Mund voll hatte, kam ihm Greiner zuvor.

»Kennst du ihren Namen?«

»Nein.«

»Weißt du, wo sie wohnt?«

»Nein. Wie auch? Die Leute kommen her, um Döner oder Pizza zu kaufen. Ich liefere nicht.«

»Kam sie immer allein?«

»Ja. Nein, einmal ist sie nicht allein gekommen. So ein Typ war bei ihr.«

»Was für ein Typ?«

»Ein Kerl eben. Den kannte ich auch nicht. Vielleicht ihr Freund. Etwa genauso alt wie sie. Der war aber nur einmal hier.«

»Beschreib ihn!«

Der junge Mann rieb sich das Kinn und rutschte unruhig auf seinem Stuhl hin und her. Ihm war anzusehen, dass er sich dafür verfluchte, sich eingemischt zu haben.

»Wie groß, Haarfarbe, besondere Kennzeichen«, versuchte Olofsen, der mittlerweile seinen Mund leer hatte, dem jungen Mann auf die Sprünge zu helfen.

»Keine Ahnung. Das ist doch schon Wochen her. Hier kommen jeden Tag zig Menschen durch, da kann ich mir nicht jedes Gesicht merken. Schon gar nicht, wenn's nur einmal ist.«

Olofsen und Greiner gaben synchron einen deutlichen Unmutslaut von sich.

»Weißt du irgendetwas Nützliches?«

»Wie jetzt?«

»Etwas, das uns weiterbringen könnte.«

»Ich glaube, sie wohnt hier irgendwo in der Gegend. Wahrscheinlich sogar direkt in Nordleda. Aber ich habe keine Ahnung, wo.«

»Warum glaubst du das?«

»Sie hat ab und zu ihr Fahrrad vor dem Laden abgestellt, wenn sie das Essen abgeholt hat. Kein Mensch kommt hier mit dem Fahrrad hin, wenn er nicht in der Nähe wohnt.«

»Da ist was dran«, bestätigte Greiner.

»Warte mal.« Olofsen war jetzt voll dabei. »Du sagtest gerade was von Essen abholen. Hat sie vorbestellt?«

»Ja, ab und zu. Aber meistens kam sie direkt hierher –«

Olofsen unterbrach ihn abrupt. »Wie ist die Telefonnummer? Hier, vom Imbiss. Die Nummer für die Bestellungen?«

Der junge Mann stand auf und ging zur Theke. Dort nahm er sich eine kleine Karte und legte sie vor Olofsen auf den Tisch. »Da steht alles drauf.«

»Danke«, sagte Olofsen und griff nach dem Handy. Er bat Greiner, es nochmals zu entsperren, und suchte anschließend im Speicher nach einer Nummer, von der er wusste, dass auch Reiner sie gespeichert hatte. Dann wartete er. Nach einigen Sekunden hatte sich am anderen Ende offensichtlich jemand gemeldet, denn er begann sofort und bestimmt zu sprechen. »Hier ist Olofsen. Ich brauche sofort eine Verbindungsüberprüfung.« Er nannte die Nummer des Dönergrills. »Alle eingegangenen Anrufe der letzten zwei Monate.«

Der Gesprächspartner schien von Olofsens Forderung nicht angetan zu sein.

»Wie, das geht nicht? Spinnst du? Das muss gehen. Mach hin«, bellte er in das Gerät.

Es entwickelte sich eine längere Diskussion, in der Olofsen immer grimmiger wurde. Ihm wurde erklärt, dass eine derartige Datenerfassung ohne Staatsanwalt und Richter nicht möglich sei und er das eigentlich wissen müsse.

Wütend knallte er das Handy auf den Tisch, als wenn das Gerät die Schuld an der Rechtslage trüge.

Er überlegte. Dann wandte er sich wieder an den Dönermann.

»Hast du sie aus irgendeinem Grund mal zurückgerufen? Dann könnten wir sie über diesen Weg finden.«

»Nein. Und wenn ja, hätte ich ja die Nummer. Aber ich hab

vorhin schon gesagt, dass ich sie nicht habe«, kam die knappe und etwas patzige, dafür aber klare Antwort.

»Dreck.«

Auch knapp und klar.

Verärgert griff Olofsen nach seinem Döner und biss noch einmal kräftig hinein. Er hätte sich daran erinnern sollen, dass das Potenzial, bei diesem Gericht eine Sauerei zu veranstalten, enorm groß war. Aber er war sauer und abgelenkt und erinnerte sich daher nicht daran. Folglich spritzte die Joghurtsoße aus beiden Seiten des Fladenbrotes, einige Salat- und Fleischstücke machten sich ebenfalls selbstständig. Das Ergebnis – ein bekleckerter Tisch und noch mehr Flecken auf seiner ohnehin schon ruinierten Hose – war entwürdigend, und entsprechend verfinsterte sich Olofsens Gemütszustand um ein paar weitere Grade. Greiners unterdrücktes Prusten half da wenig.

»Ich geh dann mal«, vermeldete der junge Mann und erhob sich von seinem Stuhl. »Neue Kundschaft.«

Es stimmte, in der Zwischenzeit hatten mehrere junge Leute das Lokal betreten und grinsten unverhohlen, als sie Olofsen und das Resultat seiner Essversuche erspäht hatten.

SIEBZEHN

Es war bereits später Nachmittag. Paul saß in Cuxhaven auf der Terrasse eines Bistros mit Blick auf die Alte Liebe. Obwohl die Kaffeezeit schon vorbei war und die Zeit des Abendessens noch nicht begonnen hatte, war kaum ein Platz frei. Kinder schrien und rannten zwischen den Tischen umher, Hunde gingen verängstigt unter den selbigen in Deckung.

Paul beobachtete das Geschehen auf der Alten Liebe. Die Aussichtsplattform war noch immer abgesperrt. Diverse Fahrzeuge – Polizei und nicht klar zuzuordnende Transporter – waren so nahe wie eben möglich davor abgestellt. Aus hohen Absperrgittern und dunkelgrünen Planen hatte man versucht, einen Sichtschutz aufzubauen, aber der stetige Wind hatte immer wieder Löcher in dieses Provisorium gerissen. Man konnte sehen, wie ein halbes Dutzend Personen in weißen Overalls und mit Masken vor den Gesichtern auf der Plattform arbeitete. Was sie genau taten, war nicht zu erkennen, aber es schien, als ob sie putzten und neu anstrichen. Paul wusste, dass sie versuchten, die Oberflächen zu desinfizieren, nachdem sie herausgefunden hatten, dass auch dort Lujo auf neue Opfer lauerte. Er war sich selbst nicht sicher, wie lange das Virus dort überleben würde, aber es verbreitete immerhin Schrecken, egal, ob noch infektiös oder nicht.

Mit einem Blick hinter sich stellte er fest, dass eine Vielzahl der Gäste um ihn herum ebenfalls mit einer Mischung aus Faszination und Angst die Geschehnisse in nur gut einhundert Metern Entfernung verfolgten. Die Zeitungen und Nachrichten waren voll gewesen mit Berichten über das Killervirus und den Toten auf der Alten Liebe. Viele Menschen, besonders Touristen, hatten es vorgezogen, die Stadt sicherheitshalber zu verlassen.

Andere, und, wie sich hier im Bistro zeigte, nicht wenige, waren dagebblieben, vielleicht, weil sie weder Zeitung lasen noch Nachrichten schauten, vielleicht, weil sie ihren Urlaub über alles andere stellten und nicht bereit waren, sich diesen durch irgendetwas vermiesen zu lassen. Vielleicht, weil sie alles für eine riesige Hysterie hielten. Vielleicht auch, weil sie einfach zu blöd waren, die Gefahr zu erkennen.

Paul fasste nach seinem Rucksack, den er unter den Tisch geschoben hatte. Er war da, wo er sein sollte.

Vor eineinhalb Stunden hatte der Chef auf dem Hof angerufen. Eigentlich war Paul der Anruf extrem ungelegen gekommen, denn Tanja und er waren gerade im Bett gewesen – mal wieder. Sie hatte rücklings auf ihm gesessen und ihn mit langsamen Bewegungen fast um den Verstand gebracht. Und dann schrillte dieses verfluchte Handy los. Tanja war einfach aufgestanden und hatte sich das Telefon geschnappt.

Zunächst setzte sie sich breitbeinig und frech grinsend auf den Stuhl gegenüber, doch von Sekunde zu Sekunde verhärteten sich ihre Gesichtszüge. Irgendetwas stimmte nicht. Weshalb Paul aufgestanden war und sich schon mal angezogen hatte.

Kurz darauf war das Gespräch beendet. Tanja war in heller Aufregung gewesen. Der Chef hatte ihr aufgetragen, ihn umgehend zu treffen. Und Paul sollte sich auch sofort auf die Socken machen, den ganzen Virusvorrat, der noch hinten im Labor lagerte, in zwei Sprühflaschen abfüllen und dann am Bahnhof von Cuxhaven auf ihn warten.

Auf dem Platz vor dem Bahnhof standen zwei Polizeifahrzeuge, daher hatte Paul beschlossen, hier nicht herumzuhängen, um nicht Gefahr zu laufen, von einem der Polizisten angesprochen und vielleicht sogar durchsucht zu werden. Er entschied sich, in der Zwischenzeit etwas durch die Umgebung zu spazieren. So war er immer weiter in den Hafen hineingelaufen und schließlich in dem Bistro an der Alten Liebe gelandet.

Vor einigen Augenblicken hatte die Bedienung, ein junges,

leicht pummeliges Mädchen, ihm einen Cappuccino gebracht. Wieder fasste er unter den Tisch, um zu prüfen, ob der Rucksack noch an seinem Platz war.

Im Labor war immer alles so einfach gewesen. Dort fühlte er sich sicher, trotz der Gefahr, der er sich aussetzte, sobald er mit den simplen und teils selbst gebastelten Schutzvorrichtungen ein hochgefährliches Virus vermehrte.

Auch mit den anderen zu sprechen, besonders mit Tanja, war für ihn immer einfach. Weil er wie sie von der Notwendigkeit ihres Vorhabens überzeugt war. Der Planet Erde war nicht darauf ausgelegt, acht oder mehr Milliarden Menschen unterzubringen und zu ernähren. Als Konsequenz betrieb ein Teil der Menschheit Raubbau, um überhaupt irgendwie über die Runden zu kommen. Eine zweite Gruppe, von der man meinen sollte, sie hätten doch alles, waren von der Gier getrieben, trotzdem noch mehr zu scheffeln. Und der dritten Gruppe war es scheißegal. Sie lebten ihr Leben, ein gewisser Luxus war selbstverständlich, woher der kam, wurde nicht hinterfragt, und wer dafür ausgebeutet wurde, wollte schon gar niemand wissen. Ein paar Energiesparlampen einschrauben und ein kleines Gemüsebeet im Garten – und schon war das Gewissen beruhigt.

Christoph hatte mit seinem wirren Geschwafel im Kern zwar recht gehabt, aber der Chef hatte es auf den Punkt gebracht: zu viele Menschen. Komisch eigentlich, dass das vor ihnen noch niemand erkannt hatte.

Pauls Handy schrillte und riss ihn aus seinen Gedanken. Die mopsige Kellnerin kam wieder an seinem Tisch vorbei und lächelte ihn keck an. Paul nahm das Gespräch an. Es war der Chef.

»Wo bist du?«, schoss ihm die Frage entgegen.

»Im Hafen.«

»Ich hatte gesagt, du sollst am Bahnhof warten.«

Paul hatte keine Lust, sich anpampen zu lassen. »Die Ecke ist voller Bullen«, zischte er leise zurück, damit niemand mithörte und vielleicht sogar die richtigen Schlüsse zog. »Da renn ich doch nicht länger rum als eben nötig. Und red anständig mit mir. Ich bin kein Idiot.«

Pause.

»Was jetzt also?«, zischte Paul weiter.

»Du musst mich abholen.«

»Warum? Tanja ist doch mit dem Wagen da.«

»Pass gut auf«, donnerte es Paul ins Ohr. »Ich bin auch kein Idiot. Und wenn ich ›abholen‹ sage, dann meine ich auch ›abholen‹.« Das Wort »abholen« wurde mehr als deutlich betont, sozusagen in Leuchtschrift gesprochen.

Paul antwortete nicht. Er hörte einfach nur weiter zu, als der Chef ihm erklärte, wo er ihn aufgabeln sollte.

»Was ist mit Tanja?«, wollte er wissen.

»Die ist nicht hier.«

»Aha. Und warum nicht?«, hakte Paul nach.

»Nerv mich nicht und setz deinen Arsch in Bewegung«, kam die erhellende Antwort. Dann war das Gespräch beendet.

Paul seufzte. Er sollte sich auf den Weg machen.

Wenig später saß er im Auto und fuhr Richtung Otterndorf, um den Chef einzusammeln. Er wunderte sich über die seltsame Beschreibung, aber eigentlich war ihm klar, dass er sich im Moment besser über nichts wundern sollte.

Im Radio lief nur nervige Musik. Kaum auszuhalten und auf allen Sendern immer das Gleiche. Aber in ein paar Minuten wurde es siebzehn Uhr, und er wollte sich die Lokalnachrichten anhören. Vielleicht gab es ja etwas Neues.

Als Erstes kam irgendetwas über eine Streitigkeit zwischen Bund und Ländern, der Vermittlungsausschuss war eingeschaltet worden. Paul hörte gar nicht hin. Dann hörte er nur zwei Worte und war sofort hellwach: Cuxhaven und Killervirus. In einer für Nachrichtensendungen schon fast peinlichen Dramatik berichtete der Sprecher über die neuste Entwicklung. Offensichtlich waren in der Hamburger Klinik zwei weitere Personen an den Folgen der Lujo-Infektion gestorben. Die Ermittlungen der Polizei liefen auf Hochtouren. Angeblich gab es erste Spuren, aber Konkretes wusste der Nachrichtensprecher auch nicht zu berichten. Es folgte eine Liveschaltung zu einem Reporter, der von dramatischen Szenen in der Stadt berichtete, von Menschen, die Cuxhaven in Panik verlassen wollte.

Paul dachte einen Moment nach. Von dramatischen Fluchtszenen hatte er – leider, wie er fand – nichts gesehen. Er begann sich über diesen medialen Blödsinn zu ärgern. Dann wurde er wieder hellhörig. Es hatte auf dem Parkplatz einer Biotechnologiefirma in Otterndorf eine Schießerei mit Toten gegeben. Was war das? Bei der Firma konnte es sich nur um Theravactec handeln, andere Biotechfirmen gab es da nicht. Er war schon ein- oder zweimal dort gewesen, um Zellkulturmaterial abzuholen, wenn Christoph mal wieder keine Zeit gehabt hatte.

Aber was sollte das mit der Schießerei? Und wer war tot? Paul lief es plötzlich eiskalt den Rücken herunter. Theravactec war in den letzten Tagen wegen des Killervirus – *seines* Killervirus – mehrfach in die Schlagzeilen geraten. Tanja! Sie war mit dem Chef unterwegs, aber jetzt sollte er ihn – nur ihn – abholen. Pauls Hände krallten sich um das Lenkrad, sodass die Knöchel weiß hervortraten. Tanja! Das durfte nicht sein. Die Welt war zwar zu voll mit Menschen, aber dieser eine Mensch, Tanja, durfte nicht von ihr verschwinden. Wenn doch bloß nicht alles immer so kompliziert wäre, verdammt noch mal!

Pauls Ahnungen verschlimmerten sich, als der Chef auf den Beifahrersitz rutschte. Sein Anzug war komplett derangiert: staubig, zerknittert, mit Dreck bespritzt – als wäre er eine weite Strecke über einen matschigen Acker gelaufen. Das passte ganz und gar nicht zu diesem sonst so korrekten Mann.

»Was ist passiert?«, fragte Paul.

»Fahr los.«

Paul gehorchte und fädelte sich problemlos in den Verkehr ein. Zurzeit waren nur wenige Autos unterwegs.

»Was ist passiert?«, wiederholte Paul seine Frage. Seine Stimme klang dabei ein Quäntchen gereizter als zuvor.

»Zum Labor. Gib Gas.«

Paul riss das Lenkrad herum und trat fest auf die Bremse. Mit blockierten Reifen kam der Wagen fast augenblicklich zum Stehen. Der plötzliche Ruck war so heftig, dass der Chef, der sich nicht angeschnallt hatte, nach vorn gerissen wurde und mit dem Kopf hart auf der Armaturenverkleidung aufschlug. Paul, der selbst durch den Sicherheitsgurt festgehalten worden war, langte mit einem schnellen Griff an das Revers seines Mitfahrers und zog ihn mit einem weiteren kräftigen Ruck zurück. Er sah, dass der Chef aus einer Platzwunde an der Stirn blutete.

»Was ist mit Tanja?«, zischte er.

»Bist du bescheuert?«, schrie ihn der Chef an, kam aber nicht weiter, weil ihm das Blut aus seiner Stirnwunde ins Auge lief und dort wohl schmerzhaft brannte. Aber auch weil Paul wieder zupackte und ihn mit einer schnellen Bewegung zur Seite stieß, sodass er sich erneut den Kopf an der Seitenscheibe schlug.

»Ich will wissen, was passiert ist!«, brüllte Paul. »Wo zur Hölle ist Tanja?«

Statt endlich eine Antwort zu erhalten, blickte Paul in die Mündung einer Pistole. Nur einen Augenblick später spürte er den kalten Stahl des aufgeschraubten Schalldämpfers an der Schläfe.

»Jetzt fahr endlich los, du kleiner Scheißer! Zum Labor.«

Paul sah rot vor Wut. Andererseits wurde ihm schlagartig klar, dass sich soeben die Argumentationslage zu seinen Ungunsten verändert hatte. Zudem ergriff ihn eine beunruhigende Gewissheit, was mit Tanja geschehen sein musste. Er fuhr los.

Die Pistole zeigte nach wie vor auf seinen Kopf. Keiner von beiden sagte ein Wort. Sie waren in die Bahnhofstraße eingebogen und hatten die Bahngleise am Otterndorfer Bahnhof überquert.

Die Stille dauerte noch einige Minuten an, dann hielt Paul es nicht mehr aus. Die Drohungen und die auf seinen Kopf gerichtete Pistole waren ihm egal.

»Was ist mit Tanja?«, bohrte er erneut nach.

Wieder keine Antwort.

Sie waren in Nordleda angekommen und fuhren am Dorf-
haus vorbei, bogen dann nach rechts von der Bundesstraße in
die Cuxhavener Straße ab.

»Was wollen wir im Labor?«, versuchte es Paul mit einer
anderen Strategie. »Ich habe die Flaschen mit dem Virus dabei.«

Zwar gab ihm der Chef noch immer keine Antwort, aber er
schaute zwischen Paul und dem Rucksack auf der Rückbank
hin und her. Immerhin eine Reaktion.

»Blödes Arschloch«, brummte Paul laut vor sich hin. Doch
der Chef ignorierte die Provokation.

Kurz darauf bog Paul auf den Hof ihres Hauses ein. Wie
erwartet stand kein anderes Fahrzeug vor der Tür. Ihre
Gruppe war auseinandergebrochen. Christoph war tot, Tanja
verschwunden und wahrscheinlich auch tot, und der Chef
schien extrem unter Druck zu stehen oder war gerade dabei,
die Nerven zu verlieren. Was auch immer es war, Paul hatte
begriffen, dass es gefährlich für ihn wurde.

Sie betraten das Haus. Alles war so, wie Paul und Tanja es
verlassen hatten. Der Chef dirigierte ihn in die Küche. Paul
stand unschlüssig vor dem Küchentisch und beobachtete den
Chef, der die Waffe nach wie vor schussbereit in der Hand.

»Viel zu früh. Das ist viel zu früh«, murmelte er vor sich
hin.

»Was ist viel zu früh? Verdammt noch mal, mach endlich
das Maul auf und steck die Kanone weg. Wir sind hier nicht
im ›Tatort‹-Showdown«, schnauzte Paul ihn an.

Statt einer Antwort sah Paul die Pistole auf seinen Kopf
gerichtet. Der Chef fixierte ihn mit eiskaltem Blick.

»Wer weiß das schon so genau?«, sagte er so emotionslos,
dass es Paul schauderte.

»Was redest du da?«

»Wir sind so gut wie aufgeflogen«, schrie ihn der Chef
plötzlich an. »Und weißt du auch, warum? Nein? Na, das

kann ich dir sagen. Die blöde Schlampe hat's vermasselt, und die Bullen sind ihr auf die Schliche gekommen. Überraschenderweise arbeiten hier im beschissenen Cuxhaven doch nicht nur Trottel bei den Bullen. Hier oben rennen ein paar ziemlich ausgeschlafene Kerlchen rum.«

Paul verstand gar nichts. Tanja hatte nur gemacht, was sie abgesprochen hatten. Sie wollte doch unbedingt, dass die Aktion ein Erfolg wurde.

»Was ist mit Tanja?«, fragte er zum x-ten Mal, die Stimme nun deutlich aggressiver.

Als Reaktion wieder nur ein eiskalter Blick. Dann, eine gefühlte Ewigkeit später: »Vögeln. Ja, darin war sie gut. Aber das weißt du ja besser als ich. Brauchte ständig einen Schwanz. Der von Aldrich hat ihr wohl besonders gut gefallen. Ist deiner zu klein? Oder machst du zu schnell schlapp?«

Paul verstand noch immer nichts. Aber der Verlauf dieser Konversation machte ihn zusehends wütender. Dass sich Tanja von Aldrich hatte ficken lassen, wusste er. Das war Teil des Plans gewesen. Es hatte Paul nicht gefallen – da war er wohl ziemlich altmodisch –, aber es schien der einzige Weg zu sein. Sie hatten es zuerst mit Geld versucht, aber das hatte bei Aldrich nicht funktioniert. Und Aldrich hatte seinen Job richtig gut gemacht, geliefert, was gebraucht wurde. Alles für *sex on demand.*

»Wir wussten alle Bescheid. Wie sonst hätte ich die beschissene Zellkultur machen können. Also was soll das alles?«

»Die blöde Fotze hat sich dabei filmen lassen«, schnappte der Chef zurück. »Die Filmchen sind von Aldrichs Computer ins Internet gewandert. Die Bullen haben sie gefunden. Und so sind sie auf ihre Spur gekommen. Es ist nur noch eine Frage der Zeit, bis sie hier auf der Matte stehen, denn über Tanja läuft der Kaufvertrag für diesen Hof.«

Paul sackte in sich zusammen. Es stimmte, Tanja hatte den Hof auf ihren Namen gekauft. Das schien damals eine gute Lösung zu sein, immerhin hatte sie eine feste Stelle, wenn auch in Hamburg, und damit regelmäßige Einkünfte. Die Bank war beruhigt und bewilligte den notwendigen Kredit für Kauf und Umbau. Er selbst hatte nichts vorzuweisen gehabt, und Christoph hatte sich natürlich dünnegemacht.

Von den Filmen wusste er allerdings nichts. Zwar hatte sie ihn einmal gefragt, ob es ihn stören würde, dabei gefilmt zu werden, das würde sie besonders scharfmachen. Bei Paul hatte es jedoch das Gegenteil bewirkt, und so hatten sie es gelassen.

»Woher weißt du das eigentlich?«, fragte Paul.

»Ich weiß es halt«, brüllte ihn der Chef an. Die Pistole war nach wie vor auf seinen Kopf gerichtet.

»Was ist jetzt mit ihr?«, versuchte es Paul erneut.

Der Chef verzog das Gesicht. »Es gab eine kleine Auseinandersetzung mit der Polizei bei Theravactec. Sie ist tot.«

Paul erstarrte. Die Schießerei, von der sie im Radio gesprochen hatten.

»Die Bullen haben sie abgeknallt?«

Die gefühlte Temperatur im Raum sank um noch ein paar Grad.

»Nein«, stellte der Chef fest. »Ich habe ihr eine Kugel in den Kopf gejagt. Die Schlampe hat's versaut. Ihretwegen sitzen mir jetzt die Bullen im Nacken. Die Wichser haben sogar auf mich geschossen. Auf mich! Das lass ich nicht durchgehen. Die hol ich mir auch noch.«

Bei Paul brannte die Sicherung durch. In einer blitzschnellen, fließenden Bewegung griff er die noch auf dem Tisch neben ihm stehende Teekanne, schleuderte sie in Richtung Chef und stürzte sich selbst mit einem lauten Wutschrei auf ihn. Mit der Hand schlug er die Pistole zur Seite, sodass der Schuss, der sich nur Sekundenbruchteile später löste, ihn verfehlte und stattdessen das Fenster durchschlug.

Aber der Chef war gewandter, als Paul erwartet hatte. Geschickt drehte er sich zur Seite, sodass Paul in seiner unkontrollierten Wut an ihm vorbeiglitt und der Länge nach auf den Boden schlug.

Sofort war der Chef über ihm. Paul spürte einen Schuh in seinem Nacken.

»Und du kleiner Scheißer?«, hörte er seine zischende Stimme. »Was willst du? Deine kleine Fotze ist Geschichte. Sie hätte sich halt vorher ein paar Gedanken machen sollen. Willst du mir jetzt auch in den Rücken fallen, alles endgültig ruinieren?«

Paul versuchte, ihn abzuschütteln, aber der Chef hockte mit seinem ganzen Gewicht auf ihm. Im nächsten Moment spürte er kalten Stahl an seinem Hinterkopf.

ACHTZEHN

Die beiden Polizisten hatten ihre Mahlzeit beendet und verließen das Lokal. Olofsen fühlte sich ein bisschen besser, mit neuer Energie. Sie gingen gerade um das gelb angestrichene Backsteingebäude herum, um zu dem kleinen Parkplatz zu gelangen, als das Handy klingelte. Olofsen blieb stehen und fummelte an seiner Jackentasche herum. Greiner hatte sein Telefon gar nicht erst zurückhaben wollen.

Pall war dran.

»Gibt's was Neues?«, fragte Olofsen.

»Ich denke schon«, antwortete der Kriminaltechniker. »Wir waren gerade bei Theravactec, um uns den Rechner von der Bacher zu holen.«

»Und, schon was gefunden?«

»Natürlich nicht. So schnell geht das nun auch wieder nicht. Uns ist dabei der Boss von dem Laden über den Weg gelaufen, du weißt schon, dieser Korz.«

»Ich vermute, der Spinner hat einen Mordszirkus veranstaltet und euch alle Anwälte und Plagen dieser Welt an den Hals gewünscht.«

»Überraschenderweise nicht. Er war ganz aufgelöst und kleinlaut. Scheint ihn richtig mitgenommen zu haben, die Geschichte mit der Bacher. Vielleicht beginnt er langsam zu begreifen, was da in seiner Firma passiert, jetzt, nachdem sein dritter Mitarbeiter nur knapp einen Mordanschlag überlebt hat.«

»Erst macht der den harten Manager, und jetzt backt er nur noch kleine Brötchen. Werd einer schlau aus dem Kerl.« Olofsen blickte auf und sah Greiner winken, blieb dann aber stehen, um Pall weiter zuzuhören.

»Offensichtlich wollte die Bacher heute dringend mit ihm sprechen, weil sie irgendwas entdeckt hat. Er hatte aber gerade Besuch und hat sie abgewimmelt.«

»Abgewimmelt. Aha. Wahrscheinlich hat er sich nicht mal zu ihr umgedreht und sie dann wie einen Depp im Flur stehen lassen. Danach hat sie mich angerufen. Was dann passiert ist, wissen wir.«

»Richtig«, stimmte ihm Pall zu. »Aber es drängt sich die Frage auf, woher unser Killer wusste, dass die Bacher etwas entdeckt hatte und es Korz erzählen wollte.«

Über diesen Punkt hatte sich Olofsen auch Gedanken gemacht. Er sah Greiner noch immer winken.

Was?, deutete Olofsen mit einem eindrücklich fragenden Blick an.

»Hier in der Gegend brennt's irgendwo. Wir sollten mal nachschauen«, rief Greiner ihm zu.

»Noch alle Tassen im Schrank? Als wenn wir nichts Wichtigeres zu tun hätten«, grummelte Olofsen.

»Was redest du für einen Mist?«, kam Palls Stimme aus dem Handy.

Olofsen fluchte leise vor sich hin. »Sorry, ich meinte nicht dich.«

Greiner zuckte mit den Schultern.

Olofsen ignorierte ihn und wandte sich wieder an Pall. »Du sagtest, Korz hätte Besuch gehabt. Wissen wir, wer ihn beehrt hat?«

Doch statt einer Antwort von Pall hörte Olofsen plötzlich nur eine laut und schrill aufheulende Sirene. Da diese sich keine hundert Meter entfernt auf dem Dach eines Bauernhofs befand, war der Lärm ohrenbetäubend. Olofsen zuckte zusammen. Eine Feuersirene. Hier auf dem Land war dies stets die beste Methode, um die Jungs von der freiwilligen Feuerwehr zu alarmieren.

Wie Greiner bereits gesagt hatte – irgendwo brannte es.

Olofsens Gedankengänge kamen abrupt zum Erliegen.

»Hast du mich verstanden?«, drang wieder Palls Stimme aus dem Handy über sein Ohr bis ins Gehirn vor. »Was ist denn da bei euch los? Feiert ihr eine Party?«

Im nächsten Moment erschütterte ein beängstigend lauter

Knall, begleitet von einer Druckwelle, die Umgebung. Eine Explosion! Fensterscheiben klirrten. Olofsen sah Greiner sofort hinter dem Wagen verschwinden. Als er sich selbst ducken wollte, rutschte er am Bordstein ab und schlug hart mit dem Kopf auf der Straße auf. Erst drehte sich alles, dann verschwand die Farbe aus der Welt, und für einige Augenblicke wurde alles schwarz.

Olofsen fluchte erneut. Für seinen Geschmack hatte dieser Tag genug geboten. Langsam rappelte er sich auf. Greiners Handy lag mit zersplittertem Display gut zwei Meter neben ihm. Na super. Das war schon das zweite heute. Noch mehr hatten sie nicht dabei.

Greiner tauchte hinter dem Auto auf. »Was war das denn?«

Jetzt zuckte Olofsen mit den Schultern.

Ein Mann sprach ihn an. »Sind Sie okay?«, fragte er. »Ihr Gesicht ist ganz blutig.«

Erstaunt wischte sich Olofsen mit der Hand über die Stirn und durch die Haare. Sie war blutbeschmiert. Als sei dies der Auslöser für seine wiederkehrende Wahrnehmung, spürte er ein warmes Rinnsal über seine Wangen laufen.

Greiner eilte zu ihm und kniete sich hin. »Das ist bloß eine Platzwunde an der Stirn«, stellte er fast gelangweilt fest. »Blutet stark, ist aber kaum der Rede wert.«

Klugscheißer, schoss es Olofsen durch den Kopf.

»Ich ruf die Polizei«, verkündete der Mann neben ihnen.

»Die ist schon da.«

»Wie jetzt?«

»Wir sind die Polizei.«

»Ach was. Wir brauchen die Feuerwehr.«

Greiner verdrehte die Augen. »Die ist auch schon da«, meinte er und zeigte auf das Löschfahrzeug, das soeben mit hoher Geschwindigkeit, Blaulicht und eingeschaltetem Martinshorn aus dem nur einen Steinwurf entfernten Gerätehaus in die Cuxhavener Straße einbog und in die Richtung der in den Himmel aufsteigenden Rauchsäule verschwand.

Das musste eine gewaltige Explosion gewesen sein, und

es dürfte wohl ein gutes Geschäft für die Glaser bedeuten, all die zu Bruch gegangenen Fensterscheiben in der direkten Nachbarschaft zu ersetzen. Hoffentlich gab es keine Verletzten.

»Den Notarzt!«, hatte der Mann einen neuen Vorschlag.

Ein Genie. »Gute Idee!« Olofsen versuchte aufzustehen. Es klappte aber noch nicht so richtig, und er schlug erneut auf den Boden. »Nein, ich bin okay. Es geht schon«, stammelte er mit schmerzverzerrtem Gesicht.

»Den Notarzt«, wiederholte der Mann. »Haben Sie die Nummer?«

»Eins eins zwei.«

»Aber das ist doch die Nummer von der Feuerwehr.«

Greiner schluckte. Vielleicht hatte der Mann ja einen Schock. Schließlich waren Explosionen im gemütlichen Nordleda nicht an der Tagesordnung. Trotzdem wurde er das Gefühl nicht los, mitten in einer Sendung von RTL2 zu sein.

»Bist du bekloppt?«, fuhr er den Mann an. »Natürlich eins eins zwei. Notarzt, Feuerwehr – immer eins eins zwei. Und jetzt drück die Tasten und geh mir nicht auf den Sack!«

Olofsen robbte auf allen vieren in Richtung ihres Wagens.

»Null elf achtundachtzig«, brabbelte er vor sich hin. »Ruf die Auskunft an. Die wissen die Nummer vom Notarzt.«

Er wandte sich an Greiner. »Wir müssen los.«

Am Himmel stieg noch immer eine bedrohliche Rauchwolke auf. Tiefschwarz hingen die Schwaden am sonst blauen Himmel.

Die beiden Polizisten saßen in ihrem Wagen. Greiner startete den Motor, Olofsen wischte sich mit einem Papiertaschentuch die noch immer blutende Stirn ab und versuchte, seinen brummenden und sich drehenden Schädel unter Kontrolle zu bekommen. Immerhin war die Farbe in seinen Blick zurückgekehrt. Ein gutes Zeichen.

Greiner bog, wie zuvor schon das Feuerwehrfahrzeug, in die Cuxhavener Straße ein und lenkte den Wagen in Richtung

Rauchsäule. Dann trat er auf das Gaspedal, und sie schossen mit weit überhöhter Geschwindigkeit über die schmale Straße. Im Rückspiegel entdeckte Greiner ein weiteres Feuerwehrfahrzeug, das ihnen in einiger Entfernung mit Blaulicht folgte und langsam kleiner wurde.

»Pass auf!«, rief Olofsen plötzlich.

Greiner blickte nach vorne und trat gleichzeitig das Bremspedal voll durch. Die Bremsen packten sofort, und der Wagen kam schlingernd zum Stehen. Allerdings hatte Olofsen es versäumt, den Sicherheitsgurt anzulegen. Er versuchte zwar, sich mit aller Kraft im Sitz festzuhalten, aber die Fliehwirkung des unerwarteten Bremsmanövers war so groß, dass er nach vorn gerissen wurde und mit Kopf und Schulter hart auf der Plastikverkleidung des Handschuhfachs aufschlug. Er gab mit schmerzverzerrtem Gesicht eine lange Reihe unflätiger Schimpfworte von sich, die sein Kollege – wäre er besserer Laune gewesen – als »innovativ, aber nicht zielführend« beschrieben hätte.

All das konnte jedoch nicht verhindern, dass seine Stirnwunde noch weiter aufriss und erneut stark zu bluten begann. Es war wirklich an der Zeit, dass dieser Tag zu Ende ging. »Elende Scheiße!«, fluchte er zusammenfassend.

Greiner drückte aggressiv und fortwährend auf die Hupe. Olofsen versuchte, den stechenden Schmerz in seiner Stirn zu ignorieren, schaute hoch und glaubte seinen Augen nicht zu trauen. Direkt vor dem Kühler des Wagens erhob sich der mächtige Hintern einer Kuh. Daneben noch einer. Und noch einer. Durch das Seitenfenster beobachteten ihn zwei große Augen, deren Besitzerin ebenfalls extrem nach Kuh aussah.

»Was ist denn hier los?«

»Willkommen auf dem Lande«, patzte Greiner und hämmerte weiter auf der Hupe herum.

Neben dem Wagen tauchte ein Mann auf, der wild mit den Armen gestikulierte. Greiner kurbelte das Seitenfenster herunter. Doch bevor er auch nur ein Wort herausbringen konnte, fuhr ihn der Fremde auch schon wütend an: »Hör endlich mit dem Gehupe auf, du Spinner. Du machst mir die Tiere noch ganz verrückt.«

»Polizei. Wir müssen hier durch.«

»Und wie stellt ihr Experten euch das vor?« Der Mann machte ein interessiertes Gesicht, als wäre er auf die Antwort gespannt. Es kam aber keine, deshalb sagte er: »Ich wollte die Tiere gerade auf die Weide auf der anderen Straßenseite treiben, als diese Explosion, oder was immer das war, sie total nervös gemacht hat.
Dann rauscht hier noch die Feuerwehr vorbei, und die Tiere drehen fast durch und rennen kreuz und quer über die Straße.«

In Panik hatte die kleine Kuhherde das fast geöffnete Gatter durchbrochen und war auf die Straße gelaufen. Da der Herdentrieb nur »Rennen!« angeordnet, aber nicht gesagt hatte, wohin, liefen sie nun kreuz und quer auf der Straße herum. Der Bauer versuchte mit einem Gehilfen, die Tiere zu beruhigen und sie von der Straße weg auf die andere Weide zu treiben.

»Wie lange –«, hob Greiner an, kam jedoch nicht weiter.

»Halt mich nicht von der Arbeit ab, dann geht's schneller«, wurde er angeherrscht. »Und lass die Finger von der Hupe, oder ich schmiere dir 'nen Kuhfladen auf die Scheibe.«

Greiner schloss den Mund wieder und lehnte sich nach hinten. Hinter ihnen war der zweite Feuerwehrwagen angekommen. Sofort sprangen drei junge Männer heraus und halfen dem Bauern.

Zu jedem anderen Zeitpunkt hätte Greiner die Situation wohl als komisch empfunden, aber in Anbetracht der aktuellen Ereignisse waren panische Kühe einfach unpassend.

»Scheiß Landleben«, stellte Olofsen noch einmal nachdrücklich fest. Er hatte sich ein Bündel Papiertaschentücher vor die Stirn gepresst und so die Blutung leidlich unter Kontrolle gebracht.

Greiner sah ihn schräg von der Seite an und konnte sich ein Grinsen nicht verkneifen. »Du siehst echt mitgenommen aus.«

»Fick dich selbst. Die Viecher sind weg. Gib Gas!«
Greiner sah, dass sein Kollege recht hatte. Mit vereinten Kräften hatte man die Kühe so weit von der Straße getrieben, dass genug Platz war, um vorbeizufahren.
»Schnall dich an.«
»Fuck you!«

Greiner gab Vollgas, und nur Augenblicke später bog der Wagen mit den beiden Polizisten nach links ab, überquerte eine kleine Bücke, die einen Entwässerungsgraben überspannte, und fuhr auf einen geschotterten Hof. Hinter dem bereits eingetroffenen Feuerwehrfahrzeug stellte er den Wagen ab. Linker Hand lag ein älteres zweigeschossiges Wohngebäude aus roten Ziegeln und mit einem Wellblechdach. Trotz des schwarzen Qualms konnten sie erkennen, dass alles leicht runtergekommen wirkte, aber nicht verfallen war. Nur waren fast sämtliche Fenster zertrümmert. Wahrlich kein Traumdomizil.

Hinter dem Wohnhaus stand noch ein weiteres Gebäude. Oder zumindest hatte dort mal eines gestanden. Die Explosion hatte das Gebäude, wahrscheinlich eine Scheune, vollständig in Trümmer gelegt. Das Dach war eingestürzt, von den Außenwänden stand nur noch eine und auch die wohl nicht mehr lange. Aus dem Inneren der Ruine ragten diverse Metallteile und Rohrleitungen in bizarren Formen und Biegungen zwischen alten Holzbalken hervor. Steine, Stücke des Mauerwerks und Glasscherben lagen in weitem Kreis um den Ort des Geschehens verteilt. Aus den Trümmern stieg schwarzer Qualm auf, aber erstaunlicherweise brannte es nicht lichterloh, wie Olofsen es eigentlich vermutet hatte. Nur hier und da waren kleine Flammen sichtbar.

Überall wimmelte es von Feuerwehrleuten. Allem Anschein nach war auch schon die freiwillige Feuerwehr aus dem Nachbarort Lüdingworth eingetroffen. Olofsen und Greiner stiegen aus dem Wagen. Hinter ihnen bog das zweite Feuerwehrfahrzeug aus Nordleda in die Einfahrt ein.

»Verschwindet und behindert nicht unsere Arbeiten«, herrschte sie eine Stimme von hinten an. »Hier könnten noch Verletzte sein.«

Olofsen drehte sich genervt um. Er war heute schon von zu vielen Leuten schräg von der Seite angemacht worden.

»Polizei! Geh löschen. Dem Nächsten, der mich blöd anmacht, reiß ich die Eier ab. Hab eh schon schlechte Laune.«

Der Feuerwehrmann erstarrte, als er Olofsens zorniges Gesicht sah, sein gesamtes Erscheinungsbild – blutverschmiert, zerrissene und völlig verschmutzte Kleidung – vermittelte ihm sicher auch nicht den Eindruck des netten Kumpels von nebenan.

Ein weiterer Feuerwehrmann lief an ihnen vorbei. Er hatte eine Sauerstoffflasche auf dem Rücken und zog einen langen, dicken Schlauch hinter sich her.

»Benötigen Sie Hilfe?«, wandte sich der erste Feuerwehrmann noch einmal an Olofsen. »Der Notarzt ist gleich da.«

»Ein paar frische Klamotten würden schon ausreichen«, murmelte der Kommissar.

Er betrachtete die gespenstische Szene, die da vor ihm lag. Beißender Gestank stieg ihm in die Nase, gemischt mit dem Rauch ließ er seine Augen tränen. Aber es roch nicht nur nach Feuer und Brand, sondern noch irgendein anderer Geruch hing in der Luft. Ein Geruch, der hier nicht hingehörte, chemisch.

»Irgendwie sieht das, was von dem Gebäude übrig geblieben ist, nicht wie die typische Scheune im ländlichen Niedersachsen aus«, meinte Greiner, der hinter ihn getreten war.

»Wie meinst du das?«

Greiner zeigte auf die immer noch tapfer standhafte Wand. »Schau mal genau hin. Ich finde, das sieht aus, als hätte auf der Innenseite der Ziegelwand noch eine weitere Wand gestanden.«

Olofsen sah, was er meinte.

»Die ganzen Rohre und Leitungen sehen auch komisch aus.« Greiner deutete nun mit der Hand in die andere Richtung. »Ein Bekannter von mir hat einen Hof bei Lüneburg, mit riesigen Scheunen und Ställen. Da gibt's ein hochmodernes Lüftungssystem – Bauern sind ja heute die reinsten Hightechkünstler. Aber solch einen Schnickschnack gab's da nicht.«

»Bist du sicher? Hast du seine Scheune auch schon explodiert und abgebrannt gesehen?«

Greiner blickte ihn nur stumm an.

Olofsen machte einen Schritt auf den Trümmerberg zu. Mittlerweile mischten sich weißer Qualm und Asche in den nach wie vor aufsteigenden Rauch. Die Feuerwehrleute hatten sich an die Arbeit gemacht. Sie rückten vorsichtig, aber zielstrebig mit ihrem Löschgerät vor und erstickten einen Brandherd nach dem anderen.

»Das da sieht aus wie ein Kühlschrank«, stellte Olofsen fest und machte einige weitere Schritte zur Seite. Er zeigte auf ein anderes demoliertes und verbogenes Teil aus Metall und Glas, knapp anderthalb Meter lang, das entfernt an eine Telefonzelle oder eine verglaste Kabine erinnerte. »So etwas habe ich vor Kurzem schon einmal irgendwo gesehen.«

Er dachte angestrengt nach. War das jetzt gerade überhaupt wichtig? Dann fiel es ihm ein.

»Bei Theravactec.«

»Ernsthaft?«

»Im Eingangsbereich hingen ein paar Fotos aus den Laborbereichen. Du weißt schon, diese Angeberbilder. Viel Hightech, polierter Edelstahl und ein paar Flaschen mit blauen und roten Flüssigkeiten. So ein Teil war auf den Bildern auch drauf. Wenn ich mich recht erinnere, war das irgendeine Arbeitsbank oder so.«

Greiner runzelte die Stirn. »Sicherheitswerkbank«, stellte er fest. »Laminar Air Flow.«

»Hört, hört, der Mann kennt sich aus.«

»Veralbere mich nicht«, brummte Greiner. »Wenn das tatsächlich eine Sicherheitswerkbank ist, dann stehen wir hier vielleicht genau vor dem Viruslabor, das wir seit Tagen verzweifelt suchen. Und ich bin mir nicht sicher, ob das gerade gut oder schlecht ist. Möglicherweise ist das dann hier alles infektiös.«

Olofsen erwachte aus seiner Starre, in die er in den letzten Sekunden gefallen war. Plötzlich wurde ihm bewusst, was Greiners Bemerkung bedeutete. Aufgeregt winkte er den Feuerwehrmännern, die sich weiter durch die Ruine vorarbeiteten, um ihnen zu signalisieren, dass sie sich sofort zurückziehen sollten. Aber sie bemerkten ihn nicht. Erst als er wild gestikulierend auf den Einsatzleiter zurannte, der noch am Fahrzeug stand, und ihm in wenigen sehr klaren Worten seine Befürchtung darlegte, rief dieser mit Entsetzen in den Augen über Funk seine Leute zurück.

Anschließend ließ er sich von Olofsen erneut und ausführlich die Lage erklären und zog sich dann Unverständliches vor sich hin murmelnd in die Fahrerkabine des Wagens zurück. Olofsen sah, wie er nach dem Funkgerät griff.

Greiner war zu ihm getreten. »Wir müssen wissen, wie gefährlich das hier ist«, stellte er fest.

»Unser Virologe muss das wissen«, antwortete Olofsen ihm. Dann wandte er sich wieder an die Feuerwehrmänner und rief ihnen die Aufforderung zu, das ganze Gelände weiträumig abzusperren und dafür zu sorgen, dass niemand auf den Hof kam. Er wollte nach seinem Telefon greifen, um van Roth herzubeordern, als ihm klar wurde, dass er keines mehr hatte.

»Beschaff ein Handy und pfeif den Virustypen her«, wies er Greiner an und marschierte zu dem mehr oder weniger unbeschädigten Wohngebäude.

Vor der Tür blieb er stehen. Eine stabile Stahltür ohne Fenster oder Verzierung. Als Haustür nicht besonders schön, aber umso effektiver, wenn es darum ging, ungebetenen Gästen den Zugang zu verweigern. Die Tür war nur angelehnt.

Olofsen drückte sie vorsichtig ein Stück weiter auf, dann trat er ein. Vor ihm lag ein Flur, dunkel, hässlich und heruntergekommen. Auf der einen Seite führte eine Treppe ins Obergeschoss, auf der anderen Seite zweigten zwei Türen ab, direkt vor ihm befand sich eine weitere, die geöffnet war und in eine Küche führte. Trotz des allgegenwärtigen Brandgeruchs war sich Olofsen sicher, dass die Luft zwar stickig war, aber nicht alt und abgestanden.

Er entschied sich, zunächst die Räume hinter den verschlossenen Türen zu inspizieren. Seine rechte Hand griff er unter die Jacke, zog seine Dienstwaffe aus dem Holster und entsicherte sie. Mit einem Schritt ging er auf die erste Tür zu und stieß sie schwungvoll auf. Ein Badezimmer, renovierungsbedürftig, aber funktional. Niemand drin.

Die nächste Tür, das gleiche Prozedere. Leer. Nur ein paar Kartons standen in einer Ecke. Nach zwei großen Schritten stand Olofsen nun vor der letzten verschlossenen Tür. Der Durchgang würde nach draußen führen. Olofsen stellte sich daneben, drückte die Klinke herunter und riss die Tür in einer fließenden Bewegung auf, die Waffe im Anschlag. Eine Wand. Olofsen starrte ungläubig die blanken Ziegel an. Zugemauert. Was sollte denn der Mist?

Er wandte sich der Küche zu. Mit wenigen schnellen Schritten stand er im Türrahmen. Die Waffe hielt er noch immer mit beiden Händen ausgestreckt vor sich hin und ließ sie den Bewegungen seiner Augen folgen, während diese jede Ecke des Raumes absuchten. Kein übermäßig großer Raum. Fenster, deren Scheiben durch die Explosion eingedrückt worden waren. Die Glasscherben verteilten sich über den Boden. Die Küche wirkte schäbig und für nicht mehr als das Nötigste eingerichtet. Dies alles nahm er nur am Rande wahr, denn sein Blick heftete sich sofort auf etwas, das am Fenster auf dem Fußboden lag.

Ein Körper, Bauch und Gesicht dem Boden zugewandt, bedeckt mit Glassplittern. Eine große Blutlache breitete sich rund um den Kopf aus. Olofsen fluchte vor sich hin, während er entschlossen auf den leblosen Körper zuging.

Mit dem Fuß stieß er den Körper an. Keine Reaktion. Olofsen hatte damit eigentlich auch nicht gerechnet, denn dafür war die Blutlache zu groß. Er steckte die Waffe ein. Im selben Augenblick hörte er, wie die Haustür erneut geöffnet wurde und Greiner eintrat. Ihre Blicke trafen sich. Mit einem kurzen Nicken bedeutete Olofsen ihm, nicht in die Küche zu kommen, sondern das obere Stockwerk zu untersuchen. Er selbst stand ebenfalls wieder auf, zog erneut seine Waffe und folgte seinem Kollegen. Die alten Holzstufen der schmalen Treppe knarzten vernehmlich, als die beiden Männer nach oben stiegen.

Die Treppe führte in einen kleinen Flur, von dem mehrere Türen abgingen, identisch mit der Raumaufteilung im Erdgeschoss. Greiner warf einen schnellen Blick in ein kleines Badezimmer. Toilettenschüssel, Waschbecken mit einem gammeligen Regal darüber, eine enge Dusche mit einem halb offenen und von Stockflecken übersäten hellgrünen Duschvorhang. Greiner rümpfte die Nase und wandte sich ab.

Olofsen hatte in der Zwischenzeit die beiden anderen Räume inspiziert. Nun stand er in einem Schlafzimmer. Ein Doppelbett mit zerwühlten Laken, ein alter Stuhl, über dessen Lehne eine Jeans und einige T-Shirts hingen. In einer Ecke stand ein kleiner, alter Lederkoffer. Hier waren die Fensterscheiben bei der Explosion nicht zu Bruch gegangen. Wahrscheinlich, weil das Fenster weit offen stand und so die Druckwelle nicht gegen das Glas gedrückt hatte. Auf dem Fußboden entdeckte Olofsen diverse Kleidungsstücke, deren Besitzer wohl eine Frau war.

»Niemand da«, stellte er fest.

»Zum Glück auch keine Leiche«, fügte Greiner hinzu.

»Unten liegt eine.«

»Hab's vom Flur aus gesehen.«

»Mausetot.«

»Durch die Explosion?«

»Nein. Kopfschuss. Sieht aus wie eine Hinrichtung.«

»Irgendwer hat mir mal erzählt, die Gegend hier wäre so friedlich und wunderschön.«

»Der hat dich wohl veräppelt.«

»Drecksack.«

»Ich sag's dir.«

Greiner nickte wissend. »Wie geht's jetzt weiter?«

»Wir brauchen die Tatortgruppe und die Rechtsmedizin. Die sollen herausfinden, wer da unten liegt, warum er tot ist und ob es eine Verbindung zu unserem Fall gibt. Und ich will wissen, welcher Sprengstoff verwendet wurde und wie viel man davon braucht, um diese Scheune samt der stabilen Innenwände plus Einrichtung in die Luft zu jagen.«

»Klingt nach einem Kinderspiel.«

»Frank ist Profi. Der kriegt das hin.«

»Ich ruf ihn an.« Greiner angelte in der Jackentasche nach dem Handy, das er sich von einem der Feuerwehrleute organisiert hatte. »Sonst noch was?«

»Was ist mit unserem Virologen? Wann kommt der hier an?«

»Hab nur seine Mailbox erreicht. Er hat noch nicht zurückgerufen.«

»Super. Was bringt uns ein Berater, wenn er nicht da ist, um zu beraten?«

Die beiden Polizisten marschierten nach unten. Draußen auf dem Hof hatte die Feuerwehr gute Arbeit geleistet. Mit rotweißem Flatterband hatten die Männer den ganzen Hof bis zur Straße abgesperrt und alle Schaulustigen so auf Abstand gehalten.

Natürlich waren auch schon die ersten Journalisten eingetroffen, wahrscheinlich dieselben, die auch schon in Otterndorf am Parkplatz von Theravactec auf Schlagzeilenjagd gegangen waren. Einige von ihnen waren offenbar der Meinung, dass ein Mikrofon mit einem bunten Senderlogo die Wertigkeit einer Eintrittskarte hatte, und stiegen einfach über das Absperrband. Nach der Schießerei in Otterndorf witterten sie eine weitere Sensation in diesem sonst so beschaulichen Landstrich, und ihre Gier nach dem besten Foto und einem Interview ließ sie Regeln, Anstand und wohl auch die eigene

Sicherheit vergessen. Es dauerte nur wenige Augenblicke, bis sie von einigen starken Armen gegriffen und trotz wüster Proteste und viel Lamento über Pressefreiheit und Informationspflicht gegenüber der Bevölkerung zurück hinter die Absperrung verfrachtet wurden.

»Natürlich könnt ihr berichten, so viel ihr wollt«, ätzte Olofsen ihnen hinterher. »Aber jenseits der Absperrung. Hier ist ein Tatort, da kann nicht jeder Trottel rumlaufen.«

An die Feuerwehrmänner gewandt, fügte er ausreichend laut hinzu, sodass es jeder hören konnte: »Wenn noch mal einer von denen versucht, auf den Hof zu latschen, haltet mit dem Schlauch drauf.«

Dann ging er zu Greiner, der hinter ihrem Wagen stand und in das Telefon sprach. Der reichte ihm das Handy.

»Was?«, blaffte Olofsen in das Gerät.

»Was ist da eigentlich los bei euch?« Palls Stimme. Ebenfalls einigermaßen ungehalten – ganz normal also.

»Hier tobt der Bär. Wie weit bist du? Wir brauchen dich in Nordleda, und zwar dringend.«

»Wir sind fertig. Auf den ersten Blick gibt es nichts mehr zu berichten, was du nicht schon weißt. Die Details müssen wir uns im Labor anschauen, aber im Großen und Ganzen haben wir ein recht gutes Bild von dem, was passiert ist.«

»Das ist prima«, antwortete ihm Olofsen. »Dann pack dein Köfferchen zusammen und setz dich in Bewegung. Ich habe neue Arbeit für dich. Eine Scheune, komplett in Trümmer gelegt. Wahrscheinlich haben wir das Viruslabor gefunden oder zumindest die Reste davon.«

»Hoppla!«

»Und wir haben eine weitere Leiche.«

»Dafür ist die Rechtsmedizin zuständig, wer auch immer das nun übernimmt, nachdem Klaus durchgeknallt ist. Aber langsam werden die Kühlschränke knapp.«

»Sonst noch was?«, fragte Olofsen.

»Ja. Du wolltest doch noch wissen, wer heute Nachmittag bei Korz zu Besuch war.«

Olofsen dachte einen Moment nach. Das schien alles schon eine kleine Ewigkeit her zu sein. »Richtig«, antwortete er. »Wer war's?«

»Van Roth.«

»Was?«

»Van Roth«, wiederholte Pall. »Unser Virologe tanzt auf allen Hochzeiten.«

Olofsens Gedanken rasten.

Van Roth bei Korz. Er hatte nichts davon gesagt, dass er auch etwas mit Theravactec zu tun hatte. Okay, Olofsen musste sich eingestehen, auch nicht nachgefragt zu haben. Trotzdem seltsam.

»Hast du irgendeine Ahnung, wo er jetzt steckt?«, wollte Olofsen wissen.

»Nein, der ist abgerauscht. Muss kurz vor eurem Cowboy-Auftritt gewesen sein.«

»Komisch«, dachte Olofsen laut vor sich hin. »Uns ist gar kein anderer Wagen entgegengekommen. Nur der Typ, der die Bacher umgenietet hat.«

»Was weiß ich. Vielleicht ist er gelaufen«, sagte Pall. »Frag ihn, wenn er auftaucht. Wir sind unterwegs.«

»Was?«, wollte Greiner wissen, als er den Blick seines Kollegen registrierte.

Olofsen sagte es ihm, und Greiner fiel die Kinnlade herunter. »Aber der wollte doch nach Bremen, nicht nach Otterndorf.«

»Was hat das zu bedeuten?«, fragte Olofsen.

»Also –«

»Ruhe. Ich muss nachdenken. Haben wir van Roth wegfahren sehen?«, nahm Olofsen den Faden wieder auf.

»Nein.«

»Haben wir überhaupt jemanden wegfahren sehen?«

»Soweit ich mich daran erinnern kann – nein.«

»Kann der Typ sich in Luft aufgelöst haben?«

Greiner warf Olofsen einen Blick zu, als wollte er fragen, ob er noch alle Tassen im Schrank habe.

»Eher nicht.«

»Wo also war er? Wo ist er jetzt? Was wissen wir eigentlich über den Knaben?«

»Wo er war – keine Ahnung. Wo er jetzt ist – auch nicht. Was wir über ihn wissen – eigentlich nichts. Du wolltest einen Experten, du hast ihn bekommen. Aber ob das entscheidend ist, dass wir ihn nicht gesehen haben, kann ich nicht beurteilen.« Greiner kratzte sich am Kinn. »Wir waren voll auf die Schießerei konzentriert, kein Wunder, schließlich waren wir mittendrin. Vielleicht haben wir ihn dabei schlicht übersehen. Vielleicht war er noch irgendwo im Gebäude, ist hinten rausgegangen, über den Deich spaziert oder irgendwie anders weggefahren. Aber ich bin mir nicht sicher, ob dies etwas zu bedeuten hat.«

Olofsens Blick verfinsterte sich. Das gefiel ihm überhaupt nicht. Greiner mochte recht haben, und die Tatsache, dass sie den Virologen nicht gesehen hatten, war völlig unwichtig. Aber sein Bauch sagte etwas anderes.

»Ruf im Büro an«, wandte er sich wieder an Greiner. »Die sollen ihn finden und hierherschleifen. Asap.«

»Was?«

»*As soon as possible.* Ist so ein Managerspruch, den ich von Korz gelernt habe. Total bescheuert, klingt aber wichtig.«

»Asap. Klar.«

»Und das LKA soll den Kerl noch mal durchleuchten. Ich will alles über ihn erfahren. Lebenslauf, Farbe der Unterhose, wen er vögelt. Alles.«

»Asap.«

»Ganz genau.«

Olofsen wandte sich von Greiner ab und ließ seinen Blick über den Hof schweifen. Die Feuerwehr bemühte sich, die letzten Brandnester aus sicherer Entfernung mit Schaum zu ersticken. Sollte hier noch irgendetwas infektiös sein, wollte niemand damit in Kontakt geraten. Und unkontrolliert im Löschwasser weggespült werden sollten potenziell vorhandene Viren auch nicht.

Gerade verließ der Rettungswagen den Hof, da er hier nicht mehr gebraucht wurde. Stattdessen fuhr ein Leichenwagen über die schmale Brücke. Jedes Mal wenn Olofsen diese langen schwarzen Wagen mit den weißen Vorhängen an den hinteren Scheiben sah, beschlich ihn ein mulmiges Gefühl. Trotz seiner Erfahrung konnte er sich an den Anblick nicht gewöhnen.

Gerade wollte er sich umdrehen, um noch einmal mit dem leitenden Beamten der Feuerwehr zu sprechen, da tippte ihm Greiner auf die Schulter und hielt ihm erneut das Handy unter die Nase.

»Wird Zeit, dass du dir ein eigenes beschaffst. Oder einen anderen Assistenten.«

Olofsen zog einmal kräftig die Nase hoch, griff nach dem Telefon und ließ seinen Kollegen stehen.

»Ja? Wer und was?«, maulte er in das Gerät.

»Kommissar Olofsen. Unser großer Polizistenheld«, hörte er eine sarkastisch klingende Stimme. »Sind wir heute etwa schlecht gelaunt?«

Erst riss Olofsen überrascht die Augen auf, dann verengte er sie zu schmalen Schlitzen. Zorn stieg in ihm auf.

»Wer sind Sie?«, bellte er.

»Na, na, na«, maßregelte die ihn die Stimme. »Etwas mehr Freundlichkeit hat noch niemandem geschadet. Außerdem solltest du wissen, wer ich bin.«

Olofsen schloss die Augen. Er sollte wissen, wer das war? Jetzt scharf nachdenken, nichts überhören. Zuerst hatte er gedacht, irgendein Spinner wolle ihn veralbern. Bei komplexen Ermittlungen kam es fast immer vor, dass armselige Gestalten aus ihren Löchern krochen, um die Polizei mit dummen Sprüchen zu stören. Aber intuitiv wusste Olofsen, dass dies hier nicht der Fall war.

»Woher sollte ich Sie kennen?«, fragte er mit gepresster Höflichkeit.

»Also wirklich. Gerade bist du doch bei mir zu Hause oder zumindest bei dem, was davon noch übrig ist. Ts, ts, ts«, machte die Stimme. »Immer verpassen wir uns.«

»Woher wollen Sie wissen, dass ich bei Ihnen zu Hause bin, wo ich doch nicht einmal weiß, wer Sie sind. Erzählen Sie es mir doch einfach.«

Kein psychologisch ausgefeilter Kniff, um an weitere Informationen zu gelangen, aber Olofsen war nicht in der Stimmung für wohldurchdachte Verhandlungen.

»Verarsch mich nicht, Polizist.« Die Stimme klang nun hart und kalt. »Du stehst auf einem Hof in Nordleda, der vor ein paar Minuten zu weiten Teilen in die Luft geflogen ist.«

Olofsen lief ein Schauer über den Rücken. Langsam und betont unbeteiligt machte er ein paar Schritte, um einen Blick auf die Leute hinter dem Absperrband zu werfen. Die meisten waren in der Zwischenzeit wieder gegangen. Nur noch drei oder vier waren da und unterhielten sich. Eine ältere Frau fiel ihm auf, da sie sich ein Handy ans Ohr hielt. Aber die Stimme, die mit ihm sprach, kam eindeutig von einem Mann.

Er ruderte mit dem freien Arm, um Greiner auf sich aufmerksam zu machen. Er könnte veranlassen, dass man versuchte, den Anrufer zu lokalisieren, während er selbst ihn in ein längeres Gespräch verstrickte. Dummerweise sah Greiner ihn nicht.

»Warum so schweigsam?«, kam die prompte Frage. »Überlegst du dir gerade, woher ich wohl weiß, wo du bist, Bulle? Ob ich dich beobachte? Vergiss es. Das ist völlig unwichtig.«

»Und was ist dann wichtig?«, versuchte Olofsen, wieder ins Gespräch zu kommen. Er gab sich Mühe, gelangweilt zu klingen. »Und was haben Sie hier auf dem Hof eigentlich getrieben?«

»Bist du so bescheuert, oder tust du nur so?«, brauste die Stimme auf. »Du solltest doch längst begriffen haben, dass die Scheune eigentlich ein Labor war, in dem ein richtig fieses Virus vermehrt wurde. Sind vor Kurzem in der Gegend nicht ein paar Leute an einer seltsamen Infektion verstorben? Ich meine, etwas in der Art gehört zu haben. Kannst auch meinen Mitarbeiter fragen. Als ich ihn zum letzten Mal gesehen habe, war er in der Küche.«

Pause.

Dann sprach die Stimme weiter: »Ups, geht gar nicht. Der ist ja tot. Loch im Kopf. Aber das weißt du bestimmt schon. Dann frag doch deinen Virologen, falls du ihn bei Gelegenheit auftreiben kannst.« Ein hämisches Lachen erklang.

Olofsen ruderte erneut mit den Armen. Diesmal wurde Greiner aufmerksam und kam auf ihn zu.

Olofsen deckte das Handy mit der Hand ab und versuchte ihm leise und schnell die wichtigsten Infos zuzuflüstern: »Er ist es«, zischte er. »Der Ober-Virus-Spinner persönlich. Er weiß genau, wo wir sind. Finde raus, wie er das macht. Und lass seinen Standort lokalisieren. Und sag mir bloß nicht wieder, das geht nicht.«

Greiner schaute ein wenig unglücklich drein und zischelte dann zurück: »Du hast das Handy von einem der Feuerwehrleute.«

Olofsen zuckte nur mit den Schultern und wandte sich ab.

»Ja, Ihren Mitarbeiter haben wir gefunden, samt Loch im Kopf. Unschöne Sache. Dafür werden Sie ziemlich lange in den Knast gehen.«

Das Lachen wurde noch hämischer.

Olofsen merkte, dass er seinen Zorn nicht mehr lange unterdrücken konnte. All die Menschen kamen ihm in den Sinn, die im Laufe der vergangenen Tage unter erbärmlichen Qualen an dieser Infektion sterben mussten. Besonders nagte an ihm, dass unter den Opfern der kleine Junge war.

»Du dummes Stück Scheiße«, platzte es aus ihm heraus. »Ich werde dich kriegen und dir dermaßen die Fresse einschlagen, dass du dir wünschst, du wärst an deinem eigenen Virus verreckt. Ich –«

»Halt die Luft an, Sherlock«, schnitt ihm die Stimme das Wort ab. »Du willst mich kriegen? Versuch's doch, komm und hol mich. Einer von euch Clowns hat doch schon auf mich geschossen und nicht getroffen. Willst du noch einen zweiten Versuch? Niemand, und schon gar kein Bulle, pfuscht mir ins Handwerk.« Jetzt klang die Stimme fast gelangweilt. »Aber egal, ich bin fast am Ziel. Und du? Du bist zu spät. Wie immer. Wenn du ankommst, ist der Zug schon abgefahren. Zu spät. Zu langsam. Zu blöd. Ach übrigens, pass auf deinen Kopf auf.«

Das Gespräch war beendet.

Olofsens Zorn war prompter Bestürzung gewichen. Zu spät? Zu langsam? Zu blöd? Wie immer? Was sollte das heißen?

Er wandte sich ab und lief auf einen der Polizeiwagen zu, in dem er Greiner am Funkgerät erspäht hatte.

Im selben Augenblick wurde der Hof abermals von einer Explosion erschüttert. Das Wohnhaus, in dem Olofsen noch vor einigen Minuten gewesen war und wo er die Leiche entdeckt hatte, flog in die Luft.

Die Druckwelle war gewaltig. Glas- und Holzsplitter, Steine und Dachziegel flogen wie Geschosse durch die Luft. Menschen wurden zu Boden geschleudert, aber die Schmerzensschreie waren wegen des Explosionslärms nicht zu hören. Neue Flammen loderten auf, die Scheiben der Einsatzfahrzeuge wurden eingedrückt.

Ein Gedanke sprang Olofsen regelrecht an: *Pass auf deinen Kopf auf.*

Dann traf ihn etwas. Am Kopf natürlich. Ein Höllenschmerz durchzuckte ihn wie ein Blitzschlag.

NEUNZEHN

Schmerzen quälten seinen ganzen Körper, bissen in seine Brust, hämmerten in seinem Kopf. Olofsen war sich nicht sicher, ob er versuchen sollte, die Augen zu öffnen. Vielleicht würden die Schmerzen verschwinden, wenn er die Augen einfach geschlossen ließ.

Er hörte, wie eine Tür geöffnet wurde. Jemand näherte sich, er konnte leise Schritte wahrnehmen.

»Kommissar Olofsen, sind Sie wach?«, fragte eine weiche weibliche Stimme.

Er wusste es selbst nicht so genau, also zog er es vor, die Frage zu ignorieren und gar nichts zu tun.

»Ich komme später noch einmal zu Ihnen.«

Die Schritte entfernten sich.

Olofsen änderte spontan seine Meinung und entschied, doch wach zu sein.

»Hab Sie bloß reingelegt«, murmelte er.

Keine Antwort. Stattdessen änderte sich die Laufrichtung, die Schritte führten jetzt woandershin. Plötzlich wurde es hell. Olofsen kniff die noch immer geschlossenen Augen zusammen.

»Dann aber auch richtig«, flötete die Stimme.

An diesem Punkt beschloss Olofsen, endgültig die Augen zu öffnen und sich der Realität zu stellen.

Zuerst war es gar kein Unterschied. Alles war grell und konturlos. Aber nach einigen Augenblicken konnte er allmählich seine Umgebung erkennen.

Ein karges Zimmer, kaum Möbel. Kunstdrucke in einfachen weißen Rahmen an der Wand. Er selbst schien in einem Metallbett zu liegen. Weiße Bettwäsche, die nach Desinfektionsmittel roch. Über ihm ein Galgen, an dem ein dreieckiger Handgriff baumelte. Neben ihm ein Infusionsständer, daran mehrere Beutel mit farblosen Flüssigkeiten. Von diesen Beuteln führten Schläuche direkt an sein Handgelenk. Ein Krankenhauszimmer.

Er wandte den Kopf ein wenig zu Seite. Am Fenster stand eine junge Frau, groß und mit langen blonden Haaren. Sehr gut aussehend, sehr weibliche Figur, die in der weißen und etwas eng erscheinenden Krankenhauskleidung mehr als notwendig betont wurde. Sie lächelte ihn an, ihre weißen, makellosen Zähne kamen kurz zum Vorschein. Vielleicht doch kein Krankenhaus?

Bevor sich Olofsen näher mit dieser Frage befassen konnte, flog die Tür auf. Ein untersetzter Mann Mitte vierzig, Vollbart, deutlicher Bauchansatz und Brille mit kleinen runden Gläsern, stürmte ins Zimmer. Er trug eine weiße Hose und einen weißen Kittel, der über dem Bauch spannte. In der Brusttasche des Kittels steckten eine ganze Batterie von Kugelschreibern, ein kleiner Taschenrechner und ein kurzes Lineal. Um seinen Hals hing ein Stethoskop. Definitiv Krankenhaus.

Enttäuscht warf Olofsen noch einen Blick auf die Blondine, die er kurz entschlossen mit dem Attribut »bombig« versehen hatte. Sie zwinkerte ihm noch einmal kurz zu, verließ dann aber das Zimmer.

Schon sprach ihn der männliche Bauch an. »Endlich sind Sie wach, Kommissar«, sagte er. »Mein Name ist Dr. Samblowski. Doc Sam, wenn Sie wollen.« Er lachte etwas dümmlich. »Sie sind hier im Krankenhaus, in Cuxhaven.«

»Ach was«, sagte Olofsen.

»Erstaunlich, nicht wahr. Schöne helle Zimmer, Vollverpflegung, all inclusive, sogar medizinische Betreuung, und trotzdem wollen die meisten unserer Gäste so schnell wie möglich wieder weg. Wirklich seltsam.«

Ein Witzbold.

»Ich hasse all inclusive. Sollte der Laden nicht eigentlich unter Quarantäne stehen?«

Doc Sam machte ein betretenes Gesicht. »Eine ganz unglückliche Geschichte. Aber das Opfer des Autounfalls bei Lüdingworth war bereits verstorben, bevor der Rettungswagen hier ankam. Unsere Chefs haben entschieden, den Rettungswagen zu versiegeln. Fahrer und Notarzt wurden isoliert und werden in Kürze zum BNI ausgeflogen. Es sind also nur ein oder zwei Räume im Untergeschoss abgeriegelt, das restliche Haus ist offen. Wir können es uns schlicht nicht erlauben, nach Otterndorf ein weiteres Krankenhaus stillzulegen.«

»Aha. Wenn Sie sagen, dass das ausreicht, will ich das glauben.« Olofsen zog die Stirn in Falten. »Aber warum bin ich nun hier?«

»Jemand wollte Sie in die Luft sprengen«, entgegnete Doc Sam.

Richtig. Olofsen begann sich zu erinnern. Die Jagd auf den Virus-Killer, der Hof in Nordleda, die Explosion.

»Hat wohl nicht geklappt«, entgegnete er.

»Glücklicherweise nicht.«

»Und was genau mache ich jetzt hier?«

Der Mediziner holte geräuschvoll Luft und zog einen Stuhl ans Bett heran, um sich zu setzen. Dann sagte er: »Unterm Strich haben Sie Glück gehabt. Ein paar Platzwunden im Gesicht, wahrscheinlich eine leichte Gehirnerschütterung, eine tiefe Schnittwunde im Oberschenkel – ein Glasstück hat Sie da ordentlich erwischt – und eine geprellte Rippe, aber sonst sind Sie fit wie ein Turnschuh.«

Jetzt bemerkte Olofsen den strammen Verband um seinen Brustkorb. Er verzog das Gesicht. Das kam jetzt extrem ungelegen.

»Wie lange wollen Sie mir Ihre Fürsorge angedeihen lassen?«, erkundigte er sich, obwohl er nicht ganz sicher war, ob ihm die Antwort gefallen würde.

»Ein paar Tage werden wir Sie ganz sicher noch bewirten.«

Olofsen verzog erneut das Gesicht. Wahrlich nicht der richtige Zeitpunkt.

»Ich habe eine Idee«, begann er. »Sie lassen mich jetzt gehen und meine Ermittlungen zu Ende bringen, danach komme ich zurück, und Sie können die Behandlung weiterführen. Wird auch nicht lange dauern.«

Der Arzt lachte wieder blöde. Es klang wie eine Gruppe Schafe auf dem Deich.

»Vergessen Sie's. Mit der Beinwunde können Sie sowieso kaum laufen. Und Ihre Rippe braucht Zeit.«

»Zeit ist aber genau das, was gerade fehlt. Wir haben gestern eine heiße Spur entdeckt. Menschenleben sind in Gefahr. Viele Menschenleben«, versuchte es Olofsen auf der dramatischen Schiene.

»Ja, ganz schlimm«, sagte der Arzt amüsiert und wackelte mit dem Kopf.

»Bitte was?«, fragte Olofsen überrascht.

Doc Sam sah ihm in die Augen. Noch immer amüsiert. »Ja, Sie wurden gestern Abend hier eingeliefert. Bewusstlos. Nicht einmal Ihre auf dem Flur lautstark lamentierenden Kollegen haben es geschafft, Sie aufzuwecken. Und jetzt, kaum vierundzwanzig Stunden später, wollen Sie sich gleich wieder auf die Socken machen? Wohl lieber nicht.«

»Aber –«

»Kein Aber. Über die Bedeutung Ihrer Ermittlungen bin ich mir durchaus im Klaren. Und ich stimme Ihnen zu, dass Menschenleben in Gefahr sind, wenn diese Leute nicht geschnappt werden, die die Menschheit mit einem hochvirulenten Erreger infizieren und dezimieren wollen.«

»Ich –«, setzte Olofsen erneut an.

»Nein, Sie nicht«, parierte der Arzt. »Sie sind nicht in der körperlichen Verfassung, die Welt zu retten. Was wollen Sie denn machen? Ihren Terroristen mit einem Rollator überfahren?«

»Also –«

Olofsen wollte sich aufrichten, aber die Schmerzen, die sofort durch Brust und Bein schossen, ließen ihn wie einen nassen Sack zurück in die Kissen fallen. Er stöhnte.

»Ich bin Ihr behandelnder Arzt, und als solcher werde ich Sie hier nicht weglassen. Die Gangsterjagd müssen Sie Ihren Kollegen überlassen, was kein Problem sein sollte, denn Cuxhaven ist voll davon. Einige von denen werden wohl gleich

Ihr Zimmer stürmen, denn sie belagern schon seit Stunden die Cafeteria und nerven jeden, der einen Kittel trägt und nicht schnell genug weg ist.«

Olofsen fühlte sich geschmeichelt. So viel Aufmerksamkeit und – hoffentlich jedenfalls – Mitgefühl war ihm in seiner Karriere noch nicht widerfahren.

»Und nun«, der Arzt erhob sich, »empfehle ich Ihnen dringend, noch mehr zu schlafen. Ruhen Sie sich aus, das hilft jetzt am besten.«

»Schicken Sie mir die Schwester noch mal herein«, bat Olofsen.

Doc Sam grinste. »Haben Sie jemand Bestimmtes im Auge? Etwa diese sehr kompetente und geschätzte Mitarbeiterin, die vorhin bei Ihnen war? Und die sichtbar Ihre Speichelproduktion angeregt hat?« Er lachte meckernd.

Olofsen lief rot an.

Nach weiteren zehn Minuten und einigen Untersuchungen war der Komikerarzt endlich verschwunden. Olofsen starrte an die Zimmerdecke. Dann schloss er die Augen, blieb aber weiter reglos liegen. Er hing hier fest, und der Killer war noch immer da draußen. Bevor er den Gedanken weiter vertiefen konnte, ging erneut die Tür auf.

Einen Moment lang hoffte Olofsen, dass es wieder besagte Krankenschwester war. Dann jedoch hörte er Greiners Stimme und verzog enttäuscht das Gesicht.

»Wurde auch Zeit, dass du aus deinem Nickerchen erwachst.«

»Freut mich auch, dich zu sehen.«

»Bist du fit?«, fragte Greiner.

»Das habe ich den Doc auch gerade gefragt«, antwortete Olofsen. »Ganz schlimm scheint's nicht zu sein, aber die Ganovenjagd wollte er mir nicht erlauben.«

»Gleich kommen noch ein paar Kollegen. Wir müssen klären, wie es weitergeht.«

»Sind wir denn noch im Spiel?«, fragte Olofsen. »Ich

dachte, dass jetzt das BKA übernimmt. Schließlich ist inzwischen wohl jedem klar, dass wir es hier nicht mit einem Dorfgangster zu tun haben.«

»Mach dir mal keine Sorgen, die Stadt ist voll von denen. Schlaumeier an jeder Ecke. Aber geschnappt haben sie ihn nicht. Wahrscheinlich ist er erst mal untergetaucht.«

Greiner ließ sich auf dem Stuhl neben Olofsens Bett nieder, den Doc Sam dort hatte stehen lassen.

»Du scheinst ja bei den hohen Herren echt einen Stein im Brett zu haben.« Er nickte in Richtung Zimmerdecke, um seine Worte zu bekräftigen. »Irgendwann solltest du mal erzählen, warum das so ist.«

Olofsen sagte nichts.

Greiner fuhr fort: »Jedenfalls möchte man, dass wir – du – auch weiterhin an dem Fall mitarbeiten.«

Olofsen dachte kurz nach. »Hast du den Film ›Knochenjäger‹ gesehen?«, fragte er dann. »Mit Denzel Washington und Angelina Jolie? Baut ihr mir dann hier auch eine Kommandozentrale mit Computern, Telefonen und einem riesigen Whiteboard ins Zimmer?« Der sarkastische Unterton war kaum zu überhören.

Bevor die beiden das Thema weiter erörtern konnten, öffnete sich nochmals die Zimmertür. Ein weißer Kittel, lange blonde Haare, ein Lächeln – dieses Mal war es tatsächlich die Krankenschwester von vorhin. Sie blickte Olofsen an, ihre Augen trafen sich, und er bekam einen trockenen Mund.

Sie trat ein paar Schritte ins Zimmer. Greiner machte große Augen.

»Herr Kommissar«, setzte sie an. »Draußen sind noch ein paar Herren, die mit Ihnen sprechen wollen. Wie fühlen Sie sich? Soll ich sie wegschicken?«

Olofsen überlegte krampfhaft, was jetzt zu tun war. Er hing noch immer in ihrem Blick fest. Auch sie ließ ihn nicht aus den Augen. Erst einmal aufhören, sie wie ein Schwachsinniger anzustarren. Und das Gehirn wieder einschalten. Denken. Sprechen. So ungefähr jedenfalls.

»Also –«

Weiter kam er nicht, denn direkt hinter der Schwester marschierten drei weitere Männer ins Zimmer. Einer von ihnen, groß und muskulös, Maßanzug, Glatze, legte einen Arm um die Schulter der Krankenschwester und schob sie freundlich, aber bestimmt aus dem Zimmer.

»Er sieht doch schon ganz gut aus«, säuselte er, nicht nur ein kleines bisschen arrogant. »Danke Herzchen, wenn wir etwas brauchen, klingeln wir.«

Er schloss die Tür und wandte sich dann Olofsen zu. Sein ganzes Gesicht wurde von einem breiten Lachen in Beschlag genommen.

»Mensch, du alte Socke, seit wann lässt du dich in die Luft sprengen?« Er wartete nicht auf eine Antwort, sondern redete gleich weiter. »Egal. Jetzt sind wir ja hier, um die Sache in Ordnung zu bringen.«

Er sprühte vor Selbstsicherheit, die demonstrative Überheblichkeit, die er der Krankenschwester gegenüber hatte raushängen lassen, war hingegen durch ein kumpelhaftes Grinsen ersetzt. Greiner erwartete, dass Olofsen ihn nun hochkant aus dem Zimmer befördern würde. Er hatte in den vielen Jahren, in denen er nun mit Olofsen zusammenarbeitete, noch nie erlebt, dass irgendjemand ihn so verkaspern durfte. Das konnte gar nicht gutgehen.

Olofsens Mund hatte sich zwar zu einem schmalen Strich verzogen, doch die erwartete Explosion blieb aus. Dann begann er zu lachen. Lauthals und kräftig, zumindest soweit es ihm seine Schmerzen erlaubten.

Greiner verstand die Welt nicht mehr.

»Du? Wie zur Hölle kommst du denn hierher?«, fragte Olofsen.

»Na ja, um es der Situation entsprechend kurz zu halten: Als du damals nach Berlin gegangen bist, gab es für mich eine Chance, beim BKA einzusteigen«, sagte er. »Ich hatte zwar nichts mehr direkt von dir gehört, aber immer wieder über Kollegen mitbekommen, dass du dort beeindruckende Ergebnisse eingefahren hast. Ungefähr zu der Zeit, als du dann die seltsame Idee hattest, dich in den Vorruhestand versetzen zu lassen, und nach Cuxhaven gegangen bist, habe ich die Leitung einer kleinen Gruppe zur Untersuchung terroristischer Aktivitäten im Inland übernommen. Und deswegen bin ich jetzt hier.«

Olofsen lachte. Er schien sich wirklich zu freuen.

»Und warum genau bist du hier?«

Greiner sah schweigend zu, wie der Unbekannte sich setzte. Die beiden anderen Männer blieben nach wie vor stehen, einer von ihnen hatte sich an die Wand neben der Tür gelehnt.

»Als diese Infektionssache hier bei euch anfing, hielten wir das zunächst nicht für eine terroristische Bedrohung«, begann er. »Nichts von dem, was hier geschah, passte in unsere Raster und Modelle. Wir wussten nicht, was los ist. Ein Gedankenspiel war, dass die Leute aus der Lebensmittelbranche wieder Mist gebaut, verseuchtes Gemüse, Früchte, Eier oder Fleisch auf den Markt gebracht hatten und ihr hier nur das Pech hattet, das Zeug zu essen. Ein anderes, dass ihr es hier mit einem irren Einzeltäter mit unklarem Hintergrund zu tun hattet, denn die Fläschchen im Bauch eines der Mordopfer waren schon hochgradig skurril. Die Sache schien ernst, ohne jeden Zweifel, aber trotz allem gab es keine eindeutigen Anhaltspunkte für einen terroristischen Hintergrund. Das LKA hat dich unterstützt, die Kollegen Schleicher und Schüll waren vor Ort, haben weisungsgemäß immer die aktuellen Lageinformationen nach Hannover und auch nach Wiesbaden weitergegeben. Aber da haben alle nur rumgesessen, gelächelt und den Kopf geschüttelt. Eine terroristische Aktion in Cuxhaven war einfach nur lächerlich. So etwas hatte in einer Millionenstadt zu geschehen, da, wo die angeblich Wichtigen flanieren, und nicht in der Provinz, wo Rentner und junge Familien mit wenig Geld Urlaub machen.«

Er lachte gequält. »Was wollte man denn hier schon erreichen, wenn man sich als Terrorist versucht? Ein paar Hoteliers und Strandbarbesitzer aufschrecken? Strandkörbe abbrennen?

Albern. Nein, ein richtiger Terrorist – du weißt schon, Bart, AK47 und durchgeknallte Weltvorstellung –, der gehört in eine Großstadt mit Flughafen, Bahnhof, Fußballstadion und Weihnachtsmarkt. Berlin, Paris, London, Brüssel – dorthin.«

Er machte eine kurze Pause, und sein Gesichtsausdruck ließ vermuten, dass seine Gedanken gerade ganz weit weggewandert waren. Dann riss er sich zusammen.

»Als dann klar war, dass wir es doch nicht mit Gammelfleisch zu tun hatten, sind wir immer noch davon ausgegangen, dass hier nur ein paar gelangweilte Dörfler lokal begrenzt Unheil anrichten wollten. Killervirus – das klang stark nach Bild-Zeitung, und die Sache wurde noch immer nicht ernst genommen. Außerdem schien die Angelegenheit ja hier auch im Griff zu sein. Die Mediziner hatten das Virus identifiziert, sie konnten die Betroffenen behandeln, die Zahl der Todesopfer war zwar nicht schön, aber nicht annähernd so hoch, wie wir es selbst bei eher kleineren Attentaten erleben. Entsprechend konnten wir auch die Politik einigermaßen ruhig halten. Der Medienzirkus war regional zunächst deutlich aufgeblasener als bundesweit. Viel heiße Luft, wenig echte Infos. Euer Killervirus hatte schnell irgendeinen aufmerksamkeitheischenden Nachfolger bekommen.«

Er machte erneut eine kurze Pause. »Aber als ihr dann auf diese Anti-Überbevölkerungsgruppe gestoßen seid, sind wir wach geworden. Nein, eigentlich sind wir vom Schlag getroffen worden. Plötzlich gab es ein ganz anderes Motiv, alles machte Sinn. Auch wenn es eine Reihe von Ungereimtheiten gab – diese Fläschchen –, hatten wir plötzlich eine ernsthafte Bedrohungssituation. Eine sehr ernste sogar.«

Olofsen sah ihn erstaunt an. »Willst du mir sagen, dass die Antiterrorfuzzis beim BKA die ganze Zeit im Bilde waren, während wir hier in der Scheiße gelegen und die Trümmer zusammengefegt haben? Nett, dass mal einer von euch den Mund aufgemacht hat. Wir hätten eure Unterstützung bestimmt nicht zurückgewiesen, selbst wenn ihr den Fall nur als skurril betrachtet habt.«

»Das war genau das Problem. Du warst uns deutlich voraus. Du kanntest das Umfeld hier, hattest denen bei Theravactec schon richtig den Hintern aufgerissen, auch wenn sich herausgestellt hat, dass die ahnungslose Zulieferer waren. Aber vor allem – das Motiv wurde deutlich.«

»Und welches soll das sein? Mir ist das nämlich immer noch nicht so richtig klar geworden«, sagte Olofsen. »Geht es wirklich darum, die Weltbevölkerung zu dezimieren?«

»Das ist die Hypothese, mit der wir arbeiten«, kam die Antwort. »Wir haben uns an diese kleine Terrorzelle aus dem Sauerland erinnert. Die Abgeschiedenheit hier auf dem Land ist letztlich perfekt. Du kannst deine Aktionen ungestört vorbereiten, und mit Theravactec hatten sie den idealen Materiallieferanten gefunden. Niemand würde sich wundern, wenn dort große Mengen an Zellkulturmaterialien gekauft wurden, das gehört zu deren Geschäft. Dass Teile davon dann in andere Kanäle verschoben wurden, ist niemandem aufgefallen.«

»Wir haben bloß Glück gehabt«, brummte Olofsen. »Wie geht's der Bacher? Habt ihr euch die Art und Weise, wie bei Theravactec das Material verschoben wurde, schon genauer angeschaut?«

Der Unbekannte lachte wieder schallend. »Ja, Glück und Pech – Engelchen und Teufelchen, die dem Könner ins Handwerk pfuschen. Unterm Strich ist es egal, wie du es nennst, solange die Wahrheit ans Licht kommt.«

Er griff nach der Wasserflasche, die auf Olofsens Nachttisch stand, verzog aber das Gesicht, als er feststellte, dass es sich um stilles Wasser handelte.

»Glaubst du, die Lady im weißen Kittel könnte uns eine Kanne Kaffee bringen?«, fragte er. »Oder ist die nur für Spritzen und Verbände zuständig?«

»Frag doch«, antwortete Olofsen kurz angebunden.

»Bacher?«, warf Greiner spitz ein, bevor irgendjemand das Thema Kaffee und Krankenschwester weiter vertiefen konnte.

Der Glatzkopf blickte auf. Er schien erst jetzt zu bemerken, dass noch jemand im Zimmer war. »Martin Greiner, nicht wahr?« Es war eher eine Feststellung als eine Frage.

Greiner nickte kurz. Er war sich noch nicht sicher, was er von der ganzen Situation halten sollte. Dieses Hin und Her von Arroganz und Kumpelhaftigkeit verwirrte ihn.

»Nett, dich auch mal kennenzulernen.« Er streckte ihm die Hand hin. Greiner ergriff sie.

»Falkon. Peter Falkon«, stellte er sich endlich vor.

»Aha. Und die Bacher?«

»Keine Laberei, was?« Falkon lachte abermals. »Frau Bacher geht es den Umständen entsprechend gut. Sie kommt durch, und wir konnten schon ganz kurz mit ihr reden. Sie hatte tatsächlich herausgefunden, wie bei Theravactec das Zellkulturmaterial zu der Terrorgruppe verschoben wurde. Ein geschicktes System aus frisierten und rückfrisierten Bestellungen, Lieferscheinen und Rechnungen. Es hat sicherlich eine Weile gedauert, dies alles zu etablieren. Aber wenn es einmal läuft – echt prima. Die Einzelheiten sind jetzt unwichtig. Wichtig ist, es hat funktioniert, weil eine Person bei Theravactec mit der Virusgruppe zusammengearbeitet hat.«

»Lars Aldrich«, warf Greiner ein.

»Richtig.«

»Aber er gehörte eher nicht zum harten Kern der Gruppe, das haben wir auch schon selbst herausgefunden«, erklärte Greiner. »Er war wichtig. Aber die Art und Weise, wie er umgebracht wurde, bestätigt eine Randfunktion. Und dann sind da noch die Sexfilme. Die Filme waren entweder dazu da, ihn gefügig zu machen, oder dazu, ihn für seine Dienste zu bezahlen.«

Falkon sah ihn erstaunt an. »Das ist ja mal gut. Die Muster hat die Beine breitgemacht, um Aldrich bei der Stange zu halten?«

Olofsen versuchte, sich an der Stirn zu kratzen, und zuckte mit schmerzverzerrtem Gesicht zusammen. Trotz des strammen Verbandes über seiner Brust ließ die geprellte Rippe die meisten Bewegungen höllisch schmerzen.

»Korz?«, fragte er.

»Ein aufgeblasener Hampelmann«, bestätigte Falkon Olofsens Einschätzung. »Er ist hauptsächlich damit beschäftigt, über Effizienz, Timelines und Innovation zu schwadronieren. Steht bei seinen Mitarbeitern nicht sonderlich hoch im Kurs. Ich wage einmal zu vermuten, dass diese Geschichte seinen Kopf kosten wird. Wir haben einige Erkundigungen eingeholt, nach denen die Investoren, die hinter der Firma stecken, maximal angefressen sind. Weil Korz sich nicht wie ein Geschäftsführer, sondern wie ein Idiot verhalten hat.«

Greiner und Olofsen grinsten wie Honigkuchenpferde an Weihnachten.

»Das soll uns aber egal sein«, fuhr Falkon fort. »Der Typ ist unwichtig. Wir müssen uns darauf konzentrieren, die Virusgruppe endgültig aus dem Verkehr zu ziehen.«

Greiner räusperte sich. »Ich glaube, dass die Gruppe eigentlich nicht mehr existiert. Sie haben sich alle gegenseitig umgebracht.«

»Das ist auch unsere Einschätzung«, bestätigte Falkon. »Aber der Kopf der Truppe läuft noch herum. Angezählt, aber nicht geschlagen. Das ist gefährlich.«

»Ich hatte den Verdacht, dass van Roth der Kopf sein könnte, den wir suchen. Kannst du das bestätigen?«, fragte Olofsen seinen alten Bekannten.

»Ja«, kam die knappe Antwort.

Vor Zorn wollte Olofsen dem Nachtschränkchen neben seinem Bett einen Schlag versetzen, jaulte aber nur jämmerlich auf, als seine schmerzende Rippe den Plan vereitelte.

An dieser Stelle wirkte Falkon wie ein begossener Pudel. »Van Roth«, begann er. »Ein ganz finsteres Kapitel. Da haben wir ein weiteres Mal gepennt.«

Alle Augen im Zimmer richteten sich fragend auf ihn.

»Wie das?«, hakte Greiner nach.

Falkon wirkte noch unglücklicher. »Professor van Roth hat einen untadeligen Ruf und schien ein exzellenter Wissenschaftler zu sein. Daher haben die Kollegen vom LKA, die zuvor bereits gute Erfahrungen mit ihm gemacht hatten, eurem Chef vorgeschlagen, ihn auch in Cuxhaven hinzuzuziehen. Vorteilhaft schien, dass er sowieso in der Nähe war. Er leitet eine Arbeitsgruppe an der Universität Bremen.«

»Was ist schiefgegangen?«, wollte Olofsen wissen. Ihn beschlich ein ungutes Gefühl. Falkon war noch nie der Typ gewesen, der bereitwillig aus dem Nähkästchen plauderte, schon gar nicht, wenn er das eigene Versagen dabei offenlegte. Und seitdem er im Zimmer war, tat er nichts anderes.

»Wir haben uns von seinen akademischen Titeln und Veröffentlichungen blenden lassen. Professor, Doktor. Einen Ehrendoktor hat er sogar auch. Irgendeine kleine Uni in Osteuropa hat ihm vor zwei Jahren diesen Titel verliehen. Mitglied in diversen wissenschaftlichen Fachgesellschaften. Buchautor. Alles richtig gut. Daher hat es niemand für nötig gehalten, seinen Hintergrund eingehender zu prüfen.«

»Er hat uns alle verarscht?«, bohrte Olofsen wenig diplomatisch nach.

»Ja und nein.«

»Heißt?«

»Seine Titel und Ehrungen waren alle echt. Genauso wie seine wissenschaftlichen Leistungen. Nur sein Name nicht.«

Olofsen und Greiner zogen synchron die Augenbrauen hoch.

»Er hat bereits sehr früh geheiratet, schon während des Studiums. Eine Kommilitonin. Und er gehörte wohl zu den wenigen Männern in Deutschland, die den Namen der Frau annehmen. Webermann.«

»Webermann? Ganz einfach Webermann?«, fragte Olofsen.

»Richtig. Und er war gut. Nahezu brillant. Er schloss sein Studium in Windeseile und mit Bestnoten ab. Dann ging er mit einem DFG-Stipendium an die Stanford University in den USA. Seine Frau folgte ihm einige Monate später. Dort machte er seinen Doktortitel in Virologie, blieb dann an der Universität und spezialisierte sich auf epidemiologische Fragestellungen für – wie hieß das doch gleich?« Er kratzte sich am Kopf. *»Emerging viruses.«*

»Muss man das kennen?«, wollte Greiner wissen.

»Ich habe es mir auch erklären lassen müssen. *Emerging viruses* sind solche Viren, die eigentlich niemand auf dem Schirm hat und dann plötzlich aus dem Dschungel ausbüxen, nicht mehr Fledermäuse und Affen infizieren, sondern sich auf den Menschen verlegen, ihn infizieren und umbringen.«

»So was wie Ebola?«, fragte Olofsen.

Falkon nickte. »Genau. Ebola, aber auch die verschiedenen Influenza-Varianten wie H5 und H8, die plötzlich auftauchen und zur Gefahr werden. Lujo gehört ebenfalls in die Gruppe solcher Viren.«

»Und wie passt nun van Roth, oder Webermann, in diese Geschichte?«, fragte Greiner.

»Er gehörte zu der Gruppe von Wissenschaftlern, die Lujo maßgeblich charakterisiert haben.«

Entsetztes Schweigen.

»Du vergackeierst mich.« Olofsen fand als Erster die Sprache wieder. Klar, eindeutig und direkt wie immer.

»Leider nicht. Webermann alias van Roth ging von Stanford zur CDC nach Atlanta, ans Centre for Disease Control and Prevention. Er hatte bereits einen Namen, und dort hat man ihn mit Kusshand genommen. Er konnte fast direkt in eines der mobilen Notfallteams einsteigen, die rund um die Welt reisen, wenn so ein Virus-Fiesling aus seinem Versteck kriecht. Es dauerte nicht lange, und er kletterte die Hierarchieleiter hoch. Einer dieser Feldeinsätze hat ihn ins tiefste Afrika geführt. In einigen Leichen in einem zerstörten Jagdlager konnte er das Lujo-Virus isolieren, so ist er an das Material gelangt, das er dann wahrscheinlich später auch als harmloses biologisches Probenmaterial getarnt nach Deutschland eingeschmuggelt hat. Er hat einige beeindruckende Aufsätze über dieses Virus publiziert. Ich habe sie mir angeschaut, allerdings kein Wort verstanden.«

Falkon stand von seinem Stuhl auf und lief durch das Zimmer. Seine Kollegen standen noch immer stocksteif an der Tür. Olofsen spürte den Impuls, laut loszulachen, aber erstens konnte er sich beherrschen, und zweitens war ihm auch irgendwie nicht wirklich zum Lachen zumute. Stattdessen drückte er auf den Klingelknopf neben seinem Bett, um eine Schwester zu rufen. Er wusste zwar nicht, warum, aber er hatte das Gefühl, etwas, irgendetwas, tun zu müssen. Und da sein Aktionsradius stark eingeschränkt war, hielt er den Ruf nach der Schwester für eine gute Idee.

Die Tür wurde geöffnet, und eine der Stationsschwestern kam ins Zimmer. Nicht die erhoffte. Sie sah ihn fragend an.

»Ich muss mal aufs Klo«, ließ er sie wissen. Dann zeigte er auf Falkon. »Und außerdem könnten Sie bitte herausfinden, ob der da noch alle Tassen im Schrank hat.«

Falls die Schwester von Olofsens Anliegen überrascht war, ließ sie es sich nicht anmerken.

»Es ist noch zu früh für Sie, um aufzustehen«, erklärte sie ihm in ruhigem Ton. »Ihre Verletzungen lassen das noch nicht zu. Sie müssen sich schonen.«

»Soll ich ins Bett pinkeln?«

Die Schwester warf ihm einen Blick zu, der normalerweise den Allerdümmsten vorbehalten war. »Nein, besser nicht«, antwortete sie. »Fürs kleine Geschäft hängt die Flasche neben dem Bett, fürs große Geschäft gibt es die Bettpfanne.«

Olofsen glotzte sie blöde an. Eigentlich war die Antwort logisch. Aber ihm gefiel die Umsetzung überhaupt nicht. Außerdem musste er eigentlich gar nicht, es ging ihm um ein wenig Bewegung, damit er das neu Erfahrene besser verdauen konnte. Vor allem, weil er befürchtete, noch nicht die ganze Geschichte gehört zu haben. Jetzt musste er sich aus der Nummer irgendwie herauslavieren.

Die Schwester kam ihm unbewusst zu Hilfe. »Und was den Geisteszustand Ihrer Freunde angeht – da kann ich leider nicht weiterhelfen.«

Sie blickte nacheinander von einem zum anderen. »Aber wir können gerne einen Termin beim Psychologen machen.

Dritter Stock.« Damit warf sie ein letztes unbestimmtes Lächeln in den Raum und ging.

»Wenn du nun erst mal in die Flasche strullen möchtest«, hob Falkon mit einem Grinsen über das ganze Gesicht an, »schauen wir solange aus dem Fenster.«

»Quatsch nicht rum, erzähl mir lieber den Rest der Geschichte. Irgendwie glaube ich, dass der entscheidende Teil erst noch kommt. Wenn vermutlich auch nicht der beste.«

»Der erste wichtige Punkt ist: Webermann/van Roth hat Lujo maßgeblich erforscht. Aber während er in Afrika nach Proben suchte, kam zu Hause seine Frau bei einem Autounfall ums Leben. Er hat es erst erfahren, als er wieder zurück in den USA war, und ist anschließend komplett aus der Bahn geschossen. Wir haben uns über unsere amerikanischen Kontakte ein bisschen bei seinen alten Kollegen umgehört. Nach dem Tod seiner Frau hat er sich in seine Arbeit gestürzt, ist nahezu fanatisch geworden. Seine sozialen Kontakte sind völlig zusammengebrochen. Das ging über viele Monate so. In dieser Zeit hat er aber auch seine bedeutendsten Artikel über Lujo veröffentlicht. Doch er zog sich von allem und jedem zurück, wurde seltsam, bisweilen sogar gewalttätig. Angeblich soll er einen seiner Doktoranden niedergeschlagen haben, weil dieser Versuchsergebnisse nicht schnell genug geliefert hat.«

»Keine gute Idee«, stellte Olofsen fest.

»Richtig. Seine Chefs haben ihn zunächst nur in den Zwangsurlaub geschickt. Er war zu gut. Man wollte einen Wissenschaftler seiner Qualifikation nicht verlieren. Aber durchgehen lassen konnte man ihm diesen Aussetzer auch nicht.«

»Und dann?«

»Er hat das Problem auf seine Weise gelöst: Er hat die Sache recht persönlich genommen und zuerst den Wagen des Dekans, der ihn suspendiert hat, in Flammen aufgehen lassen. Zweifelsfrei nachweisen konnte man ihm das aber nie. Dann hat er seine Zelte abgebrochen und ist nach Deutschland zurückgekehrt. Hier hat er seinen alten Namen wieder angenommen – van Roth – und sich in die Arbeit gestürzt. Als USA-Rückkehrer hatte er im deutschen Wissenschaftsbetrieb keine Probleme, eine gute Stelle zu ergattern. Zunächst nahm er eine Professur an einer kleinen Uni irgendwo in Süddeutschland an. Interessanterweise hat er dort sein Forschungsfeld neu ausgerichtet. Weg von der reinen Virologie. Über den Namenswechsel ist uns seine Rolle um das Lujo-Virus und die ganze Geschichte um den Tod seiner Frau entgangen. Er hat sich der angewandten Forschung zugewandt. Ganz komplizierte Sachen. Irgendetwas mit Signalweiterleitung in infizierten Zellen und daraus entstehende Möglichkeiten für neuartige Therapien. Über diesen Weg hat er erste Kontakte in die Pharmaindustrie geknüpft, wahrscheinlich auch zu Theravactec.«

Olofsen zog eine Grimasse. Dann zeigte er mit der Hand zum Fenster. »Und was passiert jetzt da draußen? Während wir hier sitzen und quatschen, ist Webermann, van Roth, noch unterwegs – einschließlich Killervirus.«

»Jeder verfügbare Mann ist unterwegs und sucht ihn. Wir kennen sein Gesicht, wir wissen, wie er aussieht. Wir drehen im Cuxland jeden Stein um, unter dem er sich verstecken könnte. Jede Polizeidienststelle in Deutschland ist informiert, sogar Europol. Webermann kann nicht mal furzen, ohne dass wir es riechen.«

»Ich bin schwer beeindruckt«, ätzte Olofsen. »Aber ich verstehe immer noch nicht, wie ihn all das zum Bioterroristen werden lässt. Und vor allem, warum ihr ihm nicht schon viel eher auf die Schliche gekommen seid.«

»Wir haben seiner Reputation geglaubt«, fuhr Falkon fort. »Niemand konnte sich vorstellen, dass ein so hochgeschätzter Wissenschaftler uns alle am Nasenring durch die Manege führt. Und er ist auch nicht mit einem großen Schild durch die Gegend gelaufen, auf dem ›Ich bringe euch alle um!‹ geschrieben stand. Aber wir sind uns mittlerweile sicher, dass der Tod seiner Frau ihn so sehr aus der Bahn geworfen hat, dass er die fixe Idee entwickelte, sich zu rächen. Das muss sich über Jahre aufgebaut haben. Und weil er sich an niemandem persönlich rächen konnte, wurde die Welt zum Ziel seiner Rache. Vielleicht hat er sich auch eingeredet, dass solche Unfälle nur passieren, weil es zu viele Menschen gibt, und selbst an den Scheiß geglaubt. Wahrscheinlich aber ist diese ganze Überbevölkerungsnummer nur Mittel zum Zweck. Damit konnte er ein paar nützliche Handlanger anheuern. Sozial abgehängte Studenten oder verwöhnte Muttersöhnchen und Prinzessinnen, die gern wichtig sein möchten und nach einem großen Ziel für ihr junges, aber graues Leben lechzen. Wie gesagt, uns ist der Namenswechsel nicht aufgefallen, sonst hätten wir ihn wegen seiner Verbindung zu Lujo schon früher durchleuchtet.«

Falkon wirkte noch immer unglücklich. Wenn dieses Detail an die Presse durchsickerte – und das würde passieren –, würde ein medialer Sturm aus Entrüstung, Häme, Inkompetenzvorwürfen und Besserwisserei losbrechen. Und was war besser, als selbst in der Mitte dieses Shitstorms zu stehen? Ganz klar: ein Blitzableiter, am besten die örtlichen Ermittler – die haben es ja schließlich verbockt. Und er selbst, Peter der Große, kam als Retter in der Not.

Seit Olofsen aus Berlin weggegangen war, hatte er an derartigen Grabenkämpfen und Intrigenspielen um Schuldzuweisung und Verantwortung nicht mehr teilgenommen. Er war aus der Übung, und daher war ihm nun nicht ganz klar, ob Falkon – alter Freund hin oder her – gerade die Hosen heruntergelassen hatte oder ob er nicht doch noch einen Trumpf im Ärmel zurückhielt, der, wenn er an der richtigen Stelle und zum richtigen Moment ausgespielt wurde, Olofsen zum alleinigen Sündenbock machen würde. Extreme Vorsicht war angebracht.

»Auf der theoretischen Ebene sind nun alle fürchterlich schlau. Der Fall ist so gut wie gelöst.« Olofsens Stimme nahm einen scharfen Ton an. »Wir kennen die Gruppe, wir kennen den Drahtzieher, wir kennen die Waffe – dieses Lujo-Virus. Wir haben sogar eine Idee zum Motiv.« Er zog geräuschvoll die Nase hoch. »Und weil ihr gepennt habt, habe ich unseren Killer immer aus erster Hand mit den neusten Informationen versorgt. Weil ihr gepennt habt, hat unser Killer mitten unter uns gesessen und sich schlappgelacht.«

Olofsen war wütend geworden und versuchte erneut, sich aufzurichten. Die resultierenden Schmerzen machten ihn nur noch wütender. »Und jetzt soll ich den Kopf hinhalten?«

Falkon zuckte mit den Schultern.

»Arschloch«, zischte Olofsen. »Brauchst du einen Sündenbock, um deine Karriere nicht in Gefahr zu bringen?«

»Wir müssen den Karren jetzt aus dem Dreck ziehen«, erklärte Falkon ungerührt. »Mich zu beschimpfen löst das Problem nicht.«

»Was schlägst du also vor?« Er versuchte, bei dieser Frage ein wenig versöhnlicher zu klingen. Es gelang ihm nicht.

Statt zu antworten, legte Falkon ihm ein neues Handy auf den Nachttisch. »Es hat deine alte Nummer. Wir haben im Moment nicht die geringste Ahnung, wo Webermann/van Roth, oder wie auch immer er sich im Augenblick nennt, steckt und was er in den letzten knapp vierundzwanzig Stunden seit der Explosion gemacht hat. Kurz vor der Explosion in Nordleda hat er dich angerufen. Vielleicht, um dich genau im entscheidenden Moment abzulenken. Vielleicht, weil er sich sicher fühlte, vielleicht, weil er arrogant ist, vielleicht, weil er es persönlich nimmt, dass du ihm so dicht auf die Pelle rücken konntest.«

Olofsen lachte gequält. »Arrogant bestimmt. Es persönlich nehmen? Was soll denn der Quatsch?«

»Seine Suspendierung damals hatte er jedenfalls sehr persönlich genommen. Dieses Verhaltensmuster wird sich mit hoher Wahrscheinlichkeit im Laufe seiner Wandlung vom braven Bürger zum Terroristen auch weiter verstärkt haben«, erklärte Falkon. »Tatsächlich hat es bereits mehrere Anrufe auf dein Handy gegeben. Sechs davon waren anonym. Wir konnten weder den Anrufer identifizieren noch seinen Standpunkt lokalisieren. Bei einem dieser sechs Anrufe gab es sogar eine Sprachnachricht: ›Du kriegst mich nicht, Arschloch!‹ Wir sind sicher, dass es Webermann war, schließlich hat er ja deine Handynummer aus seinem Intermezzo als dein Berater.«

Falkon machte eine kurze Pause, bevor er weitersprach. »Wir werden jedenfalls an die Presse weitergeben, dass du den Anschlag auf dem Bauernhof überlebt hast und bald wieder fit bist. Auch wenn das ja irgendwie nicht stimmt.« Mit einem hämischen Blick betrachtete Falkon Olofsens Verbände. »Der gesamte Polizeiapparat arbeite jetzt mit höchster Power, um den Drecksack zu schnappen, außerdem gebe es eine heiße Spur, und der Zugriff werde in Kürze erfolgen. So können wir ihn vielleicht aus der Reserve locken und hoffen, dass er sich erneut bei dir meldet und mit dir spricht. Vielleicht, um dich ein weiteres Mal zu verhöhnen, seine Überlegenheit zu demonstrieren, dich lächerlich zu machen. Vielleicht auch, um dir gute Besserung zu wünschen.«

Falkon verzog den Mund zu einem dümmlichen Grinsen. »Sollte er sich bei dir melden, dann werden wir alles mithören, peilen, orten, jeden technischen Schickschnack einsetzen, um ihn aufzustöbern. Wir setzen darauf, dass er aus Überheblichkeit irgendeinen Fehler macht. Nur einen klitzekleinen. Dann kriegen wir ihn. Wir haben dazu extra das Handy von unseren Experten modifizieren lassen, sodass wir ihn schneller orten können.«

Olofsen verzog angeekelt das Gesicht. »Alles klar. Es sei denn, er meldet sich – was ich für eine bescheuerte Schnapsidee halte, denn es gibt keinen logischen Grund, warum er das machen sollte – , und ihr Pfeifen könnt ihn dann doch nicht lokalisieren. Ihr konntet es vorher nicht, warum solltet ihr es jetzt können? Mehr habt ihr nicht? Mehr fällt euch nicht ein, als mich mit einem präparierten Telefon aus der James-Bond-Trickkiste als Köder zu benutzen? Und was ist, wenn er die Zeitung anruft oder ganz einfach niemanden, weil er seinen Plan ungestört zu Ende bringen will? Oder schon zu Ende gebracht hat?«

Olofsen schoss der Gedanke durch den Kopf, das Handy gegen die Wand zu feuern, sodass es in tausend Stücke zerplatzte.

Falkon stand auf und nickte seinen beiden Begleitern zu. Keiner von den beiden hatte während der ganzen Zeit auch nur ein Wort gesagt. Einer öffnete die Tür, und die drei verließen das Zimmer.

Greiner schüttelte den Kopf. »Beeindruckende Freunde hast du. Ich glaube, du solltest dir Sorgen machen.«

»Ich weiß«, erwiderte Olofsen. »Ich traue ihm nicht, auch wenn wir uns schon lange kennen. Er ist karrieregeil und macht jeden zur Schnecke, der ihm vor den Koffer tritt. Er braucht jetzt jemanden, der für ihn den Kopf hinhält, wenn noch Übleres passiert. Und die Gefahr, dass Webermann/van Roth das Virus von der Kette lässt, ist momentan recht groß.«

»Wie auch immer. Ich glaube schon, dass er uns die Wahrheit gesagt. Nur nützt uns das nichts.«

ZWANZIG

Stunden später lag Olofsen schlaflos im Bett und starrte an die Zimmerdecke. Greiner war längst gegangen. Irgendein Arzt hatte noch einmal vorbeigeschaut, undeutliches Fachchinesisch in seinen Bart gemurmelt, die Infusion samt Zugang aus Olofsens Unterarm entfernt und ihm ein hoch dosiertes Schmerzmittel verabreicht, sodass er sich jetzt besser fühlte.

Das als Krankenschwester verkleidete Model war zu seinem Bedauern nicht noch einmal aufgetaucht. Wahrscheinlich war auch ihre Schicht längst beendet.

Plötzlich vibrierte das James-Bond-Handy auf seinem Nachttisch. Olofsen blieb fast das Herz stehen. Dann griff er nach dem Gerät. »Unbekannte Rufnummer«, stand auf dem Display. Er nahm das Gespräch an.

»Ah, der Superbulle lebt also doch noch«, hörte er eine ihm bekannte, arrogante und gleichzeitig kalte Stimme, die seinen Blutdruck augenblicklich in schwindelerregende Höhe steigen ließ. »Ich hab dich schon x-mal angerufen. Wie schmeckt dir der Streckverband?«

Olofsen richtete sich mit Schwung auf, die Schmerzen in seinem Brustkorb nahm er nicht wahr. Er konnte es kaum fassen, dass Webermann ihn tatsächlich anrief. Das war ja wie in einem drittklassigen Film. »Du blöder kleiner Scheißer«, zischte er wütend. »Sag mir, in welchem Loch du dich versteckst, und ich komm und fress dich auf.«

Stille. Dann ein Lachen, das sich anhörte wie das Meckern einer Ziege. »Vergiss es, du wirst zu spät kommen.«

»Was soll der Blödsinn? Was soll der Anruf? In jedem Kriminalroman streicht der Lektor so eine Passage direkt kommentarlos raus. Zu abgeschmackt und klischeehaft. Hast du Pfeife jetzt doch die Hosen voll? Ich sag den Kollegen Bescheid, die holen dich ab und bringen dich in die nächstbeste Klapse.«

Und wieder meckerte die Ziege, dann wurde die Stimme dunkel und wütend. »Ihr habt auf mich geschossen, Scheißbullen. Und deine Bullenkumpels, die hier plötzlich rumrennen, gehen mir auf die Eier. Ich hasse Verzögerung. Ich hasse Verräter. Ich hasse euch alle. Aber ab jetzt läuft alles wie am Schnürchen. Du kannst mich nicht aufhalten, der –«

»Schon klar«, unterbrach ihn Olofsen barsch. »Der Zug ist abgefahren. Das habe ich schon mal gehört.« Er war jetzt stinksauer und wollte Webermanns Gerede nicht mehr länger hören. Er war wütend, weil Falkon recht gehabt und Webermann sich wirklich noch einmal bei ihm gemeldet hatte. Und weil sie Webermann über den Anruf mit Sicherheit nicht lokalisieren konnten. Er drückte das Gespräch weg.

Nur Sekunden später meldete sich das Handy schon wieder. Dieses Mal wurde auf dem Display eine Nummer angezeigt – also war es nicht Webermann.

»Ja?«, blaffte Olofsen unwirsch in das Gerät.

»Er war es. Stimmt's?« Falkon.

»Ja«, antwortete Olofsen einsilbig. »Dein armseliger Plan scheint zu funktionieren.«

»Ja und nein«, antwortete Falkon zerknirscht. »Wir konnten ihn nicht orten.«

Olofsen schüttelte den Kopf und drückte auch dieses Gespräch weg. Was für eine Überraschung. Dann ließ er sich in die Kissen fallen. Seine Gedanken rasten. *Was bedeuten Webermanns Worte? Verzögerung? Hat er seinen Plan noch nicht ausgeführt, weil die starke Polizeipräsenz ihn daran gehindert hat? Will er vielleicht sogar im letzten Moment gefasst werden?*

Er drehte sich nach links. Er drehte sich nach rechts.

Wie sah Webermanns Plan aus? Ganz sicher hatte er noch mehr von diesem Virus. Und er wollte es an den Mann bringen. Im wahrsten Sinne des Wortes. An den Mann, an die Frau, an Kinder, jeden.

Wieder wälzte er sich auf die andere Seite des schmalen Bettes. Er musste einen Weg finden, den Kerl zu stoppen. Im

Krankenhaus war das aber unmöglich. Und Falkon und seine Technikfreaks konnte er auch vergessen.

Olofsen richtete sich auf. Der Schmerz blieb akzeptabel. Langsam ließ er die Beine aus dem Bett herausbaumeln. Noch immer okay. Dann hielt er inne. Es war idiotisch. Selbst wenn er es fertigbringen würde, unbemerkt aus der Klinik zu verschwinden – was dann?

Er hatte noch immer keine blasse Idee, wo er Webermann suchen sollte und wie er ihn aufhalten könnte. Außer seinem aufgemotzten Handy hatte er nichts. Vor allem keine Waffe.

Olofsen zwang seinen benebelten Kopf zu maximaler Konzentration. Was könnte Webermann vorhaben? Er war mit dem Virus in Cuxhaven. Hier einen Ausbruch anzuzetteln würde durchaus zu einer Katastrophe führen, allerdings nur örtlich begrenzt. Lokalen Schrecken zu erzeugen war jedoch nicht das Ziel der Gruppe. Und es war vor allem nicht Webermanns Ziel. Die Sache war größer. Die Gegend hier war super, um ein geheimes Labor aufzubauen und das Killervirus herzustellen. Aber dann musste es raus in die Welt, um maximalen Schaden anzurichten.

Wie will er das hinkriegen?

Ganz einfach – indem er sich ins Auto setzt und nach Bremen, nach Hamburg, nach Hannover fährt.

Dort gab es Flughäfen, Bahnhöfe, Innenstädte mit Tausenden Menschen. Wenn er es schaffte, den Erreger einmal an einem solchen Ort freizulassen, gab es kaum noch eine Chance, ihn wieder einzufangen. Aber an solchen Orten gab es auch viele Sicherheitskräfte. Und wenn Falkon recht hatte, dann waren es jetzt sogar noch mehr. Außerdem Videoüberwachung. Webermanns Gesicht war bekannt. Das alles schränkte seinen öffentlichen Aktionsradius enorm ein. Das Risiko, vorzeitig zu scheitern, war ziemlich hoch.

Moment.

Er müsste ja gar nicht öffentlich agieren. Er könnte es auch leise, still und heimlich tun. Wie bei der Alten Liebe. Lars Aldrich wurde in der Nacht hingebracht, damit sich andere

Menschen an ihm mit Lujo infizieren. *Wo müsste ich in Cux-haven ein Virus hinbringen, damit sich später möglichst viele Menschen damit infizieren und es dann auch noch weit ver-breiten? Klar: zum Bahnhof. Die Züge nach Hamburg oder Bremen. Und dann zum Flughafen. Nein, nicht Bremen, die Verbindung ist zu umständlich.*

Hamburg.

Der Metronom fuhr durch bis zum Hauptbahnhof. Von dort konnte das Virus mit der S-Bahn weiter zum Flughafen fahren. Oder per ICE in den Rest Deutschlands.

Olofsen richtete sich auf. Das musste es sein.

Webermann will das Virus mit dem Metronom auf die Reise schicken. Er kontaminiert den Zug und lässt die ahnungslosen Reisenden die tödliche Arbeit machen. Auf diese Weise kann das Virus in kürzester Zeit in alle denkbaren Richtungen ver-teilt werden.

Das war der Nachteil unserer modernen, globalen, vernetz-ten und mobilen Welt. Nicht nur Nachrichten und Informati-onen schafften es in Windeseile rund um die Welt. Bakterien, Viren, Keime, Parasiten, Krankheitserreger konnten genauso reisen. Dann war die Katastrophe kaum mehr aufzuhalten. Bei SARS und auch bei der Ebola-Katastrophe hatte man den Beweis erhalten, wie schnell sich Erreger über den Globus verteilen konnten.

Wahrscheinlich sollte schon dieser Christoph Gell den Zug verseuchen, als er stattdessen unter den Traktor gekracht war. Über diese Möglichkeit hatten sie sogar diskutiert. Aber wie lange war so ein Virus wohl haltbar, wenn man es irgendwo versprühte? Er wusste es nicht. Aber der gesunde Menschen-verstand sagte ihm, je frischer, desto besser.

Webermann würde den Plan nun selbst vollenden. Und zwar jetzt. Das hatte er ihm sogar am Telefon gesagt: Ab jetzt würde alles wie am Schnürchen laufen. Und dann war der Zug abgefahren.

Olofsen schlug sich mit der flachen Hand vor die Stirn. Sollte es so simpel sein?

Seine Theorie hatte zwar noch immer einige Löcher, das musste Olofsen sich selbst eingestehen. Aber es war das Beste, das er gerade hatte. Und er brauchte dringend einen Strohhalm, an den er sich klammern konnte. Ihm wurde bewusst, wie viele Strohhalme und glückbringende vierblättrige Kleeblätter dieser Fall schon gehabt hatte. Und wie wenig smarte Polizeiarbeit bis jetzt dabei gewesen war. Ein Elend.

Beim nächsten Mal würde alles besser. Er war nur eingerostet. Die beschauliche Zeit in Cuxhaven hatte sein Gehirn träge werden lassen.

Er stand vom Bett auf und machte ein paar Schritte. Zunächst etwas wackelig, aber dann fühlte er sich sicherer auf den Füßen. Der Schmerz war auszuhalten. In dem kleinen Wandschrank fand er seine Kleidung. Sauber zusammengefaltet, aber ungewaschen und müffelnd. Einige Minuten später schlich er durch die Krankenhausflure. Trotz der Gummisohlen seiner Schuhe hatte er das Gefühl, jeder seiner Schritte hallte wie ein Glockenschlag durch das ganze Gebäude. Dennoch erreichte er, ohne von einer Nachtschwester aufgehalten und an den Ohren zurück in sein Bett gezerrt worden zu sein, die Lobby.

Er hatte die Tür fast erreicht, als er eine dröhnende Stimme hinter sich hörte. »Wer sind Sie und wo wollen Sie hin?«

Ohne sich umzudrehen, brummte er: »Olofsen. Ich gehe nach Hause. Ich kann hier nicht schlafen, die Betten sind zu unbequem.«

»Aber –«

»Außerdem schnarcht mein Bettnachbar. Aber keine Sorge, zur Visite morgen bin ich wieder da.«

Die automatische Tür öffnete sich, und er verließ das Gebäude. Nichts weiter geschah.

Auf dem Weg nach draußen hatte er auf einer Wanduhr gesehen, dass es kurz nach zwei am Morgen war. Er musste zuerst nach Hause, frische Klamotten anziehen. Dann kurz ins Büro. Er brauchte dringend eine Waffe. Dann zum Bahnhof.

Wenn seine Theorie zutraf, würde Webermann dort sein. Er hoffte es inständig.

Es war gegen halb vier Uhr morgens, als Olofsen das Taxi verließ und zum Haupteingang der Cuxhavener Polizeiinspektion ging. Bis hierher war sein Plan aufgegangen. Mittels des Spezialhandys von Falkon hatte er sich ein Taxi kommen lassen. Der Fahrer hatte sich nicht dafür interessiert, warum jemand in stinkenden Klamotten mitten in der Nacht vom Krankenhaus wegwollte.

Nachdem er sich ein bisschen gewaschen hatte – an eine Dusche war wegen der Verbände nicht zu denken –, rief er sich erneut ein Taxi und ließ sich zum Polizeirevier bringen. Mit so wenig Humplern wie möglich ging Olofsen zum Gebäude und zog die Tür auf. Am Empfang saß ein junger Beamter, den er nicht kannte, und döste vor sich hin.

Olofsen schlug mit der Hand auf die Tischplatte vor ihm. »Moin der Herr«, machte er lautstark auf sich aufmerksam. »Tut mir leid, die Ruhe gestört zu haben, aber ich muss dringend in mein Büro. Hab leider Schlüssel und Magnetkarte für die Tür bei einer Schießerei verloren.«

Der junge Polizeibeamte schreckte hoch und rieb sich wenig professionell die Augen.

»Was? Wo?«

»Olofsen mein Name. Und ich arbeite hier. Ich muss mal in mein Büro.«

»Olofsen? Aber … der liegt doch im Krankenhaus.« Der junge Polizeibeamte war reichlich verwirrt.

»Jetzt nicht mehr. Nun steht er vor dir und wird langsam ungeduldig. Und er hat keine Zeit für Firlefanz!«

»Aber sicher. Hab Sie im trüben Licht nicht gleich erkannt«, versuchte er die Situation zu retten.

Der Türöffner summte, und Olofsen marschierte weiter. In seinem Büro angekommen, kramte er seine zweite Pistole aus der untersten Schreibtischschublade. Wenn jemand wüsste, dass er hier eine weitere Waffe derartig ungesichert aufbewahrte, würde das richtig Theater geben. Aber es wusste nun mal niemand. Er ließ sich in seinen Stuhl fallen, um wieder zu Atem zu kommen. Dann schob er ein volles Magazin in seine Waffe und zog den Schlitten durch. Nachdem er sie gesichert hatte, steckte er sie in die Jackentasche. In der nächsten Schreibtischschublade, ganz weit hinten, befanden sich noch zwei Magazine, ebenfalls vollständig geladen. Auch diese steckte er in die Jacke.

Nun fühlte er sich gerüstet, es mit Webermann aufzunehmen. Die langsam wiederaufkeimenden Schmerzen in seinem Körper versuchte er geflissentlich zu ignorieren.

Auf dem Weg nach draußen machte er einen kleinen Umweg in das Büro, in dem die Schlüssel für die zivilen Dienstwagen aufbewahrt wurden. Er griff sich einen davon und ging dann zu den Parkplätzen. Dort spähte er kurz auf das Schildchen, das an dem Wagenschlüssel hing, und nach wenigen Augenblicken hatte er das dazugehörige Auto gefunden.

Am Bahnhof standen nur zwei andere Fahrzeuge, was in Anbetracht der Uhrzeit auch nicht weiter überraschend war. Er parkte den Wagen achtlos quer über drei Parkplätze und sprang hinaus. Die schnelle Bewegung ließ ihn taumeln. Aus seiner Jackentasche nahm er die noch verbliebenen Schmerzmittel und schluckte sie mit viel Speichel herunter.

Er verdrängte seine Zweifel an der eigenen Konstitution und konzentrierte sich auf den eigentlichen Grund seines Kommens: Webermann.

EINUNDZWANZIG

Der Bahnhof, ein schon in die Tage gekommener roter Ziegel-
bau, an dem nun tatsächlich der Versuch einer Modernisierung
begonnen hatte – ein Bürgerbahnhof sollte es werden –, lag in
ein gelbliches Licht getaucht. Olofsen registrierte das elende
Erscheinungsbild nur am Rande und lief zielstrebig auf den so-
genannten Haupteingang zu. Der war allerdings zu Beginn der
Umbauarbeiten mit einer Holzwand verschlossen worden. Er
schwenkte nach rechts ab und gab sich alle Mühe, seine Schritte
weiter zu beschleunigen. Er lief um das Gebäude herum und
erreichte den Parkstreifen an der Meyerstraße, von dem aus
man das Bahnhofsareal und die Bahnsteige ebenfalls erreichte.

Im Schatten einiger Büsche blieb Olofsen zunächst stehen,
um sich einen Überblick zu verschaffen. Die Bahnsteige lagen
fast völlig im Dunkeln. Auf dem hinteren Gleis stand der Metronom, der in Kürze die erste Fahrt des Tages nach Hamburg
antreten würde. Olofsen wandte sich so geräuschlos wie möglich nach links und bewegte sich nach wie vor im Schatten der
Sträucher auf das Bahnhofsgebäude zu. Auch hier war der Eingangsbereich zum Gebäude mit Bauholz verschlossen worden.

Plötzlich sah er aus dem Augenwinkel eine Bewegung.
Instinktiv ging er in die Hocke. Angestrengt spähte er in die
Richtung, in der er die Bewegung wahrgenommen hatte. Ein
Stückchen vom Türbereich entfernt lag etwas. Jemand.

Das gefiel ihm gar nicht.

Olofsen schlich langsam vorwärts und auf den reglosen
Körper zu. Er musste seine Deckung aufgeben, um die letzten Meter zu überwinden. Jetzt konnte er auch Einzelheiten
erkennen. Ein Polizist in Uniform lag gekrümmt auf dem Boden. Wahrscheinlich ein Streifenbeamter, der im Bahnhofs-
bereich regelmäßig Kontrollrunden ging. Der rechte Arm
stand in groteskem Winkel vom Körper ab. Olofsen konnte
ein leises Stöhnen hören. Der Mann lebte noch.

Vorsichtig versuchte er, den Polizisten auf den Rücken zu drehen. Kaum war das geschafft, hätte er fast laut geflucht. Auf dem Bauch des Mannes erkannte er trotz des schlechten Lichtes einen großen dunklen, feucht schimmernden Fleck: Blut. Ein Schuss in den Bauch.

Der Mann röchelte und öffnete die Augen. Olofsen erkannte die Panik darin und hoffte inständig, er würde nicht anfangen, seine letzten Kräfte für einen Schrei oder etwas ähnlich Unpassendes zu verschwenden – und ihn verraten.

»Was ist passiert?«, flüsterte Olofsen.

Nichts.

Olofsen nahm den Kopf des Mannes in beide Hände und wiederholte seine Frage.

Nur ein Röcheln. Nicht wirklich hilfreich.

»Wer war das?«

Noch ein Röcheln. Und dann endgültige Stille.

Ein weiterer sinnloser Tod. Zorn stieg in Olofsen auf.

Er ließ den Mann behutsam zu Boden sinken. Widerwillig durchsuchte er die Taschen des Kollegen, fand ein Handy und nahm auch dessen Dienstwaffe sowie ein weiteres volles Magazin an sich. Im Schatten seiner Hand klappte er sein eigenes Handy auf und wählte Greiners Nummer. Als dieser sich mit verschlafener Stimme meldete, ließ Olofsen ihn gar nicht erst zu Wort kommen.

»Ich bin am Bahnhof«, flüsterte er in das Gerät. »Es gibt noch einen Toten. Es sieht so aus, als wäre Webermann hier. Ich gehe den Scheißkerl jetzt suchen. Schlag Alarm.« Damit beendete er das Gespräch, ohne auf irgendeine Antwort zu warten.

Olofsen huschte zurück zur Wand des Gebäudes. Angestrengt spähte er den Bahnsteig entlang und auf den dort geparkten Zug.

Er kniff die Augen zusammen. War da was? Ein Licht? Eine Bewegung? Er starrte in die Richtung, in der er beides gesehen zu haben meinte, erkannte aber nichts. Dann erinnerte er sich an einen alten Trick, wandte den Blick ab und versuchte, nur aus dem Augenwinkel zu schauen.

Da war es wieder! Ein feiner Lichtstrahl, der aus dem Zug kam.

Jetzt hab ich dich, Arschloch!

Vorsichtig und sich so klein wie möglich machend ging er auf den Zug zu und stellte sich dann direkt neben eines der tief liegenden Fenster der unteren Waggonebene, um nicht entdeckt zu werden. Allerdings sah er selbst auch nichts. Er musste es riskieren.

Nichts. Dunkelheit. Vorsichtig spähte er in das Innere des Wagens.

Olofsen huschte vorwärts, ignorierte die immer aufkeimenden Schmerzen. Einige Fenster später warf er erneut einen Blick in den Wagen. Auch dunkel.

Er zermarterte sich das Hirn, in welchem Waggon er den Lichtstrahl zu sehen geglaubt hatte. Er wusste es nicht.

So lautlos wie möglich lief er an den Waggons entlang. Er musste in den Zug hineinkommen. Bislang waren alle Türen geschlossen gewesen. Er spähte in jedes Fenster, an dem er vorbeikam, entdeckte aber nichts. Auch die folgenden Türen waren alle verschlossen.

Da! Da war es wieder, ein kurzer, schwacher Lichtstrahl im vorderen Bereich des Zuges. Und er hatte den Eindruck, dass die Tür des vordersten Wagens offen stehen würde.

Olofsen duckte sich, so tief es Verbände und Schmerzen zuließen, und schlich in Richtung der offenen Tür. Plötzlich schien ein Lichtstrahl direkt von oben zu kommen. Er drückte sich dicht an den Waggon und wartete. Als nichts geschah, schlich er weiter und hatte kurz darauf die offene Tür erreicht.

Langsam betrat er den Waggon. Es war ein Doppelstockwagen, typisch für diese Strecke. Er musste sich entscheiden und ging die Treppe nach oben. Die Glastür zum Passagierbereich auf der unteren Ebene stand offen. Olofsen spähte in die Richtung, in der er vorher den Lichtstrahl gesehen hatte. Nichts.

Gerade wollte er in den Gang hineinschleichen und die Sitze als mögliche Deckung benutzen, als er wieder den Lichtschein erspähte, bereits ein ganzes Stück vor ihm.

Olofsen schoss ein Gedanke durch den Kopf: Was, wenn Webermann hier überall seine Virusflüssigkeit verteilt hatte? Hatte er sich vielleicht schon infiziert?

Er hätte sich am liebsten dafür in den Hintern gebissen, dass ihm dieser Gedanke nicht schon früher gekommen war. Sein Hirn war von ignoriertem Schmerz und Medikamenten ziemlich benebelt. Er brauchte dringend einen besseren Plan.

Schnell verließ er den Zug. Draußen angekommen ging er dicht an den Waggons zurück und achtete konzentriert darauf, ob der Lichtschein erneut auftauchte.

Da. Genau über ihm.

Olofsen beschleunigte seinen Schritt, so gut es ging, um zur nächsten Tür zu kommen. Dort entschied er sich für den Frontalangriff. Er ging vier oder fünf Meter von der Tür weg und hockte sich dann mit einem Knie auf den Boden. Er brachte seine Waffe mit ausgestreckten Armen in Anschlag und zielte auf die Tür des Waggons.

Hier müsste Webermann in wenigen Augenblicken auftauchen. Olofsen hatte vor, die amerikanische Variante der Verbrechensbekämpfung anzuwenden und Webermann direkt und ohne Vorwarnung unter Feuer zu nehmen. Dies entsprach zwar nicht exakt den Vorschriften, war ihm gerade aber fürchterlich egal. Der Zweck musste die Mittel heiligen.

Er wollte durch die geschlossenen Türen schießen, vorstürmen und dabei wildwestmäßig weiterballern. Er hoffte, Chaos zu schaffen und Webermann im Waggon festzusetzen, bis Verstärkung eintraf. Vielleicht konnte er ihn sogar mit einem glücklichen Treffer außer Gefecht setzen.

Kein besonders raffinierter Plan, das war ihm klar, aber besser als gar kein Plan.

Der Lichtstrahl verließ den Passagierbereich des Waggons und erschien in dem Zwischenabteil, in dem sich der Treppenaufgang und der Durchgang in den nächsten Waggon befanden.

Olofsen konzentrierte sich. Er versuchte, langsam und ruhig zu atmen und die Waffe so still wie möglich zu halten.

Dann war der Lichtstrahl, also Webermanns Taschenlampe, genau in der Mitte des rechten Türfensters zu sehen.

Olofsen drückte ab. Einmal. Zweimal. Dreimal.

Es dröhnte in seinen Ohren. Glas splitterte, und kleine Stückchen von Tür und Scheibe flogen durch die Luft.

Stille. Die Taschenlampe war erloschen.

Olofsen konnte nicht sagen, wie lange er dort am Boden kauerte. Den zweiten Teil seines Plans – vorstürmen und weiterballern – hatte er vergessen. Vorstürmen wäre wohl auch nur in Zeitlupe gegangen.

Plötzlich rief eine nach Wahnsinn klingende Stimme: »Ah, der Superbulle ist da. Hast mich ja doch gefunden. Ich hab's dir aber auch leicht gemacht. Der Zug ist abgefahren. Das hast selbst du verstanden.« Es folgte ein irres Lachen. Dann wurde die Stimme wieder schneidend. »Du blödes Arschloch hast auf mich geschossen. Erst dein Kumpel, jetzt du. Es reicht. Du hast fast meine ganze Aktion versaut. Ich will, dass du stirbst. Aus allen Löchern sollst du bluten und elendig verrecken, verdammter Scheißbulle!«

»Ich versau dir deine Aktion jetzt vollständig«, brüllte Olofsen zurück.

Dann besann er sich auf seinen alten Plan, sprang auf und rannte auf die demolierte Waggontür zu. Dabei feuerte er seine Waffe noch mehrmals ab. Mehr Glas und Metallsplitter flogen durch die Luft.

Im Hintergrund hörte er Sirengengeheul näher kommen.

Na endlich, dachte er, sprang durch die zertrümmerte Tür in den Waggon, was er sofort bereute, weil ihn die Schmerzen jetzt fast ohnmächtig werden ließen, und wirbelte mit seiner Waffe in alle Richtungen. Trotz der Dunkelheit erkannte er ganz klar: nichts. Kein Webermann. Nur Glassplitter.

Dann hörte er schnelle, sich entfernende Schritte. Sie kamen von oben.

Olofsen stampfte lautstark die ersten Stufen der Treppe hinauf und feuerte noch zweimal in Richtung des oberen Ganges.

»Ich krieg dich, du kleiner Scheißer!«, brüllte er hinterher.

Dann drehte er sich auf dem Absatz um, ließ das fast leere Magazin aus seiner Pistole gleiten und ersetzte es durch ein volles. Danach lief er so schnell er konnte durch den unteren Gang des Waggons in die gleiche Richtung, in die sich die Schritte oben entfernt hatten.

Er hoffte, am anderen Ende des Waggons, wo es eine weitere Treppe zur oberen Ebene gab, erneut auf Webermann zu treffen und dem Spuk ein Ende bereiten zu können.

Die Hoffnung erfüllte sich nicht, der Bereich um die Treppe war leer, als Olofsen dort ankam. Webermann musste also noch oben sein.

Mit einem schnellen Blick durch das Fenster konnte er anhand der vielen blinkenden Blaulichter erkennen, dass draußen die Verstärkung eingetroffen war. Er wusste, dass nun die Straßen weiträumig abgesperrt wurden. Polizeibeamte würden jeden Zugang, jeden Winkel und jede Ecke des Geländes sichern, um ein Entkommen Webermanns zu verhindern. Das SEK würde in Kürze eintreffen. Bis an die Zähne bewaffnete Elitepolizisten in angsteinflößenden Kampfmonturen würden, wenn nötig, den Zug auseinandernehmen, um Webermann zu ergreifen.

Ein Geräusch von oben riss ihn aus seinen Gedanken. Olofsen war voll konzentriert. Webermann gehörte ihm. Er würde nicht auf das SEK warten. Und auf Peter Falkon schon gar nicht.

Er schlich langsam und möglichst geräuschlos die Treppe zur oberen Ebene empor. Auf dem Absatz angekommen, machte er sich klein. Sein Adrenalinpegel war jetzt so hoch, dass er weder Angst noch die Schmerzen seiner Verletzungen fühlte.

Dann sah er ihn. Webermann stand mitten im Gang, knapp zwei Meter von ihm entfernt, zwischen ihnen gab es nur noch eine Glastür. Sein Gesicht war zu einer teuflischen Fratze verzerrt. Es war blutverschmiert. Sein linker Arm hing nutzlos herab. Olofsen musste ihn an Schulter oder Oberarm erwischt haben.

Gut so!

In seiner rechten Hand hielt er eine Sprühflasche. Wie viel Flüssigkeit noch in der Flasche war, konnte Olofsen im Halbdunkel nicht erkennen. An Webermanns Hosengürtel baumelte eine zweite Flasche.

»Ah, Sherlock Holmes«, krächzte Webermann. »Kommt jetzt der große Showdown? Die Kavallerie ist ja auch da.«

Webermann deutete ein kurzes Kopfnicken an, um auf die sich draußen versammelnden Einsatzkräfte hinzuweisen.

Olofsen zuckte es im Finger.

Ein Teil von ihm wollte einfach abdrücken und alles hier und jetzt beenden. Ein anderer Teil wollte erfahren, was in Webermanns Kopf vor sich ging. Und ein dritter Teil zitierte Gesetze, Verfahrensanweisungen und Vorgehensweisen, soweit es die für derartige Situationen überhaupt gab.

Dieser Teil war aber der kleinste.

Draußen flammte plötzlich ein starker Scheinwerfer auf, der sie beide in gleißendes Licht tauchte. Olofsen musste kurz die Augen zusammenkneifen, um sich vor dem hellen Licht zu schützen.

So angeschlagen Webermann auch aussah, erledigt war er noch nicht. Das plötzliche Licht schien ihm nichts auszumachen. In den Sekundenbruchteilen, in denen Olofsen abgelenkt war, drückte er den Hebel seiner Sprühflasche durch und sprang gleichzeitig nach hinten zwischen zwei Sitzbänke.

Ebenfalls zeitgleich fielen mehrere Schüsse, zwei Fensterscheiben zerbarsten. Tausende Glassplitter flogen plötzlich durch den Waggon.

Anscheinend hatte der Plan darin bestanden, Webermann mit dem Scheinwerfer kurzzeitig abzulenken und ihn genau in diesem Moment von Scharfschützen ausschalten zu lassen. Allerdings war Webermann nicht wie ein Reh im Licht erstarrt stehen geblieben. Und die Scharfschützen schienen auch eher aus der zweiten Mannschaft zu stammen.

»Daneben, Arschlöcher!«, brüllte Webermann mit heiserer Stimme.

Olofsen dagegen stand wie zur Salzsäule erstarrt hinter der

Glastür und wagte kaum zu atmen. Vor ihm, auf der Innenseite der Tür, lief in trüben Schlieren eine Flüssigkeit am Glas herunter. Er schluckte. Das Virus, meldete sich eine Stimme in seinem Kopf. Ohne diese Glasscheibe wäre jetzt und hier alles zu Ende – nur anders als geplant.

»Herr Webermann!«, dröhnte plötzlich eine Megafonstimme von draußen zu ihnen herein. »Der Zug ist umstellt. Sie haben keine Chance zu entkommen. Geben Sie auf.«

Das war Peter Falkons Stimme.

Olofsen hätte sich am liebsten mit der Hand vor den Kopf geschlagen. Wieso sollte Webermann denn jetzt aufgeben? Er war doch so gut wie am Ziel. Möglicherweise hatte er sowieso nie vorgehabt, lebend aus der Geschichte rauszukommen.

Als hätte Webermann seine Gedanken gelesen, brüllte er krächzend zurück: »Aufgeben? Du Penner, ich habe doch schon gewonnen. Nichts kann mich noch aufhalten. Steck dir dein Megafon hinten rein und verschwinde!«

»Geben Sie auf!«, wurde die Forderung von draußen wiederholt.

»Fickt euch!«

Olofsen sammelte sich, machte auf dem Absatz kehrt und rannte die Treppe hinunter, lief leidlich schnell und leise an den Sitzreihen der unteren Waggonebene vorbei und unter Webermann hinweg. Er konnte hören, dass der eben begonnene, aber zu nichts führende Dialog fortgesetzt wurde. Das verschaffte ihm die Zeit, die er brauchte. Webermann war damit beschäftigt, sich neue Beleidigungen für den Unterhändler auszudenken, sodass Olofsen das andere Ende des Waggons erreichen konnte. Hier stieg er die Treppe empor und schlich geduckt an den Sitzen vorbei in Richtung des irren Wissenschaftlers. Der hatte ihn nicht bemerkt.

Mit einem letzten Schritt trat Olofsen genau zwischen die beiden Sitzreihen, zwischen denen sich Webermann befand. In einer fließenden Bewegung richtete er sich zu voller Größe auf und schwenkte seine Pistole so, dass sie genau auf Webermanns Kopf zeigte.

Und erstarrte.

Webermann grinste ihn an und hob ebenso blitzschnell seine Sprühflasche. Wie bereits zuvor, da aber getrennt durch eine Glastür, zielte er genau auf sein Gesicht.

»Herr Kommissar«, sagte er leise. »Ich habe dich schon vermisst.«

Dann, nach draußen gewandt, schrie er: »Ey, ihr Penner. Kommissar Olofsen ist gerade bei mir eingetroffen. Macht jetzt keinen Scheiß. Aber ihr könnt uns noch mal ein bisschen Licht spendieren.«

Olofsen ließ sich langsam nach hinten gleiten und setzte sich Webermann gegenüber auf einen Sitz.

»Schluss jetzt«, sagte er nüchtern. »Stell die Sprühflaschen ab und leg dich langsam auf den Boden. Keine Spielchen mehr!«

Webermann rührte sich nicht.

Draußen ging tatsächlich ein Scheinwerfer an und erhellte den Waggon, in dem die beiden saßen.

»Olofsen? Sind Sie da drin? Wie ist die Lage?«, fragte die Megafonstimme.

Olofsen holte tief Luft und rief so laut, wie es ihm sein ramponierter Brustkorb erlaubte: »Ja, ich bin hier oben bei Webermann. Alles prima. Schickt den Pizzaservice, aber haltet euch ansonsten zurück.«

Keine Antwort.

Olofsen verzog enttäuscht das Gesicht.

Webermann grinste wieder. »Im Film kommt jetzt immer das pathetische Geständnis des Bösewichts«, verkündete er.

Olofsen starrte ihn finster an. Seine Waffe zeigte noch immer am Ende seiner ausgestreckten Arme auf Webermanns Gesicht.

»Echt?«, fragte er. »Wie kommst du darauf, dass es mich interessiert, warum du zum Massenmörder werden willst. Ich will das nur verhindern. Dein krankes Hirn geht mir voll am Arsch vorbei.« Olofsen musste fast lachen, als er sich das bildlich vorstellte.

In Webermanns Gesicht zuckte es. Er reckte drohend die Sprühflasche vor.

Olofsen ließ sich nicht schocken. Ihm war klar, dass er ein gefährliches Spiel spielte. Es war riskant, Webermann in dieser Situation zu provozieren und ihm statt Verständnis und Einfühlungsvermögen pure Missachtung entgegenzubringen.

Ein einziger Sprühstoß aus der Flasche, und Olofsen wäre unweigerlich mit einem tödlichen Virus infiziert. Vielleicht war er das sogar schon. Er sollte jetzt abdrücken und Webermann ausschalten. Rechtfertigungen für dieses Vorgehen würden sich zweifelsfrei zur Genüge finden.

Aber etwas ließ ihn weiterhin zögern. In Wahrheit interessierten ihn Webermanns Beweggründe sehr wohl.

Noch besser wäre sogar, wenn es ihm gelänge, Webermann zu überwältigen und in die Hände der Justiz zu übergeben. Damit wäre auch Falkons Plan, ihn als Sündenbock für sein eigenes Versagen zu benutzen, gescheitert. Er könnte allen zeigen, dass er noch immer der alte Arne Olofsen war. Hart, direkt, erfolgreich. Falkon würde seine Lektion lernen müssen.

Schon komisch, dachte er, jetzt sitze ich hier in einem Zugabteil, sehe sprichwörtlich dem Tod ins Auge und mache mir Gedanken um politische Ränkespiele.

Webermanns Hand mit der Sprühflasche begann leicht zu zittern.

Olofsen beugte sich ein wenig vor und flüsterte: »Also gut. Warum?«

Webermann schien in seiner Ecke förmlich zu wachsen.

»Meine Frau ist tot«, flüsterte er zurück. »Autounfall. Fahrerflucht.«

Auch wenn Olofsen nach dem Briefing von Peter Falkon dies bereits gewusst hatte, fiel ihm doch fast die Pistole aus der Hand, als er es aus Webemanns Mund hörte.

Er hatte Mühe, sich zu beherrschen.

»Es war ein Autounfall«, presste er zwischen den Zähnen hervor. »Ganz bestimmt tragisch, aber kein Grund, zum Massenmörder zu werden. Haben dir deine Viren das Hirn zerfressen?«

Webermann sah ihn mit verzerrtem Gesicht an. Sein Arm mit der Sprühflasche schien noch länger zu werden.

»Unsere Welt ist das reinste Chaos«, krächzte er. »Eine Invasion der Verrückten. Überall sind Idioten unterwegs. Auf den Straßen, in Autos, Zügen, Flugzeugen, selbst bei der Arbeit und im Büro ist man nicht vor diesen narzisstischen Idioten sicher. Psychopathen, Soziopathen, Arschlecker, Egoisten und Schleimer, die nur sich selbst und ihren eigenen Vorteil oder Spaß sehen. Früher waren es bloß Spinner. Aber heute sind sie alle Experten für flache Erde mit Blogs, YouTube-Kanal und eigener Homepage. Sie können tun, was immer sie wollen, ohne dass irgendetwas passiert. Und falls doch – Lügenpresse … na, du kennst das ja.«

Webermann schnäuzte sich in seinen Jackenärmel und fuhr fort: »Meine Carla ist tot. Das Arschloch, das sie über den Haufen gefahren hat, hat nicht einmal angehalten. Hatte wohl Wichtigeres zu tun. Weniger Idioten, und sie würde noch leben. Alles wäre besser, und ich wäre nicht allein zurückgeblieben.« Er warf Olofsen einen strengen Blick zu. »Weißt du eigentlich, was es bedeutet, wenn überall nur noch ichbezogene, narzisstische Idioten herumlaufen? Überall, in allen Teilen der Welt?«

Olofsen rührte sich nicht.

Webermann setzte ein triumphierendes Grinsen auf. »Enge. Es entsteht Enge. Und Enge erzeugt Hass, Gewalt und Selbstsucht. Weniger Idioten gleich weniger Enge. Weniger Hass. Weniger Dummheit, und man kann wieder ein sicheres Leben führen. Das ist mein Ziel. Ich will die Welt sicher machen. Kennst du den Film mit Kirk Douglas? So ein alter Streifen. Der Typ, den er spielt, steht völlig gestresst auf dem Highway im Stau – nur Idioten um ihn herum. Irgendwann platzt ihm der Kragen, und er nietet alle um. So geht das.«

Olofsen glotzte den Virologen sprachlos an. Ihm fehlten die Worte, sowohl die für die direkte verbale Klatsche als auch die für die einfühlsame Psychologenvariante.

»Ist doch egal, wo es losgeht«, fuhr Webermann fort. »Völlig egal, ob in den USA, in Südafrika, Frankreich oder eben hier, im beschissenen Cuxhaven. Wichtig ist, dass sich Lujo ausbreitet. Und das kannst du nicht mehr stoppen. Die Idioten werden verschwinden, und ich gehe in Frieden. Die Übriggebliebenen werden es irgendwann verstehen und es mir danken.«

Er begann irre zu lachen. Sein ganzer Körper vibrierte, die Sprühflasche zuckte hin und her.

Olofsen kämpfte um Fassung. »Der einzige Idiot hier bist du«, hielt er Webermann wütend entgegen. »Und zwar der größte, den die Welt je gesehen hat.« Webermanns irres Lachen erstarrte.

»Erstens: Das war Michael Douglas, nicht sein Vater. Und zweitens: Ernsthaft – du tötest wahllos Menschen für diese schwachsinnige Idee? Ja, es sind ganz bestimmt viele, sicherlich sogar zu viele Idioten unterwegs. Überall auf der Welt. Und du Clown maßt dir die moralische Kompetenz an, zu entscheiden, dass sie alle sterben müssen? Der narzisstische Idiot, gegen den du kämpfen willst, steckt doch in dir selbst. Also sprüh dir dein Virus selbst ins Gesicht und beende diese Tragödie. Besser hättest du dein Forscherhirn dazu verwenden sollen, das Idiotengen im Gehirn zu finden und umzuprogrammieren. Bestimmt hätten sie dir dafür noch den Nobelpreis in den Hintern geschoben.«

Er musste Luft holen.

»Viele unschuldige Menschen sind an Lujo gestorben. Darunter ein kleiner Junge. Soll der am Tod deiner Frau schuld sein? Oder seine Mutter? Die ist nämlich auch tot. Nichts davon macht deine Frau wieder lebendig. Es schafft nur neuen Hass, noch mehr Wut. Ich sollte dich hier und jetzt erschießen, um wenigstens diesen Kreislauf einmal zu unterbrechen. Aber das wäre zu einfach. So billig kommst du nicht weg.«

Dann drückte Olofsen trotzdem ab. Zwei Mal.

Der Cuxhavener Hauptbahnhof lag in Stille. Es dämmerte bereits, und kleine Wolken am Himmel färbten sich in ein friedvolles Orangerot. Bald würden die ersten Pendler auf dem Bahnsteig erscheinen und wie gewohnt zur Arbeit fahren.

Seit drei Tagen war der Bahnhof wieder geöffnet, auch wenn die Umbauarbeiten noch längst nicht abgeschlossen waren. Etwas mehr als zwei Wochen war hier fieberhaft und unter höchsten Sicherheitsvorkehrungen gearbeitet worden. Nachdem Olofsen durch seinen spektakulären Alleingang den Bioterroristen Webermann gestoppt hatte, war der gesamte Zug in Windeseile vollständig eingerüstet und in miteinander verschweißten Kunststoffplanen eingepackt worden. Das Bahnhofsareal blieb vollständig gesperrt, und Züge nach Hamburg und Bremen fuhren in dieser Zeit nur von und bis Otterndorf oder Nordholz. Noch in der Nacht waren ABC-Experten der Bundeswehr eingetroffen und hatten sich in Zusammenarbeit mit Hygieneexperten daran gemacht, den Zug zu desinfizieren und für den Abtransport vorzubereiten.

Nach dem Abdecken des Zuges wurde der Innenbereich jedes Waggons zunächst mit Formaldehyd ausgegast. Kein Fleckchen und keine Ritze wurden dabei ausgelassen. Formaldehyd war eines der zuverlässigsten Desinfektionsmittel gegen Viren. Allerdings war es stark gesundheitsschädlich und aufgrund der Tatsache, dass es auch noch gasförmig war, nicht ganz risikolos zu handhaben. Aber alle Beteiligten verstanden ihr Handwerk, und es gab keine Zwischenfälle. Anschließend wurde der Zug von innen und außen mit Peressigsäure gewaschen. Auch diese Substanz war höchst wirksam gegen Viren und wurde regelmäßig in Forschung und Industrie als Desinfektionsmittel verwendet.

Die Cuxhavener Bevölkerung unterstützte die Arbeiten, wo immer es möglich war. Es schien wie eine kollektive Traumatherapie zu funktionieren, um die dramatischen Ereignisse zu verarbeiten. Als Olofsen in der Nacht Alarm geschlagen hatte, anstatt im Krankenhaus zu liegen, und ihm endgültig klar geworden war, dass Webermann sich tatsächlich auf dem Gelände des Cuxhavener Bahnhofs aufhielt, um mit dem Lujo-Virus einen grauenhaften Anschlag auszuführen, hatten die Behörden blitzschnell reagiert.

Die A 27 wurde bei Bremerhaven voll gesperrt, zum einen, um niemanden mehr nach Cuxhaven hinein- oder herauszulassen, zum anderen, um den mit Fahrzeugen anrückenden Einsatzkräften freie Bahn zu garantieren. Auch die B 73 war bei Otterndorf sowie kurz vor Sievern aus den gleichen Gründen gesperrt worden. Für die Stadt Cuxhaven galt die höchste Terrorwarnstufe.

Am Marinefliegerstützpunkt in Nordholz herrschte Hochbetrieb, weshalb es bald schwierig wurde, die unzähligen, aus allen Himmelsrichtungen einfliegenden Helikopter mit Spezialisten und Experten aufzunehmen. Einige Maschinen flogen weiter und landeten im Hafenbereich.

Auf den Straßen bot sich ein gespenstiges Bild. Wo sonst die Nachteulen eine laue Sommernacht genossen, patrouillierten nun schwer bewaffnete Polizisten. Minütlich stieg die Zahl der Fahrzeuge mit Blaulichtern in der Nähe des Bahnhofs. Menschen, die eigentlich hinter heruntergelassenen Rollläden schlafen sollten, starrten nun verängstigt in die Nacht, weil sie verstehen wollten, was da vorging.

Und dann war alles ganz schnell vorbei. Es gab Schüsse und leise Explosionen, Hubschrauber waren aufgestiegen und hatten das Bahnhofsareal in noch gleißenderes Licht getaucht. Kurz darauf waren weitere Hubschrauber direkt vor dem Bahnhof gelandet und wieder abgeflogen. Die Zahl der Blaulichter nahm ab, dafür kamen die orangen Blinklichter der Versorgungsfahrzeuge, und man begann, mit hohen Metallzäunen den gesamten Bahnhof abzusperren.

Die Ausgangssperre wurde aufgehoben. Und dann lief natürlich die Medienmaschine an: Die Sender und Redaktionen überboten sich gegenseitig mit einem Dauerfeuer von Sonder-, Extra- und Blitzsendungen. Für jemanden, der nicht irgendetwas in irgendein Mikrofon sagen wollte, wurde der Gang durch die Cuxhavener Innenstadt zu einem Spießrutenlauf. Politiker aller Parteien und Ränge eilten zum Ort des Geschehens, um sich ein Bild von der Lage zu machen – und um sich vor Ort bei ihrem so beherzten Einsatz fotografieren zu lassen.

All das nahmen die an Trubel gewöhnten Cuxhavener gelassen hin. Der Terror war hier und jetzt besiegt – nur das zählte. Viele wollten einen Beitrag leisten, um zu zeigen, dass man sich so einfach nicht unterkriegen ließ. Es waren die vielen kleinen Gesten, die zählten. An manchen Abenden wurde auf dem Bahnhofsvorplatz gegrillt. Es roch nach Holzkohlefeuer und gebratenem Fleisch, alle Helfer waren eingeladen. Die Botschaft war klar: Das Leben geht weiter.

✳✳✳

Olofsen saß an seinem Schreibtisch. Es war sein erster Arbeitstag, seit er den rachsüchtigen Virologen zur Strecke gebracht hatte. Knapp drei Wochen war das nun her. Alles sollte wieder sein wie vorher. Es war noch früh am Morgen – Olofsens Lieblingszeit. Kaum einer der Kollegen war schon im Büro, also konnte er die Ruhe des Morgens genießen. Noch wusste kaum jemand, dass er zurück war. Außer Greiner und Nunk natürlich. Gedankenverloren rührte er in einer Tasse Kaffee, die vor ihm auf dem Schreibtisch stand. Er fragte sich, ob er das Zeug trinken sollte. Seit der Begegnung mit Baumann im Otterndorfer Krankenhaus hatte er ein Faible für starken schwarzen Ostfriesentee mit Kluntjes und Sahne entwickelt.

In der Nacht im Zug hatte er auf Webermann geschossen. Zwei Mal. Er hatte abgedrückt, den Rückstoß mit seinem Körper aufgefangen, die Waffe ein Stückchen gedreht und noch einmal abgedrückt. Kurz darauf war draußen die Hölle losgebrochen. Die Schüsse hatten das Sondereinsatzkommando elektrisiert. Man war sowieso drauf und dran gewesen, den Waggon zu stürmen. Aber die Schüsse hatten den Einsatzplan obsolet gemacht und als einzige Option nur den blitzschnellen, aber halb improvisierten Zugriff gelassen.

Olofsen selbst hatte davon nichts mehr mitbekommen. Die beiden Schüsse hatten seine gesamte noch verbliebene Energie verbraucht. Nach dem zweiten Schuss fiel er kraftlos vom Sitz, bevor nur Sekunden später Blendgranaten von beiden Seiten auf ihre Sitzreihe zurollten. Anschließend krachten SEK-Beamte und weitere Spezialkräfte in bester Hollywoodmanier links und rechts hinter Webermann durch die Fensterscheiben ins Innere des Waggons. Inmitten des Splitterregens wurde Webermann überwältigt.

Einer der Beamten stellte die Spritzflaschen mit der Virusflüssigkeit sicher, übergoss sie mit Peressigsäure aus einem Handkanister und warf eine Plastikplane darüber, um das Infektionsrisiko zu reduzieren.

Zwei weitere SEK-Beamte kümmerten sich um Olofsen. Da niemand wusste, ob er sich bereits mit dem Lujo-Virus infiziert hatte, ging man zunächst vom schlimmsten Fall aus. Innerhalb weniger Minuten hatten die beiden ihn aus dem Zug gebracht und in eine Art fahrbares Zelt gelegt, das hermetisch abgeschlossen und im Inneren mit Sauerstoff versorgt werden konnte. So gesichert wurde er per Helikopter nach Hamburg in die Kliniken des Bernhard-Nocht-Instituts geflogen, wo die dortigen Spezialisten die weitere Versorgung übernahmen.

Er hatte Glück gehabt; bereits wenige Stunden nach seiner Ankunft konnten die Molekularbiologen sagen, dass er sich mit sehr hoher Wahrscheinlichkeit nicht mit dem Virus infiziert hatte. Alle zu diesem Zeitpunkt zur Verfügung stehenden Tests konnten weder virale DNA noch RNA im Blut oder in Schleimhautabstrichen nachweisen. Trotzdem wurde er weiterhin isoliert und prophylaktisch mit allen verfügbaren antiviralen Medikamenten behandelt. Alle Tests blieben weiterhin negativ, also durfte er zehn Tage nach seinem lebensgefährlichen Einsatz nach Hause.

Nach seiner Entlassung entschied Olofsen, trotz – oder wegen – des großen Medieninteresses an ihm mindestens für eine weitere Woche von der Bildfläche zu verschwinden.

Und nun saß er also wieder in seinem Büro. Die Untersuchung der Dienstaufsicht zu den von ihm abgegebenen Schüssen war bereits in seiner Abwesenheit abgeschlossen worden. Sehr schnell stand auch das Ergebnis fest: Olofsen hatte korrekt gehandelt. Es gab keinen Grund für eine Suspendierung.

Olofsen war ein Held. Ob er wollte oder nicht.

Er wollte nicht, nur konnte er es nicht ändern. Er konnte nur versuchen, dem Trubel um seine Person aus dem Weg zu gehen, bis neue Sensationsberichte die Welt in Atem hielten und er vergessen wurde.

Es klopfte an seiner Bürotür. Ohne dass auf eine Reaktion gewartet wurde, öffnete sich diese, und Greiner trat ein. Er grinste breit. »Moin«, sagte er fröhlich. »Hat man dir schon den Posten des Verteidigungsministers angeboten?«

Olofsen starrte ihn mit ausdruckloser Miene an. Dann hob er langsam die Hand und zeigte ihm den ausgestreckten Mittelfinger.

Anschließend brachen beide in schallendes Gelächter aus.

»Bist du fit?«, fragte Greiner.

Olofsen nickte.

Greiner setzte sich auf den Besucherstuhl vor dem Schreibtisch. »Was ist mit Webermann?«

Olofsen schaute nachdenklich aus dem Fenster und begann wieder, in seiner Kaffeetasse zu rühren.

»Wenn er durchkommt, wird er vor Gericht gestellt. Die Generalbundesanwaltschaft hat den Fall übernommen und Haftbefehl beantragt. Er wird sich des mehrfachen Mordes, der Planung und Durchführung von terroristischen Anschlägen und der Gründung einer terroristischen Vereinigung verantworten müssen.«

Tatsächlich hatte Olofsen Webermann mit seinen beiden Schüssen nicht getötet. Mit einer Kugel hatte er ihn in die linke Schulter getroffen, mit der anderen in die rechte. Ob Glück oder Können – diese beiden Schüsse hatten ihn zum Helden gemacht. Zum Helden im Kampf gegen den Terrorismus.

Aus allen Richtungen wurde er mit Lob überschüttet. Selbst das Büro des Bundespräsidenten ließ wissen, es sei vorbildlich, im Augenblick höchster Lebensgefahr die Geistesgegenwart zu besitzen, einen Gegner, für den es außer Zerstörung keine weiteren Werte gab, nur handlungsunfähig zu machen und ihn in die Hände der Gerichtsbarkeit zu übergeben.

Darauf angesprochen betonte Olofsen, nur seinen Job gemacht zu haben. Aber ein wenig Stolz verspürte er schon.

Greiner sah seinen Kollegen lange an. Dann fragte er: »Wie steht es um Webermann?«

Olofsen holte tief Luft. »Seine Schusswunden sind gut versorgt. Aber er hat sich im Zug selbst mit einer hohen Dosis infiziert. Es ist unwahrscheinlich, dass er überlebt. Vielleicht besser so.« Er ließ diesen letzten Satz lange im Raum schweben.

»Bleibt er bei seiner Geschichte?«

»Na ja«, setzte Olofsen an. »In den wenigen Momenten, in denen er ansprechbar war, hat er nur wirres Zeug über sich und seine Frau geredet, die er nun endlich wiedersehen kann. Und er ist noch immer überzeugt, eine bessere Welt zu hinterlassen. Er hat die Morde an Paul Mahn und Tanja Muster gestanden. Lars Aldrich musste sterben, weil er angeblich den Hals nicht vollkriegen konnte. Wolfgang Meister, weil er zufällig hinter das Geheimnis der frisierten Bestellungen gekommen war und ein Stück vom Kuchen abhaben wollte. Als Webermann uns fast in die Luft gesprengt hat, war er in das Haus auf dem Nachbargrundstück eingestiegen. Die Eigentümer waren verreist.«

Olofsen dachte kurz daran, wie viel Glück sie gehabt hatten, noch am Leben zu sein, und seufzte.

»Die Ärzte haben Webermann in ein künstliches Koma versetzt«, sagte er dann. »Ich glaube, sie wollen die Körpertemperatur absenken, um auf diese Weise die Virusvermehrung zu verlangsamen und die Therapiechancen zu erhöhen.«

Greiner nickte beeindruckt.

»Vielleicht lasse ich mich zum Virologen umschulen, wenn das hier alles nicht mehr funktioniert«, stellte Olofsen fest.

Jetzt war es an Greiner, ihm den ausgestreckten Mittelfinger der rechten Hand zu zeigen.

»Theravactec?«, fragte er dann.

Olofsen verzog das Gesicht zu einem schiefen Grinsen. »Korz hat man zum Teufel gejagt. Was aus Vertovir wird, ist offen. Letztlich war das Produkt in Ordnung, aber Webermann hat mit seinem nachträglich kontaminierten Material, das er uns zugespielt hat, einen riesigen Schaden angerichtet. Die Mitarbeiter fürchten um die Zukunft der Firma und verlassen fluchtartig das sinkende Schiff. Ich vermute, dass ein Konkurrent zugreifen und Vertovir herauskaufen wird, um es dann selbst auf den Markt zu bringen.«

Greiner nickte nachdenklich. Dann fragte er: »Hast du noch etwas von Cornelia Bacher gehört?«

»Ja«, antwortete Olofsen. »Sie ist über den Berg. Sie hat bei Theravactec gekündigt. Wenn sie wieder auf dem Damm ist, will sie mit ihrem Freund ins Ausland gehen. Abstand gewinnen und gleichzeitig neu starten. Erinnert mich an meine letzte Phase in Berlin.«

Dabei blickte er versonnen aus dem Fenster.

Plötzlich klingelte sein Telefon. Er nahm den Hörer ab, sagte zunächst nichts, sondern hörte nur zu. Dann wurde er langsam rot, begleitet von einem Gesichtsausdruck, der frische Milch in Quark verwandeln konnte.

»Was soll der Scheiß?«, bellte er in den Hörer. »Pressekonferenz? Habt ihr noch alle Kerzen am Christbaum? Ich hab keine Zeit für so einen Quatsch. Muss Verbrecher jagen, mein Schreibtisch ist voll mit ungelösten Fällen!« Dann knallte er den Hörer auf die Gabel.

Greiner lachte schallend.

Ganz der Alte.

Danksagung

Wissenschaft und Krimis faszinieren mich schon sehr lange, und mit Begeisterung lese ich Bücher, die beides miteinander verbinden. »Gefahr aus dem Watt« ist mein erster Versuch, hier einen eigenen Beitrag beizusteuern. Daher möchte ich mich auch an erster Stelle beim gesamten Team des Emons Verlags dafür bedanken, dass sie meinem Krimi eine Chance gegeben und mich auf dem Weg vom Manuskript zum fertigen Buch wunderbar unterstützt haben. Auch möchte ich mich bei Lothar Strüh bedanken, der als Lektor unermüdlich mit dem Finger auf kleine und größere Unebenheiten der Geschichte gezeigt und tatkräftig geholfen hat, diese verschwinden zu lassen.

Anke Rieken von der Polizeiinspektion Cuxhaven gilt mein Dank, denn sie hat sich viel Zeit genommen, mir die Strukturen und Arbeitsabläufe der Polizei vor Ort zu erklären, und war immer erreichbar, wenn ich noch eine weitere Frage hatte.

Das letzte und größte Dankeschön geht an meine Frau Nathalie und unsere Tochter Yannicka, denn beide haben mir die Zeit und auch die Kraft gegeben, die ich brauchte, um die Geschichte fertig zu schreiben. Oft hieß es zwar »Papa schreibt wieder an seinem Buch«, aber trotzdem ist die Gute-Nacht-Geschichte deswegen nie ausgefallen ...